网络文学前沿探索丛书
黄发有 主编

网文观潮

欧阳友权 著

INTERNET
LITERATURE

海峡出版发行集团 | 海峡文艺出版社

图书在版编目(CIP)数据

网文观潮/欧阳友权著. --福州:海峡文艺出版社,2020.12
(网络文学前沿探索丛书/黄发有主编)
ISBN 978-7-5550-2368-5

Ⅰ.①网… Ⅱ.①欧… Ⅲ.①网络文学—文学研究—中国 Ⅳ.①I207.999

中国版本图书馆 CIP 数据核字(2020)第 160239 号

网文观潮

欧阳友权	著
责任编辑	罗 玲
出版发行	海峡文艺出版社
经 销	福建新华发行(集团)有限责任公司
社 址	福州市东水路 76 号 14 层 邮编 350001
发 行 部	0591—87536797
印 刷	福建新华印刷有限责任公司 邮编 350011
厂 址	福州市福新中路 42 号
开 本	787 毫米×1092 毫米 1/16
字 数	250 千字
印 张	17.5
版 次	2020 年 12 月第 1 版
印 次	2020 年 12 月第 1 次印刷
书 号	ISBN 978-7-5550-2368-5
定 价	58.00 元

总　序

◎黄发有

进入21世纪以来，网络文学的生产与消费快速增长，新媒体的崛起带来了文学发展格局的变化，网络文学成为贯穿电影、电视、网络游戏、图书出版等产业链条的新兴文化现象。值得注意的是，网络文学研究相对滞后：一方面，一些网络文学研究者的文学理念形成了比较稳定的框架，对新生事物的接受较为迟缓，直接挪用长期形成的印刷文学和纯文学研究模式，忽略了网络文学的特殊性；另一方面，目前从事网络文学研究的学术队伍在数量、质量方面都有欠缺，对网络文学的研究还不够深入，对网络文学整体结构的把握较为薄弱。而且，随着网络文学的社会影响的日益增强，研究者应当加强对网络文学发展的正确引导。

作为一个新兴的学术领域，网络文学研究亟待拓展和深化。应该肯定的是，经过一批学人和评论家的辛勤耕耘，这片领地已经渐成气象。从网络文学的概念界定到评价标准讨论，从文学网站考察到网络文学生产机制探究，从网络文学新作评论到网络文学史研究，从网络文学题材类型分析到男频女频解读，从网络文学 IP 传播研判到网文出海观察，从网络文学历史脉络溯源到未来影响评估，从人工智能技术的运用到数字人文方法的引入……网络文学研究遍地开花，活力四射。

网络文学研究不是一块封闭的学术领域，研究者应当具有开放的视野。网络文学作为新生力量正在悄然改变当代文学整体生态，媒介技术革新与文化潮流转换是其生长、发展的时代土壤。同时，汉语网络文学从本土文学传统中不断汲取养料，从外来文化与外来文学中获得启示。在新的文化语境与媒介环境中，研究者不能把网络文学与印刷文学对立起来，不能把网络文学从社会文化潮流中剥离出来，而应该从其与周边世界纵横交错的关系中标识出它在时代坐标中的位置。学术界对于网络文学的描述，简单地贴标签的做法曾经盛行一时，不屑者讥之为“垃圾”，推崇者奉之为新创，两者逻辑如出一辙。在网络文学经历了 20 余年发展的今天，我们应当具有更大的包容度，研究也应当更加客观，更加理性，平心静气地开掘其丰富性与复杂性。在网络已经深度介入我们的生活的背景下，边缘的网络文学正在逐渐走向主流化，网络文学和所谓的传统文学逐渐融合，和网络完全绝缘的作家与文学新作变得越来越稀罕。在速度为王的时代氛围里，对网络文学的静态分析依然有其合法性，但更应加强的是动态分析，网络文学和不同的文学种类、周边的文化产品处于动态的关系结构中，相互制约、相互影响。

网络文学具有网络性和文学性，具有独特的内部结构与运行机制，作为文化产业中的新贵与商业资本有千丝万缕的联系，作为舆论场中的流量高地具有无法忽视的意识形态功能。因此，网络文学研究不仅仍然需要贴近作品的艺术分析，还需要突破学科壁垒的交叉透视，跨学科的文化研究大有用武之地。近年，一些社会学、新闻传播学、经济学、心理学、人工智能领域的新锐学者对网络文学的研究别出心裁，让我们看到了这个研究对象有可供开掘的巨大空间，这是一座值得我们深入探索的学术富矿。在某种意义上，网络文学对研究者形成了新的挑战，要求研究者更新知识结构，更新研究方法。

出版“网络文学前沿探索丛书”，就是为了及时向学术界推介网络文学研究领域的最新成果，动态呈现具有探索意义的学术轨迹。坦率地说，近年网络文学研究的成果数量激增，多数还是跟踪式的研究，尤其在研究生学位论文方面，低水平重复的现象比较突出，真正具有原创性的成果还不够多。所谓“前沿探索”，不仅要及时关注新进展和新现象，还要有真正的创新和突破，不是浮皮潦草地跑马圈地，而是稳扎稳打地向前推进，能够形成持续的学术积累。另一方面，网络文学研究的学术力量比较分散，交流不够充分。这套丛书的集中展示，有利于增强研究人员之间的协作和沟通，共同为网络文学研究的健康发展奉献力量。这套丛书的作者既有国内的领军学者，也有新锐评论家。如果能够坚持出版的话，希望可以陆续推出更为年轻的新锐学者的著作。网络文学研究要成熟和完善，应当形成一片学术的森林，而不断成长的新生力量是活力和希望的源泉。

是为序。

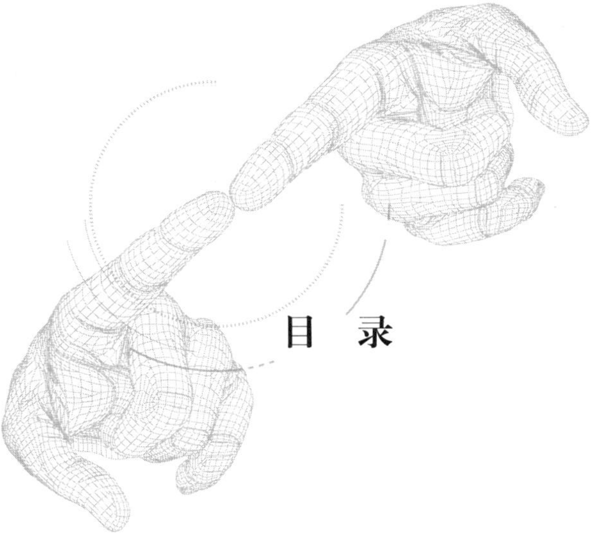

目　录

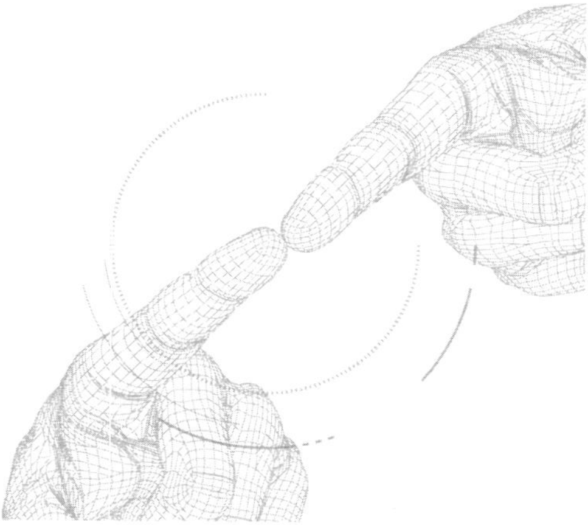

第一辑

理论审视

网络文学价值的三个维度

以网络时代人文审美价值论的技术路线探析网络文学，需要在“文学性”与“网络性”之间寻找价值关联，以此在网络时代社会变迁与网文作者的生存本体之间开掘理论的“榫口”，这样或许可以在辨析网络文学的存在必然性中找到其人文审美的价值构成，进而把握这一文学的意义承载，探寻到可供认知的价值维度。

一、网络文学的虚拟体验，蕴含了社会转型期人们在赛博空间的梦想与抵抗

“赛博空间”（Cyberspace）这个由加拿大人威廉·吉布森（W. F. Gibson）创立的概念，因其所指代的网络虚拟世界与文学有着天然的暗合性，从而成为网络文学最为适配的生产、存储和传播的网络替代性术语，也成为中国社会转型期一代人表征生活梦想、寄寓心理期待的理想家园。我们看到，浩瀚的网络文学首先承载的是网络时代千百万人的梦想和期待，无论它写的什么，无论作品多么精彩或多么粗粝，其实都是“生活教母”的网络表征。如果说文学承担人类良知，是社会进步的敏感神经，那么，要认识网络文学的价值，就必须且只能在这代人的时代际遇中去寻找它的基因和密码。

第一家大型原创文学网站“榕树下”建站之初，就提出了“生活·感受·随想”的基本宗旨，倡导“体验年轻一代的生活，抒发对于世事变幻与命运无常的感受与随想”。我们知道，互联网及其网络文学崛起于市场经济兴起和社会文化转型的历史嬗变期，人们面临的经济高速增长、利益格局调整和新旧观念博弈的急遽变革，亟需找到心情表达和舆情交流的文学“代言体”，而传统的平面媒体不仅门槛高悬、机制老化，而且容量受限，成了孤傲冷清的“信息茧房”。1994年中国接入国际互联网后，诞生于北美的华语网络文学挺进中国本土，立马找到切入现实的端口。虚拟空间的自由性所形成的“全民写作”机制与文学的自由本性一拍即合并迅速“联姻”，一方面为处于疲惫期的“纯文学”弥补了市场空缺，另一方面为“70后”“80后”成长起来的“文学游侠儿”提供了理想的表达媒介和传播工具，网络的力量成为文学大众化生产的强大引擎。从此，国朝盛文章，网络始高蹈，无论是打工的、做买卖的，还是公司白领、政府职员、大中学生、赋闲青年等，都纷纷操起键盘鼠标，面对电子屏幕敞开心扉，一种新兴的文学“横制颓波，天下翕然”，短短20余年间，便以恒河沙数般的作品、数以亿计的读者族群和以世界为半径的市场影响力，打造出了一个时代现象级的“中国网络文学现象”。

在我看来，面对备受争议的网络文学，用传统精英文学的尺度对之做艺术评判，其深邃性与创新性总体来看不宜高估，但作为大众文学之于社会转型期一代人生活梦想的畅意表达和对心理期待的虚拟满足，其意义是被大大低估了的。类似于《大江东去》（阿耐）、《浩荡》（何常在）、《明月度关山》（舞清影）、《网络英雄传》（郭羽、刘波）这样书写现实生活的网络小说，其对当下社会潮动和生存世相的“在地性”反映自不待言，纵是那些玄幻、仙侠、穿越、历史、言情等“海量”化生产的类型化小说，何尝不是蕴含着对现实境遇的指涉、对生存愿望的期许！那些被讥之为“装神弄鬼”的幻想之作，表面看来不过是欲望驱使下天马行空的快感叙事，而究其动因依然是基于一代人生存现实的文学选择，以鲜活却异变的方式寄托着他们的梦想与期待，其“虚拟体验”恰恰是网络社会带来的最真实也最鲜活的生存现实，并且，虚拟体验本身也已经是许多人的生存现实。

有研究者提出，网络文学遵循游戏逻辑，这种逻辑是网民以低成本幻想改变世界的游戏态度的体现，在网文中通常表现为金手指、穿越、爱情最大等，而网民低成本的人气支持使网络文学具备表达底层态度的抵抗性质，“这是网络文学抵抗话语权威、形成自我力量的策略”①。我赞同这一的观点，不过需要明确的是，在网络文学遵循“游戏逻辑”的背后，起支配作用的仍然是“现实逻辑”，即对个体生存及其环境际遇的抵抗。主要表现有三：一是物质上抵抗贫困，即试图通过网络写作获取物质财富以消除贫穷，文学网站的商业运营模式和“网络作家富豪榜”就是网络写作抵抗贫困的嘹亮的旗语。例如，网络作家妖夜想通过上网写作，为新生的女儿挣点奶粉钱，他感慨，那时“简直走投无路，偶然看到起点中文网推广百万作家，不禁跃跃欲试，萌生写作赚钱的念头”②。高楼大厦说，2005 年他听说上网“写这个可以赚钱，那就试试吧。刚开始我拿到的钱不多，后来发现写作的钱比工作拿到的工资还要多”③。据我所知，唐家三少、血红、猫腻、丛林狼、梦入洪荒等许多网络大神或白金作家，早期都有过“抵抗贫困”的写作经历。二是精神上抵抗落寞，如有的网络作家人生的起点较低，与环境落差很大，或生活、事业、情感、家庭等出现坎坷或变故，试图通过网络写作实现“屌丝逆袭”。创作《霸道人生》《屠神之路》等作品的罗霸道就曾“卖过对联，画过画，写过碑文，修过机械，干过养鱼养猪，开旅店餐馆和租碟店，搞过工程机械和建筑材料，还开过当铺和休闲吧、足浴城”④，在不断试错的人生窘境下，终于通过网络创作让自己摆脱了落魄和落寞，走出了生活低谷，也找到了最适合自己的人生坐标。三是环境上抵抗成规。这里的成规不是泛指任何规范，而主要指社会分工对个人喜好特别是文学喜好的限制，以及来自成人文化方面的规制。许多年轻人打小就爱好文学，有着深深的“文学情结”，但由于各种原因，比如教育领域的文理分科，就业中的非兴趣职业选择等等，让他们没有文学圆梦的机会。互联网的开放性为他们敞开了大门，爱好有缘，兴趣可期，无论

---

① 许苗苗：《游戏逻辑——网络文学的认同规则和抵抗策略》，《文学评论》2018 年第 1 期。

② 欧阳友权主编：《湖南网络作家群》，海豚出版社 2019 年版，第 226 页。

③ 周志雄等著：《大神的肖像：网络作家访谈录》，山东人民出版社 2015 年版，第 4 页。

④ 欧阳友权主编：《湖南网络作家群》，海豚出版社 2019 年版，第 133 页。

职业还是业余，尽可以舒展自己的文学天性。网络时代不会埋没任何一个文学天才，正像网络作家说的“网络文学没有遗珠之憾”（猫腻），“网络文学没有怀才不遇”（跳舞）[①]。“人人都能当作家”的技术体制拆卸了文学“资质认证”的门槛，而把文学“把关人”的角色由前置的编辑转移到了后置的文学网友手中。网络文学的“青春文化”底色蕴含着与成人文化的区隔，那些爱好文学的“80后”“90后”“00后”借助网络创作可以为自己“圈”起一个自足的世界，以建构一个与成人世界抗争的乌托邦。按照法国思想家德赛图（M. De Certeau）的说法，“这是‘弱者’在文化实践中，利用‘强者’或者利用强加给他们的限制，给自己制造出的一个行为和决断的自由空间”[②]，这在二次元文学中体现得最为充分。

在“数字化生存”时代，网络与人已经构成一种相依相生的“伴随关系”，虚拟空间即是生存空间，虚拟世界即是生活现实，如研究者所言：“网络社会生成了不同于传统社会的生存体验，不同于传统媒介，网络媒介是可生存的媒介，人们可以生活在网上，形成虚拟人生、第二人生，这种生存并不只是想象性的，而是具有操控性、实感性与参与性，因此不能从工具意义上理解网络媒介，它是本体意义上的存在，深刻影响与形塑了现代人的意识结构。”[③] 网络创作中十分常见的“YY”套路，即是基于想象力的愿望达成手段；网络幻想小说常见的“废柴升级”模式，表达的恰是处于社会底层的年轻人（网称“屌丝”）对于成功的渴望和打拼世界的进取心；一些作品中化险为夷、迷津普渡的“金手指”，旨在帮助普通人修正生活中的缺憾，带给网民逢凶化吉、不受束缚的幻想力量；而网络女频小说的“玛丽苏”“甜宠文”，男频小说中的“杰克苏”“种田文”“总裁文”等，不正是社会层级博弈中年轻人一直向往的“成功梦”“英雄帖”么！正如有文章指出的：“在注意力延续与碎片化时间的博弈中，‘玛丽

① 邵燕君：《网络文学的“断代史”与“传统网文”的经典化》，《中国现代文学研究丛刊》2019年第2期。

② De Certeau, Michel. The Practice of Everyday Life, trans. Steven Rendall, University of California Press, Berkeley, 1984, p. 53.

③ 黎杨全：《中国网络文学的二重性》，《文艺报》2019年4月29日。

苏’‘杰克苏’这样强大、鲜明、关注度高的主角成为必须。”网络创作中常见的“穿越”模式，不过是源于“满足人们对历史事件‘再来一次’的愿望，以现代人亲历的视角填补古代大事件中的小细节”，其“通过故事矛盾的转移和形式的转变反映出当代青年面对现实问题的无奈，转而求助于虚空幻想的态度”，“原生身份的卑贱和转换身份的高贵对比是穿越的魔法，诱使读者通过代入实现从卑微到强大的翻身”；还有类型小说中的“套路”，无论是“废柴体质吃灵药喝蛇血功力暴涨”，还是“无名小卒遇机缘迎娶白富美”，无非是“网络一代对‘客观理性’因果律的偏离和对游戏虚拟场景里受控且有机会全盘重来的人为逻辑的认同”①。《择天记》中的陈长生坚信“我命由我不由天”，历经重重磨难终成执掌天上天下的教宗；《完美世界》的石昊从大荒中走出，创造遮天修炼体系，终而登临巅峰，实现梦想；《吞天记》中的吴煜凭着坚强意志的修行锻造而成就“吞天”伟业；《斗破苍穹》里的萧炎在绝望之时仍斗气修炼，历经坎坷，向着巅峰强者之途迈进，终于成为大千世界守护者……这些“主角光环”的成长故事能成为不断被人使用的“套路”并屡试不爽，是因为它们戳中了许多人的生活“痛点”，点中了无数网友心理预期的“穴位”，其创作的潜意识动因，也许正在于试图通过人妖魔怪、天地人神共存的架空世界来改写现实世界的某些规则，以玄幻式的强大衬托在传统规制和成人文化束缚下，一代年轻人试图摆脱压抑、反抗话语霸权而求助于幻想解决现实矛盾的企图，或者是对现实社会规则的屈从和无力反抗时的心理补偿与想象性自矜。梦想和期待不能没有，现实世界实现不了，通过网络小说的虚拟体验不是也可以在想象中实现么？这恰是网络文学的魅力，也是它的价值之一。

二、网络技术平权下的读者本位，规制了网络作家平视审美的价值立场

网络传媒的平行性架构，从技术设置上打破了传统的“金字塔”

---

① 许苗苗：《游戏逻辑——网络文学的认同规则和抵抗策略》，《文学评论》2018 年第 1 期。

式权力结构，让每一个网民都处于交往中的平等地位。尼葛洛庞帝曾经概括了网络传播时代的四个特征：即分散权力、全球化、追求和谐以及赋予权力[1]，从一个侧面揭示了这一特点。我们看到，互联网“个个是中心、处处是边缘”的传播范式，使得每一个联网计算机的节点都能“拉”欣赏，又能“推”传播，既联通互动，又独立自足，从此真正实现了计算机网络的“散点辐射又焦点互动”，整个互联网都成为一个无中心的散发性平行构架的网络，由此“天然地形成了民主分权技术模式，造就了自由、平等、兼容、共享的技术准则和网络精神，打破了昔日信息垄断的中心话语模式，促成了小众话语、个体话语对主流传媒话语权力的消解，形成了开放、透明、民主、宽容的大众话语新格局”[2]。正如约翰·P·巴洛在《赛博空间独立宣言》中所宣称的：“我们正在创造一个每一个人都能进入的，没有由种族、经济权力、军事权力或出身带来特权与傲慢的世界。”[3]

互联网的这一架构模式已经前置性地预设了网络作家与其读者之间，以及读者与读者之间的平等关系——他们在技术平权的规制下已经是事实上的“网友”，由此便把传统文学创作与阅读的主客依从关系，变成了网络时代交互式“间性主体”的互动关系，此其一。其二，在文学消费的意义上，网络文学商业模式孕育的市场力量，在网络作家与他的读者之间形成了相依相生的“需求—满足”机制，作者写什么和怎么写不仅靠自律，更受制于他律；作者不仅要面向内心，还要面向读者和市场，并首先要面向读者和市场——一部网络小说如果没人付费阅读、打赏，少有点击和收藏，或者没人点赞或拍砖，就会“死”于网海，尸骨无存。网络作家菜刀姓李就曾深有感触地说：“传统文学和网络文学真正不同的地方只是在于决定作品命运的人变了：以前是编辑决定作品生死，到了网络上更多地是由读者来判定作品的命运。在某种程度上，写手由迎合编辑或者文学期刊变成了直接

---

① ［美］尼葛洛庞帝：《数字化生存》，胡泳、范海燕译，海南出版社 1997 年版，第 269 页。

② 欧阳友权：《网络传播与社会文化》，高等教育出版社 2005 年版，第 85 页。

③ ［美］约翰·P·巴洛：《赛博空间独立宣言》，《科技日报》1998 年 4 月 18 日。

取悦读者。"[1] 读者地位的提升，把传统文学的"以作家为中心"转化为"以读者为中心"，"读"与"写"已经不只是文学活动链上的不同环节，而结成为一个休戚相关的"利益共同体"。"我写你读"的体制被打破，昔日高高在上的"作家"此时不得不走下高台，降尊纡贵地适应甚至迁就读者。于是，作为文学消费者的读者，即使不是"上帝"，也是作者的"衣食父母"，因为他们决定着作者（当然还有发布作品的网站）收入、声誉乃至存亡，这是网络文学"网络性"的生动体现，也是网络技术的功劳。正是基于网络传媒的技术平权，德国后现代主义美学家沃尔夫冈·韦尔施（W. Welsch）欣喜地称电子媒体世界为"人工天堂"，认为借助信息技术的电子媒体，人类正赢回天堂，再一次"吃到智慧树上的果实"，他说："依靠电子技术，我们似乎正在不仅同天使，而且同上帝变得平等起来。"[2] 英国的斯特里纳蒂（D. Strinati）也认为："大众媒介的到来，文化和休闲与日俱增的商业化，使得大众文化日益打破艺术与民间文化之间的文化差别，如同工业化和都市化进程必将打破社群和道德传统一样。"[3] 我国第一代网络写手网络作家李寻欢对此深有感触："在我看来，网络文学之于文学的真正意义，就是使文学重回民间。"他甚至认为："如果说新文化运动解决了文学之于民众的'文字壁垒'问题，那么我们同样可以说：网络解决了文学之于民众的'通道壁垒'问题。"[4] 笔者多年以前也曾描述过这一现象：互联网是一个拥有巨大包容性的文化空间，其平等性、自由性和虚拟性将任何一个节点的网民都技术地设定为身份平等，文学边缘族群的艺术梦想和社会底层的欲望表达均有了张扬的契机，它向社会公众重新开启的文学话语权，让民间话语以

---

① 王觅：《网络文学：传递文学精神，提升网络文化——中国作协举办网络文学作品研讨会》，《文艺报》2012 年 7 月 13 日。

② ［德］沃尔夫冈·韦尔施：《重构美学》，陆扬、张岩冰译，上海译文出版社 2002 年版，第 235 页。

③ Dominic Strinati, An Introduction To Theories of Poplar Culture, Routledge Press, 1998, p. 9.

④ 李寻欢：《我的网络文学观》，http://www3.rongshu.com/poblish/readArticle.asp?id=4851。

“广场撒播”的方式共享网络对话平台，重铸第四媒体的文学范式，因此，网络文学可以被称作“话语平权的‘新民间文学’”①。

从人文审美角度看，“新民间文学”的最大特点是“平视审美”，即抛开“宏大叙事”的高端站位，从平民素心的大众本位来看待、评价和表现生活现实，尊重普通人的审美趣味，不拔高，不矫情，书写老百姓喜爱的故事；或站在普通民众乐于接受的视角展开艺术想象，用通俗化的表达方式创作他们爱读的作品。从作家方面看，网络文学创作走的是“亲民”路线，坚守着“以人民为中心”的文学立场，体现出平民化的亲和力，这是网络文学能够俘获亿万“芳心”的重要原因。被称作“超级爆笑爱情小说”《赵赶驴电梯奇遇记》引发无数网友跟帖热议，当年在网上阅读次数累计破2亿，作者坦言，其奥秘在于“放松、真实和彻底的娱乐精神”，网友说，“里面的人物情节都是每个人在生活中可能遇到的”。穿越小说《史上第一混乱》的网上爆红，不只是把不同朝代的历史人物如秦始皇、荆轲、项羽、刘邦、李师师等放到同一个位面空间，让不可能变为现实，更在于他们演绎的故事高度生活化、平民化，不但可笑，还十分可爱可亲、真实可感。

从作品的功能作用看，网络文学的娱乐休闲本色一面打捞闲暇，一面解放感官，用“自娱以娱人”的快感机制满足万千读者的快感体验和情感补偿，如研究者所说：“网络文学兴旺发达的秘密，不在于作者们具有深邃的思想、高超的艺术水准，而在于聪慧的作者们提供各种独特的成功想象的快乐，令追随的读者迷醉，如同手持‘神水’的面包师卢修斯。”② 唐家三少的《斗罗大陆》，辰东的《圣墟》，会说话的肘子《大王饶命》，我吃西红柿《飞剑问道》，猫腻《大道朝天》等，在涂途研究院2018年网络文学男频作家作品榜单中位列前五，从公布的评价标准看出，它们入选榜单的基本衡量标准是：点击

① 欧阳友权：《网络文学本体论》，中国文联出版社2004年版，第197页。
② 王祥：《网络文学创作原理》，中国人民大学出版社2015年版，第13页。

量、粉丝量、收藏量、推荐量、评论量、贴吧热度、百度指数等①，亲民性的“平视审美”是它们赢得网络文学市场的秘诀。我们不必指责网络文学评价过于倚重市场考量，因为相比传统文学，网络文学是“脱冕”和“祛魅”的文学，它不再注重某种膜拜性光环，而更多地是一种游戏式休闲或宣泄式狂欢，它拉开的是文学圣殿尊贵的面纱，让文学回归民间，对大众形成自由而快意的亲和力。因而，我赞成王祥先生在《网络文学创作原理》中把网络文学属性界定为“大众文艺”的观点：“网络文学反映大众愿望、价值观与情趣，它与神话、民间故事、明清小说、大众小说、大众电影电视剧具有显著共性，是为大众服务的‘欲望叙事’，具有相似的愿望—动机—行为主题谱系，主角为获取权力、财富、爱情，或者为获得超能、长生、成神成仙的目标而努力，故事的核心是关切个人的吁求是否能够满足，以此赢得受众的私欲认同。”②

不过，事物常常会有两面性，当我们充分估量网络文学平视审美、读者中心、民间立场积极意义的同时，也不要忽视它可能走向的另一个极端而走向负面，这主要有两种情形：

一是由平视审美而推至平庸崇拜。平视审美源于创作者的普罗情怀和平等意识，而平庸崇拜则会让创作陷入低端和庸俗。网络是个世俗化广场，自由使平凡走向平等，共享让期待抹平差异，“民粹”的氛围使这里不崇尚尊贵、不掩饰欲望，而崇尚平凡、崇拜世俗则成为时尚，一般不掩饰自己的诉求与宣泄。在文学创作中常常表现为拉低品位、认同平庸，关注和描绘芸芸众生的生存状态，却自甘于“我是屌丝我怕谁”的“阿 Q 做派”，可能导致作品形而上审美意味的缺失和文学理想的“沦陷”。网络上一度流行的段子如“Girl（女孩）和 Boy（男孩），何必拼命 Study（学习），不如挣几个 Money（钱），生个漂亮的 Baby（婴儿），天天生活 Happy（幸福）”，表达的正是这种观念。有的网络小说热衷于描写鸡零狗碎、一地鸡毛的生活，却没

---

① 速途研究院：《2018 年中国网络文学作家影响力榜》，和讯网 https：//m. hexun. com/socialmedia/2018-12-10/195502218. html。

② 王祥：《网络文学创作原理》，中国人民大学出版社 2015 年版，第 3 页。

有表现出改变现状的努力，而是以平庸自矜，终而成为英国通俗文化研究专家斯特里纳蒂（D. Strinati）所批评的“一种没有批判力的文化平民主义”①。

二是因讥嘲神圣而走向艺术犬儒。网络创作崇尚“渎圣思维”，如巴赫金在论及“狂欢化”时所形容的：“把一切崇高的、精神性的、理想的和抽象的东西转移到整个不可分割的物质和肉体层次，即（大地）和身体层次。”② 我们看到，一些网络小说的人设和故事桥段，往往把神圣化作笑谈，将崇高降格为游戏，或者用喜剧冲淡悲愤，以笑料对抗沉重，拒绝高尚和担当，自甘低贱和犬儒。网络作家尚爱兰曾表达过这样的心声：“那些要求网络文学负起社会责任和更有良心的说法，实在是良好的一厢情愿。你根本不能再要求他们像老舍一样去关心三轮车夫的命运，或者像鲁迅一样去关心民众的前途……我们没有文化优越感，但是我们有足够的生存困境，有足够的热情和机智，有足够的困惑和愤怒，有足够坚强的神经，有足够的敏感去咬合这个时代，有‘泛爱’和‘调侃’这两把顺手的大刀。”③ 可以说，仅有这样的文学立场，网络文学是很难作为文学史的一个节点而撑起一片历史天空的。

三、类型小说的“套路叙事”，是网络创作艺术适配创新性的价值选择

时下的网络文学以小说为盛，在堪称浩瀚的小说中，类型小说是主打，而类型小说则是“套路”叙事的结果。有关网文创作“套路”问题，研究者做过这样的界定：“套路是对一种流行类型文核心快感

---

① ［英］多米尼克·斯特里纳蒂：《通俗文化理论导论》，阎嘉译，商务印书馆2001年版，第278页。

② ［俄］巴赫金：《巴赫金文论选》，佟景韩译，中国社会科学出版社1996年版，第118页。

③ 尚爱兰：《网络文学中的“新新情感”》，榕树下图书工作室选编《99中国年度最佳网络文学》，漓江出版社2000年版，第305—306页。

模式的总结，是一套最易导致成功的成规惯例和写作攻略”[①]，深以为然。评价网络文学首先需读懂“类型文”，而要弄清楚类型文，首先得廓清类型文的套路叙事。类型写作约定并依附于一定的套路，而套路的产生又会形塑与创生不同类型的作品。从理论上说，套路有多少，网文类型就会有多少，类型不同，套路也会随之变化。但在实际创作中，“类型”与“套路”并非一一对应的关系，同一种类型小说可以运用不同的套路，如穿越小说可以使用“快穿”套路，也可以用“打怪升级”“金手指”“换地图”等，如《扶摇皇后》；历史小说可以“架空”，也可以使用“穿越”“升级”“宫斗”“武功”，如《赘婿》《回到明朝当王爷》。同一种套路也可以为不同类型的小说所使用，如“YY”“玛丽苏”“查理苏”“争霸”“复仇”“重生”“逆天”“铺梗”“甜宠”“渣贱”“主角光环”“爽点”“泪点”等套路，均是不同类型网文创作常用的“融梗”方式和写作技法。在网络文学领域，作为文体，人们常以“类型小说”称之；作为创作技法，则叫“套路”，实即小说创作形制化并可反复使用的叙事方式。如果说，网络类型小说是网络文学的“中国特色”，套路叙事的形成及其不断更新则是中国网络文学对小说艺术创新的历史性贡献，既具有网络类型小说艺术探索的适配性，也刷新了网络文学创作在叙事技法上的可能性。

网络类型小说的“类型”多样，据统计，大的类型就有 60 多种[②]，每一类中还有许多子类和亚子类。类型多，其“套路”自然也

---

① 邵燕君：《网络文学的“断代史”与“传统网文”的经典化》，《中国现代文学研究丛刊》2019 年第 2 期。

② 根据全国排名靠前的 100 家文学网站统计表明，目前的网络小说类型多达 60 多类。其中，玄幻、奇幻、仙侠、武侠、游戏、竞技、都市、言情、军事、历史、科幻、惊悚这 12 种类型是网络文学网站上普遍存在的基础类型，此外还有魔幻、修真、黑道、耽美、同人、太空、灵异、推理、悬疑、侦探、探险、盗墓、末世、丧尸、异形、机甲、校园、青春、商场、官场、职场、豪门、乡土、纪实、知青、海外、同人、图文、女尊、百合、美男、宫斗、宅斗、权谋、传奇、动漫、影视、真人、重生、异能、穿越、架空、女生、童话、轻小说等众多类型。见欧阳友权主编：《中国网络文学二十年》，江苏凤凰文艺出版社 2018 年版，第 126 页。

是五花八门。有网友曾总结出修真小说的套路，如“废柴崛起流”的套路为：

> 天生废柴资质平庸，机缘巧合之下获得逆天宝物（或可催熟灵药，或可提炼内胆，或可内含功法，或者内含千古老妖怪），从而开启全新的修真之路，师姐疼，师妹爱，门派小比露锋芒，门派大战树威名，换地图升级吊打各类天才，各种法宝功法随手捡来，真真是主角光环加身，各种厉害。诸如《斗破苍穹》《凡人修仙传》《武炼巅峰》等属于此类。

“学院修真流”的套路则是：

> 天才少年或者废柴少年，机缘巧合获得逆天法宝或者名师教导，从而天赋才能显现，进入学院吊打四方，一层层学院升级而不断地变强，扮猪吃虎，吊打四方，学院之中遇到众女神的青睐，机缘巧合之下发生点超友谊的关系，从而定下终身，家族反对，女神被带走从而快速崛起，不断奋斗，吊打女神家族从而抱得美人归，最终突破极限，成为大牛。诸如《大主宰》《神武觉醒》《龙王传说》等隶属于此类。①

还有网友把类型小说套路编成各种顺口溜，使其成为在线评论中备受关注的部分②。

---

① 十大盘点：《修真类网络小说中常见的四个套路，看看你中招了没?》，https：//baijiahao. baidu. com/s? id=1611727638903170513&wfr=spider&for=pc。

② 有网友总结出玄幻小说的套路：“男配女主三角恋，男主红颜群芳谱；虎躯一震霸气露，小弟美女我全收。反派作死无极限，专派手下送经验；伙伴全是战五渣，打架靠边秀惊讶。点子多多运气好，垃圾技能变成宝；同级里面能横扫，越级战斗不难搞。”穿越女强文的套路则是：“打雷车祸，魂归地府；只要穿越，必成女主。女强女尊，小白圣母；清穿架空，多半命苦。姐妹不知，丫鬟护主；琴棋书画，诗词歌赋。孙子兵法，现代歌舞；多国外语，会医擅毒。”参见小说开发三遍：《网络小说套路太多，书友太有才了，都把它们编成打油诗了》，http：//baijiahao. baidu. com/s? id=1599548505155636391&wfr=spider&for=pc。

套路的产生是网络文学叙事技法反复探索的产物，一种套路的第一次使用叫创新，用的人多了就变成了套路，用俗了就成了因袭，用久了变成“路径依赖”而成为僵化的模式，这时又会出现新的套路，甚至是“反套路”。套路形成的根本动因还是来自于读者，来自于阅读市场的检验，来自于作者基于读者反应的不断试错和不断调适。只有适合作品内容又受到读者欢迎的叙事套路，才会被证明是有效的，才能获得艺术适配的稳定性，让叙事艺术的可能性变为艺术创新的合法性。从一定意义上说，那些叙事套路是由众多网文作者和更多网文读者共同协作创立而成的，如邵燕君所说，这是一种“集群智慧的文学发明”。网络文学的类型套路具有原创价值，“就像麦当劳、肯德基、可口可乐、永和豆浆、老北京炸酱面的独家配方。只不过，网文套路的配方是开放式的，有开创者，没有专利拥有者，是在无数‘跟进’创作者的积累中自然形成的，是一种集群智慧的文学发明。这些扎扎实实的类型套路构成了网络文学的‘核心资源’，是建造这座金字塔的基石”①。

在我看来，网络文学套路叙事的贡献不只在于为网络创作找到了适配的艺术方式，以不断创新的套路开启网络文学的类型小说时代，而且大大丰富了中国文学传统的叙事技法。在文学发展史上，许多叙事套路古已有之，诸如重生、复仇、爽点、逆袭、脑洞、开挂、主角光环等等，在远古神话、唐传奇、三言两拍、《聊斋志异》等作品中均有不同程度的表现，不过是不以“套路”称之而已。西游中的神话仙侠，三国写的王朝争霸，水浒中的热血武侠，红楼里的后宫言情，也都有类型套路的影子。金庸、古龙、黄易、梁羽生、温瑞安等人的武侠小说，培养了一代代“武侠迷”，许多网络类型小说作家都深受他们的影响。不过与传统的类型小说和叙事套路相比，网络文学的“套路”不仅更为丰富，更为多样，也更为重要，更具开拓性和创新力。为了满足亿万读者的“刚需”，网络作家需要天马行空，大开脑洞，用尽已有的套路资源还不够，还必须不断创造新的套路。于是，

① 邵燕君：《网络文学的“断代史”与“传统网文”的经典化》，《中国现代文学研究丛刊》2019 年第 2 期。

唐家三少让主角打怪成神，天蚕土豆创造了主角废柴逆天，我吃西红柿则打造出极限修炼、升级成功的主角光环。号称网文界“四大文青”的猫腻、烽火戏诸侯、愤怒的香蕉、烟雨江南，亦便在开创自己新套路中，创作了一部部爆款小说，在表达文学情怀的同时，也为文学的叙事艺术创新积累出新鲜的创作经验。事实上，我们对于网络文学“套路”叙事的艺术创新性与历史合法性不仅重视不够，而且常常被低估——岂不知有许多“打怪升级”的套路并非都是在以“怪力乱神”去“装神弄鬼”，而是在以“套路”的方式探寻“套路叙事”创新的艺术可能性。

（原载《江海学刊》2020 年第 2 期）

新媒体创作自由的艺术规约

通过电脑、手机等新媒体终端进行文艺创作，其改变的不只是作品存在方式和传播形态，也带给了作者前所未有的创作自由。那么，新媒体语境中的创作自由有没有必要的限度、有什么样的艺术规约，不只关乎媒介变迁的技术认知，更蕴含着人文审美的艺术哲学问题。

一、赛博空间的艺术自由及其限度

从艺术生产方式看，互联网之于创作的一个历史性贡献是为其提供了技术和观念层面的双重自由。在技术的层面上，数字化赛博空间①的平行架构和平权机理，绕开了传统媒体单向传播的“把关人”前置模式，最大限度地开启了媒介民主和出入自由的新体制。尽管这个自由的网络世界只是一个虚拟空间，但虚拟的自由并不是“自由的虚拟”，而是实实在在的自由，正如马克·波斯特所说，网络化的虚

① 赛博空间又称“在线空间”，指计算机网络里的虚拟现实。该词是控制论（cybernetics）和空间（space）两个词的组合，是由移居加拿大的美国科幻小说作家威廉·吉布森在1982年发表于*omni*杂志的短篇小说《全息玫瑰碎片(Burning Chrome)》中首次创造出来，并在后来的小说《神经漫游者》中被普及。由于赛博空间生动地反映出电脑（电子的）与人脑（生物的）以及电脑网络文化（精神的）之间的联系，具有电脑时代的文化意蕴，因而受到科学界和文化界的普遍认同，成为能派生诸多电脑新词汇的前缀。

拟现实系统可以用技术手段复制现实，足以提供一种关于现实的置换，“它为用户提供了一种在‘第一次序现实’之上进行实践或娱乐活动的‘第二次序现实’”[①]。在观念的层面上，网络媒介创造了话语权下移的主体哲学和媒体社会学，把由社会分工和权力宰制划分得层级分明的媒介控制权和自由表达权交到每一个普通网民的手中。于是，“过去被认为坚不可摧的文化概念如同经历了其后果不可估量的地震一样动摇了”[②]。对于文艺创作而言，这个“地震”般分量的观念转型，既是话语权的下移，也是表达权的回归——文学艺术创作从少数文化精英和社会权力者手中挣脱出来，重新回到“劳者歌其事，饥者歌其食”、人人均可自由表达的本来状态，从而拆卸了创作资质认证的门槛，消除了作品的“出场”焦虑，谁都有权力上网发布自己的作品，谁也无权阻止（至少在道义上是如此）他人自由表达，这就给了每一个文艺爱好者以自我圆梦的机会，使来自民间的文艺弱势人群有了“人人皆可创作”的平等权力，他们可以在没有外在障碍和任何强制的情况下，按照自己的意志进行自主的艺术活动。“意志自由”支持“行为自主”，这正是“自由”一词的本义，也是所有艺术之成为艺术的逻各斯原点。

技术和观念的双重自由让新媒体文艺创作者得以把媒介权力转变为符号资本和文化权力。于是，“你越有文化表达的合法机会，就越会给自己带来这样的机会”[③]，网络时代的文学自由就是这么获得的。笔者多年以前在一篇文章中曾说过，“自由是互联网的精神表征，文学是人的自由精神的象征，网络之接纳文学或文学之走进网络，就在于它们共享一个兼容的精神支点——自由。可以说，‘自由’是文学与网络灵犀融通的桥梁，是艺术与电子媒介结缘的精神纽带，网络文学最核心的人文本性就在于它的自由性，网络的自由性为人类艺术审

① ［美］马克·波斯特：《互联网怎么了?》，易容译，河南大学出版社 2010 年版，第 133 页。

② ［美］马克·波斯特：《互联网怎么了?》，易容译，河南大学出版社 2010 年版，第 1 页。

③ 朱国华：《权力的文化逻辑——布迪厄的社会学诗学》，上海世纪出版集团 2016 年版，第 259 页。

美的自由精神提供了新的家园”[①]。如果说，人文是艺术的信仰，自由就是文艺的宗教，文艺为了信仰而成为自由精神的产儿。人类在物质生存之外还需要文学艺术，正是源于人类对自由理想的渴望，满足人类对自由世界的幻想，以图为人类的精神世界打造一个自由的乌托邦。而新媒体的出现解放了以往艺术自由中的某些不自由，为文艺更充分地享受自由、更自由地酿造自由精神的家园插上了自由的翅膀，新媒体文艺的活力与魅力正在于此。

文学艺术从赛博空间赢得的自由度，除了主体话语权的创作自由外，在经验的层面上还有媒介转换带来的另外三种形态：

一是无远弗届的艺术传播自由。“信息高速公路的含义就是以光速在全球传输没有重量的比特”[②]，而数字化“比特”作为“信息DNA”，完全消除了“关山迢远”和“物理时延”的壁垒，从而用“软载体”消弭作品的重量和体积，以比特代替原子，用网页替代书页，规避了昔日作品传播的所有障碍，虽然少了“望尽天际盼鱼雁、一朝终至喜欲狂”的期待快感，但其蛛网覆盖和触角延伸的传播方式，却能“笼天地于尺幅之屏，挫万物于眉睫之前”，只要联通世界，就能坐拥书斋，充分满足万千欣赏者对文艺“在场”的期待，使昔日的“踏破铁鞋无觅处”变为“得来全不费工夫”，有效降低了传播的经济成本和时间成本。用德里达的“延异”逻辑来理解，此时“潜在的在场”会“瓦解时间的简单性”，形成“意义、时间与历史的共同关系”的存在论基础[③]。互联网对文学的传播首先从“物质、时间、空间”三位一体上打破了传统文学传播模式，然后又从“迟延、在场、踪迹”的逐项延伸中消解纸介作品和口头文学的单线传播理念，实现了文学传播方式的根本革命。

二是“拉欣赏”的艺术选择自由。我们知道，新媒体语境中的文

① 欧阳友权：《网络文学自由本性的学理表征》，《理论与创作》2003年第5期。

② ［美］尼葛洛庞帝：《数字化生存》，胡泳、范海燕译，海南出版社1997年版，第24页。

③ 参见马克·柯里《后现代叙事理论》，宁一中译，北京大学出版社2003年版，第86—87页。

学艺术欣赏，在“欣赏什么”问题上具有极大的主体选择自由度。网络是信息的海洋，欣赏者的“网海觅珍”不再是传统的“施动（推）—受动”关系，而是“能动（拉）—施动”关系，网民只需拖动鼠标便可实现“所想即所见”，主动权完全掌握在自己的手中，马克·波斯特将其形象地描述为：“我们正在从扎根于时空的‘树居型（arborial）’生物变为‘根居型（rhizomic）’游牧民，每日随意（随何人之意尚存疑问）漫游地球，因为有了通信卫星，我们连身体都无须移动一下，漫游范围便可超越地球。”[①] 尼葛洛庞帝也说：“数字化会改变大众传播媒介的本质，‘推’（pushing）送比特给人们的过程将一变而为允许大家（或他们的电脑）‘拉’（pulling）出想要的比特的过程。”[②] 当然，网民据此获得的自由不只是实现了从“推”到“拉”转换，还有“推拉并举”的权力升级——网络使他们不仅可以在作品欣赏环节获得自主的选择权，还能在接受的同时获得发表的主动权，变信息接受者为信息发布者，让人的自由意志得到更充分的展开。

三是“间性主体”的艺术交往自由。我们知道，传统的主体观念是在主客分立中确立起来的，自我与世界之间，抑或创作者与欣赏者之间、欣赏者与欣赏者之间的界限无不了了分明。新媒体文艺则不然。由于网络世界便捷的实时互动与自由交往，创造者与欣赏者之间的身份常常可以互换——如网络文学的读者可以参与创作、影响创作或实施同人写作，作者也可以成为一个被人指手画脚的受控者、聆听者或粉丝群的读者，他们之间的关系已经不是认识论的“我—他”关系，而是本体论的“我—你”关系，是自我与另一个“我”之间的“交往—对话”关系，即自我主体与其他主体间的平等共在与和谐共存，如海德格尔在《存在与时间》中所说的“‘在之中’就是与他人

---

① ［美］马克·波斯特：《信息方式——后结构主义与社会语境》，范静哗译，商务印书馆2000年版，第25页。

② ［美］尼葛洛庞帝《数字化生存》，胡泳、范海燕译，海南出版社1997年版，第103页。

共同存在。他人的世界之内的自在存在就是共同此在”[①]。这便是由新媒体的“网络性”所决定的“间性主体”。新媒体创作不仅是主体在特定审美关系中的个性化展开，而且是间性主体在赛博空间里的互文性释放。间性主体的交往自由，丰富了文艺主体性的内涵，拓宽了创作主体的边界，为文艺生产赢得了更大的自由度。

法国思想家卢梭曾说：“人生而自由，却无往不在枷锁中。”[②] 尽管新媒体文艺在数字化传媒时代获得了比过去更多的自由或更大的自由度，但正如自由本身是对必然的有限认识、自由与限度总是相伴相生一样，赛博空间的自由也是有限度的自由，自由与自由的限度恰是新媒体文艺自由性的两翼。

在哲学的意义上，自由本来就是有限度的，它是对人的理性、人的创造力和人性丰富性的自然敞开，又必然带有人的理性、创造力和人性的局限和约束。从历史上看，从柏拉图、亚里士多德探索的作为自我意识觉醒的传统本体论自由观，到霍尔巴赫、斯宾诺莎、莱布尼兹、康德、黑格尔的作为自我意识自觉的近代理性主义认识论自由观，再到马克思的作为现实的人的自由自觉活动的自由观，以及作为一种指向未来的可能性的后现代主义自由观，如福柯、利奥塔、德里达等，无不把人的自我意识、人的自觉意识、人的自由自觉的现实活动和人的理性的可能性作为自由的标志和追求目标，认为自由总是与人的觉醒、人的理性可能性有关，而这种觉醒与可能性恰恰表明，自由不是与生俱来和不言自明的，而是一个历史的过程，是人的成长性、理性可能性与认识的有限性的结晶。正是基于这一特点，康德哲学将自由与必然划归到不同的领域，把自由归于意志领域，他称之为实践理性，而把必然归于理论理性活动的领域，他称之为纯粹理性；自由与必然的矛盾表现为认识与行动的矛盾。人的认识须服从必然性，但受意志支配的行动却服从人的内心自主的“绝对命令”，即意志自律，这就是自由，而自由的获得是“道德形而上学”的过程，既

① ［德］马丁·海德格尔《存在与时间》，陈嘉映、王庆节译，三联书店1987年版，第148页。

② ［法］卢梭：《社会契约论》，何兆武译，商务印书馆1980年版，第8页。

承认自由，又强调自律，自由与自律的结合就构成自由与自由的限度的统一。马克思则从人的历史实践与人的自由发展的关系中看待自由，认为“每个人的自由发展是一切人的自由发展的条件”①；而人的自由发展是一个实践性的历史过程，在这个过程中“人以一种全面的方式，也就是说，作为一个完整的人，把自己的本质据为己有”②，这样才能解决人与自然、人与社会、人与自我的矛盾，实现向人的类本质——自由自觉的活动的真正复归。

回到赛博空间的文艺自由，同样需要从理性觉醒、人性自律与实践过程中，去认识和把握自由，去认识自由与必然的关系，仍然需要据此把握网络自由空间的艺术限度，让技术的和规律性与艺术的合目的性在新媒体文艺实践中得到统一。当然，这里不仅有哲学上的自由与自律、自由与限度、自由与必然等方面的理论逻辑约束，还有“网络”与“艺术”的实践规制。在这个层面上显而易见的限度与规制主要有三个方面。

首先是创作主体文艺创造力的限度。作家和艺术家是从自己的创造力中赢得创作自由的，正所谓“才有清浊，思有修短，虽并属文，参差万品”③，不同创作主体的艺术创造力不仅有着明显的差异性，而且无不存在自身的局限性。曹丕说：“文以气为主，气之清浊有体，不可力强而致；”④ 刘勰提出：“诗者，持也，持人性情；”⑤ 钟嵘认为“照烛三才，晖丽万有，灵衹待之以致飨，幽微藉之以昭告”⑥，无不说明了这一点。文学是人学，艺术是人之镜鉴，人（作者）的禀赋才华、襟抱性情连同他的局限一道，都将体现在他的创作中。新媒体创作只能在主体创造力的范围之内施展自己的创作自由，而任何一个网络创作者的自由都将受制于他的创造力。网络大神风御九秋在接受访

① 马克思：《共产党宣言》，《马克思恩格斯选集·第1卷》，人民出版社1972年版，第273页。

② 马克思：《一八四四年经济学—哲学手稿》，刘丕坤译，人民出版社2000年版，第85页。

③ 郭洪：《抱朴子·辞义》。

④ 曹丕：《典论·论文》。

⑤ 刘勰：《文心雕龙·明诗》。

⑥ 钟嵘：《诗品序》。

谈时就曾说，网络写作“首先要有真才华，其次可以通过一些平台，一些论坛，一些客户端，一些网站来发表”，他还引用网络文学大学副校长血酬的话说，“作家到了高级阶段要靠拼悟性和天赋”①。悟性、天赋能让一个网络作家获得创作自由，与此同时，一个作家悟性与天赋的限度也就是他文学自由所能抵达的边界。唐家三少善写玄幻，酒徒善写历史，管平潮善写仙侠，丛林狼善写军文，小佛善写悬疑，匪我思存善写言情，丁墨则善写悬疑式的言情小说……他们个性异禀，各展其长，这是他们的天分，也是他们创造力可能抵达的高点及限度。

其次是新型媒介之于文艺表达的限度。按常理而言，基于数字化技术的新型媒介为文艺创作提供了明显的优势和更大的自由度，文艺创作还会有媒介限度么？从技术载体、传播便捷和观念建构看，文学艺术创作确实从数字媒介中获得了更多的自由和更少的限制。但从另一种意义上说，新媒介带来的数字化转型让文艺创作跳的是一场“镣铐舞”——既是对文艺生产的全媒介敞开，又给创作带来某些方面的阈限。譬如，仅就网络文学而言，新媒体对语言（文字）单一媒介的消解，文学创作可以走出“语言的囚牢”，摆脱文字的桎梏，充分利用视频、音频与文字的融合，实现多媒介文学表意；然而，文学脱离固定、单一文字媒介的限定后，开始超越传统文学书写的线性排列，由“规范的能指”走向了“滑动的所指”，网络链接创造的多媒体与超文本相互渗透的新型文本形态，颠覆了千百年来的文学约定，在挣脱线性文字排列的锁链后，其多媒介、超文本却丧失了由文字表意酿造的想象性、彼岸性、隽永性审美自由空间，诸如常为人称道的“远看山有色，近听水无声；春去花还在，人来鸟不惊”（王维）便有着视频、音频难以表达的意境。还有如“红杏枝头春意闹”“云破月来花弄影”，着一“闹”字、“弄”字便境界全出之类，也是视频、音频或视、音、文融媒介表意所难以企及的。被称作“中国首部多媒体

① 周志雄等著：《大神的肖像——网络作家访谈录》，山东人民出版社 2015 年版，第 216 页。

小说”的《哈哈，大学》[①] 充分运用多媒介叙事方式，让文字为视频、音频预设流动的空间，读者既可以在纸媒上“读书”，也可以在PC端“观景”，不过此时的“书”已经过滤掉了音频，原有的动态视频被简化为一帧一帧的配图。这样的小说还是我们所理解的传统意义上的“文学”吗？1990年美国小说家乔伊斯（M. Joyce）创作的超文本小说《下午》（Afternoon，A Story），用951个技术链接组成了539个文本板块，使同一作品产生N个故事情节，类似的“非线性数据系统”或“非顺序地访问信息的方法”[②] 是否拥有“文学”的历史合法性恐怕也是需要重新认定的。看来，由媒介转型带来的这些变化究竟是文学的自由，还是文学媒介变化形成了这一“语言艺术”的新限度，确实是应该重新讨论的。无论你怎么论证文字书写与多媒介表意各有其长，或者阐述线性文本与超文本互有其短，都无以回避一个基本的事实：文学在这个过程中得到的媒介自由与文学限度犹如一个硬币的两面，它们是同时并存的。我们需要做的是，在享受媒介自由的同时，基于技术合规律性与艺术合目的性相统一的原则，把握好新媒介使用的限度，因为其自由与限度都根源于新媒介的社会语境：“互联网是如此根本性地改变了人们从现代社会和此前漫长的年代中习得的认识与经验。时间与空间，肉体与精神，主体与客体，人类与机器——随着网络化的计算机的应用与实践，它们都在各自相互激烈地转换。”[③]

还有文化资本之于艺术适恰性的商业限度。资本对自由的影响乃至掣肘对新媒体创作尤为突出，也更为尖锐。无论是网络文学，还是网络游戏、网络音乐、网络影视，包括网络综艺，本身就是商业文化携带资本的“行囊”借助技术传媒催生出来的文艺新品，文化资本是新媒体文艺安身立命的硬核与动力。网络文艺的“网络性”犹如负重

---

① 《哈哈，大学》的文本作者：李臻，多媒体创作：哈哈工作组，纸质书由漓江出版社2003年8月出版。

② 这是黄鸣奋对网络超文本的界定，参见黄鸣奋：《超文本诗学》，厦门大学出版社2001年版，第13页。

③ ［美］马克·波斯特：《互联网怎么了？》，易容译，河南大学出版社2010年版，第5页。

登山的“挑夫”，一头承担打造“艺术性”的人文使命，另一头则不得不担负“产业化”的现实重任。前者需要新媒体创作为艺术创新孜孜以求，为社会文化建设承命担责；后者要求新媒体文艺生产与市场经营、商业盈利挂钩，给创作者和新媒体平台带来收益，以一种新的产业形态为社会贡献 GDP。中国的网络文学堪与好莱坞大片、日本动漫、韩剧并称为“世界四大文化现象”，能够以类型小说为产品主打，以网文 IP 为源头，形成市场化的“供给—满足”机制，并跨界分发构成泛娱乐产业链，无不是拜文化资本所赐。可以说，如果不是文化资本不懈的市场探索，并终而找到“付费阅读”“IP 转让”“线上线下经营”等商业模式，就不可能有“中国化的网络文学”时代。然而，资本的“逐利”本性在刺激网络文学繁荣的同时，也带来了“艺术”与“商业”的悖反、“数量”与“质量”的落差、经济效益与社会效益的脱节，甚至唯利是图、忽视社会责任等现象，而将资本的助力变形为艺术的掣肘，赛博空间的文学艺术被纳入“商业槽模”后，其触底的创作自由便走向了它的反面，由驱动艺术的适恰性要素异化为艺术创新的商业限度。

二、新媒体创作的跨界与规制

马克·波斯特在《信息方式》一书中提出，电子媒介长于“拟仿”（simulacrum），产生的是“仿像”（simulacra），使用这种媒介犹如“没有停泊的锚，没有固定位置，没有透视点，没有明确的中心，没有清晰的边界”，因为“其中的符码、语言和交流的意义暧昧不清，而现实与虚构、外与内、真与伪则在这种暧昧意义的波光中摇摆不定”①。这样的描述虽不免有些夸张，但相较于传统媒介的艺术生产，电子媒介如新媒体创作的规约更少、自由更多却是客观存在的事实，创作的跨界就是它的必然结果；而跨界与规制的并存与博弈所打造的

① ［美］马克·波斯特：《信息方式：后结构主义与社会语境》，范静哗译，商务印书馆 2001 年版，第 19—20 页。

新媒体文艺的生态格局，正是创作自由与艺术规约观念相伴相生的现实呈现。

从繁复庞杂的文艺作品考辨，新媒体文艺创作跨界有三种常见形态。

首先是从文学跨界到艺术。这里所说的文学跨界到艺术不是说的网络作为“宏媒体”和“元媒体”可以兼容各种艺术门类，如可以在网络上看电影、看电视、玩游戏、听音乐等，而是指让文学创作本身跨界到艺术领域，使作品成为文学与艺术兼容的“综合体”。我们知道，与书写印刷文学的文字媒介相比，网络文学创作可以便捷地使用多媒介和超文本技术制作视频、音频与文字相融合的作品，这种作品既具备文学的特点（可以阅读），又拥有艺术的功能（可以有音乐、音响，也可以配图片、图像、影视剪辑等），实际上是一种数字化的综合艺术，这正是我们在《网络文学概论》中界定的狭义的网络文学，也是足以区别于传统纸介文学的真正的网络文学。① 这样的跨界创作在欧美国家的超文本文学中较为常见，如迈克尔·乔伊斯的《下午，一个故事》（1987）和《暮光交响曲》（1997），史都尔·摩斯洛坡的《胜利花园》（1993）、谢莉·杰克逊的《拼缀女郎》（1995）等，考斯基马将其称之为动态文本（kinetic texts）、生成性文本（generated texts）、运用代理技术的文本（texts employing agent technologies），或统称为赛博格文本（cyborg texts），并提醒我们关注“当前数字化世界中‘我们的所做和所看’与‘我们思维中的惯性’之间的差异”②。

---

① 该书对网络文学的概念做了三重界定：广义的网络文学是指经电子化处理后所有上网了的文学作品，即凡在互联网上传播的文学都是网络文学；本义上的网络文学是指发布于互联网上的原创文学，即用电脑创作、在互联网上首发的文学作品；狭义的网络文学是指超文本链接和多媒体制作的作品，或者是借助特定创作软件在电脑上自动生成的作品，这种文学具有网络的依赖性、延伸性和网民互动性等特征，最能体现网络媒介的技术特色，它们永远“活”在网络中，不能下载做媒介转换，一旦离开了网络就不能生存。这样的网络文学与传统印刷文学完全区分开来，因而是真正意义上的网络文学，实际上它已经脱离了“文学是语言艺术”的传统观念，而成为一种新型的综合艺术。参见欧阳友权主编《网络文学概论》，北京大学出版社2008年版，第3页。

② ［芬兰］莱恩·考斯基马：《数字文学：从文本到超文本及其超越》，单小曦、陈厚亮、聂春华译，广西师范大学出版社2011年版，第241页。

汉语网文作品的这种差异，在上世纪 90 年代台湾的文学网站如“妙缪庙”“涩柿子世界”中有过生动体现，产生过一批带有“综合艺术”特点的超文本作品，如《超情书》（代橘）、《蜘蛛战场》（苏绍连）、《诗人行动》（米罗·卡索）等。我国内地早期的文学网站上也曾出现过诸如《晃动的生活》（亿唐网）、《阴阳发》（网易社区）这样的多媒介小说。[①] 在这方面最具典型性的作品当属《哈哈，大学》，这部反映大学校园生活的网络小说，其文字部分由上海某大学大四学生李臻完成，多媒体部分由他的同学组成的“哈哈工作组”制作。由于文字表达的故事情节需要配有视频、音频的内容，因而作品只能在网络环境中欣赏。后来，2003 年漓江出版社将其出版成为纸质书时，只能下载文字部分，音频被舍弃后，其视频部分则挑选了若干幅典型的画面以截图方式穿插于书中。该书的序说：“对于《哈哈，大学》而言，它是真正意义上的‘文本革命’——中国首部多媒体小说。读者既可以在纸媒上阅读，因其多媒体小说的文字独立成章，独立叙事；又可在电脑上阅读，用这种方式时，读者既能看到文字，同时又观看了多媒体影像。”[②] 类似这样的多媒体小说，是文学，也是艺术，是网络文学向艺术跨界的一次成功实践。

然后是从艺术跨界到文化。正如“文学艺术”本身就是“社会文化事业”的一部分，新媒体艺术也是网络文化的一部分。不仅如此，新媒体艺术还能直接生产网络文化产品，即不是在宏观归类的意义上，而是在产品品质的分辨上它就是“文化产品”，或者主要是“文化产品”，而不是传统意义上的“文艺作品”。譬如，网络游戏、网络音乐、网络动漫、网络设计、网络二次元制作等等，可以说它们是新媒体时代的新型艺术，但其实将它们归于大众文化产品可能更为合适，因为不仅其娱乐性大于艺术性，而且它们的文化消费性也多于艺术审美性，新媒体文化的天空主要就是由它们来支撑的。再如文学作为传统的“语言艺术”，既是“艺术之母”，也是“文化之根”，但

---

① 有关多媒体、超文本网络小说信息可参见欧阳友权《网络文学本体论》第五章：存在形态：电子文本的艺术临照，中国文联出版社 2004 年版，第 137—164 页。

② 吴纪椿：《哈哈，大学·序》，漓江出版社 2003 年版，第 3 页。

是，在网络文学创作中并不是只有“作家”才去当“写手”的，“人人都能当作家”的网络平权机制，让这里成为表达和倾泻的广场，那些“准文学”甚至“非文学”的产品常常与文学作品并陈于网络空间，加上近年来传统文艺学领域出现“文学研究”向“文化研究”的跨界和扩容趋势，以及“日常生活审美化”和“审美的日常生活化”的丰富实践，使得“文学”与“文化”不断交织渗透、界限模糊，让“僭越文学”的网络跨界写作有了更多理论与实践的合法性。于是，在网络文学中，生活与艺术、纪实与虚构、文学与非文学界限模糊，常常是混搭在一起的，用“网络文化”的“大箩筐”倒是正适合容纳它们。其实，汉语网络文学在诞生之初，本不是基于文学的动机，如它产生的源头——1992 年诞生于美国印第安纳大学以 alt. chinese. text 为域名的互联网新闻组（简称 ACT），就不是专为文学成立的，而只是一个华人留学生用母语表达异国游子思乡情怀的文化平台。此后在世界各地出现的中文电子刊物，如加拿大的《红河谷》，德国的《真言》，英国的《利兹通讯》等，也主要发表纪实性的文章，发布文学作品的《橄榄树》《花招》等专门文学网站的出现是在这之后的事。中国本土第一家大型原创文学网站“榕树下”，早期发表的作品中，纪实性的文章就占 50%以上，其中，心情告白、网恋故事、琐屑人生、旅游笔记、校园写真等占比最高。文学网站专以“文学”为承载和经营目标是在类型小说大范围出现以后，即使这样，今日网络文学平台上的作品也不是传统的诗歌、小说、散文、剧本的“四分法”可以囊括得了的，那些二次元的作品分明就是“Z 世代”文化、青年亚文化的数字化表征，那些为网游、网络大电影、动漫而创作的故事桥段，以及粉丝互动中的长短评表白、自媒体中的精彩段子，也是文学与文化交织、文学向文化跨界的产物。

还有艺术类型、文本文体的跨界。可以说，新媒体文艺的所有形态都是艺术与技术“杂交”的产物，是“艺术的技术性”与“技术的艺术化”的跨界融合。比如，网络音乐、网络绘画、网络设计（艺术设计、产品设计），虽然吸纳了传统艺术的规律与技法，却已经大大超越了传统的音乐、绘画以及美术（平面）和雕塑（立体）设计，用艺术化的技术方式让它们成为独立的艺术新品类。网络大电影、网剧与传统的院线电影、台播电视剧的区别，显然不限于制作成本、播放平台和分账方式的不同，更有创作理念、技术手段、作品容量和消费对象等诸多方面的差异，经过这几年的发展，它们正“自立门户”，试图从传统的影视模式中剥离出来，成为独立的网络艺术形式。还有市场号召力更大的网络游戏、网络动画则完全成为跨界融合的艺术新类，它们不仅有精彩的故事脚本，更追求能吸引消费者视听感官的技术制作，并添加了传统艺术所没有的其他元素——如网游要有玩家（消费者）的互动参与才能在“过程”中生成作品；不仅如此，无论是互联网游戏、单机游戏还是手游，都必须有游戏运营商提供服务器或游戏客户端下载相关软件，再经由用户的数码处理终端作为信息交互窗口，作品才能在“玩”的过程中“创作”出来，其创作主体完全是“间性”的、多元的、无限衍生的。从实际效果看，这种游戏的技术操控远远大于它的艺术含量，其文化产业价值也多于艺术审美价值，它所达成的娱乐、休闲、交流和博取虚拟成就的功能，是超越任何一种单一艺术类型的，以至于“网游成瘾”成为一种青少年亚文化滋生的“现代病”。网络文学的文体跨界更是为新媒体创作的文体变迁吹响了“集结号”。我们看到，基于网络创作的“文学”打破了千百年来约定俗成的文体类型，为新文类的产生创造了新的可能。例如，自2003年起点网创立“付费阅读”模式以来，由“续更”与“追更”相伴而生的类型小说，已发展出近百个大类和数百个亚类，玄幻、仙侠、盗墓、穿越、宫斗、悬疑……目不暇接，创造了中外文学史上亘古未有的文类奇观，而不同文体之间的跨界更是网络写作常见的“任性”之举。譬如，在传统的文体观念中，诗歌文体的基本形制是分行排列，而小说是文字的线性延伸，一般不分行排列，但互联网上的第一部长篇言情小说——痞子蔡的《第一次的亲密接触》，通篇却是分行排列的短句，如：

我轻轻地舞着，在拥挤的人群之中，
你投射过来异样的延伸。
诧异也好，欣赏也罢，
并不曾使我的舞步凌乱。

因为令我飞扬的，不是你注视的目光，
而是我年轻的心。①

如果一部小说的通篇都使用这种分行排列却并不押韵的表达方式，那么它究竟是小说还是诗歌呢？痞子蔡就为我们奉献了这样一部全是由短句分行排列的“网恋”小说，吸引了无数粉丝，它对诗歌文体的跨界并无违和之感。另有一部网络小说《玫瑰在风中颤抖》，在文体上也不类前人，因为它不是由作者风中玫瑰独立完成，而是在BBS公告板上由作者和众多读者现场回帖、参与互动、一段一段贴出而共同完成的。该作品共约14万字，断断续续历时9个多月完成，其中属于作者写作的部分仅有三分之一，其余均是由众多网友互动跟帖完成，内容上则相互衔接，合力推动着一个“婚外恋”故事的进展。2001年，人民文学出版社以《风中玫瑰》的书名出版了这部BBS小说，这样的混搭型文体恐怕只有网络媒介创作才会出现，也才有可能。另外还有如千夫长的手机短信小说《城外》，“段子写手”戴鹏飞的原创短信专辑《你还不信》，被称作“中国首部微博小说”闻华舰的《围脖时期的爱情》，以及微信诞生后，在朋友圈、微信公众号中涌现的微信文学等等，它们在文体上已不限于诗歌、小说、散文，各种文体之间的界限不再是那么泾渭分明，数字化新媒介创作让新的文学文体不断展露在网络的虚拟空间。

由于技术、艺术、资本、市场和政策法规等多方面的合力作用，特别是“IP”观念之成为行业风标后，我国的新媒体文艺市场经历了“文学→艺术→文化→娱乐→产业”的层层洗礼，“跨界”不仅成为常态，也是它的存续之道。不过，在此我们依然要说，新媒体创作无论多么自由、怎样跨界，都是艺术规制下的自由、媒介限度下的跨界，是“戴着镣铐跳舞”、循着目标远航。作为一种人文性精神文化生产，新媒体创作的规制仍将以其逻辑的必然性彰显出艺术的合理性。

首先是艺术审美规制。艺术审美是文艺的底色和创作的“靶的”，

① 痞子蔡：《第一次的亲密接触》，知识出版社1999年版，第19页。

新媒体创作也不例外。比如，网络作家中可能不乏“文青”和才子，如早期写手安妮宝贝、李寻欢、邢育森、黑可可，后来写出了《网络英雄传》系列的刘波、郭羽，创作《将夜》《择天记》的猫腻，创作《赘婿》的愤怒的香蕉，以及骁骑校（《匹夫的逆袭》）、陈词懒调（《回到过去变成猫》）、冰临神下（《孺子帝》）、何常在（《浩荡》）等人，他们的作品文学味比较浓，创作的多为值得“细读”的耐看之作。但毋庸讳言，网文圈中的多数写手并非是冲着“文学”而走进新媒体，走进网络写作的，怀着功利化商业动机、娱乐性消遣目的上网“试水”者甚多，加之网络写作的“后置型”生产模式，重“出口”不重“入口”，准入门槛不高，缺少严格的把关人，导致网络文学中赝品和平庸之作较多，这也正是网络文学饱受诟病，有的格调不高，乃至需要“净网行动”“剑网行动”不断治理的一个重要原因。但网络并非文外飞地，网络文学既然是“文学”，就仍然摆不脱文学的要求，不能没有艺术审美的规制。网络作家何常在说过：“从纯文学到通俗文学性再到网络文学，并没有感觉到有多大的区别，本质上来讲都是文学，都是为人民服务的大众艺术。”① 也就是说，网络文学作品无论是谁在写、不管是写什么，都需要按照艺术审美的要求，遵循文学创作的基本规律，创造具有文学价值的作品。“网络”不是理由，“业余”也不是借口，“文学性”的艺术魅力才是网络创作绕不过去的“铁门坎”，如果“创作自由”是它的理想，“审美规制”就是它的宿命。

其二是道德伦理的规制。中国作协网络文学委员会主任陈崎嵘在论及网络文学评价问题时说过这样一段话：

> 网络文学应该有起码的社会责任、基本的法理和道德底线。在反映现实时，应当分清主流与支流、光明与黑暗、现象与本质、现实与理想、合理性与可能性，恪守基本的道德标准和伦理规范。不能否定一切，怀疑一切，“天下乌鸦一般黑”，“洪洞县

① 王志艳、陈杰：《作家何常在：网络文学的说法早晚会消失，只留下文学》，新华网客户端：http：//baijiahao. baidu. com/s？ id = 1647347240769552169&wfr = spider&for = pc。

里无好人”。哪怕是虚构玄幻世界，也应当符合人类既有的知识经验和生活常理，体现人性人情。①

网络写作的轻松和随意，以及娱乐至上和过度商业化的传媒语境，可能淡化创作者应有的责任，造成网络写作崇高感的缺失，文学与“时代良知”“人民代言”的价值理念越来越远。其结果，网络技术传媒与大众文化合谋，其生产的产品传递的往往不再是昂扬向上、刚健有为的价值观，也不再注重高尚情操、英雄情怀的讴歌与酿造，而可能只是自娱自乐的一己表达、迎合市场的文化快餐甚或成为公共空间的文化噪音。故而，网络创作不能没有道德伦理的规制，应当倡导高雅的审美取向，追求积极、健康、乐观、高雅、清新的审美趣味，反对消极、颓靡、悲观、低俗、污浊的审美趣味。互联网并不只是冷冰冰的机器，作家面对它实即面对生命、面对人生、面对鲜活的生活，因而应该对文学心怀敬畏，对网络志存高远，并把这样的观念体现在自己的题材选择、情节设置、人物塑造、语言使用、文本格调等创作过程的始终。

还有意识形态方面的规制。如果你承认文艺创作是一种价值赋予、一种观念构建，或一种精神的表达，就不能否认它是一种意识形态的营造和体现。传统文艺创作是这样，新媒体创作也不例外。无论新媒体文艺多么另类甚或叛逆，不管其媒介载体、创作技能、传播途径和欣赏方式与传统文艺有多么不同，只要它还是文学艺术，只要它还属于精神产品，它就应该具有作为精神产品所必具的基本特点，都需要蕴含特定的意义指向和文化价值观，并应该让它产生积极向上的影响力与感染力，使其成为我们的社会，我们的生活，特别是青少年成长的精神“钙质”。我国的新媒体文艺的意识形态建设主要有两大举措，一是监管，二是引导。前者通过相关政策法规、行业自律、文艺创作者培训等，净化网络空间，打击和清理不良作品，从而设立意识形态方面的底线和红线；后者则通过评优设榜，设置网文标杆，积极引导新媒体创作承担时代使命，彰显以人民为中心的创作导向，弘

① 陈崎嵘：《呼吁建立网络文学评价体系》，《人民日报》2013年7月19日。

扬中华优秀传统文化，努力创作生产传播当代中国价值观念、反映中国人审美追求的优秀作品，为中华民族伟大复兴凝心聚力、培根铸魂。例如从2015年起，国家新闻出版署和中国作协每年都推出优秀网络文学原创作品榜单，其意义旨在传播正能量，讴歌真善美，形成正确的意识形态导向。如2019年庆祝新中国成立70周年时推出的25部优秀网络文学原创作品中，《大江东去》力呈改革开放40年的波澜画卷，《大国重工》勾勒国企发展的任重道远，《太行血》尽显中华儿女不屈不挠的意志和家国情怀，《繁花》展现平凡人不平凡的生活百态，《地球纪元》书写绝境下人性的抉择和坚守，《魔力工业时代》将科技原理与丰富想象融会贯通……其所体现的价值导向就具有积极的意识形态内涵，以此赋予网络文学创作以坚实的逻辑支点和底气，蕴含着网络写作的意识形态向度。

三、作者主体的自律与他律

新媒体时代的主体自律与他律问题，比以往任何一个历史时期都显得更为重要和紧迫。我们不妨从一部作品说起。网络小说《网络英雄传之黑客诀》① 发布后，引起了许多读者对网络安全、信息风险问题的关注。作品描写的黑客高手在反恐禁毒领域的巅峰对决，不仅在艺术感受上让人惊心动魄、在技术上使人脑洞大开，也让我们深深感触到互联网时代尖端技术的无所不能和信息风险的无处不在，在黑客高手面前似乎一切都是透明的，没有任何秘密和隐私可言，大到国家的通信卫星、军事指挥系统，小到马路交通信号，个人手机、银行账号、私人通信，凡是有电源、有网络的地方，都存在安全风险。小说的情节是虚构的，但它却揭示了一个客观的事实：计算机网络的便捷，在给予人们充分自由的同时，也给了我们以极大的限制——新型媒体尤其需要培植“鼠标下的德性”，大数据时代的信息管控让一切

① 郭羽、刘波：《网络英雄传之黑客诀》，咪咕阅读、花城出版社2019年9月网媒、纸媒同时发布，是《网络英雄传》系列小说的第4部。

与网络有关的信息变得“透明”，任何一个主体的网络行为都将无处遁形，也都将影响社会公共空间。于是，如何处理新媒体语境中个人自由与他人自由的关系、主体行为的自由度与虚拟社会的行为规范的关系，以及网络行为与道德意识的关系等，便成为数字媒介伦理中亟待解决的问题。对于新媒体文艺而言，无论是创作还是欣赏，都需要重新构建自律的约束机制与他律的行为规范，以调适创作自由的艺术规约，构建创作自由与艺术规约之间的逻辑统一性与艺术必然性。

在自律方面，基于新媒体艺术实践，创作主体的自律大抵包括：

其一，“角色面具”消解后的身份自律。网上有名言说：“在网上，没有人知道你是一条狗，”这只是就网络的匿名性特点而言的，千万不要据此以为，上网时没人知道你是谁，就可以在虚拟空间肆意妄为。事实上，由于网络 IP 地址的唯一性和现代社会广泛覆盖的视频监控，如果需要，不仅知道上网者是哪条“狗”，还可以清楚地知道你上网做了什么，并要求你为自己的行为负责。匿名上网是有“角色面具”的，网民可以化身为任何一个他想要的角色与他人交流，此时，网民暂时摆脱了其在日常生活中的“角色扮演”和“身份焦虑”，他不再是社会关系、环境伦理约定的某一社会角色（职位、身份等“社会关系的总和”）或家庭角色（家长、子女等血亲人伦关系），而是一个平等交流的普通网民。这时候，他是自由的、轻松的，但此时的你决不能放纵自己的言行，而需要“慎独”和自律，因为你所面对的不是冷冰冰的机器，而是活生生的人；不是虚拟的广场，而是公共话语平台。你的每一句话、每一个文字（或图片、音频、视频）不仅要对自己负责，还要对他人、对社会负责，文艺表达的东西还得对文艺接受对象和文艺本身的创作与发展负责。可见，这个貌似“孤独的狂欢”的私密环境，其实是一个交互式共享空间，即曼纽尔·卡斯特所说的“互动式社会”①。于是，当一个人的现实角色被匿名上网暂时（只是暂时，不是永远）消解后，一个有责任感的理性网民，需要的是“不忘初心”，用自律坚守道德、信念和法规，在电子

---

① ［美］曼纽尔·卡斯特：《网络社会的崛起》，夏铸九、王志弘译，社会科学文献出版社 2001 年版，第 441 页。

空间与物理空间、交往自由与社会责任、平等与互惠之间，把握好必要的平衡和一定的度，而不得无所顾忌地为所欲为。网络空间滋生的谣言、诈骗、窥探隐私、黑客犯罪，某些网络作品中不同程度存在的恶俗、低俗、庸俗或情色、暴力、迷信等有害内容，正是面具隐匿后丧失身份自律的表现。

其次是虚拟沉浸中的理性自律。被称作“赛博空间”的互联网是一个足以让人沉浸其中乐而忘忧的世界，一个既非物质亦非精神、却又关涉物质与精神的“数字化世界”。随着 VR（Virtual Reality，虚拟现实）、AR（Augmented Reality，增强现实）、MR（Map Reduce 混合现实）和 AI（Artificial Intelligence，人工智能）技术的出现，抑或佩戴数字引擎、头盔显示器、数据服、数据手套等虚拟工具以后，互联网将以更为强大的沉浸性虚拟而大大增强更为“真实”的虚拟式沉浸，让网络游戏、网络影视、数字动漫等新型艺术成为现代社会的新宠，把虚拟沉浸中的理性自律，从技术和艺术层面，提升至技术哲学和文艺社会学论题，并成为网络文艺美学的一个支脉。就新媒体文艺来说，作为媒介载体的网络世界不仅作为一种“此在”是虚拟的，艺术所表现的对象也是“超现实”的、想象的世界。笔者多年前曾描述过这个世界：“网络作品所描写的是网络化了的生活世界，甚至是独立于现实又迥异于现实的虚拟真实世界，艺术与生活的关系衍生为写作与超现实的虚拟关系，不仅艺术与现实间的‘真实’关联失去本体的可体认性，主体与现实之间的审美关联也被‘赛博空间’所隔断。于是，人与现实之间的审美关系就变成了人与网络世界之间的互动关系，创作成了一种‘临界书写’，作品显露的是一种客观本体论与价值本体论双重悬置的‘镜映效果’。”① 作者在虚拟的世界里沉浸，读者特别是那些等待续更的“忠粉”“铁粉”们也将被“代入”到这个世界不能自拔，感性覆盖理性、情绪激发情感、“爽感”遮蔽知性，会成为新媒体文艺创作与欣赏的常态。此时，理性的干预、意志的自律不仅是必要和重要的，也是必然和应然的，因为正如尼尔·波兹曼用“娱乐至死”的警言所揭示的：“如果文化生活被重新定义为娱乐

---

① 欧阳友权：《用网络打造文学诗意》，《文学评论》2006 年第 1 期。

的周而复始，如果严肃的公众对话变成了婴儿语言，总而言之，如果人民蜕化为被动的受众，而一切公共事务形同杂耍，那么这个民族就会发现自己危在旦夕，文化灭亡的命运就在劫难逃。”①

再者是话语自由情境下的艺术自律。新媒体催生文艺话语权的下移，让“零门槛”的创作自由和表达自主情境下的艺术自律问题浮出水面。并且，新媒体创作“大跃进”式的爆发式增长，使创作规范和艺术约束不再是一个不证自明的命题，而成为一个需要仔细考量和重新设定的艺术规制。否则，有“网络”而无“艺术”，或有“文学”而无“文学性”将成为新媒体文艺良性发展的一大“软肋”。这种艺术自律的必要性来自两个方面：一是创作主体的艺术素养提升，二是新媒体生态语境中的艺术坚守与自觉。前者需要网络创作者以清醒的自我意识和责任担当，不断提高自己的思想和艺术水平，怀着对艺术的敬畏、对创作的虔诚去从事新媒体文艺生产，从丰富的民族文化传统和文学艺术经典中汲取营养，向古人学习，向他人学习，把对人文审美艺术的追求变成无限追求，让追求本身成为无限。后者则需要摆脱消费社会的功利诱惑和来自“追文族”“艺术忠粉”“打赏一族”的互动干扰，不要为一时的“利”与“名”而迷失自我、走偏方向。譬如，一部网络小说的连载与更新会伴随着无数粉丝的关注、兴奋、议论，抑或粉丝之间的交流、争论乃至互怼、掐架，从而形成读写互动中草根群体与作者之间的“绑架关系”，形成“共同体意识”，其带来的结果可能让“作者的生命表达与独异创造难以为继，独立的写作意志很大程度上让位于对大众意淫思维的遵行”②。此时的作者能否保持自己的创作个性和文学初衷，对他的艺术自律品格将是一种严峻的考验。另外，出于商业目的，一个作品能否在网站获得首页推荐或上架、榜单前推，要依赖网友的点击、收藏、推荐、打赏、月票等各项数据，网络写手为了迎合读者的趣味爱好可能降格以求拉低作品的艺术品位以获取阅读市场的消费业绩，商业利益的巨大诱惑也将是对

① ［美］尼尔·波兹曼：《娱乐至死·童年的消逝》，章艳、吴燕莛译，广西师范大学出版社2009年版，第133页。

② 参见黎杨全：《数字媒介与文学批评的转型》，上海三联书店2013年版，第88页。

创作者艺术自律情怀的严峻考验。

再说说创作主体的他律问题。概括来看，这种他律，以文学传统、政策法规、消费市场这三种因素影响最大。其中，文艺传统的他律是对新媒体创作的内因规约，政策法规是对行为主体的外在规制，而消费市场则构成新媒体文艺创作的商业驱动。

传统的规约力量是潜在的，柔性的，也是巨大的，深远的，无所不在的。千百年来积淀下来的文学艺术传统能以"集体无意识"的方式浸透在新媒体创作、传播、欣赏、交易的各环节中，对文艺的评判、价值、影响力形成影响。例如，人们对网络文学的批评如"乱贴大字报""口水文""量大质不优"等等，实际上是基于他们心目中"何为文学""什么样的文学作品才是好文学"来做出评判的，而评判的标准就是文学传统，或传统的文学认同标准和文学观念。中外文学传统已积淀数千年，人们对文学已有公认的评判尺度和经验。譬如，大凡是文学，不管是传统文学还是网络文学，都应该是一种人文性的审美行为，其所表现的都是人与现实之间的审美关系，网络创作绝不是单纯的技术操作，而是一种特定的意义承载和价值赋予。再如，网络文学只要还属于精神产品，它就应该具有作为精神产品所必具的基本特点，都需要蕴含精神产品特定的品质，都要影响人的精神世界，引导人们向善、求真、审美，能够启迪思想、温润心灵、陶冶性情。新媒体改变的只是文学载体、传播方式、阅读习惯和表现方式，"不能改变文学本身，如情感、想象、良知、语言等文学要素"（张抗抗）。不同时代的文学或许各有其媒体技术方面的差异，但"体验、想象力和才华"是不能少的（王一川），如果少了，它就将不再是文学。《择天记》《巫神纪》《斗破苍穹》等众多热门小说展现的玄幻世界，建构出浩大磅礴的神魔或修炼谱系，均可在传统神话中找到源头。唐家三少、天蚕土豆、梦入神机、辰东、我吃西红柿、血红等网络作家的作品受到众多网友追捧，其实正是传统武侠、玄幻小说阅读心理和欣赏习惯的一种延续，这就是传统的力量，是传统的"他律"作用于网络作家"自律"的结果。

政策法规的制约力量是直接的、刚性的，并且是强制性的，其效果也将立竿见影。例如，我国曾出台过一系列与新媒体文化、网络文艺相关的政策法规文件①，2010 年以来，国家版权局、网信办等部门组织开展的“剑网行动”和“净网行动”，每年都要查处一批网络盗版侵权案件，一些涉黄、涉政、涉黑、涉暴的网络作品被清理，还有一些不合规范的作品由网站平台主动下架，2019 年上半年，仅起点中文网贮藏的小说作品就下架超过 120 万部②。法律法规对网络文艺的“他律”举措，对于约束网络行为，净化网络空间，维护网络版权，打击网络空间的违法行为，促进整个行业健康长远发展，起到了保驾护航的积极作用。

较之于传统文艺创作，消费市场的他律性约束将更加直接，也更为强大。在高度市场化的新媒体文艺领域，消费者就是创作者的“衣食父母”，一部作品如果不被消费者接受、欣赏，一个创作者如果缺少粉丝关注，就将消逝在无边的网海。如同传统的文艺市场一样，一个视频产品如网络大电影、网剧、网络动画片，甚至网络综艺，如果没有观众，网友不爱看，没有点击率，少有消费者为其买单，它就将淡出公众的视野；同样，如果一部网游缺少玩家，一个网络音乐没有听众，不仅创作者、制作方和发布平台在经济利益上会亏本，艺术上也会是落空和失败的。于是，新媒体文化消费市场的约束力将会对新媒体创作形成倒逼作用，迫使新媒体艺术生产一方面提升作品质量，力求思想精神、艺术精湛、制作精良，以打造精品力作；另一方面，

---

① 近年出台的代表性的法规文件有：国务院《互联网信息服务管理办法》（2000 年 9 月 25 日）；文化部《互联网文化管理暂行规定》（2011 年 4 月 1 日）；全国人大常委会《中华人民共和国著作权法》（2013 年 3 月 1 日）；国家新闻出版广电总局《关于推动网络文学健康发展的指导意见》（2014 年 12 月 18 日）；中共中央《关于繁荣发展社会主义文艺的意见》（2015 年 10 月 3 日）；国家版权局《关于加强网络文学作品版权管理的通知》（2016 年 11 月 14 日）；国家新闻出版广电总局《网络文学出版服务单位社会效益评估试行办法》（2017 年 7 月 1 日）等。

② 有统计表明，起点中文网此次下架的小说中，玄幻频道少了 35 万本，奇幻 8 万本，武侠 1.4 万本，仙侠 14 万本，都市 21 万本，现实 1.4 万本，军事 4 万本，历史 5 万本，游戏 7 万本，体育 7 千本，科幻 8 万本，灵异 3 万本，女生 7 万本，二次元 7 万本。https：//weibo. com/Yyymakeup? is_ all = 1#1535533166682。王觅:《网络文学：传递文学精神，提升网络文化——中国作协举办网络文学作品研讨会》，《文艺报》2012 年 7 月 13 日。

要了解市场需求，适应消费者需要，让消费市场的他律性约束成为创作的驱动力。从新媒体产业链的上游——网络文学创作来看，一个写手要想在网络上立足，必须拿出能让网民读者喜爱的作品，一切都要凭借作品说话，任何人都无法干预读者的选择。新媒体作品的市场化竞争十分残酷却也非常公平，它不会埋没任何一个勤于写作的文学天才，也不会给任何一个庸才以鱼目混珠的机会。一个作品的媒体影响力如百度指数、微博指数、微信指数，一个创作者的社交平台影响力，如微博粉丝量、贴吧热度，以及该创作者与作品的综合影响力，如点击量、购买人数、推荐量、评论量、收藏量、粉丝量、打赏数、月票数、豆瓣评分等等，均是衡量新媒体创作市场号召力的硬指标，它们无时不在推动或制约着创作，形成一种无时不在的他律性驱动机制。正是凭着读者市场的影响力，唐家三少、天蚕土豆、我吃西红柿分获由“橙瓜网”评审的 2016、2017、2018 年“网文之王”称号，网络小说改编的电视剧《庆余年》豆瓣评分达 7.9 分。创作了《遍地狼烟》等现实的网络作家菜刀姓李（李晓敏）曾深有感触地说：“传统文学和网络文学真正不同的地方只是在于决定作品命运的人变了：以前是编辑决定作品生死，到了网络上更多地是由读者来判定作品的命运。在某种程度上，写手由迎合编辑或者文学期刊变成了直接取悦读者。”① 网络文学创作是这样，网络艺术创作何尝不是这样？这正是新媒体创作自由与艺术规约之间存在逻辑统一性与艺术必然性的又一注脚。

（原载《社会科学》2020 年第 5 期）

---

① 王觅：《网络文学：传递文学精神，提升网络文化——中国作协举办网络文学作品研讨会》，《文艺报》2012 年 7 月 13 日。

文学经典在网络时代的命运

文学经典是精英文化的人文旗语，是经由时间累积和实践检验而形成的文学认同标杆。由于承载所在时代主流伦理及其意识形态传播使命，文学经典往往拥有历史赋予的话语权力，具有价值引导功能，因而一直是文艺创作和批评所秉持的“文学标的”。在传统媒介时代，精英文化阶层使用的纸质媒介传播力较为有限，其所采用的非匿名性传播设立了严格的文学准入、发表机制，人们需要通过掌握文学作品的发表权，借助文艺批评的力量，淘汰那些违背不符合经典表征的作品，遴选出符合经典形态的“合法性”作品。正是通过不断批评又不断重构和遴选作品，便塑造、传承了人类的文学经典，强化了经典的权威性和影响力。然而，互联网的出现降低了信息传播的准入门槛，扩大了信息的传播量，让匿名传播成为常态。这时候，文学发表已不再是少数人的特权，批评的话语权也下移至每一个读者手中，传统的经典遴选机制受到挑战。于是，文学经典在网络时代的命运便开始发生变化。

我们知道，网络媒体引发了媒介权力的重新分配，是麦克卢汉所说的由“部落化”到“重新部落化”的过程。数字技术让信息由单一中心、层级传递向多中心、无层级、同步传递转变，加速了文学权力的“去中心化”，打破了封闭的文学传承体系，让文学话语权向所有人开放。此时，昔日的文学面临重新洗牌，文学经典在这个过程中遭受到前所未有的冷遇，经典的在场性悄悄被遗忘，经典文学的认定和评价变得不再是不言自明，以至于《红楼梦》《百年孤独》等文学名著竟然被许多网友评价为“死活读不下去的书”。那么我们要思考的是，网络时代文学经典遇冷的原因究竟是什么呢？

一、网络传播的技术机制对文学经典意义的祛魅

迄今为止，文学经典的构建与传承主要是“硬载体”书写时代的产物，木牍、竹简、布帛、纸媒等以物质在场性而获得文化的仪式性赋能。俯身书案，秉烛夜读，青灯残卷，让“读书”获得了一种文化或文明的神圣性。如果一种书能够让人们读之无厌，并能代代相传，亦便被视为经典。特别是在“硬载体”媒介早期——甲骨、青铜、简牍等为载体的文本，由于成本和移运的限制，若要持存和传承就必须仔细甄别和遴选，只有优中选优并被不断提及、不断使用的作品才有可能留存于历史冲刷的河床而成为经典，即如刘勰所言：“惟文章之用，实经典枝条，五礼资之以成，六典因之致用。君臣所以炳焕，军国所以昭明，详其本源，莫非经典。”[①] 可见，所谓的经典，包括文学经典，不仅源于作品内容旨趣的精深与高远及其对世道人心所产生的功能性影响，还有文本载体的案牍化（物态化的书本）、传播方式的线性化（从一地到另一地）和阅读方式的凝视性（对优秀作品的精读与品鉴）等技术机制的掣肘。古人说的“皓首穷经”，正体现了对经典的敬畏和膜拜，也是经之为“经”、典之成“典”的接受美学动因。

到了网络传媒时代，这一切都发生了变化。虚拟空间的“软载体”文本和信息高速公路的实时“撒播”，以迅捷机制压缩了传播时间却拓展了传播空间，一面是海量的信息扑面而来，迫使接受者以“扫文”和“填鸭”提升阅读速度，根本无暇细品文本精髓（甚或是无精髓可品）；另一方面，在接受效果上则会出现德里达所说的延异（Differânce），即与传统的逻各斯（logos）中心主义相悖反的终极意义不断被延缓的状态，人们得到的不过是因为不可遏止的异化而造成

① 刘勰：《文心雕龙·序志》。

的“形迹”（trace）而已。网络信息的浩瀚无边，使得文本语言无法准确指明其所要表达的意义，只能指涉与之相关的概念，不断由它与其他意义的差异而得到标志，从而使意义得到延缓。由于没有了稳定的语言—思想对应关系，作品的意义永远是相互关联的，却不是可以自我完成的，也不是自足自洽的。一旦没有了一种固定意义的所指，失去了思维与语言的合一性，作为“能指”的经典连同经典的观念夫复何言！随着各种数码终端的日渐普及，作品的在线化让昔日的阅读变成了浏览和“漫游”，这会影响接受者对文学经典人文性的冷静反思，经典的地位亦便不再那么“经典”，甚至来不及“经典”便被淹没在信息的海洋。我们知道，文字是文学内容的符号承载，在纸质媒介时代，批评者受文学经典的“召唤”而实施“凝视性”阅读，经历语言文字的解码、深度介入审美性思考，通过对作品意向的复现和重构，最后能实现对作品人文蕴含的领悟。书籍稳定的物质形态和文本的线性序列结构，使读者对同一经典作品的反复阅读成为可能，这就大大增加了批评和反思的机会，评辨者有足够的自信沉浸在文本中，为经典文学语言的沉淀提供了天然的条件，经典的人文意义亦便在这个过程中获得了“细读”与阐释的可能。

在网络时代，“在线阅读—在线批评”成为了流行的作品接受方式。然而，这种在线式对文学经典的解读存在天然的弊端。在网络表达中，文字符号的编码、解码过程的改变，使汉字本身的形象感淡化了，取而代之的是对语言或者偏旁拆解的强调。在遭遇符号化或符号的多样化以后，文字的想象性和彼岸性审美为声音、视觉符号所替代，这必将冲淡文学经典的符号稳定性及其这种稳定性带给意义确定性的必然关联，文本对象人文内涵的阐释空间为仿真的世界所取代。在这个数字化媒介的虚拟仿真世界中，现实、主体成了可以不断自我复制的符号，事物演变成了视觉化的表象，变得与现实无关。符号世界和现实世界的界限不再明显，文字的能指和所指的区分变得模糊。创作者的情感、人格、气质、个性、美学观念等人文性因素在符号的批量化复制过程中消逝于无形，无数的所指已经无以指向经典背后的人文性能指。同时，网络时代信息以几何形式膨胀，读者难以在海量碎片化的信息中实现反复阅读和冷静思考。此时，如迈克尔·海姆所说，“信息狂侵蚀了我们对于意义的容纳能力。把思维的弦绷在信息上之后，我们注意力的音符便短促起来。我们收集的是支离破碎的断简残篇。我们逐渐习惯于抱住知识的碎片而丧失了对知识后面的智慧的感悟。”① 由于多元符号碎片化表达对人文审美的干扰，受众丧失了反复体悟和深入思考的机会，他们的直觉感受取代了想象力空间，最终导致欣赏和批评难以进入欣赏文学作品应该有的想象境界，未能实现与创作者精神世界的对接。于是，文字的诗性、修辞的审美、句式的巧置、蕴藉的意境，一道被视听直观的强大信息流所淹没。文学经典中的人文关怀，理性自觉和价值内涵无法通过网络媒介的通俗化传播方式全面准确地传播，曾经被称颂的经典只能成为一种单向度的表意存在。由于网络信息具有匿名发表、动态性互动的特征，对作品的评判仅限于“此时”的现场感，接受者的主观感受在无限制的空间中不断放大又不断收缩，从而遮蔽或漠视了文学经典的精神向度。正如笔者多年前就曾质疑的：当网络越来越以自己的祛魅方式揭去文学经典的诗性面纱，抛弃经典的认同范式，回避经典那隽永的韵味，挤兑经典的生存空间时，文学还有能力用“经典”来为人类圈起一个精神的家园吗?②

二、后现代主义观念对文学经典的价值论解构

我们知道，后现代主义（Postmodernism）是诞生于欧美 20 世纪 60 年代，并于七八十年代流行于西方的艺术、社会文化与哲学思潮，其本质是一种知性上的反理性主义、道德上的犬儒主义和感性上的快乐主义。以法国的雅克·德里达、让—弗郎索瓦·利奥塔、让·鲍德里亚，美国的理查·罗蒂等为代表的后现代主义者，基于对传统哲学的基础主义、逻各斯中心主义以及“形而上学在场”等观念的批判与

① ［美］迈克尔·海姆：《从界面到网络空间——虚拟实在的形而上学》，金吾伦、刘钢译，上海：上海科技教育出版社 2000 年版，第 9 页。

② 参见欧阳友权：《网络媒体对文学经典观念的解构》，《贵州社会科学》2007 年第 12 期。

解构，试图颠覆本质主义的整体性、中心性、同一性等思维方式，从而赋予给定的文本、表征和符号以无限多层面解释的可能性，而对个人的经验、背景、意愿和喜好在知识、生活、文化上的优先地位则给予充分的理解、接纳和尊重。并且，后现代主义对真理、进步等价值观念持质疑和否定的态度，一方面倡导人们认识真理的相对性和多元性，同时也极力鼓吹价值相对主义，导致怀疑主义和价值虚无主义思想的滋生，让人们怀疑乃至摈弃理性、真理、宏大叙事和二元对立的传统观念。德里达的解构主义、利奥塔的后现代状况与元话语的终结、利奥塔的后现代叙事危机与知识非合法化、詹明信的晚期资本主义文化逻辑、鲍德里亚的“超仿真”理论便是后现代主义的哲学基础。

很显然，后现代主义的思想、观念和理论主张与传统的经典包括文学经典的价值观是大相径庭的，其反传统、反理性、反同一性的主张简直就是冲着传统经典的价值观而举起的理论锋刀——人们之所以认同某一作品是经典，就在于预设了一个基本的前提，即承认这个世界存在着本质主义的整体性、中心性、同一性和真理的有效性、理性的合法性，历史积淀而成的人类对价值的设定和价值观的掌控正是对逻各斯中心主义的逻辑验证。于是，我们认定《诗经》《楚辞》是经典，因为它们奠定了我们民族在那个时代的人文底色，其赋诗言志、讽喻比兴蕴含着一个民族认同的价值标准和审美期待。人们认可《红楼梦》是经典，不仅在于它是那个时代的百科全书，是一部活的历史，更在于它对于世道沧桑、人物关系、人性人情、人物心理的刻画标示出了真善美与假恶丑的分野，读者在一个共同的人伦道义、价值判断和艺术审美上达成了一定的“同一性”，于是才认定它是中国小说史上不可逾越的巅峰之作。同样，文学史认定马尔克斯的《百年孤独》是一部“再现拉丁美洲历史社会图景的鸿篇巨著”，也正在于首先承认理性、真理、正义、进步、深度等“基础主义”是人类社会的价值共性和认知路径，否则我们就不可能理解该作品描写的加勒比海小镇马孔多的百年兴衰、布恩迪亚家族七代人的传奇经历，以及拉丁美洲的神话传说、民间故事、宗教典故在现实与虚幻相交织中风云变幻的历史。同样，我们今天能够理解并认同歌德、巴尔扎克、雨果、托尔斯泰、卡夫卡、福克纳等众多文学大师的经典名著，正在于我们共享了人类某些共同的价值支点，如果没有价值观的同一性和对同一性价值的确认，遑论中外文学经典！后现代主义解构了价值理性的同一性，抽空了传统观念中整体、中心、真理的哲学基础，哪里还会有经典存在和传承的精神场域和思维空间呢？

20 世纪 90 年代出现的互联网及其网络文学与后现代主义思潮在我国的兴起几乎是同步的。通过网络来欣赏和批评不仅操作的是后现代工具，也秉持着后现代立场，容易在娱乐化接受中回避崇高，在碎片化解构中颠覆神圣，消解文学经典的意义权威性。德里达就曾认为，将理性作为普遍“范式”是不合理的，“在一个特定的时机，将这一等级秩序颠倒过来”是解构“二元对立结构”的最好策略。[①] 我们看到，无论是网络论坛、自媒体社区文学交流，还是网友的在线评论，往往都是一种淡化理性分析、打破二元对立思维范式、摆脱传统文学权威和中心意识、具有浓厚的后现代主义情结的即兴表达。利奥塔说过：“后现代是一种精神和价值模式，它表征为：消解，去中心，非同一性，多元论，不满现状，不屈服于权威和专制，不对既定的制度发出赞叹，不对已有的成规加以沿袭，不事逢迎，专事反叛；鄙视一切，藐视限制，冲破旧范式，不断创新。”[②] 在这种后现代语境下，网络受众对文学的评判常常从传统秩序和支配性话语的知识权威中挣脱出来，解构甚至颠覆经典文学的观念，漠视经典的权威性，并衍生出一种特别的颠覆方式——“恶搞”，特别是对经典的恶搞，正是源于互文性去中心化的后现代表征。“恶搞”消解了传统批评对生活的美学秩序反思，撕裂了作品的所指和能指，以一种戏谑或嘲讽或虚拟严肃的态度去评论经典映射的现实问题，是批评者对传统批评标准、主流文化价值的质疑与反叛。通过恶搞，批评者对作品的戏谑与讽刺让原本附着于经典作品之中的严肃感和权威性轰然倒塌，从而颠覆了经典的崇高性。英国社会学家迈克·费瑟斯通在分析消费文化与后现

① 参见朱立元：《当代西方文艺理论》，华东师范大学出版社 1997 年版，第 303 页。

② 转引自王岳川、尚水主编：《后现代主义文化与美学》，北京大学出版社 1993 版，第 8 页。

代主义关系时说过：“在艺术中，与后现代主义相关的关键特征便是：艺术与日常生活之间的界限被消解了，高雅文化与大众文化之间层次分明的差异消弭了；人们沉溺于折衷主义与符码混合之繁杂风格之中；赝品、东拼西凑的大杂烩、反讽、戏谑充斥于市，对文化表面的‘无深度’感到欢欣鼓舞；艺术生产者的原创性特征衰微了；还有，仅存的一个假设：艺术不过是重复。”① 费瑟斯通描述的是后现代主义艺术，却无意戳中了网络时代的一个痛点——网络文学戏谑、反讽、无深度、符码混合、东拼西凑、抹平生活与艺术的界限，还有主体性丧失、距离感消失、历史意识消失等，犹如一枚硬币的两面，一面印证了后现代的艺术特征，另一面则斩断了其与经典艺术审美的脐带，造成网络时代文学经典的缺位与断档。

三、消费主义文化语境对文学经典的欲望化规避

消费主义注重消费、注重物质、注重功利化符号，而置意义、价值、崇高等人文理性层面的东西于次要和边缘地位。这样的文化大潮势必消解人文价值的权威性，让文学经典被利益追求和享乐文化所遮蔽或覆盖。互联网的出现，为消费主义文化插上了传媒的翅膀，从线上到线下，由网络形成的消费“粘性”在不断拓展市场半径的同时，还不断创造新的消费欲望。结果，消费欲望、欲望消费与互联网合谋，构成庞大的消费主义文化语境，而将文学经典挤到了社会文化的边边角角。

在中国，互联网兴起于20世纪90年代，此时恰逢消费主义思潮的涌动期，其所引发的社会文化变革至今仍方兴未艾。在消费思潮的影响下，人们认为消费是实现个人意义和价值的必要条件，消费决定了人的阶层地位，因此生活的目标便是消费。物质与文化消费欲望在社会不同文化阶层的人群中无节制地释放，极大地刺激了大众文化的

① ［英］迈克·费瑟斯通：《消费文化与后现代主义》，刘精明译，译林出版社2000年版，第11页。

生产和消费活动。大众文化的巨大需求刺激了大规模的文化生产，不断衍生出即时性的文艺消费形式如影视娱乐、综艺节目、图像文化、网络文学、游戏动漫，以及博客、短信、微博、微信、手机等自媒体文艺，文学批评也走向文化消费批评或消费文化批评。这让文学经典陷入品类丰富的巨量文化消费品的包围之中，挤占了文学经典在文化消费中的核心地位；而文化消费的转型又直接影响着经典文学的单一型格局向通俗化、娱乐化的多元文学转向。

消费主义不单影响了大众文化产品的生产和消费，还影响着消费者的文化选择，形成“消费文化”的认同观念。正如波德里亚所言：“消费的真相在于它并非一种享受功能，而是一种生产功能——并且因此，它和物质生产一样并非一种个体功能，而是即时且全面的集体功能。”[①]“消费文化”的影响之一是形成一种“道德”体系和“交换结构”。这种体系与结构具有区别于精英文化“沉淀反思”的消费特征。在这种结构中，文化消费品延迟的使用价值遭受弱化，人们不断强调文化消费品的象征意义和瞬间价值，个体的审美状况更多的停留在即时性的快感体验中。以网络为代表的现代传媒使越来越多的即时性文化产品以越来越快的速度呈现在大众面前供他们享用，从而加速传播这种即时的消费欲望——即时的快感、娱乐和消遣。这时，大众的审美状况停留在追求瞬间享受的快感阶段，消费文化不断怂恿和激发追求快餐化爽感、即时性的审美冲动。大众文化借助日趋发达的网络媒介的力量散播通俗文化、娱乐心态和市井情绪，话语平权的表达机制成为消费文化的利器，经典的精神意义和权威性遭受日常化和泛化的全面洗礼。于是，文学经典在精神生活与文化建构中的重要性开始衰落，网络营造的“去中心化”的虚拟空间加剧了文化消费个体不断膨胀的即时性文化消费欲望，那些曾受经典鄙夷的浅俗化表达、娱乐化心态、商业化情绪一夜间走向合理化，逐渐演化成网络时代文化消费的法则。“快乐大本营”“中国有嘻哈”成为收视的标高，唐家三少、天蚕土豆的玄幻小说从来不愁销路，《王者荣耀》《延禧攻略》赚

---

① ［法］让-波德里亚：《消费社会》，刘成富、全志钢译，南京大学出版社 2000 年版，第 69 页。

得盆满钵满，“金手指”“玛丽苏”“打怪升级”的套路文一路高歌……这种大众化的消费品及其所激发的消费情绪无不对文学经典形成碾压式遮蔽和难以回头的遗忘。于是，“一切都由这一逻辑决定着，这不仅在于一切功能、一切需求都被具体化，并操纵为利益的话语，而且在于一个更为深刻的方面，即一切都被戏剧化了，也就是说，被展现、挑动、被编排为形象、符号和可消费的范型”[①]。

在新兴媒介的助推下，商业化、娱乐化、通俗化的文化消费大肆侵占代表精英文化的文学经典的领地，打破经典文学所营造的深邃、纯粹的精神空间，如麦克卢汉所说的，它“改变了人类感知模式，重组了人际关系，推翻了既成的政治秩序和美学秩序”[②]。受众不再刻意追求高雅的精神文艺消费，传统的美学原则逐渐边缘化，并不断为通俗化、娱乐化、单向度的感官体验所取代。于是，“经典美学一直以来矢口否认和打压排斥的物质功利性和生理快感，在当代审美语境和审美经验中一跃成为美的代言者和当红主角。”[③] 文学的本性是文字的审美创造，美学秩序是文学批评的重要依据，美学秩序和文学结构的变化引发的批评观念调整，正是文学经典命运改变的文化诱因。

作为网络“原居民”的青年一代，他们中的许多人“遵循享乐主义，追逐眼前的快感，培养自我表现的生活方式，发展自私和自恋的人格类型”[④]，在消费文化的耳濡目染下，他们发现文学经典已经无法满足自己即时性和娱乐性的文化需要，经典的“先见”与自己的价值期待渐行渐远，经典中的“金科玉律”已经不再是遵循的圭臬而成了僵化的教条，经典中对于人生和社会的看法离自己的生活很远，且并不是自己的兴趣所在。本来，“词语是对精神的完全在场，精神是对

---

① [法] 让-波德里亚：《消费社会》，刘成富、全志钢译，南京大学出版社 2000 年版，第 225 页。

② [加] 马歇尔·麦克卢汉：《理解媒介——论人的延伸》，何道宽译，商务印书馆 2000 年版，第 4 页。

③ 傅守祥：《经典美学的危机与大众美学的崛起》，《中国社会科学院研究生院学报》第 2007 年第 2 期。

④ [英] 迈克·费瑟斯通：《消费文化与后现代主义》，刘精明译，译林出版社 2000 年版，第 165 页。

现实界的完全在场，这三者是对真理的完全在场”[1]，网络时代的消费语境却让碎片化的词语无以表征现实界的精神，更无意揭示任何宏大的真理，网络书写的世俗文本与价值深度、意义建构是背道而驰的。“对于宏大叙事，他们总是一边建构一边拆解。在以‘吐槽’‘玩梗’为特征的‘二次元’创作中，无论是‘宏大叙事’还是‘拟宏大叙事’都不过是可供拆解、挪用、进行‘二次创作’的数据库素材”[2]。由于观念的变化影响了文化消费者对文学的关注重心和评价方式，精神内涵不再是文学成功的要素，使得热搜与炒作成为作品流行的要件。于是，肤浅化的表达、哗众取宠的宣泄取代了对作品精神深度的挖掘，所谓的经典哪还有存在的空间！在这样的语境中，读者与经典在审美和文化价值观上的“共识”已经难以达成。本来，文学批评的实践过程，是批评主体对作品进行审美参与和文化想象以最终实现作品的美学和文化重构的过程，可“共识”的缺乏阻碍了经典的批评实践，此时的“经典”不再符合读者的期待，难以满足网络时代读者的心理需求，而读者也不愿意认同经典的价值观及审美理想。文学经典的幻想已经破灭，批评者不再亲睐文学经典也就是必然的了。网络批评对经典文学热情的减退，加剧了人们对经典文学的淡漠和回避。

四、经典的隐退与网络新经典的建构

经典的影响力和传承方式受到网络、网络文化、网络批评的掣肘，这并不意味着经典的传承会在网络时代中断，从此经典将不再“经典”。经典的暂时隐退并不意味着它的历史性退场，经典的网络传承及其新经典的打造，必将为文学经典的时代创生带来新的机遇。仅就文学经典看，尽管相对于新兴的网络文学所得到的“礼遇”，经典文学在网民中确实遭受到一定“冷遇”，然而这并不意味着网络时代

---

① Mark Poster: The Mode of Information, Polity Press in association with Basil Blackwell, 1990, p. 103.

② 邵燕君:《网络文学的“断代史”与“传统网文”的经典化》,《中国现代文学研究丛刊》2019 年第 2 期。

经典已经失去了存在的价值，或人们无需关注经典文学。事实上，文学经典正借助网络媒介实现大范围传播，从先秦典籍到唐诗宋词，从明清四大名著到外国文学经典，网络上无不悉数贮藏，有许多网站、特别是大型门户网站相继开辟了经典作家论坛，经典文学仍然获得了众多网民的关注。不过，网络时代对文学经典的有限关注并未改变网络时代文学经典落寞的处境。其原因在于，“文学经典是时常变动的，它不是被某个时代的人们确定为经典后就一劳永逸地永久地成为经典，文学经典是一个不断的建构过程”①，文学经典在网络时代面临的困境正意味着它即将迎来建构的机遇。一方面，经典自身“永恒的魅力”能使它成为一股潜流、一种“龙脉”在民族文化的深处生息长存，最终必将随着人类社会的发展而代代赓续并不断广大；另一方面，经典在网络时代面临的挑战，恰是时代变化造成的经典传承方式的改变，它不是经典的黄昏，而可能是新经典的日出。因此，在网络时代，我们需要重拾对文学经典的信心，寻找到阐释和传承经典的有效方法，让经典在与读者的相遇中重新复活，以新的方式呈现经典的魅力，更好地延伸文学经典的生命力。

网络能够颠覆或解构经典，网络创作和批评也能打造新的文学经典。网络文学打造经典的可能不是一蹴而就，也不是仅有批评的力量所能奏效的，而是由网络作家、读者受众和批评家、社会环境等多种力量的合力共同铸就的。就网络作家而言，需要以工匠精神写出能传之后世的精品力作，不仅要有对文学的敬畏之心，还要有对社会、对历史的担当精神和对艺术创新的不懈追求，这不是靠创作数量、靠作品点击率、靠版税稿酬就能实现的。从网民读者而言，一个作品要想成为经典，必须靠读者的口碑，靠作品的艺术效果，因为广大欣赏者才是一个文学作品够格不够格、优秀不优秀、经典不经典的最终评判者。读者喜爱的作品不一定都能成为经典，但读者不喜爱的作品一定不能成为经典。邵燕君就曾说：“网络时代经典的认证者不再是任何权威机构，而是大众粉丝。不再有一条神秘的‘经典之河’恰好从每

① 童庆炳：《文学经典建构诸因素及其关系》，《北京大学学报》2005 年 5 期。

一部经典之作中穿过——任何时代的大众经典都是时代共推的结果，网络经典更是广大粉丝真金白银地追捧出来的，日夜相随地陪伴出来的，群策群力地‘集体创作’出来的……在网文圈内，如果一部作品不但走红后很快引来众多跟风者，而且几年后还被后来居上的‘大神’们借鉴、改装、升级换代，那么该作品往往会被‘经典’，而他们反复致敬的前辈大师之作，会被认为是‘传世经典’。”[①] 从批评的角度说，网络批评对于经典建构的意义不容置疑，也不容小觑。这主要有两种途径：一是评论网络作家作品，及时回应网络文学发展中的问题，既包含网络在线评论，也包含传统媒体上公开发表的评论成果（文章、著作）。另一条途径是优秀网络作品推介，如作家表彰、文学评奖、作品排行榜、网络作品研讨会等。如果说，“文学的‘经典性’通常意味着典范性、超越性、传承性和独创性，它不仅是衡量文学作品的标尺，其本身就是文学标准变化的风向标”[②]，那么，网络文学的评奖、作品推介就是在将这一文学中的“典范性、超越性、传承性和独创性”作品凸显出来，形成一个可供认同的标准，以便让读者进行选择性欣赏，让后续的创作者有可供效仿的范例，历史上的文学经典就是这么形成的。近年来，奖掖有成就的网络作家（如吸纳网络写手加入作协组织等）、网络作品参加各类文学大奖评选（如参评茅盾文学奖、鲁迅文学奖等），还有优秀网络作品推介活动更是越来越多，如中国作协就设立了网络小说排行榜，国家新闻出版署有优秀网络原创作品推介，还有众多的网络文学作品研讨会、各种网络文学社团组织的理论研讨会等，这些都不同程度地加快了网络文学的经典化进程，都是以文学批评打造网络文学经典的必要手段和必经环节，也在为培育网络时代的文学经典创造良好的创作生态。

（原载《求是学刊》2019 年第 3 期）

---

①② 邵燕君：《网络文学的“网络性”与“经典性”》，《北京大学学报》2015 年第 1 期。

网络文学崛起对文学研究的影响

网络文学的爆发式增长，不仅以巨大的作品体量和不可小觑的影响力，改写了中国文坛的总体格局，还为文学研究提供了新的对象，提出了许多不一样的理论和实践问题，给未来的文学研究范式和研究方法更新探索了可能。文学研究要适应新时代的文学发展，获得回应现实的能力，有必要弄清楚这一新兴文学的崛起给文学研究带来了什么，又影响了什么。

一、网络文学的“巨存在”为文学研究提供了新的对象

一个时代有一个时代的文学，一个时代也会有一个时代的文学研究，而一个时代的文学研究不可脱离那个时代的文学而存在，因为任何一个时代文学研究所面对的现实文学现象、文学问题都是被那个特定时代的文学所设定和限定了的。自打 20 世纪 90 年代网络文学以规模化生产挺进我国文坛，短短 20 余年间，便以庞大的创作群体、浩瀚的作品存量和数以亿计的读者，成为文学研究绕不过去的历史性存在。据最新互联网统计报告显示，截至 2017 年 12 月，我国上网人数已达 7.72 亿，其中网络文学用户规模达 3.78 亿，占网民总体的 48.9%；手机网络文学用户为 3.44 亿，占手机网民的 45.6%。[①] 另据 45 家重点文学网站 2017 年底的数据统计，各网站原创作品总量高达

① 中国互联网络信息中心（CNNIC）：《第 41 次中国互联网络发展状况统计报告》，http://cnnic.cn/gywm/xwzx/rdxw/201801/t20180131_70188.htm。

1646.7 万种，其中签约作品达 132.7 万种，仅 2017 年就新增原创作品 233.6 万种，年新增签约作品 22 万种。并且，网络文学作品作为内容提供者，直接影响了我国的大众泛娱乐文化市场，这些年来，由网络原创小说下载出版的纸质图书多达 6942 部，改编的电影有 1195 部，改编电视剧 1232 部，改编游戏 605 部，改编动漫 712 部。[①] 如此巨大的文学存在，已经给传统的文学研究提供新的对象，提出新的文学问题，并且让网络文学研究成为中国文学研究的组成部分和重要使命。

我们看到，由网络与文学“联姻”启动的“文学场”的位移，已经打破了原有的文坛平衡，形成了一个“倾斜的文学场”。20 年来网络文学的“马鞍形”上扬态势[②]，使中国文学从“三分天下”——以纯文学期刊为代表的精英文学、以图书出版为代表的市场化文学和草根崛起、“野蛮生长”的网络文学，走向“一家独大”——网络文学已经以恒河沙数般的作品存量和广泛的阅读受众，快速发展成为当代文学的一个“巨存在”，其发展规模和文化影响力已使它成长为一种“现象级”的文学，并瞬间切换出当今文学研究位面的场域转移、边界拓展和视野更新，为当代文学研究提供了新的理论资源，大大拓宽了学术视野。

此时，传统的文论研究依然有效，但文学家族的“添丁加口”并

---

① 《国家新闻出版广电总局副局长张宏森在 2017 年优秀网络文学原创作品发布仪式上的讲话》，新华网：http：//www.xinhuanet.com/book/2018-01/23/c_129797300.htm。

② 参见欧阳友权：《中国网络文学二十年》，《创作与评论》，2018 年第 1 期。文章认为，汉语网络文学诞生于北美华人留学生之手，1995 年进入中国本土，1998 年开始产生较大影响力，其标志性事件是痞子蔡《第一次的亲密接触》发表和新上线的“榕树下”网站开始大量发布原创作品，因而业界把这一年称之为中国网络文学“元年”。由于没有找到自己的商业模式，大约 2001 年前后，中国网络文学开始步入低谷期，2003 年出现触底反弹，其标志是起点中文网尝试实施的“VIP 付费阅读模式”取得成功，并在业界推广，自此，网络文学的商业模式得以逐步建立起来。2008 年的盛大文学成立，加快了网络文学商业化的进程，类型小说出现爆发式增长。2015 年 3 月，阅文集团成立，替代了盛大文学的地位，2017 年 11 月阅文集团在港交所成功上市，把网络文学推向新的阶段。该文据此把中国网络文学的这一发展态势描述为“马鞍形”。

后来居上，无疑将呼唤更多的人去直面今日新的文学现实，厘清新的理论资源，把握新的更丰富的研究对象，以“接地气”的研究增强文艺理论的创新活力。我们看到，由媒介革命带来的数字化文学转型不断以新的文学现实吸引人们的目光。譬如，从创作环境看，网络文学要面对的语境不仅有现实世界中的人与社会、人与自然、人与人的审美关系，而且还有人性化的虚拟空间，包括智能生物、高级机器人等由高科技创造的新型生物；文学创作主体不仅是由社会分工决定身份的作家（写手），还包括超越日常身份而在“赛博空间”里相互交往的网民；文学载体将不再是千百年来置身于木牍、竹简、布帛、纸张等相互分割的硬载体的“文本”，而是网络上彼此融通、声情并茂、随缘演化的“比特”式超文本或超媒体；文学生成的主要方式将不再是目标明确的有意想象，而可能是随机性和计划性的新的结合；文学所奉献的对象将不再是从事仪式性、膜拜性静观与谛听的读者或听众，而是积极参与、恣心漫游的用户；文学内容的来源也将不限于独立于文学活动并先于文学活动而存在的“客观生活”，而是和创作内容融为一体、主客观不可分割的“数字化生存”。[①] 这些在过去不曾出现的现象，均成为网络时代文学研究需要面对和回应的对象。如果说网络文学是今日中国文学的一部分，那么，直面这些研究对象就应该是文学研究者不可回避的责任，文学研究者有责任将其融入自己的文学研究范围，使其成为文学研究的重要内容。

二、网络文学观念转型为文学研究增设了新的理论命题

网络时代的文学研究必须面对并回应网络时代的文学现象和文学问题，而网络文学就是网络时代最具标志性的文学现象和最突出的文学问题。显而易见，网络文学依然是文学，也应该是文学，但网络文学又是不一样的文学。领域不同，对象不同，所涉及的理论观念和问题就会有所不同。比如，面对网络文学的新现实，文学研究的思维触须需要探寻这样一些新命题：网络作家与读者的“线上互动”对创作过程和结果的影响究竟有多大？网络大神的“成神之路”，即由“写

---

① 参见黄鸣奋：《信息科技与艺术变革》，《文艺报》2000 年 4 月 13 日。

手”成长为“作家”的可能性与必然性是否有规律可循？网络文学的生产方式（如类型小说的“续更”式创作等）对文学品相、文学功能、文学消费有何影响？网络文学从传统的“以作家为中心”走向“以读者为中心”的演变机理何在，又将引起文学生产方式怎样的变化？网络创作中普遍存在的“金手指”“玛丽苏”“二次元”“爽点代入”等，其产生的原因何在，对文学审美的意义是什么？文学创作从传统的前喻式“把关人”向网络时代后喻式作品效果的市场验证转换，它带来了哪些文学观念的改变？还有，网络文学从早期的“草根生长”到后来的商业模式和“数据为王”，再到随后的“IP 热”，陆续被主流文化和娱乐市场双重接纳，以及新近开始出现的“策划人”制度，实现集群式协同创作，即一个作品的创作从创意发起，到大纲确认、内容构成、IP 孵化、商务合作立项、剧本创作、后期制作等，均围绕策划人来布局和展开，由策划人操盘，产生这些变化的根源在哪里，其对传统的文学创作范式带来哪些挑战，前景如何？等等。

尤其重要的是，对文学研究而言，网络文学绝不仅仅是在“文学”前加了“网络”二字那么简单，即不只是改变了文学的媒介和载体，它还改变了更多更深层次的东西，乃至文学的逻辑本原性问题。我们看到，网络文学的崛起让一系列传统的研究命题悄然发生了新的变化。例如，“文学是什么”——在网络文学看来，它是虚拟世界的自由表征；“文学写什么”——网络写作是数字化生存的本真叙事；“文学由谁写”——网络创作主体不仅是传统意义上的作家，还有网民参与和网站编辑介入；“文学怎么写”——以比特叙事的技术文本实现电子代码的形而上学；还有，“文学干什么”——自娱以娱人的功能转换成为虚拟世界创作的“波普”情结。在这些逻辑原点转型的过程中，媒介的力量已不仅仅是“媒介”，它还是文学的存在方式和艺术的本体；不仅是新文学的载体和工具，还是它的活力之源与“生产车间”。不仅如此，就在媒介变迁和观念嬗变的同时，网络文学还在传统的“作家—作品—读者”的基本流程上增加了“网站管理”和“产业经营”的新维度，这一维度能对文学生产和传播形成强大的干预性。由此可见，网络时代的文学生态已经发生了巨大而深刻的改变，网络文学所蕴含的众多文学观念和理论命题大大拓展了传统文学研究的边界，丰富了文学研究的学术视域，为文学研究开启了新的思维空间。

究其实质而言，无论是传统文学研究还是网络文学研究都是文学研究，它们要面对的都是整个文坛，要研究和回应的是全部文学问题。持论有先后，学术无禁区，研究传统文学抑或研究网络文学，区别只在于对象、问题和特点的不同，或使用的方法可能有异，而并非“研究”本身有什么不同。正因为这样，才需要文学研究者了解和适应不断变化的文学现实，探讨新出现的文学问题，让文学研究的锋芒成为抵达和解答文学新问题的利器。当下的网络文学正处于从“规模扩张”走向“品质提升”的历史拐点，尤其需要文学研究的深度介入，关注一系列亟待回答的热点和焦点问题，并把这些问题纳入文学研究的范围。如数字化时代文学转型的必然性、可能性及其历史合法性确证；网络文学与中外文学传统的传承与博弈关系；网络写作对文学诗性的技术祛魅与艺术返魅的实现路径；网络性表意体制转换之于文学意义生成的逻辑依存关系；新媒介话语的审美规制与作品文学性建构的适配性张力；赛博空间的虚拟真实与文学价值的生成方式；网络语境下商业化写作对文学发展的积极影响与消极掣肘；网络时代文学的评价体系与批评标准有何变化又如何建构；网络文学“IP 热”与泛娱乐产品的精品化；政府引导、民间发力与网络文学的主流化和新格局；打击盗版、净化网络与网络时代文学生态的优化；“剑网”“净网”行动和版权保护对网络文学的影响……应该说，这些命题首先是文学问题，然后才是网络文学问题，不管是网络文学研究者还是传统的文学研究者，都有必要把它们纳入自己的研究论域，因为对它们的辨析与探索，既是网络文学研究的理论成果，更是我们这个时代文学研究的学术收获。

三、网络文学的技术规制开启了新的研究方法和学术范式

网络文学对文学研究的影响除提供新的研究对象和创设出一系列理论问题外，在研究方法和学术范式上体现得最为充分。这集中体现在两个方面，一是临场性即时互动的研究方法，二是大数据分析的学术范式建构。

先说前者。网络的“技术平权”和网络文学创作的“平视审美”和“渎圣思维”，一面推动着从“字思维”（点横撇捺的纸笔书写）到“词思维”（鼠标键盘的运字如飞）再到“图思维”（视频、音频加文字的超文本）的作品形态转型，一面用大众审美、市场认同的基本尺度确立起“读者中心”价值依归，把创作者、欣赏者、研究者拉回到同一个传播平台，创造了线上互动、即时临场的文学交流方式，于是便形成了以前不曾有过的以“线上评论”为特征的临场评说的研究方法。网络文学研究可以和传统的文学研究一样做延时性的“离场”研究，我们的古典文学、现代文学研究都是这样进行的，即使是研究纸介的当代文学，也都是在作品发表（出版）以后，经由发行和阅读环节才能实施。网络文学则不然，互联网技术“我在线，我文学”的特点，可以让作者、读者和理论批评者（此时也属读者）同时在场，便捷地实现即时性互动交流。网络文学“网络性”的最大特点是线上交流，作家与读者、读者与读者的网络互动是网络文学生产最生动的部分，要想“接地气”地研究网络文学，最好是化身网民粉丝上网点赞或“拍砖”，这是网络文学理论批评的特点，也是它给文学理论研究提供的新鲜经验。特别是类型化小说兴起以后，“线上互动”已经成为网络文学的生产方式和存在方式。从本来形态的意义上说，网络文学是一种“超文本”，作品的“书评区”有着通向众多网民、抵达不同路径的链接，一些热门小说还会有粉丝为其建立“百度贴吧”，设置专门论坛，任何人均可以在这里与作者沟通，或与其他网友交流，可以即兴发言，上传长评或短论，对作品评头论足，可以投票和打赏，用行动表达自己的态度，以“粉丝群”或“情感共同体”来达成网络文学生产与传播的“部落化”临场互动模式；并且，“只有在重新‘部落化’或‘圈子化’的意义上，我们才能真正理解‘粉丝文化’那样一种‘情感共同体’模式，这不但是一种文学生产模式，也是一种文学生活模式”①。对于文学研究来说，这种即时互动、临场评说的意义在于，它可以最大限度地贴近作品的创作过程和

① 邵燕君：《网络时代的文学引渡》，广西师范大学出版社2015年版，第129页。

作者的创作状态，对阅读作品的真实感受及时做出有针对性的表达，让文学的临场研究成为破解作家作品及文学现象的一把锁钥，增强文学研究的现实性和有效性。我们在线阅读《赘婿》（愤怒的香蕉）、《雪鹰领主》（我吃西红柿）、《战神之王》（丛林狼）等小说时，便能常常感受到作者与读者即时互动交流对创作过程的影响。笔者在几年前就曾倡导网络文学研究应该“从上网开始，从阅读出发”，期待“网络学人切入现场，明察深思，做一个网络文学的‘局内人’‘内行控’，这样才有可能赢得对它有效言说的话语权，才不致于使自己的理论批评成为隔岸观火、隔靴搔痒或隔空取物之论”①。这种“在线式”研究方法可能更适合于网络文学的理论批评，但在方法论上，它对传统的文学研究并非没有普遍性意义。因为，从发展趋势看，网络传媒发展的不可逆性及其对文学存在方式的强大整合力，必将使未来的文学发展逐步消弭网络文学与传统文学的界限，所有的原创文学都将通过数字化的网络终端来发布，那时候，在线研究、入场站位、临场评说就将成为一种普遍有效的文学研究方法。

再说大数据分析的学术范式。伴随信息科技革命诞生的大数据技术，其功能在于对海量的数据规模、快速的数据流转、多样的数据类型进行数据处理，通过精确的量化分析去辨识和把握对象的内容、特征、品质和价值。在网络文学研究领域，“数据库”资料积淀方式、“大数据”的分析路径和“云计算”的信息处理已经得到广泛使用。例如，将其用于文学网站的后台管理，可以便捷地了解和掌握作家作品的市场接受度和社会评价；用于作品的影响力评价，可以把握作品流量和阅读付费率，其中，作品流量通过点击、收藏、榜单等知名度、曝光度来呈现，阅读付费则通过销量、订阅数、打赏数等粉丝行为来体现。把大数据用于作家评价，可以从作品的点击数、收藏数、首发平台评论数、正版小说付费用户数和作品传播广度等方面获得数据统计，然后综合考虑作家的微信关注度、百度搜索指数、媒体曝光量、贴吧人气、个人成就、所获奖项和荣誉称号等等来得出相应的结

---

① 欧阳友权：《网络文学研究基点及其语境选择》，《河北学刊》2015 年第 4 期。

论，我们所熟悉的文学作品“豆瓣评分”就是基于阅读受众大数据的客观统计而得到的量化结论。

现在，大数据的研究方法也已被广泛应用于传统的文学研究领域。例如，2011 年，美国学者莫莱蒂（Franco Moretti）和马修·乔克思（Matthew Jockers）在斯坦福创立的“文学实验室”，就曾研发用电脑算法对文学书籍进行分析，并以此来解读莎士比亚的《哈姆莱特》。后来，又陆续出现文字云（Word Clouds）方法，即一种将文字文本视像化的文本分析方法，可以通过数字程序分析器来突显文本特殊属性，如据此可以对文学作品的民族性风格进行鉴定与批评。型符比（Type-Token Ratio）方法，即分析文学文本的“独特文字”与其“全部文字（Total Words）”相比后的比值，以比值的大小考察文学文本语词的丰富性与否，比如可以据此评判文本中人物情感心理丰富与否及其变化程度等。此外，还有谷歌图书语言分析器（Google Books Ngram Viewer）方法、文本关系分析器（Correlator）方法等，也都被文学研究者用于作品研究。

在我国，大数据、云计算与文学数据库建设正同步展开，并已在古代文学研究中大显身手，如在数据采集、数据检索方面建成了《文渊阁四库全书电子版》《四部丛刊电子版》《中国基本古籍库》等。采用数据分析方式研发的《全宋诗分析系统》被认为是这一领域的标志性成果。在作品研究领域，对结构化文本和非结构化文本的分析被认为是大数据分析的发展方向。例如，对结构化文本的数据分析，可以进行诗词韵律等外部体式分析、诗歌用语与题材研究，以及从字句、用典、意象、意境等角度实现文体互动和言说模式的提取等；非结构化文本的数据挖掘主要用于文献辑佚、数据挖掘与 GIS（Geographic Information System，即地理信息系统）相结合，以及大数据视野下的文史哲融通的人文性分析等。①

大数据技术是信息化时代学、研、产相结合的必然产物，网络文学研究得其先声，并且对整个文学研究都产生了示范和引领效应。作

① 参见刘京臣：《大数据时代的古典文学研究——以数据分析、数据挖掘与图像检索为中心》，《文学遗产》2015 年第 3 期。

为一种普适性的文学研究方法，大数据之于文学研究还需要在作品量化分析和形态把握的基础上，找到其对于文学价值、文学意义、文学审美方面的适恰性和历史有效性，这样才有可能使它从一种研究“方法”提升为更具理论价值的文学研究“范式”，终而从技术层面的认知走向价值层面的摄取与评判，从文学研究的工具中获得文学人文性品格的豁然敞开，让数字化文学研究成为文学研究的利器，实现数字文学研究的人文意义创造。

（原载《湖北大学学报》2019 年第 4 期）

第二辑

现场聚焦

网络文学的三大迷局及其打开方式

处于体质进阶期的网络文学正以前所未有的作品存量和不断刷新的年度增量，吸引着数以亿计的海内外读者，并作为许多热门影视、游戏、畅销书的内容源头，已然成为我国极具影响力的文学增长极。与此同时，这一文学新锐又因信息流转迅速、业态变化莫测、构制无以定型而争议不断。放眼望去，伴随数字传媒而兴起的网络文学，虽年过“弱冠”，量大如山却体犹未健，既为文学一大新类，却在新旧博弈中为自成文学之历史节点而奋力自勉。于是，便总有一些不时凸显又不易把握的难题并陈于网文时空，期待我们去体认和辨识。当下的网络文学便有几个引人关注又让人困惑的迷局需要我们正视和解读，以便为业态优化找到正确的打开方式。

一、现实题材的高调入场与“精神合榫”

我们知道，中国的网络文学素以“玄幻满屏”的类型小说而自成一格，现实题材创作是 2015 年后在政府的大力倡导和网络作家与文学网站的积极响应之下才高调入场的。数据表明，近几年来，网络文学的现实题材作品增长迅速，据第三届中国“网络文学+”大会发布的《2018 年度中国网络文学发展报告》显示，我国各类网络文学作品累计达 2442 万部，在 2018 年中国网络文学平台发布的新作品中，现实题材占比 65.1%，同比增长 24.0%。在 2018 年国家新闻出版署和中国作协举办的优秀网络文学原创作品推介活动中，入选的24部作品里，现实题材占比达71.2%。“一批反映创新创业、社区管理、精准扶贫、物流快递、山村支教、大学生村官等众多领域的现实题材作品脱颖而出。”① 2019年“庆祝新中国成立70周年”主题网络文学作品暨优秀网络文学原创作品推介的25部中，有20部属于现实题材，占比为80%。经各类文学赛事活动和舆论环境的积极引导，网络文学中出现了一批主题格调健康、艺术质量上乘、社会效益凸显的现实题材佳作，《浩荡》《大国重工》《网络英雄传》《写给鼹鼠先生的情书》《朝阳警事》《明月度关山》《吻安，费先生》《他从暖风来》……这类取材现实、承接市井地气和时代精神的作品受到广泛好评。在网文IP改编的现实题材影视剧方面，涌现出《大江大河》《都挺好》《亲爱的，热爱的》《全职高手》等多部现象级作品。在“阅文旗下现实主义IP精品书单”中，《朝阳警事》《复兴之路》《我的一九七九》《特种岁月》《中国铁路人》《大医凌然》《上海繁华》《大美时代》等多部现实题材网络小说荣膺“最具潜力影视IP”上榜。可以说，从“文”到“艺”、从“艺”到“娱”、从“娱”到“产”，由网络小说创作引发的现实题材热，已经跨界引爆了网络文化和大众娱乐的现实题材回归。在此激励之下，网络文学创作大有“现实满屏、题材扎堆”之势。

现实题材升温，对长期以来网络创作远离现实、“装神弄鬼”、云里来雾里去的问题，无疑有着矫治积弊的作用，能促进网络文学关注时代、关注社会、关注普通人的生活。它让数字虚拟的文学空间多了一些人间烟火气与时代亲和力，这是令人欣慰并值得鼓励的。但现实题材作品的增多是否就必然意味着作品号召力的增强抑或网络文学总体品质的提升，却是需要仔细甄别和具体分析的。网络阅读市场的情形也许能反映出一些端倪。据速途研究院发布的《2019年中国网络作家影响力榜》表明，排名作家影响力TOP50榜单前五名的男作家分别是：爱潜水的乌贼、唐家三少、辰东、猫腻和我吃西红柿，他们

---

① 国家新闻出版署、中国音像与数字出版协会等：《2018年度中国网络文学发展报告》，人民网：http://culture.people.com.cn/n1/2019/0810/c429145-31287235.html。

的代表作依次是《诡秘之主》《斗罗大陆》《圣墟》《大道朝天》和《沧元图》。显然，这些作家作品无一例外都属玄幻、修真类，甚至在该榜单前十名的作家中，也找不到一名长于现实题材的网络作家，倒是在女性作家的影响力榜单中，我们看到了排名靠前的现实题材作家[①]。在 2019 年 11 月发布的第三届“网络文学双年奖”中，获得金、银、铜奖的 10 部作品，仅有获银奖的《写给鼹鼠先生的情书》和获铜奖的《乌云遇皎月》《老妈有喜》属于现实题材，其他 7 部均属玄幻、历史或军事、科幻等题材。还有，在业界有较大影响力的橙瓜网络文学奖暨见证·网络文学 20 年评选，其入选的“十大作品”榜单，也仅有郭羽、刘波的《网络英雄传》属于现实类的互联网商战题材，其余的 9 部作品[②]分别为玄幻、奇幻、修真、历史、穿越类小说。这表明，网络现实题材创作补上了“宅”“玄”“空”造成的网络文学短板，突破了玄幻一枝独大的局限，成就了优化网络文学生态之需，可从实际效果看，它们并未在网民读者中占据应有的喜好指数与市场份额，或者说尚处于“主流叫好”而“读者不叫座”的“落地尴尬”之中。究其原因当然不在“现实题材”本身，而在“怎样书写”现实题材上。一些现实题材的网络作品虽然写的是现实生活，却仅仅把现实作为文学的“打卡地”和“留言板”，停留在书写生活皮相、“为现实赶场”阶段，其内在精神与真正的现实是隔膜的，游离的，造成了艺术感召力稀薄乃至缺失。仅有创作现实题材的愿望而丧失对生活的感知力，缺少对现实的正确评判和艺术表达，这样的现实题材

① 逨途研究院《2019 年中国网络文学作家影响力榜》中女作家 TOP50 排名前五的作家是：丁墨、天下归元、囧囧有妖、叶非夜、墨宝非宝，她们的年度代表作品分别是：《待我有罪时》《山河盛宴》《余生有你，甜又暖》《我的房分你一半》《蜜汁炖鱿鱼》（《亲爱的，热爱的》原著）。这 5 部小说中，除《山河盛宴》外，其他 4 部均为现实题材。搜狐：https：//www. sohu. com/a/365276918_174789。

② 这 9 部作品分别为：《剑来》（烽火戏诸侯）、《诡秘之主》（爱潜水的乌贼）、《元尊》（天蚕土豆）、《全球高武》（老鹰吃小鸡）、《大明长歌》（酒徒）、《权门告白》（鱼歌）、《明朝败家子》（上山打老虎额）、《绝世战魂》（极品妖孽）、《都市狂枭》（大红大紫）等，中国作家网：《第四届橙瓜网络文学奖暨见证·网络文学 20 年评选年度奖项结果揭晓》http：//www. chinawriter. com. cn/n1/2019/0912/c404023-31351243. html。

作品与现实主义精神其实是“脱榫”的。

要打开现实题材高调入场与“精神合榫”的迷局，以现实题材创作彰显网络文学的现实主义精神，需要找到正确的打开方式，以确立起几个基本的文学观念。

一是从题材选择走向“价值及物”。现实题材不等于现实主义精神，网络作家选择现实题材不只是找到了一把生活素材，有了可写的文学对象，而是选择了一种价值立场，一种评判生活的责任和干预生活的“及物冲动”。真正的现实主义文学是良知与悲悯，是关爱与真诚，它是你的呼吸，你的心跳，你的眼泪，你的笑容，你的情怀与信仰，你的想象与憧憬，而不是一种外在于你生命的技能活动、一种谋生的“赶场”。人们常引用阿多诺《棱镜》里的那句名言：“奥斯维辛之后，写诗是野蛮的，”在我看来，阿多诺并不是一味反对在类似奥斯维辛那样的灾难之后写诗，而是反对“文学化的痛苦”，即把灾难变成扭曲的表演和修辞，把痛苦幻化为审美和愉悦，最终，诗（文学）堕落成了装饰，甚至成为矫情与掩饰的同谋，人们记住的已不再是真实的历史，而是虚拟化、戏剧化了的文学。如果写诗能唤起良知，谴责恶行，让人反思“奥斯维辛”灾难，铭记历史教训而不再重蹈覆辙，写“诗”有什么不好！阿多诺还说过：“艺术只有具备抵抗社会的力量时才会得以生存……倘若艺术拒绝这样做，那它就会自掘坟墓，走向死亡。”[①] 网络创作回归现实需要的是直面生活而不是“装饰”生活，掩饰生活的苦痛；是以正确的立场评价现实以“赋能”生活，而不是绕开风沙扑面的现实去把玩妆奁中的琥珀扇坠。发现日常生活中的真善美，文学有讴歌的义务；而面对社会的不公、人性的暗角，作家也要敢于担当批评的责任。

二是从“在场秀”站位走向体验式书写。与传统的纯文学相比，作为大众文化生产的网络创作少了些高高在上的倨傲，多了些平视审美的亲和力，这是现实题材创作应有的主体姿态。但仅有“在场秀”式的站位是不够的，还需要有对于书写对象的“过命性”体验，即如

① ［德］西奥多·阿多诺：《美学理论》，王柯平译，四川大学出版社 1998 年版，第 387 页。

高晓声20世纪80年代初复出文坛时所说的："半生生活活生生，动笔未免先动情，"或者像张贤亮在《绿化树》的"序"中所言，让自己"在清水里泡三次，在血水里浴三次，在碱水里煮三次"，没有迈过生活体验这道"铁门槛"，没有承受过生命的沉重与苦痛，没有与生活真相相匹配的伦理与美学，笔下的所谓"现实题材"终归会隔着一层。已有批评者指出过网络文学创作中的"在场"却不"在地"的"伪现实主义"写作：一些网络作品聚焦都市或校园，却侧重展现"小时代"的奢华或"霸道总裁式"的爱情生活，过度消费青春，陷入了虚妄的拜金主义；一些作品迎合市场热点，虽有"职场""正能量"等外衣包裹，但实质仍是空洞苍白的快餐式消费品，缺乏对真实生活的感受和洞察；有的作品主角光环强大，人物依靠非现实异能解决问题，缺乏逻辑性和真实性；有的作品过度宣扬丛林法则，缺乏人文关怀。这些作品虽为现实题材，却偏离了现实主义精神。[①] 即使是那些评价较高的现实题材作品，如表现乡村支教女孩点亮孩童梦想铸造深山脊梁的《明月度关山》，反映基层民警的酸甜苦辣追求美好生活的《朝阳警事》，描写工业兴国的历史进程和创业理想的《大国重工》等，它们无疑是同类题材作品中的佼佼者，但阅读这些作品你会发现，好读不等于耐读，入眼不一定入心，那些被描述的生活状貌如在眼前，却难免有"站在桥上看风景"之感，我们能从中见到栩栩如生的当下生活元素，发现其中的生活"剖面"与经验"圈层"，却似乎难以让人感受到嵌入生命体察、浸染灵魂底色、"咬出个人牙印"的那种刺痛心扉或"深文隐蔚"、启人深思的更绵远的东西，在精神力度上是不是还缺点什么呢！有人要问，这样说是不是只有写主旋律、高大上、正面的讴歌才是与现实主义精神"合榫"呢，其实不然。网络作家写出了主旋律、高大上的人和事固然很好，但写了底层民众的艰难、弱小者的不幸、乃至社会的疮瘢，依然可以是有"正能量"的，作家方方说过："现实主义小说最本质的就是这点：它和弱者心息相通……文学经常是与落伍者、孤单者、寂寞者相濡以沫，它

---

① 参见王婉波：《从玄幻到现实，网络文学正悄然发生改变》，《光明日报》2019年12月18日。

更宽阔地表达着一种人情和关怀。它会护着那些被历史遗弃的人事，被前进的社会冷落的生命。陪伴他们，温暖他们，鼓励他们。”① 笔者深以为然，因为这样的创作既有“在地站位”，又有切入对象的“体验书写”。

三是从生活镜像走向艺术审美。网络作家创作现实题材不是写生活日志，而是“创作”文学，而文学是离不开艺术、离不开审美的，必须写出“人与现实之间的审美关系”而不仅仅是描摹式的“镜像”关系，需要用文学的“强光”照亮现实和现实中的人心。因而，现实题材创作的终极指向并不是题材上的自洽和自证，而是现实主义精神的追寻与探险，否则只能是“现实的空转”。检验一个现实题材作品是不是表达了现实主义精神有两条相互关联的标准：一是看作品是否蕴含着以人性和人生的力量推动人类社会历史进步的正面价值，二是其艺术的感召力能否成为独一无二的审美标识。前者侧重内容层面的长线效应，赋予作品反映现实、穿越历史的终极价值；后者则以风格化表达赢得阅读的适恰性和审美快感，让人在全神贯注中得到情感的满足或心灵震撼。实现这二者的结合就能使作品产生打动人心的艺术力量，获得满足并超越个人喜好的审美价值，形成永恒的艺术魅力，这就是现实主义的文学精神，网络现实题材创作就需要与这样的现实主义精神“合榫”。有人会说，这是指纯文学创作，是衡量文学经典的评价标准，不能用它来要求和评判网络文学创作，网络文学是大众文学，通俗化写作，满足的是网民的休闲娱乐需要……如此质疑不是没有道理，但我依然要说，既然是“文学”，不管是传统文学还是网络文学、是纯文学还是通俗文学，它们特色各异，要求可以有别，但总有一些属于共识性的东西，比如，一个有成就的作家无不善于从时代和人性两方面写出人文历史的深度和丰富复杂的人性。在网络传媒语境中，有许多文学要素发生了变化，也有一些东西是不变的，如价值、良知、情感、审美等等。一方面网络文学的读者是多样的、多层次的，并非所有人都只喜爱一爽到底的通俗作品，如果能有精品力

① 方方：《文学与弱者息息相通》，2014 年 11 月 13 日方方在东方讲堂的文学演讲，搜狐：https：//www. sohu. com/a/370407298_ 99934255。

作，相信依然会有许多人不会弃精致而取通俗；另一方面我们看到，现实题材的网络作品中，已经有一些作品从生活描摹走向艺术审美，显现出现实主义精神的敏锐力量。譬如，有的作品以生活的“零距离”描写凡人琐事，但不是去写生活的“一地鸡毛”，而是通过人物的工作经历表现社会变革的艰难过程，透过平凡人物的英雄梦传递出时代变化的历史足音，如《上海繁华》（大地风车）、《中国铁路人》（恒传录）；有的作品以人物个体进步为线索，以小见大，呈现出一个立体、全面、鲜活的中国形象如《大江东去》（阿耐）、《浩荡》（何常在）；还有作品以逼真的生活细节、鲜活的故事、跌宕的爱恨情仇，让励志的精神舒展人物命运，回旋着奋发有为的生命传响如《最强特种兵》（丛林狼）、《网络英雄传》（郭羽、刘波）、《匹夫的逆袭》（骁骑校）……这些现实题材作品贴近生活，贴近时代，也贴近读者心灵，正在于作者善于让“生活”走进“文学”，由“现实”走向“艺术”。于是，生活镜像走向了艺术审美，现实题材作品亦便融注了现实主义精神。

二、粉丝文化推手下的“增值焦虑”

文学读者成为“粉丝”（英文 fans 的音译）是网络文学发展到一定阶段的事。2003 年，基于类型小说的“VIP 付费阅读”模式建立后，“你写我读”，“你写得好我读得爽”，“你写得长我读得多”成为行业常态，作者、读者、网站平台经营者相互依赖又各取所需，形成了“利益共同体”，于是，“粉丝”应运而生并有了特殊的地位，这正是网络文学商业模式架构的早期形态。不过，并不是每一个网民读者都能成为“粉丝”，只有那些对网络作家作品产生喜爱和追捧心理，并实施文化消费（如追更、购买、月票、打赏等付费行为）或自愿付出无偿劳动时间的读者才能称之为粉丝。不同的粉丝视其与追捧对象关系的性质和不同程度，又分为骨灰粉、死忠粉、跟风粉、骑墙粉、脑残粉、黑粉、理智粉、人精粉、原著粉等等不一而足。众多粉丝对偶像的“一往情深”和不计成本的付出会结成特定的粉丝社群，进而在不断传播中形成一种立场，一种态度，一种价值观念，于是便形成粉丝文化。粉丝文化具有大众文化、后现代文化、视觉文化和青少年亚文化等鲜明特征。

粉丝及其粉丝文化之于网络文学的意义在于：它是网文行业发展的重要推手。首先，粉丝是网络文学坚实的“拥趸”消费群体，可以作为网络作家的“后援会”或作品的“拍砖客”，对创作产生强大的干预力量。可以说，所有的网络大神都是靠粉丝“抬”起来的，“扑街”写手就是因为读者太少没有粉丝而消隐“网海”。网文粉丝可以左右市场并直接影响创作，粉丝量的大小直接影响作品点击量、推荐量、评论量、收藏量，还有如作家的百度指数、微博指数、微信指数、贴吧热度，还有豆瓣评分等等，也无不由粉丝多少来判定和掌控，它们都将直接影响作品的评价、作家的收入，关乎创作者的地位和声誉，也关乎网站的人气和体量。粉丝的力量可以把作家推向高台，也可以让其跌落泥潭。网上就曾出现“起点月票战”中，粉丝奋起支持网络大神愤怒的香蕉，让《赘婿》夺得月票总榜冠军的趣事，充分彰显了粉丝作为“后援会”的团队力量。① 有时候，迫于市场的压力，网络作者又不得不屈从粉丝，甚至被粉丝“绑架”：“如果要表达自己的东西，不顾读者，‘我自己爽就行了’，结局往往是‘扑街扑到死’。”② 足见粉丝这只“看不见的手”其实有着“看得见”的巨大力量。

其二，粉丝作为“追文族”的“消费粘性”可以加速网络创作的价值变现。《2019年度网络文学发展报告》显示，我国网络文学写

① 2018年5月，起点中文网推出了“5.15粉丝节”双倍月票举措，一般能获得月票榜前列的都是点击量超高的作品，《赘婿》品质很好，但续更很慢，愤怒的香蕉属于“文青”作家，他专注作品质量，讲求慢工细活，对争夺月票榜不以为意。但粉丝不干了，他们觉得《赘婿》配得上这份荣誉，便自发组织起该小说的抢票大战，以示对网络“品质写作”的支持。最终，《赘婿》战胜了许多通过不断加更来抢票的作品，一举爆冷夺魁。有关这次“起点月票战”的记载可参见欧阳友权主编：《中国网络文学年鉴（2018）》，新华出版社2019年版，第157—159页。

② 张中江：《网络写手：网络写作比上班还累》，《都市女报》2010年12月21日。

手有1755万人，网络文学用户达4.55亿，亦即中国的网民五成以上是网文读者。文学网民的活跃用户中，95后读者占54.5%，90后占比已超过用户总量的66%。付费用户中，“网生代”更愿意为自己的“所爱”买单，有77%的00后容易为有自己熟悉/喜欢元素的产品付费。随着读者的日趋年轻化，网文作者越来越懂“圈粉”和“埋梗”，读者也更主动自发地参与评论，粉丝力量已成为内容创新和行业发展的重要驱动力。① 如此大的读者群，其中有相当比重的“追文族”属于网文“忠粉”，正是他们的追更形成的“消费粘性”，让网络作品实现市场变现，并助推网络文学的价值传播。例如，截止2019年底，网络文学龙头网站起点中文网，粉丝数量过100万的作品有27部，排名第一的《圣墟》的粉丝数更是突破1000万，排名第二的《修真聊天群》和排名第三的《牧神记》的粉丝分别超600万和500万。粉丝打赏起点币过亿的读者有五位。② 从读者付费方式看，按章节或整本购买仍是主流，占比43.6%；从付费金额看，粉丝月均付费为43.7元，80%以上的读者愿意为IP衍生内容或产品付费。目前各网站平台的线上盈利渠道依然是靠作品付费和作家打赏，而愿意付费和打赏的都需要追更粉丝形成“付费粘性”。所以，任何一个网文作

---

① 段丹杰：《〈2019年度网络文学发展报告〉发布》，2020年2月20日中国社会科学网：https：//baijiahao. baidu. com/s？id=1659043235697201837&wfr=spider&for=pc。

② 2019年起点中文网打赏起点币过亿的五位读者粉丝分别是：排名1：“烟灰黯然跌落”，打赏数为241883875起点币，每100点起点币相当于1元人民币，折合人民币241万元，共订阅作品129本，打赏作品374本，投月票19864张，投推荐票22787张。排名2：“Fning”，打赏数为171753816起点币，折合人民币172万元，共订阅作品333本，打赏作品2284本，投月票16354张，投推荐票1328张。排名3：“涳谷～茗松”打赏起点币129585764，折合人民币130万元，共订阅作品110本，打赏作品1019本，投月票13350张，投推荐票60954张。排名4：“诸神承诺的永远”，打赏起点币110500175，折合人民币111万元，共订阅作品1495本，打赏作品6286本，投月票12202张，投推荐票31551张。排名5：“zxingli”，打赏起点币110000500，折合人民币110万元，共订阅作品562本，打赏作品12本，投月票11438张，投推荐票5780张。见欧阳友权主编：《中国网络文学年鉴（2019）》，第二章“网络文学的文化产业”，第五章“网络文学阅读”，新华出版社2020年版，第127页。

家、任何一家文学网站都不敢轻视粉丝族群，都希望自己的粉丝以矢量的方式不断增加而不是减少，因为粉丝是网络作家、网站平台经营者的“衣食父母”，是助推网文行业发展的经济“压舱石”，基于此，粉丝文化及其粉丝经济旋即成为网络文学和数字文化中最具活力的幕后推手。

正是基于粉丝和粉丝文化的重要地位和深远影响，网文经营者无不重视并小心经营这张“行业底牌”，千方百计壮大粉丝阵营，开掘粉丝文化的商业价值。不过，就在粉丝文化“赢家通吃”、高歌猛进之时，凭着文化资本的“盈利敏感”，网文企业已经开始意识到粉丝文化市场的某些“软肋”，产生商业运营的“增值焦虑”，这种焦虑大抵源于几个显而易见的原因。

一是随着我国“人口红利”的衰减，靠网民自然增长、文学用户“扩军”以实现粉丝套利的原生态增长模式似乎走不了太远，即将触摸到止增的“天花板”。因为人口总量是有限的，并且文学网民的“粉丝化”不能单靠人口聚集的“粗放式红利”，而要借助提升每个粉丝的单位付费量来创造内涵式增长率。据中国互联网络信息中心（CNNIC）发布的数据，我国网民从1997年的62万人，攀升至2019年6月底的8.54亿，文学用户也从2009年的1.62亿增加到2019年6月的4.55亿，网民和文学网民均实现了爆发式增长。但从近期的三个统计数据看，2018年1月—6月，我国文学网民增加了2820万人，2018年7月—12月增加了2607万人，2019年1月—6月，新增的文学网民为2253万人①，已呈递减趋势。可以预料，无论是增量还是增幅，网络文学读者和粉丝的数量，或早或晚都将出现下降拐点，这是粉丝文化推手下的第一个“增值焦虑”。

其二，免费模式对付费增值方式的冲击。读者付费，粉丝打赏，平台得利，作者分成，这个沿用多年的网络文学“中国模式”开始受到免费阅读的挑战。2018年8月，连尚文学上线了一款免费阅读APP

---

① 有关2018年以来我国网民和网络文学网民用户数据，可参见中国互联网络信息中心发布的第42次、43次、44次《中国互联网络发展状况统计报告》，官网：http://www.cnnic.net.cn。1997—2018年的完整统计数据可参见欧阳友权主编：《中国网络文学二十年》，江苏凤凰文艺出版社2018年版，第216页。

“连尚免费读书”，在短短的半年间就斩获了 2308 万的用户月活量，引起了业界关注。于是，有几家同类免费阅读 APP 纷纷上线：字节跳动推出了番茄小说，趣头条孵化了米读小说，阅文集团推出了飞读、七猫免费小说、追书神器等等。免费阅读的盈利方式主要是用流量换取广告投资，从而实现流量变现。据比达咨询发布的数据，2019 年 Q1 移动阅读厂商全景生态流量市场份额中，以免费阅读经营的连尚文学和米读小说分别占到网文阅读市场 8.7%、9.5%的份额，可见业绩不凡，而“渠道向”平台的收入却在 2018、2019 两年出现明显下跌。作为一种商业化探索，免费阅读无形中推广了正版阅读，因为它“正版内容+免费”的优势使盗版网站不再具有生存空间，对打击盗版顽疾极为有利。另外，免费阅读有助于纠正以往按字数付费所导致的文章冗长注水、内容同质问题，实行免费阅读后，作家收入不再依靠作品字数，而是靠品质的影响力吸引广告商，然后与平台分收广告红利，这有望改善一些中短篇作者的收入状况。面对免费模式的冲击，网站平台可以静观其变，而网络作家、特别是大神们多有微词，他们认为，那些声称“免费”的做法不过是吸引受众、招徕读者的噱头，绝非创作者的福音：一方面它拉长了作品变现周期，自己的知情权与可控性变弱，另一方面广告对阅读的干扰势必会影响阅读体验，加剧粉丝流失。

还有，抖音、快手、手游，以及爱（奇艺）优（酷）腾（讯视频）、微（博）B（站）人（人网）等所导致的流量分化，也是粉丝文化带给网文行业不可小觑的增值阈限。数字化媒介催生的图像霸权让短视频大行其道，相比而言，以文字为主要媒介的网络文学难以与各类视频软件、网络游戏和社交工具相抗衡，处于消费弱势。百度发布的 2019 内容创作年度报告显示，我国的短视频用户规模已达 5.94 亿，占整体网民规模的比例高达 74.19%。其中，30 岁以下网民的短视频使用率为 80%，“南抖音，北快手”，无分雅俗，均是争夺网文粉丝的利器。例如，2018 年 12 月，抖音的月活跃用户规模达 4.26 亿，为所有短视频 APP 中月活用户第一。抖音内容上的短、快、新，网状式连接的病毒式传播及其所带来的狂欢式互动，成为许多年轻人的最爱。快手宣称注册用户有 7 亿多，日活跃用户超过 1 亿，且用户主要是中小学生，这一群体恰恰是粉丝文化强大的后备军。智能手机的普及让手游迅速成长为一个视频强势产业，我国 2019 年的用户达 8.25 亿，安装渗透率达 73.6%，《王者荣耀》《和平精英》《我的世界》……它们对青少年的吸引力远在网络文学之上。由此看来，短视频、手游等对网络文学粉丝与流量的双重争夺足以对网络文学行业构成强劲挑战。

面对激烈的市场竞争和业态的风云变幻，网络文学如何见招拆招、化“危”为“机”，找到那根走出“增值焦虑”的“阿里阿德涅彩线”呢？

首先是要做好网站精品内容建设，从源头上筑牢“读者→粉丝→忠粉→原著粉”的消费链条。一个网络作品，首先是要能够吸引普通读者，并且越多越好，以形成规模化的“眼球效应”；然后靠了作品的优良品质及其读者的忠诚度，让其中的一部分读者转化为愿意付费的粉丝、乐意打赏和购买月票忠粉（也叫铁粉、骨灰粉），直至在作品实现跨界分发、全媒体改编后依然不离不弃成为拥趸的原著粉，从而让粉丝伴随作品续更和版权转让、二度创作的全过程，成为消费链条上作品的守护人、网络作家坚定的支持者和稳定的买单族。此时，作为网络作家和网站平台最需要做的就是内容建设，打造精品力作，从源头上保障文学品质，以作品攒人气，靠精品聚眼球，借助长线效应积攒的粉丝口碑的力量，让作品从注意力走向影响力。改编自猫腻的同名小说《庆余年》，作为 IP 大剧播出后引发观剧狂潮，豆瓣评分 7.9 分，腾讯视频播放量冲破 67 亿次，爱奇艺热度最高值 8800，在 2019 年猫眼剧集影响力网络平台综合总排名中位列第一，究其原因，首先是小说品质好，然后是改编成功，表演到位，制作精良。该剧播出后，粉丝们涌向各大平台寻找原著小说，让它重新登上百度小说风云榜和阅文平台畅销榜榜首，收获 350 万次推荐和 60 余万次打赏，是小说阶段的优秀表现延续到影视环节，才有了众多原著粉和路人粉的追捧。《诡秘之主》是起点读书 2019 年度“月票”第一的作品，10 个月 7 次登顶原创风云榜，有 2500 万张推荐票。《琅琊榜》《芈月传》《全职高手》《大江大河》（网络小说《大江东去》）《都挺好》等作品，让粉丝一直从小说追更到视频追剧再回到小说拉动线上线下阅读，完成了“IP+”产业链的完整循环，上游的内容品质是黏住“粉丝一族”的基础。网络作家不忘“文学初心”，网站平台扶持精品力作，打造优质内容，事关网络文学的存续之道，也是推动粉丝文化增值的“硬核”。

其二是聚焦粉丝社群文化，助推 IP 联动，通过粉丝的“圈地自萌”放大粉丝文化的“马太效应”。这可能是 IP 观念付诸实践、自媒体之成为信息领航媒体后，当下消解粉丝文化“增值焦虑”最直接、见效最快的方式。具体来说，就是不仅让每个粉丝与网络文学发生关联，而且把粉丝组织起来，以“动感”方式形成横向联合的粉丝文化共同与网络文学及其衍生品发生关联，从而把网文与 IP 产业链的每一个环节拉长、加粗、炒热、代火。譬如（1）推进粉丝社区建设，推动各类“新部族”形态的“圈子”化社群组成平台社区，建立书友圈、角色圈、兴趣团等粉丝文化共同体，促使 IP 的力量无缝连接到下游产业。例如，2019 年底热播的《庆余年》聚集了超百万粉丝，以此形成了一个以内容为核心的粉丝文化社区，由粉丝自发创作了该作品的广播剧、地图疆域、武功排行、人物漫画、同人文等等，迸发出粉丝文化的超高人气。“国民 IP”《全职高手》借助同人粉丝圈的力量，在全国举办了系列漫展，微博上超话[①]达 6.2 万贴，创造了国内二次元圈的顶级流量。（2）以文字弹幕、本章说（段评/章评）等形式，形成社交共读、角色互动等粉丝文化形态，密切粉丝与作品的情感联系。据阅文集团调研，起点中文网推出“本章说”后，其“段评”的社交互动功能已累计产生 7700 万条数据，段评用户的付费率与沉默用户相比提高了 10%。文字弹幕功能方便读者自由地进行社交评论，“角色”功能则让粉丝读者有机会直接参与到作品的创作与完善中。截至 2019 年底，阅文集团拥有平台级兴趣圈 361 个，已累计创建角色 13 万多个，累计产生的角色互动达 3000 多万次。书友圈累计发帖 600 余万条，书友日均浏览用户占比达 30%，其影响力传导至全产业链，其中《诡秘之主》一书角色多达 63 个，全年日均书友与

① 超话，网络流行词，超级话题的简称，是新浪微博推出的一项功能，指拥有共同兴趣的人集合在一起形成的圈子，类似于 QQ 上的兴趣部落。

角色互动 11 万多次。[1]“本章说”的段评和章评不仅让粉丝吐槽成为众声喧哗的书友嘉年华，还能刺激他们“壕气”十足地打赏、投月票。阅文集团正是凭借粉丝聚集和粉丝文化经营，使他们的活跃用户从 2018 年的 2.135 亿增加到 2019 年的 2.197 亿，年内净增 620 万。

三是借助 AI“开挂”，开启“智能伴读新时代”，提升粉丝用户的消费体验以增强他们的忠诚度。这是借助科技的力量在网文阅读环节赋予粉丝的一项“福利”——让原本只存在于书中的角色“活”起来，以便把文字阅读的间接体验转变为对故事的直接感受和书中人物的贴心交流。2019 年初，阅文集团携手微软 AI 科技，开启了活化虚拟角色 IP 的全新探索，实施网文“IP 唤醒计划”，利用 AI 赋能网络文学，赋予 100 个男主人设全新的可交互“生命”，为虚拟人物带去基于他们独特性格的对话、声音、技能以及相应的知识体系。[2] 红袖读书平台用户可在“我的”页面进入“红袖男友”，领养心仪的角色，收获专属新男神，实现“24 小时智能陪伴”。例如，其打造的“陪伴男主”，可以让《全职高手》的“全职天团重燃再聚”“与叶修 24 小时高能互撩”等。这一技术强化了 IP 角色与粉丝的双向互动与情感联结，实现了 IP 角色的个性化定制，通过满足粉丝对于 IP 角色在原著剧情发展基础上的个性化需求，让虚拟 IP 与粉丝之间产生高强度用户粘性。

还有，通过粉丝共创方式开发消费新品，以强化网文 IP 的增值和赋能。所谓粉丝共创，就是基于共同的价值观、共同的喜好，由粉丝书友圈和兴趣圈针对某一作品进行互动式创作，开发出衍生性的消费新品。如超级 IP《全职高手》就有众多粉丝依托小说为原型，联手参与小说角色共创，衍生出同人小说、漫画、动画、游戏、影视剧、周边、后援会、叶修迷等等，形成了一个围绕《全职高手》而衍生的高密度 IP 扩展世界，实现了从一个故事向一种文化的升级，让粉丝文化成为粉丝经济的强劲引擎。2019 年，阅文研发出“上线配

---

① 《2019 年度网络文学发展报告》中国作家网，2020 年 2 月 20 日：http：//www.chinawriter.com.cn/n1/2020/0220/c404027-31595926.html。

② 新浪网：《阅文集团携手微软小冰发布网络文学“IP 唤醒计划”》http：//finance.sina.com.cn/stock/relnews/us/2019-09-25/doc-iicezzrq8301419.shtml。

音”功能，用户可以选取小说中的句子进行配音并上传，让其他用户在阅读时收听这些配音，还能对之进行评论，既增加了作品的有效传播，也不动声色地加速了“粉丝抱团”和粉丝共创。可见粉丝的力量是巨大的，在“粉丝文化”时代，摆脱“增值焦虑”的最好方式，就是挖掘粉丝喜好，然后让喜好变成购买力，并以亚文化撑起来的流量反馈给文化资本，即如有研究者所言：“互联网资本进入文创产业后所产生的最大的逆转，就是挖掘年轻人的喜好，从他们身上解读出大数据的流向和流行趋势，征用背后的购买力。那征用来的具体是什么呢？就是亚文化，就是粉圈，而且是几乎敲骨吸髓地征用了这些亚文化的资本。”①

三、网络文学如何面对人工智能创作的挑战

人工智能（Artificial Intelligence，简称 AI）创作对文学的挑战不单是对网络文学，传统文学创作同样面临这一挑战。但因为网络文学与人工智能创作同属“机器写作”，与传统文学相比似乎相似度更高、可比性更强，所以容易被人拿二者说事。事实上，人工智能的文艺创作与网络文学创作是大为不同的，虽然他们都需要借助数字化“机器”、软件程序之类的东西，但人工智能创作是由机器、程序自动完成，此时的文学生产是出自“机心”（软件程序）而不是“人心”（作家头脑），而网络文学创作则需由“人”即网络作家（写手）借助联网电脑或智能手机等数码终端来完成，“人”是创作主体，机器只是载体和传播媒介。

不过也不尽然。网络文学创作与人工智能创作之间也存在一个不小的“交叉地带”，由于二者都需要通过计算机网络、数字化技术来实现，早期的人工智能创作就叫“计算机自动写作”或“电脑软件创作”。例如，早在 1998 年，美国伦塞勒工学院的塞尔默·布林斯乔德

---

① 凤凰网：《粉丝举报同人网站：“这次撕的是命运共同体”》，GQ 报道记者杜梦薇对林西的采访，http：//ent. ifeng. com/c/7uisJJgu7Au。

(Selmer brinsjaud) 及其同事就曾研制出一款名为“布鲁特斯 I 型”(BrutusI) 的人工智能系统，用它可以构思出有关“欺骗”“邪恶”等与背叛有关的内容，并且把故事用 400 个字表达出来，其广为传播的代表作《背叛》就颇具文学色彩，不仅故事出人意料，人物刻画也很具个性。那么，《背叛》是属于“网络小说”还是“人工智能小说”呢？两种说法都有，但它是纯由软件程序完成，而不是人在机器(电脑) 上写的，应该属于人工智能小说，因为它在“创作”时没有人的思想、智慧、情感、技能的直接干预（人的干预体现在前置的程序设计环节)，而是机器（程序）自动生成的。可见，尽管网络文学与人工智能文学没有截然的界限，以至于最早的《网络文学词典》把“网络写作软件”列入词条[①]，但二者之间的区别仍然是显而易见的。正因为存在区别，人工智能创作才有可能对网络文学构成竞争和挑战。

这种挑战首先在近年的文学创作实践中展开。应该说，人工智能创作锋芒初现即不同凡响，它以高新技术为开路先锋，大有与网络文学分庭抗礼之势。在中国，我们能见到的具有人工智能性质的文学创作软件是 20 世纪 80 年代出现的“计算机诗词创作”[②]。90 年代后，随着计算机网络成为文学创作的主要工具，互联网上陆续出现了“大作家超级写作软件”“GS 文章自动生成系统”“猎户星写诗软件”“知我心智能写作软件”“稻香老农作诗机”“中国古代诗词撰写器”“宋词自动创作系统”“520 作诗机”等等。2013 年，手机百度 APP 推出了“为你写诗”功能，用户拍摄或上传一张图片，系统即可根据

① 参见欧阳友权主编：《网络文学词典》，第五部分“网络写作软件”，收录词条 21 条，世界图书出版公司 2012 年版，第 156—163 页。

② 1984 年，在我国首次青少年计算机程序设计竞赛中，上海育才中学年仅 14 岁的学生梁建章，曾以“计算机诗词创作”获得初中组四等奖。他设计的这个诗词创作软件，收录诗词常用词汇 500 多个，在程序运行时，以“山、水、云、松”为题，平均不到 30 秒即可创作一首五言绝句，曾连续运行出诗 400 多首，无一重复。如其中一首名为《云松》的诗是这样的：“銮仙玉骨寒，松虬雪友繁。大千收眼底，斯调不同凡。”其绘景寓情、仙风道骨之态与诗人之诗相比足可乱真。参见张寿萱等：《中文信息的计算机处理》，宇航出版社 1984 年版，第 264 页。

图片内容自动生成一首四句的古诗……这些五花八门的电脑写作程序尽管都带有文学实验性质，影响力有限，但已经让我们看到了人工智能之于文学创作的巨大潜能。随着人脸识别、图像识别、语音识别技术，以及专家系统和深度学习等“黑科技”关键技术研发的不断突破，AI 之于文艺创作的新进展已经不限于作诗填词或影视、游戏开发，而是可以由机器人实施谱曲、作画、写书法、演奏钢琴，乃至唱歌、跳舞、主持节目、播报新闻，甚或让久已逝去的明星复活等等，不时挑战着我们对人工智能艺术的想象力。近年来，清华大学研发出的写诗机器人“薇薇”，微软（亚洲）互联网工程院推出“微软小冰”，封面传媒研发出媒体智能 IP 机器诗人“小封”，2019 年华为诺亚方舟实验室推出了 AI 诗人“乐府”等，“艺术 AI”逐步形成由智商（IQ）向情商（EQ）方向发展的趋势，第一个由 AI 人工智能选出来的小说排行榜也已经诞生[①]，小冰创作的诗集《阳光失了玻璃窗》，小封的诗集《万物都相爱》已达到的“乱真”程度，这一切似乎都在提醒我们：“艺术不是人的专利，”人工智能让“让诗人走开”、让“作家失业”不再只是一种趣谈，而是即将迫近的现实。于是，作为同时站在技术平台上的网络作家，是否该有“未来已来”的隐忧呢？

人工智能创作对网络文学的挑战，当下主要表现为“拟主体”对海量作家的“技术碾压”造成的绩效落差。从本质上说，网络文学和 AI 文学都是“属人”的文学，是人的艺术创造力的技术性外化。人工智能的本义是指人赋予机器的一种智慧与能力，人是智能机器的主宰，因而人工智能文学是“人的文学”而不是“机器的文学”，智能机器以及它的产品都是人的作品。但问题在于，在现代的著作权属规制中，AI 机器人创作的作品是算在智能机器如“薇薇”“小冰”“小

---

①　据《新民晚报》报道，中国第一个由 AI 人工智能选出来的小说排行榜在上海诞生，从 1 到 60 的排名榜在《思南文学选刊》2019 年 1 月号上揭晓。最受人工智能青睐的是原刊于《小说界》2018 年 6 号的陈楸帆作品《出神状态》，位列 AI 榜榜首，最有趣的是，这篇 AI 榜年度短篇小说实际上是作者陈楸帆尝试着让人工智能参与创作而共同完成的，实现了两个人工智能在此奇妙地握手的目标。参见徐翌晟：《人工智能选出来的小说榜单诞生！而第一名居然也是 AI 出品》，《新民晚报》2019 年 2 月 26 日。

封”“乐府”们身上，还是隶属于研发它们的科学家、工程师呢？有说作品署名权应该属于后者①，但我们见到那些“智能文学”的署名可都是前者，后者都是潜藏在幕后的，可见在当下，人工智能作品的创作主体是悬置的。在这一点上，网络文学就有着满满的自信——每一个冠名的网络作品无不具有知识产权归属，并且还附带有其网站发布平台的“渠道权属”，一个网络写手一旦与网站签约，在协约期内他的作品就必须由该站发布、与该站共享。如起点网每年发布“白金作家”名单，不仅是对大神作家创作成就的肯定，也意味着一种作品权属认定。于是，“版权”问题就成为网络文学生存发展的首要问题，网络作家乃至整个网络文学的枢纽就在于“命系版权”，网络文学创作者、经营者正是靠了版权才获得收入、赢得财富，有了生产和扩大再生产的经济基础，由此建立起了符合市场规律的“供给—满足”机制，这才有了中国网络文学的快速发展和勃勃生机。在这个意义上，人工智能文学似乎略逊一筹，至少在当下，有限的“AI 文学”还不足以建立起满足大众消费的市场经营规则，也就不足以与体量浩瀚、数亿读者消费的网络文学相抗衡。不过我们依然有理由追问：科技无止境，只有想不到没有做不到，如果将来有一天人工智能创作普及了，用智能机写小说与今日的网络写作一样稀松平常，并且创作出与《斗罗大陆》《诛仙》《盗墓笔记》或《全职高手》《诡秘之主》一样甚至更好看的作品，我们的网络文学还会有“风景这边独好”的自信么！如果人工智能文学写得足够好，并且不再有“拟主体”的困扰，

① 人工智能软件的设计者、使用者或著作权人是否可认定为人工智能生成内容的著作权人，在中国的司法实践中，法院强调的是作品是否能够表现出作者的个性和主观性。人工智能能够模拟人脑的神经网络和深度学习，已经具备创作有个性和主观性作品的条件。由此可以说，人工智能生成的内容，只要是机器人独立完成的，即构成受著作权保护的作品。从现行著作权法来看，作为著作权主体的作者主要包括创作者与投资者两类。人工智能生成内容乃是代表设计者或所有者意志的行为，“因此在面对人工智能生成内容的法律争议问题上，对该内容是否是作品完全可以适用独创性判断标准，并在满足的前提下，以代表所有者意志创作为理由将著作权归属于人工智能所有者享有。”（熊琦：《人工智能生成内容的著作权认定》，载《知识产权》2017 年第 3 期），参见张耀铭、张路曦：《人工智能：人类命运的天使抑或魔鬼——兼论新技术与青年发展》，《中国青年社会科学》2019 年第 1 期。

也能以规模化生产方式开启自己的商业模式，抢占文学市场份额，那么，网络文学面对的竞争或将是自身不具优势的“人—机之争”——配备了强大素材库的智能软件一旦放飞想象的程序，那些“打怪升级换地图、霸道总裁玛丽苏”的网络小说，也就变成了虚构故事的小儿科，技术的刀锋“剃”掉了人的那点儿艺术才华，到那时，网络文学该如何实现技术突围？今日网络作家的生存空间还有多大？唐家三少还有机会登上作家富豪榜的榜首么？高产大神血红已创作网络小说5千万字，他的目标是有生之年写到一亿汉字，可网络上运用VB语言编写并全自动完成的超长篇小说《宇宙巨校闪级生》只用了37个小时即创作了1.7亿汉字，其艺术想象力只可用“怪妙绝尘、难寻对手”来形容。这也许就像杨庆祥评“小封”诗集《万物都相爱》时所说：“人工智能的写作是一面镜子，可以让人类更清晰地看到自己的写作已经穷途末路。”①

4G改变生活，5G改变世界，AI改变的是人类未来，当然也必将改变网络文学的未来。既然“未来”已奔涌而来，网络文学该如何打开迷局、未雨绸缪呢？我想，网络创作者首先需要找准时代方位，跟上人工智能步伐，在观念上达成对新技术创作的认同与适应。人工智能变革是继哥白尼革命、达尔文革命、神经科学革命后的“第四次革命”。“这一次革命之所以与以往不同，在于它将人类看作一个信息体，在信息圈内与其他可逻辑化、自动化信息处理的信息智能体共享自然和人工领域内的成就，相互交织在一起。于是，人类越来越多地将记忆、认知活动甚至日常生活，委托给智能机如计算器、智能手机等来完成，智能机已然成为人类的‘延展大脑’。”② 网络文学创作应该敢于接纳并善于利用这个“延展大脑”，以己之长，克“机”之短。至少在当下“弱人工智能”语境中，网文行业还会有一段好日子，不会感受到“AI威胁”，因为“电脑”与“人脑”、程序设计与作家智慧之间尚有较大差距，时下的人工智能水平还难以达到“人脑

① 杨庆祥：《AI写的诗可以成为标准吗——序小封〈万物都相爱〉》，《华西都市报》2019年10月27日。

② 魏屹东：《发展人工智能引发的六大哲学伦理学问题》，《南国学术》2019年第2期。

艺术”的某些境界，因为“人工智能‘拟主体’的技术权力之于艺术创作有三个无以抵达的边界，即创作动机的情感限度，艺术表达的想象力限度和作品效果的价值限度”①。靠技术支持的程序化写作，只能是对已有文学经验和人的生命过程的数据化积累与检索、重组，很难获得有感而发的艺术冲动、创作灵感，也不具有独立个性、生活感悟、精神信仰、历史意识、哲学思辨，以及“修辞立其诚”“得失寸心知”一类富含人文底色的东西，网络作家正好可以在品质写作、创造性写作、人文价值写作上布局自己的文学初心，从而超越人工智能创作。抑或将机器智能与人类智慧集成一体，使它们能够通力合作，借助高科技的发展，激发人的艺术想象力，开拓新的创作空间。随着数字化技术的不断升级换代，支持网络文学创作的 APP 也会越来越多、越来越具文学性，如世界经济论坛创始人兼执行主席克劳斯·施瓦布（Klaus Schwab）在《第四次工业革命》一书中所言：“同过去相比，互联网变得无所不在，移动性大幅提高；传感器体积变得更小、性能更强大、成本也更低；与此同时，人工智能和机器学习也开始崭露锋芒。”② 在这样不可逆的技术语境中，“网络化的人工智能”与“人工智能化的网络创作”一旦走向合流，今日的网络文学或将又是另外一番风景！

（原载《文艺争鸣》2020 年第 7 期）

---

① 欧阳友权：《人工智能之于文艺创作的适恰性问题》，《社会科学战线》2018 年第 11 期，人大复印资料《文艺理论》2019 年 3 期全文转载。

② ［瑞士］克劳斯·施瓦布：《第四次工业革命》，李菁译，中信出版集团 2016 年版，第 4 页。

网络文学虚拟审美的娱乐边界

如果把网络文学设定或认定为娱乐化的通俗文学，那么，我们不仅要审视其现实的合理性，还需要通过考察它流变的必然性而寻求其历史合法性。通过网络创作的文学作品，可以虚拟审美，也可以现实娱乐，并且可以兼容“审美”和“娱乐”，从而实现娱乐与审美的网络化融合。我们需要厘清的问题是，虚拟审美的娱乐本源何在，网络文学为何会走向娱乐之途，以及，能否为备受质疑的网络文学的“娱乐至死”寻找某种可能的边界。

一、网络虚拟审美：娱乐本体的异变与归宗

文学的娱乐性是有“根”的，远古时期歌、乐、舞“三位一体”构成的原始文艺形态，就已经先在地预设了文学艺术的“娱乐本体”，因而我们今天讨论网络文学娱乐性的时候，需要从文化的根脉和美学观念上找到它的娱乐本体。

从传统文化溯源，文学的娱乐本体可以追溯到中国古代的“乐感文化”。我们知道，李泽厚先生在分析“中国智慧”的时候，把“乐感文化”作为中国智慧之一①，他认为，西方文化是“罪感文化”或

① 李泽厚把中国智慧概括为四种：血缘根基、实用理性、乐感文化、天人合一。见李泽厚：《试谈中国的智慧》，《中国古代思想史论》，人民出版社 1986 年版，第 295—326 页。

“耻感文化”，即对“原罪”的自我意识，人的一生要为赎罪而奋斗：征服自然，改造自身，以获取神眷，再回到上帝怀抱。以儒学为骨干的中国文化的特征或精神是“乐感文化”，世俗的幸福，从上层精英到下层百姓，从生死礼仪到江湖酒令，从衣食住行到性、健、寿、娱，都展示出中国文化在庆生、乐生、肯定生命和日常生存中去追寻幸福、享受快乐的“情本体”特征，即使是在困难的时候，也相信“否极泰来”“时来运转”。比如，《论语》的首句便是“学而时习之不亦说乎，有朋自远方来不亦乐乎”。孔子还反复说，“发愤忘食，乐以忘忧，不知老之将至云尔”（《论语·述而》）；“饭蔬食饮水，曲肱而枕之，乐亦在其中矣”（《论语·述而》）。《周易》提出“乐天知命”“乐则行之，忧则违之”（《周易·乾·文言》）。《帛书》中说：“无中心之悦则不安，不安则不乐，不乐则不德。”（《帛书·五行篇》）于是，李泽厚说：

> 这种精神不只是儒家的教义，更重要的是它已经成为中国人的普遍意识或潜意识，成为一种文化——心理结构或民族性格。中国人很少真正彻底的悲观主义，他们总愿意乐观地眺望未来。①

这种乐感文化体现了以人的现世性为本，立足于此岸世界而强调人的主体性存在，并赋予人参天地之化育的本体地位，而与西方传统强调的“绝对”“超验”精神相对立，从而培育了中国人自强不息、乐观积极的精神生态。由思想理论积淀而转化为心理结构的乐感文化，从内容积淀为形式，已渗透在千百年文学艺术的发展中，成为文艺作品的快乐基因，从历史传承的传统文学到今日的网络文学，快乐、娱乐、享乐，始终是它不可或缺的人文本色之一。

再从美学观念上看，虚拟审美的娱乐本体源自文学审美的乐感特性。祁志祥先生在《乐感美学》一书中曾提出：“美是有价值的乐感对象，”“在审美实践中，‘美’的基本语义是指称乐感及其对象的

① 李泽厚：《中国古代思想史论》，人民出版社 1986 年版，第 311 页。

'情感语言'"[1]。既然美是一种让人快乐的指称，"愉快的对象"或"客观化的愉快"是"美"的基本义项，那么，快乐审美就将是所有审美活动，包括文学如网络文学活动的应该有的内涵。但凡审美，便有愉悦和动情，能使人快乐，并能让人的情绪、情感进入理性和价值层面的满足，便是所有审美行为如文学审美的基本职能。审美首先要有"感官快适"，所有的"美"都有一个共同的性质，即审美主体投射在对象上的"乐感"。"乐感""快适"是不同事物之美的统一依据，即"众色乖而皆丽""五味舛而并甘"[2]；"妍姿媚貌，形色不齐，而悦情可钧；丝竹金石，五声诡韵，而快耳不异"[3]。

在西方美学史上，"审美"与"快感"的关联也是许多美学家所秉持的基本观点。例如，阿奎那说："凡是一眼见到就使人愉快的东西才叫做美的。"[4] 克罗齐提出："美的东西就是一般产生快感的东西。"[5] 18 世纪德国哲学家沃尔夫认为："美可以下定义为：一种适宜于产生快感的性质，或是一种显而易见的完善。"[6] 康德一再强调："美是无一切厉害关系的愉快的对象；""美是不依赖概念而被作为一个普遍愉快的对象"[7]。黑格尔明确提出："艺术到处都显现出它的令人快乐的形象。"[8] 伏尔泰说："要用'美'这个词来称呼一件东西，这件东西就必须引起您的惊赞和快乐。"[9] 尼采也说："如果试图离开

---

① 祁志祥：《乐感美学》，北京大学出版社 2016 年版，第 53 页。

② 葛洪：《抱朴子·辞义》。

③ 葛洪：《抱朴子·尚博》。

④ ［意］托马斯·阿奎那语，《西方美学家论美和美感》，商务印书馆 1982 年版，第 66 页。

⑤ ［意］克罗齐：《美学原理》，朱光潜译，外国文学出版社 1983 年版，第 93 页。

⑥ 北京大学哲学系美学教研室编：《西方美学家论美和美感》，商务印书馆 1982 年版，第 88 页。

⑦ ［德］康德：《判断力批判·上卷》，宗白华译，商务印书馆 1996 年版，第 48 页。

⑧ ［德］黑格尔：《美学·第一卷》，朱光潜译，商务印书馆 1981 年版，第 6 页。

⑨ 北京大学哲学系美学教研室编：《西方美学家论美和美感》，商务印书馆 1982 年版，第 124 页。

人对人的愉悦去思考美，就会立刻失去根据和立足点。”[①] 祁志祥的《乐感美学》就此给出的结论是：

> 美不仅是有价值的五官快感的对象，也是符合真善要求的心灵愉悦的对象，是既愉悦了感官又丰富了内心的对象。[②]

这种让人心灵愉悦的美与审美一直贯穿于人类的文学发展史，不仅在“庙堂文学”或主流文学、雅文学中渗透了“寓教于乐”的“乐感”精神，而且文学史还造就了一条从古至今的“江湖文学”或民间文学、俗文学的浩荡长河。那些不登大雅之堂、不为学士大夫所重视却一直流行于民间、成为大众嗜好、为普通百姓喜闻乐见的东西，如民歌、通俗小说、民间戏曲、说书文学等等，常以歌、谣、曲子，讲史、话本、戏曲、变文、弹词、鼓词、宝卷等讲唱文学，以及民间神话传说、民间歌谣、民间故事、民族史诗、民间笑话、谜语等杂体作品的方式呈现出来，成为一支与主流“雅文学”同时并陈、互补为用、相得益彰的重要文学力量。从《诗经》中的“国风”到南北朝民歌，再到唐代变文、传奇，再到宋代话本、元杂剧，由说书话本演变而来的明清章回小说，一直到现代文学中张恨水、吴若梅、许啸天等“鸳鸯蝴蝶派”，当代文学以金庸为代表的武侠小说，琼瑶、三毛的作品、网络文学、人工智能文学……可以说，通俗文学作为一股民间文化潜流是绵延不绝并蔚为大观的。以娱乐为本体的“俗文学”，无论是对文学创新、文学发展的作用，还是对大众审美、文化休闲的贡献，都是十分巨大并不可或缺的，相比与之并陈的“雅文学”，它们存在的意义不仅不遑多让，甚至更为深远——因为雅文学、纯文学是社会分工导致的文学专业化、职业化的产物，它们是“高、精、尖”的，也是“圈子”的、“贵族”的、士大夫的，当然也是“高处不胜寒”的。从某种意义上说，纯文学是一种文学的“异化”，而不是文学的本色，文学的本色就应该是通俗化、大众化的，“俗”

---

① ［德］尼采：《悲剧的诞生》，周国平译，三联书店1986年版，第321页。

② 祁志祥：《乐感美学》，北京大学出版社2016年版，第77页。

才是文学功能最深也最远的“根”。

于是，我们找到了网络文学娱乐本体的根——它以通俗性娱乐为功能主打，正是传承了文学的“乐感”本性，是以虚拟审美光大了俗文学传统的“在地性”娱乐精神，并在新媒体语境中实现了文学娱乐本体的“归宗”之旅。网络作家并非不能创作雅文学或纯文学，而是由于传媒的特性和市场化选择，他们无形中把精英式创作留给了传统文学——网络媒体让文学话语权回归民间本位，使得文学创作不再只是崇高的事业，更是一种广场狂欢的娱乐方式；市场化的商业模式让作家放弃了对精英书写的“膜拜心态”，而致力于适应或迎合读者需求，以追求效益的最大化。因而，网络上的文学虚拟审美行为，一方面天然地归宗为娱乐本体，与传统纯文学、雅文学分道扬镳、殊途为用；另一方面又以高度市场化、网络民间化的异变，构成虚拟审美的网络特色，这也正是网络文学“爽”文学观的由来。

二、“奥威尔式”与“赫胥黎式”的警示

新技术传媒时代的文化娱乐现象是现代文化学、传播学、社会学、文艺学、美学等众多学科共同关注的理论与实践问题，对网络文学娱乐性的辨识，可以从这些研究中得到一些启示。美国著名媒体文化学家尼尔·波兹曼在《娱乐至死》一书中，吸取各家观点，总结出了两种有代表性的观念模式，试图对电子传媒时代的娱乐文化的风险管理提出警示：一种是“奥威尔式”，另一种是“赫胥黎式”。表面看来这两种理论是对立的，代表了娱乐文化治理的两极立场，但它们的结果却殊途同归，都将导致某种不可逆的严重后果，就像波兹曼所概括的：

有两种方法可以让文化精神枯萎，一种是奥威尔式的——文

化成为一个监狱，另一种是赫胥黎式的——文化成为一场滑稽戏。①

先看第一种。英国小说家和社会批评家乔治·奥威尔（George Orwell，1903—1950）在他的《一九八四》和《动物农庄》中提出，极权主义的专制将限制所有的自由和娱乐，其所建立的是一个令人感到窒息的恐怖世界。在这个假想的未来社会中，管理者以追逐权力为最终目标，人性被强权彻底扼杀，自由被彻底剥夺，思想受到严酷钳制，人民的生活陷入了极度贫困，下层人民的人生变成了单调乏味的循环。波兹曼说："奥威尔不是第一个警告我们专制会带来精神毁灭的人，但他的作品中最可贵的一点就是，他一再强调，不管我们的看守人接受的是左翼思想还是右翼思想，对于我们来说并没有差别，监狱的大门一样是坚不可摧的，管制一样是森严的，偶像崇拜一样是深入人心的。"②很显然，奥威尔模式是一种"监狱管制"模式，它钳制舆论，剥夺人民独立思考的权力，反对一切自由和自由的娱乐，这是以牺牲广大人民群众思想自由和娱乐生活权为代价的。在这样严酷的治理下，人类社会变成了"动物农庄"，何谈文化和娱乐？这一"奥威尔式"寓言正是奥威尔本人通过这部作品所要揭露和反对的，当然也违背了文学的自由本性，屏蔽了文化娱乐的社会语境，抽空了网络文学存在的社会基础，因而是网络文学发展之大忌。

"赫胥黎模式"则代表了娱乐文化生态的另一极，即波兹曼所批判的"娱乐至死"模式。英格兰作家阿道司·赫胥黎（A. L. Huxley，1894—1963）在小说《美丽新世界》（1931）中，创作了一个距今600年以后的未来世界。在那里，物质生活十分丰富，人们接受着各种安于现状的制约和教育，享受着衣食无忧的日子，不必担心生老病死带来的痛苦。那里的科技高度发达，所有的一切都被标准统一化，人的欲望可以随时随地得到完全满足。然而，人们却在这种机械文明的社会中却失去了家庭温暖，没有了个性和情绪，丧失了自由和道

①② ［美］尼尔·波兹曼：《娱乐至死·童年的消逝》，章艳、吴燕莛译，广西师范大学出版社2009年版，第132页。

德，人与人之间根本不存在真实的情感，人性在机器的碾磨下灰飞烟灭，人类在享乐、安逸的麻木中失去自我。这样的“美丽新世界”有娱乐没有追求，有满足没有尊严，在“欲望自由”颂歌中却把自由交给了魔鬼。波兹曼是这样描述“赫胥黎”模式的：“赫胥黎告诉我们的是，在一个科技发达的时代里，造成精神毁灭的敌人更可能是一个满面笑容的人，而不是那种一眼看上去就让人心生怀疑和仇恨的人。‘老大哥’并没有成心监视着我们，而是我们自己心甘情愿地一直注视着他，根本就不需要什么看守人、大门或‘真理部’。”接着他告诫人们：

> 如果文化生活被重新定义为娱乐的周而复始，如果严肃的公众对话变成了幼稚的婴儿语言，总而言之，如果人民蜕化为被动的受众，而一切公共事务形同杂耍，那么这个民族就会发现自己危在旦夕，文化灭亡的命运就在劫难逃。①

实际上，过度娱乐化的危害在于其“奶嘴效应”——给大众嘴里塞一个“奶嘴”，在现代技术传媒语境中其形式多种多样，可以是快手、抖音、综艺节目、广场舞，或者是网络游戏、宫斗剧、二次元，也可以是鸡汤文、通俗小说，让这些容易上瘾的、庸俗的、低智商的东西成为充斥社会的娱乐产品，并打造成一系列低级文化产业链，让它们常年占据人们的精神生活，令大众沉浸在纷繁简单的“快乐”中，不知不觉便会丧失独立思考能力，弱化其理性思维和对事物的判断力，只能行尸走肉般地活着，这便是“娱乐”导致“至死”的可怕结果。

在电子媒介无处不在的时代，人们热衷于“电源插头带来的各种娱乐消遣”，此时，我们既需要防范“奥威尔预言”，用制度性约束阻遏“文化监狱”导致的精神毁灭；更应该谨防“赫胥黎预言”可能造成的危害——泛滥的电子化媒介制造出无节制的欲望和对欲望的娱

① ［美］尼尔·波兹曼：《娱乐至死·童年的消逝》，章艳、吴燕莛译，广西师范大学出版社 2009 年版，第 133 页。

乐化满足。相比而言——

> 奥威尔预言的世界比赫胥黎预言的世界更容易辨认，也更有理由去反对。我们的生活经历已经能够让我们认识监狱，并且知道在监狱大门即将关上的时候要奋力反抗。在弥尔顿、培根、伏尔泰、歌德和杰弗逊这些前辈的精神的激励下，我们一定会拿起武器保卫和平。但是，如果我们没有听到痛苦的哭声呢？谁会拿起武器去反对娱乐？当严肃的话语变成了玩笑，我们该向谁抱怨，该用什么样的语气抱怨？对于一个因为大笑过度而体力衰竭的文化，我们能有什么救命良方？[①]

是的，当一个社会的文化全都变成了“快乐大本营”，当我们的时代都热衷于“中国有嘻哈”，当千百万青少年都崇尚娱乐明星、关注大款小蜜、贪恋金钱享乐的时候，我们的文明和文化、我们的理想和信念、我们的追求和斗志又置于何处？同样，电影、电视、网络、AI，虚拟现实、网络文学、电子游戏、数码艺术、抖音小视频，以及爱（奇艺）优（酷）腾（讯视频）、微（博）B（站）人（人网）……它们彰显出了前所未有的娱乐化魅力，给大众特别是青少年带来无与伦比的感官刺激。但新媒介娱乐方式可以是“撬动新世界的杠杆”，也可能成为“潘多拉的盒子”，因为“娱乐至死”所“死”的不是娱乐，也不只是娱乐的人，它“死”的其实是文化与文明、人文与德操、艺术和审美，是一代人的成长、一个时代的进取精神和一个民族的发展方向。就如赫胥黎在《美丽新世界》中告诫我们的：人们感到痛苦的不是他们用笑声代替了思考，而是他们不知道为什么笑以及为什么不再思考。当我们考虑网络文学、数字艺术等虚拟审美娱乐本体的媒介合规律性与人文合目的性的时候，同时还必须考虑的是：一个国家、一个民族、一种文化不能没有灵魂，无论网络文学还是传统文学，它们在带给大众娱乐精神的同时，还需要担负启迪思想、陶冶情

---

① ［美］尼尔·波兹曼：《娱乐至死·童年的消逝》，章艳、吴燕莛译，广西师范大学出版社 2009 年版，第 133 页。

操、温润心灵的重要职责，承担以文化人、以文育人、以文培元的使命。此时，我们依然需要重视波兹曼的忠告："一切公众话语都日渐以娱乐的方式出现，并成为一种文化精神，我们的政治、宗教、新闻、体育、教育和商业都心甘情愿地成为娱乐的附庸，毫无怨言，甚至无声无息，其结果是我们成了一个娱乐至死的物种。"这不是媒介的隐喻，而是新媒介时代可能出现的现实。

三、哪里才是网络文学的"娱乐"边界

我们知道，文化娱乐是一种通过特定载体表达喜怒哀乐而使接受者愉悦、放松，并带有一定启发性的活动。对于网络文学而言，既要让接受者愉悦放松，又要在愉悦放松中得到某些启发，这就不是单纯的"爽文学观"所能实现的，还需要在"爽"的同时有所教益，即一千多年前贺拉斯在《诗艺》中所说的："诗人的愿望应该是给人益处和乐趣，他写的东西应该给人以快感，同时对生活有帮助……寓教于乐，既劝谕读者，又使他喜爱，才能符合众望。"① 当然，网络文学的"寓教于乐"与传统文学有不同的出发点：前者以"爽"为出发点，在"爽"中得"教"；后者则以"教"为出发点，在"教"中得"乐"，二者的重心是不同的。不同的原因在于，资本、技术和消费意识形态力量的大举入场，使这一文学从"经邦治国"的教化之地变成了欲望消费和消费欲望的博弈场，网络文学既需要尝试将"主流价值观"移植进自己的快感机制，又需要适应市场消费的自主选择，调适"幻象空间"的读者心理预期，通过建构文学的想象力，把身处社会转型期人们的欲望和焦虑用文学的方式赋形，又以娱乐的方式化解，以打造虚拟化的"全民疗伤机制"，进而重建心理秩序。从这个意义上说，网络文学的爽和娱乐，只要不是"至死"，就不仅无可厚非，而且是有意义的。不过要让其正面的意义实现最大化，达成娱乐价值

---

① 贺拉斯：《诗艺》，伍蠡甫主编：《西方文论选·上卷》，上海译文出版社1979年版，第113页。

的有效性，仍然需要对“娱乐至死”保持必要的警惕并设立必要的边界。这主要包括：

首先，网络作家创作的娱乐化动机不应该脱离艺术的“靶的”。人类审美的“快感机制”要求任何文学艺术作品都必须使人得到感官的快适、精神的触动或情感的满足，并经由某种娱乐性快适和精神的满足感来实现艺术审美的目的。基于此，王祥先生的《网络文学创作原理》就曾将“快感奖赏机制与美感诱导策略”放到网络文学基本功能的首位，他说：“追求快感和美感是生命运行的基本需求，是大众文艺创作的原初动力，是读者、观众追寻文艺作品的主要目的，网络文学创作活动的起点，网络文学生存发展的立足点，就是为读者提供情感体验与快感补偿功能。”[①] 不过，网络文学作品所提供的“情感体验与快感补偿”也有层次高低之分、健康与不健康之别，并不是所有的情感体验都是健康的体验，也不是所有的快感都值得补偿或书写，那些劣根、负面的人性诸如贪婪、自私、狡诈、欺骗、残忍、毒辣、懒惰、伪善等等，它们是生命的暗角，罪恶的渊薮，是不应该被体验和补偿的，也不能把它们当作娱乐的对象或消费的噱头，而应该予以揭露和批判。于是，是否有助于艺术中的人文精神的表达，能否建构起审美的价值理性，便是衡量一切文化娱乐和文艺作品情感体验的标杆，也应该是网络文学娱乐性的底线和边界之一。在网络小说中，有些作品可能是纯粹娱乐性，或者是娱乐性大于艺术性的，如《赵赶驴电梯奇遇记》（赵赶驴）、《史上第一混乱》（王小花）、《娱乐之喜剧之王》（周星星）等；另有一些小说可能在娱乐性中兼具了一定的文学性，如早期痞子蔡的《第一次的亲密接触》、龙吟的《智圣东方朔》、李臻的《哈哈，大学》，以及后来一批善写小白文并收揽众多粉丝的玄幻小说大神，如被网友称作“中原五白”的梦入神机、唐家三少、辰东、天蚕土豆、我吃西红柿等人的作品大体属于此类。更理想的状态则是以文学性（艺术性）为目标、文学性大于娱乐性的“文青”式写作，郭羽、刘波的《网络英雄传》系列，安妮宝贝的《告别薇安》，今何在《悟空传》，愤怒的香蕉《赘婿》，冰临神下

---

① 王祥：《网络文学创作原理》，中国人民大学出版社 2015 年版，第 9 页。

《孺子帝》，陈词懒调《回到过去变成猫》，猫腻《将夜》，爱潜水的乌贼《奥术神座》，以及月关、骁骑校、阿菩、萧鼎、丁墨、丛林狼、蒋胜男、小佛、匪我思存等人的代表作可属此列。这类作品的意义在于："为网络文学与传统纯文学的融合提供了可能与成功的范例，"因为"这是一种品质化写作，一种有艺术追求的写作，一种向纯文学致敬的写作。它用精致化的文学表达向人们表明：网络文学也可以是有品质、高品位的，也可以打造名作、创造精品，这是对'媒介歧视'的一次叫板、一种挑战，也是对'唱衰'网络文学的一次'打脸'，一种反拨和矫正。足见文学只有好的文学与不好的文学，其实并无'网络文学'与'传统文学'的区分"①。

其二，网络文学的娱乐性元素不能超越道德的约束。娱乐本身就与人的情感情绪、兴趣爱好有关，是人文伦理的一种表现形态，但娱乐的价值蕴含又将决定娱乐作品的伦理品格和道德权重。比如，一档娱乐节目，可以很健康，很主流，如反映平凡人奋斗的励志故事，帮助社会底层人实现自己梦想，感受到社会的机会平等、公平正义，表现建设者坚毅、乐观、执着的奋斗精神等等，也可以表现低俗、庸俗、恶俗的现象和趣味，宣扬"宁坐在宝马车里哭，也不在自行车上笑"这样畸形的价值观、爱情观，或者拿残疾人、智障人士开涮，把黄色笑话当笑料和包袱等等。网络的虚拟空间是一个自由世界，只要不违法，任何网民都可以随心所欲地将自己的思想、言论、感受、故事等，以任何形式在网上发表，他的创作可能是一时的心血来潮，或者是打发闲暇的"孤独的狂欢"，或者是"抖机灵儿"的自我表现，"娱乐"成了作品抹不去的"胎记"。缺少责任承担又没有"把关人"的表达行为，如果不设他律又无以自律，就可能使网络写作成为滥用自由，膨胀个性，张扬自我欲望，放弃伦理责任和道德约束的任性撒欢，使网络空间成为"电子烟尘"的集散地，乃至是藏污纳垢的"无沿痰盂"。如何让网民读者既能享受娱乐，又能健康娱乐，是网络文学创作者和经营者不可回避的社会责任。唐家三少说，他创作了4000

① 欧阳友权：《〈黑客诀〉与网络文学创作中的"'网英'现象"》，《文艺报》2019年11月25日。

多万字的小说，出版了200多本书，总销量过亿册，阅读纸质书的读者集中在12—16岁之间，如此大的发行量，如此多的少年读者，让他深感责任重大："有记者问过我，什么样的网络文学才算是合格的，我用一个最简单的方法来回答，作为一名作家，自己创作的东西敢给自己的孩子看，这是最基础的标准。如果自己的作品都不敢给自己的孩子看，又有什么资格给别人的孩子看呢？"① 是的，"敢给自己的孩子看"就是一种道德的约束，网络文学不能超越道德的约束，这是最基本的约束，也是一种不可触碰的底线约束。

加拿大科幻作家吉布森（William Gibson）在《神经漫游者》中说过："网络空间是成千上万接入网络的人产生的交感幻象，这些幻象是来自每个计算机数据库的数据在人体中再现的结果。"② 网络行为的结果指向不是冷冰冰的机器，而是活生生的人，因而，从事网络上的文学与文化活动需要重塑鼠标下的德性，遵循基本的伦理原则，这主要包括：一是无害原则，即要求任何网络行为不会给其他网络主体和网络空间造成直接或间接的伤害；二是平等原则，即每个网络用户和上网成员享有平等的社会权力和义务，在网络上都应该遵守网络共同体的所有规范；三是尊重原则，即网络主体之间应彼此尊重，遵循约定的网络礼仪；四是互惠原则，即任何一个网络用户都自觉为自己享受的服务付出相应的劳动，尽量把有用的信息提供给对方和网络社会；五是允许原则，即未经其他网络用户和网络成员允许或同意的情况下，不能违背他人意志或侵害他人利益来实施自己的网络行为。这些原则适合所有的网络行为主体，自然也应该是网络文学创作者自觉践履的。网络上的自由写作是个人自由与道德限制的统一。一个网络写手如何利用网络自由与限制之间的艺术张力，就离不开社会性的伦理边界。"上网写作需要像传统写作那样遵循一定的创作规律，又需要遵循电脑操作的技术规范，而这两种约束都必须基于人的需要，符合人性健全和人类发展的规律，有利于人类社会走向和谐与文明。如

---

① 田超：《唐家三少聊网络小说写作标准：你写的东西敢给自己孩子看，这是最基础的标准》，一点资讯：http：//www. yidianzixun. com/article/0JUXF9NG. 2019年11月28日查询。

② W. Gibson：Neuromancer，New York：Basic Books，1984，p. 67.

果说科技以人为本，文学以人为限，那么网络文学就是要在科技与人文之间架设一道艺术的桥梁，它只能为技术的人性化加载伦理的亮色，而不是用数字技术的锋刀斩断自己的道德底线。”[①] 倡导网络文学娱乐性的道德边界，其意义正在这里。

还有，娱乐不可触碰法律的底线。法律法规是所有行为的刚性约束，当然也应该是娱乐文化的底线。网络文学要想行稳致远，同样需要敬畏法律，并且为网络娱乐化表达设置法律边界。2017 年 6 月，国家新闻出版广电总局出台了《网络文学出版服务单位社会效益评估试行办法》（新广出发［2017］34 号），在评估内容上明确规定，“出版质量评估主要依据《出版管理条例》《网络出版服务管理规定》《图书质量管理规定》等，考核网络文学出版服务单位公开出版的作品是否坚持社会主义先进文化前进方向，积极践行弘扬社会主义核心价值观，大力出版传播主旋律、正能量作品；思想格调、审美情趣是否健康向上，具有价值引导、精神引领、审美启迪等方面的积极作用。”[②] 并且同时发布《网络文学出版服务单位社会效益试行评估指标和计分标准》，以量化的方式规定，网络文学出版服务单位出版作品如果出现严重政治差错、社会影响恶劣，在平台首页或重点栏目推介导向有严重问题的作品，违反政治纪律和政治规矩等，社会效益评估将实行“一票否决”，评估结果为不合格。2017 年 9 月 7 日，国家互联网信息办公室发布了《互联网用户公众账号信息服务管理规定》[③]，用以规范互联网用户公众账号信息服务，维护国家安全和公共利益，保护公民、法人和其他组织的合法权益，对网络文学用户具有同等的约束力。2019 年 12 月 15 日，国家互联网信息办公室发布了《网络信息内

---

① 欧阳友权：《网络文学：盛宴背后的审美伦理问题》，《探索与争鸣》2009 年第 8 期。

② 新闻出版广电总局发布《网络文学出版服务单位社会效益评估试行办法》，新华网：http：//www. xinhuanet. com//politics/2017-06/26/c_ 129640672. htm。

③ 《互联网用户公众账号信息服务管理规定》是根据《中华人民共和国网络安全法》《国务院关于授权国家互联网信息办公室负责互联网信息内容管理工作的通知》制定的规定，由国家互联网信息办公室发布，自 2017 年 10 月 8 日起施行。

容生态治理规定》，提出了十条不能触碰的底线。[1] 这些法律法规是网络文学娱乐的法律边界，也是保障公民健康娱乐的“防火墙”。网络文学要走出过度娱乐化的窘境，防范“娱乐至死”的危害，就不能坚守这些为它保驾护航的法律边界。

（原载《社会科学辑刊》2020 年第 4 期）

① 国家网信办 2019 年 12 月 20 日发布的《网络信息内容生态治理规定》提出了不能触碰的十条底线：（一）反对宪法所确定的基本原则的；（二）危害国家安全，泄露国家秘密，颠覆国家政权，破坏国家统一的；（三）损害国家荣誉和利益的；（四）歪曲、丑化、亵渎、否定英雄烈士事迹和精神，以侮辱、诽谤或者其他方式侵害英雄烈士的姓名、肖像、名誉、荣誉的；（五）宣扬恐怖主义、极端主义或者煽动实施恐怖活动、极端主义活动的；（六）煽动民族仇恨、民族歧视，破坏民族团结的；（七）破坏国家宗教政策，宣扬邪教和封建迷信的；（八）散布谣言，扰乱经济秩序和社会秩序的；（九）散布淫秽、色情、赌博、暴力、凶杀、恐怖或者教唆犯罪的；（十）侮辱或者诽谤他人，侵害他人名誉、隐私和其他合法权益的。本规定 2020 年 3 月 1 日起施行。中国网信网：http：//www. cac. gov. cn/2019-12/20/c_ 1578375159431916. htm。

网络文学研究的几个学术热点

历经20余年风雨历程，我国的网络文学已成长壮大为一种文学的“巨存在”，不仅积累了数以千万计的原创作品，也引发了诸多文学理论批评观念的变化。时至今日，在从规模扩张向品质提升的文学拐点上，一些不容回避的问题浮出水面，构成了网络文学理论批评的热点和焦点。学术界对这些问题的反思与回应，对推进我国文艺学建设、促进网络文学的健康前行意义深远。

一、网络文学评价体系建构

网络文学体量巨大、增速惊人，如何建立一套与之匹配的评价体系与批评标准，已成为当务之急。近年来，学界聚焦这一话题，做出了积极探索。2016年，国家社科基金首次设立《我国网络文学评价体系的理论与实践研究》重大招标项目和《网络文艺发展研究》重点项目，分别由中南大学（首席专家欧阳友权）和山东大学（项目负责人谭好哲）获准立项，让这一问题研究进入主流学术。在论著方面，张立的《网络文学发展现状及其评价体系研究》（中国书籍出版社，2016年3月）就网络文学评价体系建立的必要性与可行性进行探讨。庄庸、王秀庭的《网络文学评论评价体系构建：从顶层设计到基层创新》（福建教育出版社，2017年1月）从网络文学的国家政策、生产机制、理论批评、发展历程、作家作品等方面探索网络文学评价体系的构建之道。另外，张仁竞采用计量统计学方法，就2000年以来网络文学的7119篇文献进行系统整合，归纳出网络文学的研究取向和热点变迁，评价体系建设居于突出位置。[①] 鲍远福则清理了近20年来我国网络文学的概念发展、意指特征和研究范式等问题，以探究理论批评的切入点。[②] 从学者的选点看，马季，邵燕君、肖映萱、吉云飞，欧阳友权、贺予飞、邓祯等人的相关论文，对网络文学批评的前沿话题、热点事件、理论生态、构成主体等进行了年度全景式检视。[③] 针对具体的现象和门类，陈定家指出了新媒体批评陷入标准混乱、价值迷失的困境。[④] 夏烈认为，“互联网+”所带来的媒介裂变使文艺批评生态与批评者主体发生重构。[⑤] 潘桂林呼吁高校调整并创新学术评价体制，学院派网络文学批评要增强线上交流能力。[⑥] 许多研究遵循从“史实”到“史论”的持论逻辑，欧阳友权、禹建湘、欧阳婷、罗先海等，在观念转向、标准创建、功能变迁等论域，开拓出网络文学批评史的思维空间与学理范式。[⑦] 用新理论、新方法、新视野构建网络

---

① 张仁竞：《2000年以来中国网络文学研究取向及热点变迁》，《当代文坛》2017年第5期。

② 鲍远福：《中文网络文学二十年：基本概念、意指特征与研究范式》，《南京邮电大学学报》（社会科学版）2015年第2期。

③ 参见马季：《网络文学纵深发展谋新局》，《光明日报》2016年1月4日；邵燕君、肖映萱、吉云飞：《媒介融合，世代更迭——中国网络文学2016—2017年度综述》，《文艺理论与批评研究》2017年第11期；欧阳友权、贺予飞：《网络文学批评的新拓进——2016年网络文学理论批评检视》，《江海学刊》2017年第2期；欧阳友权、邓祯：《多元竞合下的变局与走向——2016年中国网络文学发展巡礼》，《河北学刊》2017年第2期。

④ 陈定家：《试论新媒介文化的批评标准与叙事逻辑》，《中州学刊》2017年第3期。

⑤ 夏烈：《媒介裂变下的文艺批评生态和批评者重构》，《文艺评论》2017年第6期。

⑥ 潘桂林：《学院派新媒介文学批评的现实困境及其破解》，《中州学刊》2017年第3期。

⑦ 参见欧阳友权：《网络文学批评史的建构逻辑》，《求是学刊》2016年第5期；禹建湘：《网络文学批评标准的多维性》，《求是学刊》2016年第5期；欧阳婷：《网络文学批评的学术梳理》，《求是学刊》2016年第5期；罗先海：《“编年体”网络文学史研究的意义与维度》，《中国文学研究》2017年第2期。

文学的理论批评体系，成为网络文学研究的新亮点。黄鸣奋以数码诗学开拓网络文学的理论创新路径，从计算主义、web 升级等方面入手来探寻网络文学的本性与艺术价值，确立网络文学的评价尺度。[①] 周志雄深入网络文学创作一线，根据价值、理论、审美、文化、技术、接受、市场等维度建立网络文学的评价体系。[②] 单小曦从网络生成性、技术性—艺术性—商业性融合、跨媒介及跨艺类、“虚拟世界”开拓、主体网络间性与合作生产等尺度，提出建构以“媒介存在论”为基准的网络文学评价体系。[③] 党圣元提出，网络文学评价要将文化研究与传播政治学等理论资源有机融合，对网络文学进行理论创新研究。[④] 针对网络文学批评的困境，如作品的海量阅读、评价标准无从依傍等，欧阳友权呼吁理论批评家们进入网络文学现场，建立网络文学批评的通变观，形成“写、读、管、评”各环节相通的“批评共同体”[⑤]。

建构网络文学评价体系是当前网络文学理论批评研究的重点和难点。专家学者们的持论起点与逻辑支点不同，则理论路向不同，一直未能形成统一的标准与参考范式。那么，怎样才能判定哪种标准更为恰当和更具理论效用？首先，以传统文学的评价标准来对待网络文学已经产生了明显的不适应征兆。人们阅读网络文学不仅仅是一种文学活动，同时还是一种娱乐消费与生活休闲方式。网络文学所形成的“生产—消费”活动为文学打上了商品属性的烙印。当商业资本成为网络文学发展的强力引擎，作品点击率、用户流量、粉丝黏性、写作“续更”能力等成为考量标准，传统文学评价标准与网络文学产业化标准之间不可避免会出现“二律背反”现象；其次，将西方文艺理论

① 黄鸣奋：《从电子文学、网络文学到数码诗学：理论创新的呼唤》，《文艺理论研究》2014 年第 1 期。

② 周志雄：《中国网络文学评价体系的维度及构建路径》，《中国文艺评论》2017 年第 1 期。

③ 单小曦：《网络文学评价标准问题反思及新探》，《文学评论》2017 年第 2 期。

④ 党圣元：《网络文学研究的当下困境与理论突围》，《江西社会科学》2017 年第 6 期。

⑤ 欧阳友权：《网络文学批评的困境与选择》，《中州学刊》2016 年第 12 期。

全盘照抄，以西方文艺理论的致思维度来制定一套衡量网络文学价值的理论模式，将始终无法切中肯綮，对网络文学的现象体认如“隔靴搔痒”，终而会丧失了理论的鲜活性、现实性与在地性；第三，仅从数字传媒技术角度切入，用工具理性将网络文学一以贯之，致使网络文学的理论言说沦为技术文化读本或新名词术语的“集束式轰炸”，必将使网络文学的评价标准陷入“聚焦失准”与“价值位移”的误区，于实际理论体系建构意义甚微。既然如此，网络文学评价体系建构将以哪里为肇端？网络文学理论批评家又如何在纷繁杂呈的理论与现实困境中突围？这无疑对研究者提出了更高的要求。在笔者看来，网络文学作品数量众多，体量庞大，研究者需坚持“从上网开始，从阅读出发”的原则，时刻关注文学场的动向，这是进行网络文学评价体系建构的前提条件。“文学”与“网络”“文学”与“市场”的关系问题是建构网络文学评价体系无法回避的问题，正确处理好这两组关系，是解开网络文学评价体系建设之谜的关键。无论是“网络”还是“市场”，网络文学的落脚点始终应该在“文学”之上，“网络”和“市场”只能是它的制约因素和充分条件。一方面，网络文学不同于传统文学，它作为一种新民间文学样式，反映了时代潮流变化与广大读者的心理诉求，“网络”与“市场”赋予了网络文学广阔的自由空间与创造精神，由此它才能勃发生机、野蛮生长；另一方面，网络文学不能屈从于市场利益或任由技术操盘，而应该保持其文学性，赓续文学传统，从“规模扩张”向“内容为王”转变。理论批评家们在构筑网络文学评价体系时，需围绕网络文学之于文学的独特性与共通性这一核心基准，坚守文学的艺术品质与人文精神，同时尊重市场选择与自由审美，避免评级体系与批评标准因循守旧、凌空蹈虚。

二、网络文学社会效益与法制监管

近年来，国家相关部门连续开展了“净网行动”“剑网行动”等专项活动，以保障互联网行业健康发展。2017 年国家广电总局颁布了《网络文学出版服务单位社会效益评估试行办法》，其评估指标涵盖出版质量、传播能力、内容创新、制度建设、社会和文化影响五大方面，对于出现严重政治差错、社会影响恶劣、推介导向出现严重问题、违反政治纪律和政治规矩等的单位，评估结果直接给予“不合格”等级。[①] 与此同时，学界关于网络文学社会效益的讨论也颇为热烈。陈定家认为，网络文学需要加强“褒优贬劣，激浊扬清”的价值观导向，坚持把社会效益和社会价值放在首位。[②] 周冰提出，以社会主义核心价值观来引领网络文学发展。[③] 杨勇、朱京玮、章华荣、陈诗懿、朱静雯、刘韬、方爱华等指出，网络文学片面追求经济效益等问题十分突出，需探索提升网络文学社会效益的有效途径，引导中国网络文学良性发展。[④] 在网站建设方面，欧阳友权、刘谭明、吴钊、刘新少等以我国代表性文学网站为样本，从作品、受众、管理维度提出建立文学网站社会效益评估体系，并提供了提高网站社会效益的对策。[⑤] 在网络文学内容监管上，王志刚、王冠、徐志武等从法律法规、管理制度、传播平台、创作主体及把关人责任等方面提出了相应的治

---

① 参见2017年6月27日中华人民共和国国家新闻出版广电总局关于印发《网络文学出版服务单位社会效益评估试行办法》的通知，http://www.sapprft.gov.cn/sapprft/contents/6588/338296.shtml。

② 陈定家：《探寻网络文学健康发展之路——兼论网络文艺价值导向的几个问题》，《创作与评论》2017年第12期。

③ 周冰：《社会主义核心价值观与网络文学》，《西南科技大学学报》（哲学社会科学版）2016年第6期。

④ 参见杨勇：《文学驱动力——浅谈中国网络文学生态的社会效益》，《出版广角》2017年第18期；朱京玮：《持社会效益为先，引导中国网络文学良性发展》，《出版广角》2017年第18期；章华荣、陈诗懿：《网络文学出版的社会效益及危机防范》，《出版广角》2017年第18期；朱静雯、刘韬、方爱华：《存在与缺失：论网络文学社会效益的提升》，《出版广角》2017年第18期。

⑤ 参见欧阳友权、刘谭明：《文学网站须把社会效益评价挺在前面》，《红旗文稿》2016年第11期；欧阳友权、吴钊：《我国文学网站社会效益评价研究》，《人文杂志》2017年第2期；刘新少：《文学网站社会责任评价体系构建与应用分析》，《出版广角》2017年第18期。

理路径。[1] 在权益维护方面，刘鑫、何玉玲、高彤等人以网络作家、网民读者、媒介平台、政府和社会为基点构建法律监管体系，推进版权维权机制与司法救济机制的形成。[2]

引导网络文学繁荣、健康、有序发展，将网络文学提升到社会主流价值观建构、国家意识形态与当代文化建设维度，是网络文学理论批评家们肩负的责任。网络文学应当坚持以社会效益为先，社会效益与经济效益相统一的原则。早在 2015 年 9 月，中共中央办公厅、国务院办公厅《关于推动国有文化企业把社会效益放在首位、实现社会效益和经济效益相统一的指导意见》中明确规定："社会效益指标考核权重应占 50%以上，并将社会效益考核细化量化到政治导向、文化创作生产和服务、受众反应、社会影响、内部制度和队伍建设等具体指标中，形成对社会效益的可量化、可核查要求（2015 年 9 月 15 日）。"[3] 而目前，商业资本的逐利性导致网络文学量大质不优、有"高原"缺"高峰"现象日趋显现，因此亟需加入社会效益的考评维度，用以转变唯经济效益论带来的弊端。从网络文学与社会意识形态关系来说，一方面，网络文学作为文学作品，可以通过丰富的情感、生动的形象和艺术感染力表达对人类命运与现实境遇的关注，引导人们求真、向善、审美；另一方面，网络文学作为精神产品，本身具备意识形态性。网络文学的生产必须服膺于国家官方意识形态，符合社会主义核心价值观。从资本逻辑来分析，文学的自由生产免不了要追求企业利润的最大化，在这种生产导向之下，文学的认识、教育、审美等诸多功能就有可能被弱化。许多文学网站为了降低成本、吸引流

---

① 参见王志刚：《媒体充裕视角下网络文学抄袭治理研究》，《河南大学学报》（社会科学版）2017 年第 5 期；王冠：《关于网络文学内容监管的几点建议》，《出版参考》2017 年第 6 期；徐志武：《心理学视角下网络文学盗版动机及治理策略研究》，《湘潭大学学报》2017 年第 3 期。

② 参见刘鑫：《我国网络文学版权保护问题及思考》，《中国出版》2016 年第 8 期；何玉玲：《浅谈网络文学版权保护措施》，《出版广角》2016 年第 6 期；高彤：《网络文学作品著作权的法律保护》，《法制博览》2017 年第 17 期。

③ 新华网：《关于推动国有文化企业把社会效益放在首位实现社会效益和经济效益相统一的指导意见》，http：//www. xinhuanet. com/zgjx/2015-09/15/c_134624230. htm。

量，滋生出抄袭模仿、盗版侵权以及“三俗”写作等现象。这些风气一旦盛行，必将对网民读者的思想观念、行为模式产生不良影响。因此，当网络文学经济效益与主流价值观发生冲突时，必须坚持“社会效益优先”的原则，把主流价值观放在首位。值得注意的是，倡导网络文学的社会效益与法律监管，需要法律、政府、企业相关部门的合力，不能偏倚一方，既要协调社会效益与经济效益之间的矛盾冲突，也要注意把握自由与规范之间的张弛关系，以保持网络文学企业的活力和网络文学创作的自由度。

三、网络文学的文化传承问题

随着网络创作精品化、主流化趋势凸显，网络文学与文化传承的关系探讨成为学界热议的话题。许多学者从审美特质上厘清网络文学与文化传统的关系，如夏烈提出网络文学的“中华性”问题，认为网络作家与读者所结成的“想象共同体”有助于确立国家与民族认同感，再造中华价值。① 单小曦提出，网络文学可定位为“网络生成文学”，它基于文学传统的数字虚拟创作模式、复合符号性赛博文本等构成了其审美特性。② 曾繁亭认为，网络文学依托传统文学想象演化出来的“仿真”“拟象”世界具有“虚拟美学”特征。③ 在网络文学与传统文化关系探讨中，邵燕君指出，网络文学的“爽文学观”对精英文学观带来了冲击，使其被“他者化”。④ 马季认为网络文学与传统文学之间虽有差异，但更要看到它们之间的联系，不能人为地设置壁垒。⑤ 黄鸣奋从信息革命、传播要素、世界格局等方面着眼，认为

① 参见夏烈：《是时候提出网络文学的“中华性”了》，《光明日报》2017年9月21日；夏烈：《为什么要提网络文学创作的“中华性”》，《群言》2017年第10期。

② 单小曦：《网络文学的美学追求》，《文学评论》2014年第5期。

③ 曾繁亭：《网络“虚拟美学”论纲》，《文艺理论研究》2014年第1期。

④ 邵燕君：《从乌托邦到异托邦——网络文学“爽文学观”对精英文学观的“他者化”》，《中国现代文学研究丛刊》2016年第8期。

⑤ 马季：《网络时代的故事回归与文学想象》，《小说评论》2017年第1期。

网络文学既是文学传统的产物，又具备自身独特性。① 周志雄、李春青、刘照丁、程丹阳、覃皓珺、陈帅等探讨了传统文化、民间文学、古典文学、大众文艺与网络文学的传承与变革关系。② 在网络文学与地域文化、民族文化研究方面，龚举善、张鸿彬、欧阳文风、石曼婷等人剖析了少数民族网络文学的发展现状、非理性创作症候及其价值与意义等问题。③

网络文学与文化传统之间是传承与革新的统一体。网络文学要成为中国文学的优质源头，必须汲取中华民族千百年的文学传统与文明精华，传承优秀的文化传统与美学风范，但又不能一味地沿袭传统文学的规制与惯例，而应在媒介变革与时代变化中顺时应势、推陈出新，将技术联姻与人文传承铸塑成网络文学独特的审美表征和艺术价值，而要真正消弭网络文学与传统文学的边界，网络文学必须以文学品相与艺术品格立足，在扬弃与拓新中书写中国故事、传播中国文化、彰显中国力量。

四、网络文学产业问题研究

近年来，网络文学产业进入黄金期，研究者聚焦这一新论题，围

---

① 黄鸣奋：《宁馨儿：我国文学传统与网络文学的定位》，《扬子江评论》2014 年第 5 期。

② 周志雄：《通俗文学版图中的网络小说》，《文艺争鸣》2016 年第 11 期；李春青：《互联网时代的“文艺”与“人民”之关系》，《河南社会科学》2016 年第 3 期；刘照丁：《推动网络文学与传统文学相知相融》，《中国艺术报》2016 年 10 月 19 日；程丹阳：《网络民间文学：民间文学的新形态》，《江西社会科学》2017 年第 6 期；覃皓珺、陈帅：《追索与迷失：中国网络文学与传统文化刍议》，《创作与评论》2017 年第 2 期。

③ 参见龚举善：《少数民族网络文学对于当代文学史的建构功能》，《当代作家评论》2014 年第 9 期；龚举善、张鸿彬：《少数民族网络文学的文化生态价值论》，《中南民族大学学报》（人文社会科学版）2016 年第 11 期；张鸿彬：《少数民族网络文学非理性创作的症候分析》，《名作欣赏》2017 年第 15 期；欧阳文风、石曼婷：《少数民族网络文学的发展及其意义》，《湖南人文科技学院学报》2017 年第 1 期。

绕产业理路寻根探迹，深入辨析资本逻辑对网络文学的渗透。赖敏的著作《文化产业境域的网络文学研究》（科学出版社，2017 年 3 月）寻找文学与产业的平衡点，揭示了文化产业境遇中网络文学的特性及发展方向。在产业格局剖析中，欧阳友权指出，网络文学的产业逻辑是数字媒介与后现代主义消费文化的市场合谋。[①] 刘新少提到，目前网络文学的商业模式与审美旨趣之间已出现矛盾，网络文学产业需坚持艺术审美正向原则。[②] 周志雄认为，网络文学的商业化趋势是时代文化转型的一部分，不能对其简单地批判，而应反思其不利影响。[③] 在产业运营方面，向勇、白晓晴通过“场域共振”探索 IP 的跨界开发策略。[④] 吉喆就网络文学 IP 的历史流变提出建立文学性与传播范式结合的双驱动系统。[⑤] 马季、杨有楠、汤俏、闫伟华、杪椤、吴长青、秦枫、周荣庭、李华成、鲍娴、张敏等，对网络文学 IP 的内涵及运营模式、IP 改编、IP 线下出版、IP 资本运作、粉丝经济进行了系统

---

① 欧阳友权：《中国网络文学研究基点及其语境选择》，《河北学刊》2015 年第 4 期。

② 刘新少：《网络文学产业驱动与艺术审美的矛盾》，《社会科学战线》2014 年第 12 期。

③ 周志雄：《论网络文学的商业化问题》，《中州学刊》2014 年第 5 期。

④ 参见马季：《IP 的实质：网络文学知识产权漫议》，《文艺争鸣》2016 年第 11 期；杨有楠：《从文学到生意——产业化经营模式下网络文学的本体考察》，《文艺评论》2016 年第 5 期；汤俏：《网络文学发展与文学主体性问题——网络文学与商业“联姻”之忧》，《当代文坛》2016 年第 5 期；闫伟华：《网络文学 IP 热的成因、本质及影响——一种“注意力经济”的解释视角》，《中国出版》2016 年第 12 期；杪椤：《从“小说家”到“小说+”——热门 IP 线下出版的现状思考》，《中国图书评论》2016 年第 12 期；吴长青：《网络文学 IP 复合运营模式探析》，《出版参考》2017 年第 7 期；鲍娴：《泛娱乐生态体系中的网络文学版权运营》，《中国出版》，2017 年第 17 期；秦枫、周荣庭：《网络文学 IP 运营与影视产业发展》，《科技与出版》2017 年第 3 期；李华成：《网络文学 IP 改编的“乱”与“治”》，《科技与出版》2017 年第 3 期；张敏：《泛娱乐语境下的网络文学发展》，《广西社会科学》2017 年第 5 期。

⑤ 吉喆：《狂飙：新媒体语境下网络文学 IP 影像化的内驱力探析》，《文艺争鸣》2017 年第 10 期。

化分析。[①] 在网络文学版权价值评估与预判中，基芳婷、吕娟、邹苹、张金婵、孙丽等运用经济学、管理学以及大数据分析工具创造了多套价值测评方法。[②] 张颐武、史建国、毛德胜、张燕、王赟姝、石少涛等从媒介转换、题材选取、性向区分、受众调研、资源优势等角度探寻了网络文学与影视的关联；[③] 李文浩、姜太军、杨向荣、刘锦宏、赵雨婷等深度剖析《失恋33天》《等风来》《太子妃升职记》《择天记》《三生三世十里桃花》等影视改编的典型案例，并提出了问题及发展对策。[④]

---

① 参见马季：《IP的实质：网络文学知识产权漫议》，《文艺争鸣》2016年第11期；杨有楠：《从文学到生意——产业化经营模式下网络文学的本体考察》，《文艺评论》2016年第5期；汤俏：《网络文学发展与文学主体性问题——网络文学与商业"联姻"之忧》，《当代文坛》2016年第5期；闫伟华：《网络文学IP热的成因、本质及影响——一种"注意力经济"的解释视角》，《中国出版》2016年第12期；杪椤：《从"小说家"到"小说+"——热门IP线下出版的现状思考》，《中国图书评论》2016年第12期；吴长青：《网络文学IP复合运营模式探析》，《出版参考》2017年第7期；鲍娴：《泛娱乐生态体系中的网络文学版权运营》，《中国出版》，2017年第17期；秦枫、周荣庭：《网络文学IP运营与影视产业发展》，《科技与出版》2017年第3期；李华成：《网络文学IP改编的"乱"与"治"》，《科技与出版》2017年第3期；张敏：《泛娱乐语境下的网络文学发展》，《广西社会科学》2017年第5期。

② 参见基芳婷、吕娟：《网络文学版权价值评估研究》，《中国资产评估》2017年第9期；邹苹：《网络小说版权的价值评估探究》，《传播力研究》2017年第5期；张金婵、孙丽：《大数据如何助推网络文学IP发展》，《科技传播》2017年第13期。

③ 参见张颐武：《网络文学与影视——一个新的文化构成》，《北京电影学院学报》2015年第10期；史建国：《网络小说影视改编调查研究》，《当代文坛》2015年第10期；毛德胜：《网络文学改编剧的受众审美分析》，《当代电视》2016年第8期；张燕、王赟姝：《"互联网+"语境下网络文学IP电影改编的创作思考》，《现代传播》（中国传媒大学报）2017年第2期；石少涛：《网络文学改编电影的美学范式》，《电影文学》2017年第13期。

④ 参见李文浩、姜太军：《产业化背景下网络文学改编剧的契机与挑战——以〈失恋33天〉和〈等风来〉为例》，《江西社会科学》2014年第5期；杨向荣：《从网文到雷剧：〈太子妃升职记〉的影视改编及其反思》，《传媒观察》2017年第3期；刘锦宏，赵雨婷：《泛娱乐生态中网络文学全产业链生产和运营模式解析——以阅文集团旗下猫腻作品〈择天记〉为例》，《出版科学》2017年第1期。

产业运作是网络文学产业的核心组成部分，由此延伸出来的付费阅读、线下出版、IP 改编等业务板块已成为网络文学产业研究的重点。不过，研究者们对于网络文学产业的研究主要偏向于产业表征与现象体认，内质性探寻稍显欠缺。资本逻辑与文学功能裂变、社会文化转型、审美心理变迁及网络文学发展之间有何内在关联？网络文学产业从“在线阅读—粉丝经济—版权分销”的粗放型增长模式过渡到“类型开拓—全渠道推广—IP 孵化”的集约型增长背后的深层根源是什么？作为产业价值增长极的网络文学 IP 为何出现泡沫化趋势？这些都是网络文学产业发展值得思考的深层问题。娱乐消费刺激下的网络文学赋予了文学以新的存在方式与功能价值，这一转变与当下的社会文化、审美心理息息相关，并将影响着网络文学的产业发展航道。文化资本的强势入驻、企业的内源性市场调适、技术的更新迭代、政府的规制与引导等都成为推动网络文学产业发展的强力引擎。以网络小说为内容源头而转化的动漫、影视、游戏等衍生业态的跨界发展，使得产业边界扩容，市场结构转变，市值空间增大，“链式”商业生态系统已然形成。虽然网络文学产业规模在不断扩大，但作为其增长极的 IP 却出现泡沫化倾向，这意味着网络文学产业经营者并未意识到分工合作、价值共享对于产业发展的重要性。无序的 IP 开发让网络文学、影视、动漫、游戏业态之间出现相互排斥、互不认同、各自为阵的现象。因而，在垂直延伸与分化拓展中促进资源优化配置，在“二度加工”中树立精品意识，以企业间的协同进化带动网络文学产业的可持续发展，或许是未来网络文学产业的发展方向。

五、网络文学的文类与作品评论

网络文学文类众多，作品浩瀚，因而对网络文学的文类和作品评论是网络文学批评的实践基础，其评论备受关注。陈晓明、彭超著文认为，类型化是网络文学生产的重要标志，奇幻、玄幻、魔幻小说是不同类型文学的融合与分流，它们展现了文学类型如何被定义和筛选的深层问题。[①] 许苗苗从网络交互视角探寻了穿越小说实现内在规范的途径。[②] 刘小源认为，二次元小说已由“小众文化”变为“大众文化”，成为网络文学中最具活力的生长点。[③] 在女性小说类型中，邵燕君指出，以《琅琊榜》为代表的小说崛起体现了网络文学场域的性别变革，是“腐女文化”向“主流文化”的逆袭。[④] 姜悦认为“玛丽苏”“中产梦”和“穿越热”是“女性向”网络小说的热点。[⑤] 练暑生认为耽美小说折射了女性身份政治在男权文化、强者逻辑和异性霸权中的掣肘，难以确立起新时代的独立女性意识。[⑥] 除了网络小说类型研究，网络诗歌的研究也逐渐火热。吕周聚、曹金合、胡峰、马春光、徐红妍主编的《网络诗歌散点透视》（中国社会科学出版社，2017 年 6 月）从网络诗歌的观念变革、存在形态、创作主体、主题模式等维度开展了专题研究与主题论述。在网络文学作家作品研究中，宏观层面既有编著类的评论锦集，也有全局式的扫描回顾，还有地域性的梳理总结。欧阳友权、马季、邵燕君、周志雄、吴长青、陈定家、晏杰雄、向娟、吉云飞、肖映萱、贺予飞等人从“海量”“主流”“类型”“经典”“传统”“全球”等视域来定位网络文学，归纳

---

① 陈晓明、彭超：《想象的变异与解放——奇幻、玄幻与魔幻之辨》，《探索与争鸣》2017 年第 3 期。

② 许苗苗：《从“穿越”到“穿越指南”：网络文学如何实现内在规范》，《探索与争鸣》2016 年第 3 期。

③ 刘小源：《二次元文化与网络文学》，《东岳论丛》2017 年第 9 期。

④ 邵燕君：《再见“美丰仪”与“腐女文化”的逆袭——一场静悄悄发生的性别革命》，《南方文坛》2016 年第 3 期。

⑤ 姜悦：《“玛丽苏”“中产梦”与“穿越热”——对“女性向”网络小说的一种考察》，《文艺争鸣》2017 年第 10 期。

⑥ 练署生：《“耽美”文学与〈北京故事〉的文化逻辑——网络身份政治的可能性及其不可能性》，《福建论坛》2017 年第 4 期。

其发展特征；① 微观层面，欧阳友权、马季、庄庸、王小英、祝东、刘卓、周伟、王玉王、詹玲、陈浩文等人分别对缪娟、蒋胜男、金子、猫腻、辛夷坞、颜凉雨、燕垒生、六六等网络作家的作品评论鞭辟入里、富有活力。②

大多数网络文学理论批评家习惯对网络作品的文类进行个案研究，或针对某一具体作品进行细致剖析，或对某种作品类型的特征与风格做总体性描述，他们大都将评论局限于一方狭窄的文本天地，往往缺乏历史视野与关联思维。譬如，网络类型文学发展多年，早年间形成的类型规制与写作“套路”已发生了自我裂变与革新，抵制“类型槽模”的反类型写作、跨类型写作、类型融合写作等，不断为网络文学注入新的生机与活力，促成了一批精品力作的崛起，然而却鲜有研究者关注这些新的变化。又如，大凡优秀的网络文学作品都具有较高的 IP 价值，不过在文学批评实践中却很少有人将网络文学的内容

---

① 参见周志雄、吴长青：《中国网络文艺作品评论选·网络文学卷》，中国社会科学出版社 2017 年版；邵燕君、肖映萱：《2016 中国年度网络文学（女频卷）》，漓江出版社 2017 年版；邵燕君、吉云飞：《2016 中国网络文学（男频卷）》，漓江出版社 2017 年版；马季：《网络时代的故事回归与文学想象》，《小说评论》2017 年第 1 期；欧阳友权、贺予飞：《2016 年网络小说创作综述》，《小说评论》2017 年第 2 期；陈定家：《披沙拣金说“网文”——2017 年中国网络小说排行榜半年榜述评》，《文艺报》2017 年 10 月 18 日；晏杰雄：《类型化与主流化的复调共鸣——2016 年的网络文学创作》，《文艺报》2017 年 3 月 20 日；向娟：《依流行进中的主流化和传统化——2016 年湖南网络文学创作综述》，《创作与评论》2017 年第 6 期。

② 参见马季：《〈芈月传〉：网络文本与传统文本的同构》，《南方文坛》2016 年第 5 期；欧阳友权：《网络小说的叙事维度与艺术可能——评缪娟的〈翻译官〉》，《小说评论》2016 年第 5 期；庄庸：《从少女之“心”到女“王”天下——蒋胜男〈芈月传〉“小儿女大历史”的书写冒险》，《名作欣赏》2016 年第 8 期；王小英、祝东：《穿越小说的情节理路：双重世界身份与自我——以〈梦回大清〉为例》，《中南大学学报》（社会科学版）2017 年第 3 期；刘卓：《猫腻古风玄幻武侠作品的空间演进历程与哲学思考》，《小说评论》2017 年第 5 期；周伟：《辛夷坞网络小说研究综述》，《当代文坛》2017 年第 8 期；王玉王：《以游戏经验重审现实：游戏化的网络文学——以颜凉雨〈鬼服兵团〉为例》，《文艺理论与批评》2017 年第 9 期；詹玲：《植根传统，融雅于俗——燕垒生幻想小说创作论》，《小说评论》2017 年第 11 期；陈浩文：《现实主义的皮相与网络文学的歧路——以〈蜗居〉为例》，《南方文坛》2017 年第 11 期。

值与 IP 值做关联性研究。在网络文学渐入主流之际，网络文学作品作为核心资源，理论批评界还需要以发散思维进一步开阔视野，从不同的视角切入对象，解读新人新作和新的动向，推动批评生态的多样化。

六、网络文学的海外传播

自 2010 年网络小说在东南亚线下出版，到 2014 年最大的英译网站 Wuxiaworld 成立，再到 2017 年“起点国际”开始运营，中国网络文学的海外影响力逐步扩大，“网文出海”的步伐不断加快。吉云飞调研 Wuxiaworld、Gravity Tales 等大型翻译网站后认为，网络小说在北美走红的原因在于其“网络性”和“中国性”。① 随后，他与李强进一步补充，网络小说之所以具备强大的海外传播力，是因为它打通了海内外读者的“快感通道”。② 杨俊蕾认为，从私密情爱叙事到国家、民族、历史的想象和书写，网络文学的叙事转向和内容升级开拓了海外传播空间。③ 董子铭、刘肖从传播地域、译介机制、价值内涵等方面剖析了网络文学的海外输出现状，认为网络文学海外传播面临文化适应与话语对接、民间自发译介与类型集中、战略性系统整合缺失等问题。④ 马季呼吁，网络文学的海外传播要以文化坚守的方式通过 IP 的产业模式讲述中国故事，传播中国优秀的传统文化。⑤ 此外，郭竞、吴长青、何明星、庹继光、高纯娟、尤达等梳理与剖析了中国网络文

---

① 吉云飞：《“征服北美，走向世界”：老外为什么爱看中国网络小说?》，《文艺理论与批评》2016 年第 6 期。

② 吉云飞、李强：《中国网络文学“走出去”的启示》，《红旗文稿》2017 年第 10 期。

③ 杨俊蕾：《中国网络文学的叙事转向与文化输出》，《人民论坛》2017 年第 24 期。

④ 参见董子铭、刘肖：《对外传播中国文化的新途径——我国网络文学海外输出现状与思考》，《编辑之友》2017 年第 8 期；刘肖、董子铭：《“一带一路”视野下我国网络文学对外传播研究》，《出版发行研究》2017 年第 5 期。

⑤ 马季：《网络文学要有文化坚守》，《出版参考》2017 年第 7 期。

学海外译介及传播的现状、路径、特点，肯定了中国网络文学在全球化进程中所产生的积极影响。①

中国网络文学走出国门成为中国文化“走出去”的一面窗口，对扩大网络文学的世界影响力，加强中外文化交流无疑是意义深远的，许多研究者仅看到了“网文出海”的热闹景象，而未关注到输往海外的网络文学作品市场仄狭，针对国外受众制定的商业模式并未同步跟进。在西方文化价值观的强势主导以及网络文学模式化写作、创新力不足等问题的掣肘下，中国的网络文学如何面向世界传播中国文化、树立国家形象、提升国家文化软实力，依然面临着诸多挑战。从当前的情形看，要想实现“网文出海”的可持续性，需要解决好三个方面的突出问题：一是中国网络文学作品与传播国家的文化兼容与“落地生根”问题，从文化选择和跨文化交流上变被动译介为主动推送；二是翻译人才不足，外文译本难以表达原作品质风貌问题；三是解决好作品版权，以世界为半径消除网络文学“盗版易、维权难”的问题。

七、网络文学数据资源建设与学术路向选择

近年来，越来越多的学者采用数据库、数码理论、媒介学、符号学等理论和方法来展现网络文学面貌，开辟新的学术路向。欧阳友权所率领的中南大学网络文学研究团队从海量网络文学信息以及前后相续的历史节点中清理出“信息链”，建成了我国首个网络文学文献数据库，出版了《网络文学发展史——汉语网络文学调查纪实》（中国广播电视出版社，2008 年）、《网络文学词典》（世界图书出版公司，

① 郭竞：《也谈中国文学翻译出版“走出去”——以中国网络文学欧美热为例》，《出版广角》2017 年第 3 期；吴长青：《中国网络文学的社会影响力及海外传播》，《世界华文文学论坛》2017 年第 6 期；何明星：《网络文学怎样走向世界?》，《出版参考》2017 年第 7 期；庹继光：《我国“文化走出去”中网络文学担当与路径探析》，广州大学学报（社会科学版）2017 年第 9 期，第 86—91 页；高纯娟：《我国网络文学海外译介与输出研究》，《出版广角》2017 年第 18 期；尤达：《“网文出海”的长久之道》，《编辑之友》2017 年第 12 期。

2012年)、《网络文学100丛书（1套7册）》(中央编译出版社，2014年)、《网络文学五年普查》（中央编译出版社，2014年)、《中国网络文学编年史》（中国文联出版社，2015年)、《网络文学研究成果集成》(中国文联出版社，2016年)、《中国网络文学年鉴（2016)》(中国文联出版社，2017年)、《中国网络文学年鉴（2017)》（新华出版社，2018年)、《中国网络文学二十年》（江苏凤凰文艺出版社，2018年）等著作，再现了蔚为壮观的网络文学生态图景。黄鸣奋从数码艺术、位置叙事的角度开辟出新媒体文艺学的发展空间，出版了《数码艺术潜学科群研究（1套4册)》（学林出版社，2014年)、《位置叙事学：移动互联网时代的艺术创意（1套3册)》（中国文联出版社，2017年)、《西方数码艺术理论史》（学林出版社，2011年）等著作。此外，陈定家的《文之舞：网络文学与互文性研究》（社会科学文献出版社，2014年)、周志雄《网络文学的发展与评判》（人民出版社，2015年)、单小曦《媒介与文学：媒介文艺学引论》（商务印书馆，2015年)、邵燕君《破壁书：网络文化关键词》（生活书店出版有限公司，2018年)、夏烈《大神们：我和网络作家这十年》（花城出版社，2018年)、庄庸、王秀臣《互联网+她时代新文艺思潮研究》(福建教育出版社，2017年)、王小英《网络文学符号学研究》（中国社会科学出版社，2016年)、李盛涛《网络小说的生态性文学图景》(中国社会科学出版社，2014年)、陈海燕《网络文学与动漫产业互动发展研究》（四川大学出版社，2017年）等著作从不同视角切入，展示了网络文学的发展路向。针对目前网络文学的发展局面，南帆认为，网络文学的超文本并未在形式实验中获得显著成效，而网络文学内部的文学研究也仍处于起步阶段。[①] 许苗苗强调，媒介、资本和制度已成为网络文学的驱动变量。[②] 单小曦提出，伴随着数字媒介变革而来的数据库写作、交互性文学生产方式等将使网络文学陷入危机。[③]

---

① 南帆：《网络文学：庞然大物的挑战》，《东南学术》2014年第6期。

② 许苗苗：《网络文学：驱动力量及其博弈制衡》，《厦门大学学报》2015年第2期。

③ 单小曦：《革命与危机——中国当代文学变革中的网络文学》，《探索与争鸣》2014年第11期。

网络文学作品浩瀚，信息海量流转，更新覆盖率强，以新的理论与技术来进行数据资源建设对于网络文学的发展具有重要意义。利用数据库技术达成网络文学的资源共享，可加速网络文学的普及化，促进网络文学史料研究，为广大网络文学爱好者与科研人员提供更方便快捷的工具。未来网络文学的发展与研究需要前沿的方法论来开拓思维、更新视野，同时也需要聚焦文学本体，明确人文性与审美性研究是其核心与根本。

八、网络文学理论批评的三大动势

近年来，我国理论批评界从内容、主体、平台等方面形成了网络文学理论批评的基本架构，以此构成网络文学研究的动力、活力和趋势。

从研究内容来看，理论批评紧跟网络文学发展，不断调适自身的研究视角。许多研究者不断面向现实热度、时空广度、历史根性、理论高度等层面发力，不再做简单的“论断式”价值评判，而是秉持建设性、创新性、系统性的学术理念，开拓网络文学理论的多维空间，力求实现从“现象”到“理论”再到“体系”的学术过渡。随着资本成为网络文学发展的强力引擎，文学网站、网剧与网络大电影、网络动漫、网络游戏、移动视听终端等成为网络文学消费的重要载体，学界对于这一领域的研究由关注层上升到引导层，自觉调适资本逻辑与文艺审美之间的矛盾冲突，以道德规范镀亮产业招牌，有力展现了理论批评对当下网络文学现实和文化生态变革的价值导向。随着中国网络文学与好莱坞电影、日本动漫、韩国偶像剧并称“世界四大文化现象”，越来越多的研究者在全球化语境中考察网络文学，探寻网络文学的“中国特色”。

从研究主体来看，网络文学批评主体层级凸显，地域性学术集群日趋成熟。早在 2009 年，白烨就曾提出当代文坛专业批评、媒体批评与网络批评“三分天下”的格局。① 而10年后，网络文学批评队伍在渐入主流中分工日趋精细，呈现出学者批评、作家与媒体批评、青年批评、网络批评的层级分化。学院派有黄鸣奋、南帆、白烨、欧阳友权、谭伟平、陈定家、黄发有、何平、王祥、单小曦、邵燕君、周志雄、葛红兵、张颐武、陶东风、夏烈、许苗苗、曾繁亭、禹建湘、聂庆璞、欧阳文风、阎真、白寅、周兴杰、周冰、聂茂、刘克敌、杨新敏、何志钧、孙书文、龚举善、晏杰雄、刘新少、苏晓芳、纪海龙、晏杰雄、乔焕江、李盛涛、陈海、陈海燕、王小英、赖敏、乌兰其木格、黎杨全、吴俊、葛娟、鲍娴、唐小娟、张邦卫、杨向荣、潘桂林、刘亚斌、吴家荣、唐迎欣、练暑生等学者活跃于研究场域，出版或发表了大量学理性、前沿性的著作或论文；陈崎嵘、李敬泽、何弘、安亚斌、程晓龙、胡平、何向阳、马季、肖惊鸿、庄庸、舒晋瑜、刘琼、王国平、邱振刚、李朝全、王颖、行超、吴长青、桫椤、向娟、杨晨、安晓良、饶翔、刘晓闻、闫伟等评论家，由于他们的工作环境在作协、文联、广电总局等政府机构或专业网站、期刊、报纸、出版社等媒体单位，对当下网络文学的热点潮流把控精准，批评深耕细磨，鲜活有力；黄平、韩模永、吉云飞、肖映萱、王玉王、高寒凝、薛静、李强、林品、项蕾、欧阳婷、罗先海、吴英文、吴钊、喻蕾、贺予飞、邓祯、刘杨、程海威、石曼婷、张鸿彬、谢冰、覃皓珺、陈帅等“80后”“90后”青年学者与网络有着天然的亲近感，他们迅速补充网络文学批评后备队伍，以丰富多元的入场研究显示了批评的在场感与新锐性。在网络阵地中，庄庸与安迪斯晨风联袂主持的“中国网络文学好看榜”汇集了染笑、zephyr05、流光、蔚微蓝、晋祥真人、胭脂王、颜瞬等网络文学“粉丝”与“土著”，以“接地气”的评论发声；中国互联网络信息中心（CNNIC）、艾瑞咨询、199IT互联网数据中心、易观智库等咨询机构定期发布网络文学行业报告与资讯，通过大数据分析为网络文学研究贡献了许多珍贵的第一手资料。在地域分布中，北京、上海、湖南、广东、浙江、江苏、山东、四川、贵州等学术集群发展逐渐成熟，以中南大学、北京大学、

① 白烨：《今日文坛“三分天下”》，《紫光阁》2009年第8期。

中国社会科学院、杭州师范大学、西南科技大学、山东师范大学、四川大学、浙江传媒学院等高校，以及中国作协网络文学研究院等科研机构所组成的网络文学研究群体，成为团队主力军。

从研究平台来看，网络文学研究平台日渐多样化，政府支持力度加大。据统计，在学术期刊中，《文学评论》《文艺研究》《文艺理论研究》《文艺理论与批评》《社会科学战线》《文艺争鸣》《南方文坛》《当代作家评论》《中国现代文学研究丛刊》《中州学刊》《小说评论》《当代文坛》《名作欣赏》《中国出版》《创作与评论》《网络文学评论》等刊物近几年的网络文学相关论文发文量都很高，许多杂志开辟了网络文学研究的专栏定期组稿。[①]《人民日报》《光明日报》《文艺报》《文学报》《文汇报》《中华读书报》《中国社会科学报》《中国艺术报》《中国文化报》《中国新闻出版报》《中国知识产权报》等报刊发表了大量网络文学评论文章，及时反映网络文学的新动向。[②]与此同时，政府相关部门也加大了对网络文学的扶持力度。许多论文受国家社科基金、国家自然科学基金、教育部人文社科项目、中国博士后科学基金、国家留学基金以及各省市社会科学基金、各省市教育厅人文社会科学研究基金等项目资助。[③]国家广电总局、中国作协、鲁迅文学院、中国文艺评论家协会以及各级作协、文联和地方政府相关部门纷纷开办网络文学作家及评论家培训班，推介优秀网络文学原创作品，开展网络文学评奖活动，发布中国网络小说排行榜等人气榜单。北京、上海、浙江、福建、江苏、广东、广西、湖北、湖南、四川、贵州和山西等地相继成立地方性网络作协、网络文学专业委员会、网络文学院等机构，打造网络文学作家园地。在政府的强力支持以及社会各界的联合推动下，网络文学理论批评正以开放、多元、向上的姿态促进整个网络文学生态健康有序地发展。

---

① 信息来源：中国知网数据库，2018 年 2 月 9 日查询，http：//kns. cnki. net/kns/Visualization/VisualCenter. aspx。

② 信息来源：中国知网数据库，2018 年 2 月 9 日查询，http：//kns. cnki. net/kns/Visualization/VisualCenter. aspx。

③ 信息来源：中国知网数据库，2018 年 2 月 9 日查询，http：//kns. cnki. net/kns/Visualization/VisualCenter. aspx。

九、网络文学研究的局限

网络文学理论批评已成为当代文学研究中的重要一脉，同时也是繁荣的网络文学发展中的一个薄弱点，其自身所面临的问题与局限日渐凸显：其一，在网络文学理论批评体系建构中，一方面，不少学者存在“崇古贬今”“过度西化”“唯技术论”的偏向，导致理论参照与文学现实之间格格不入，价值认同断裂，范畴指涉狭窄；另一方面，许多理论与评价标准自说自话、空泛僵化，缺乏入场研究及互动交流。其二，网络文学批评的功利化、偏狭化趋势开始显露。在市场导向与粉丝经济的影响下，一些吹捧式批评与犀利酷评时见于专业期刊、报纸媒体和网络论坛中，网络文学批评呈“红与黑”的两极化发展，而批评主体的泛化带来了批评理性的缺失、价值定位的失依和理论深度的消解。其三，网络文学重复性研究居多，而对于网络文学的新现象、新业态、新热点，却显得滞后和缺位。网络文学并不是单纯的文学，它广泛的辐射性奇观涉及文学、美学、传播学、社会学、心理学、经济学、管理学、艺术学、语言学、教育学和信息学等多种学科门类，有的人习惯在网络文学的宏观探讨中进行“跟风式”“从众式”的评论，而采用数学建模、心理测评、大数据分析等跨学科的工具和方法进行研究的人则凤毛麟角。针对二次元网络文学及其产业、网络诗歌与诗词热、有声阅读、版权问题等新兴板块的研究缺乏应有的关注力度。网络文学阔步前行20余年，每一串坚实的脚印都已载入文学史册，而研究者在没有既定框架与理论范式可供参照的情况下，如何建立一个逻辑严密、应对有效、互通共荣的网络文学理论批评体系，而不使理论流于空洞与僵化之虞？如何把握文学批评尺度，坚持正向的文学风气与精神风尚，而不使之沦为人情社交与个人私欲的工具？如何在文学“表意链”中开辟新的理论视域，以新的观念谱系摆脱文学传统惯例的掣肘？这不仅要求研究者“从上网开始，从阅读出发”，做网络文学的“内行人”，而且还需要他们坚持以艺术审美为价值原点，加强学术敏感与理论锤炼，在网络文学场域中汇通科艺、去芜取精、自我反刍，在促进网络文学理论批评繁荣发展的同时，也能更为有效地创新理论言说，规范和引导网络文学创作从“高原”迈向“高峰”。

（原载《文艺理论研究》2019 年第 3 期，署名为欧阳友权、贺予飞。人大复印资料《文艺理论》2019 年第 11 期全文转载）

中国网络文学批评20年

如果说，20年网络文学创作走过的是一条爆发式增长、“马鞍形”上扬之路，网络文学批评则是在低调起步、艰难前行中日渐发声的。尽管与繁盛的创作相比，批评的滞后和微弱有着鲜明反差，但小众的批评话语依然在中国网络文学20年的快速崛起中扮演了不可或缺的重要角色，它的成就和不足都已成为20年网络文学发展的一部分。本文拟从批评主体构成和涉猎的理论问题层面做一些史实的梳理。

一、网络文学批评的三股力量

从批评主体的身份看，20年网络文学批评主要由三股力量构成：一是关注网络文学的传统批评家，特别是那些关注文学发展、回应现实问题的批评家，他们以学院派的身份或职业批评家的眼光看待新兴的网络文学，及时调整思维聚焦，敏锐地面对新兴媒体中的文学发声，构成学理化批评最具实力的一派。第二股力量是面向文化市场的媒体批评者，它们主要由记者、编辑、作家和关注网络媒体的文化学人构成。这类批评者善于从媒体传播的角度，在网络文学中发现具有新闻价值的文学现象，找到一个切入点进行导向性文化点评，或者以敏感的“新闻鼻”将其纳入某个“议程设置”予以舆论引导，以形成广泛的文化关注。还有一类是文学网民的在线批评，批评主体是关注并阅读网络文学作品的态度型网民、跟风追读型粉丝、论坛灌水型刷屏者、创作与评论的交互型聊友、匿名上网的评论型鉴赏者，甚或作为文学幕后推手的商业型“马甲”“水军”等。这三股力量各有其阵地，又各具其功能，虽角色不同却彼此互补，共同打造了20年网络文学批评多维互动的开放式格局。

（一）学院派批评：助推网络文学精品化与主流化

文学批评的学院派主要由高等院校和科研院所的专业批评家构成，历来是文学批评的核心力量。他们的批评成果注重学理，讲求逻辑，持论谨严而深入，往往代表着文学批评的较高水平和主要成就。网络文学兴起后，少数敏感者较早介入网络文学领域，解读、评介这一新兴文学，对人们认识网络文学、评价网络作品有着“筚路蓝缕”之功。仅从著作看，1997年出版的“网络文化丛书”（郭良主编，中国人民大学出版社），1998年的《电脑艺术学》（黄鸣奋著，学林出版社），1999年的《重建巴比塔：文化视野中的网络》（陆俊著，北京出版社），2000年的《比特挑战缪斯：网络与艺术》（黄鸣奋著，厦门大学出版社），2001年的《双重视域——当代电子文化分析》（南帆著，江苏人民出版社）等，是学院派批评家早期介入网络文化、网络艺术的代表性成果。2003年由人民文学出版社出版的《网络文学论纲》（欧阳友权等著），是我国第一部真正意义上的网络文学理论批评专著。中南大学1999年开始组建的网络文学研究基地，是我国第一个学院派网络文学批评团队。

学院派批评除解读网络作家作品和文学现象外，其深层意义在于助推网络文学的精品化和主流化——不仅做了如鲁迅所形容的“剜烂苹果”的工作，发挥贺拉斯所说的“磨刀石”的作用，还试图把“草根崛起”的网络文学带入高校课堂和主流学术殿堂，通过对创作实践的理论回应和对作品的深层解读，让人们认识和把握网络文学特点和规律，矫正网络创作的某些流弊，引导网络文学健康发展。

从网络文学批评成果看，学院派的理论评论成果主要以学术论文、理论著作的形式发表。有研究者统计，截至2013年底，我国已出版网络文学研究学术著作83部，重要学术期刊发表的网络文学研究论文908篇，主流报纸文章1035篇，以网络文学为选题的博硕论文 229 篇，重要学术会议网络文学论文 143 篇。[1] 近两年，网络文学理论批评成果呈增长趋势，《中国网络文学年鉴》发布的数据表明，仅论文一项，2016 年我国有 125 家学术期刊发表了网络文学理论批评论文 245 篇，2017 年有 199 家刊物发表了 408 篇网络文学研究论文，2018 年则有 216 家刊物刊发网络文学理论与批评论文 424 篇。[2]

经过 20 年的砥砺前行，学院派批评已日渐形成了几个区域性学术集群，如以中国社科院、中国作协、北京市社科院、北京大学中文系相关网文研究者形成的“京派”阵营，以中南大学网络文学研究基地为中心的湘军阵营，以浙江网络文学研究院、杭州师范大学、浙江传媒学院为依托的浙军阵营，以山东师范大学网络文学研究中心为依托的鲁军阵营，以广东网络文学院为中心，以《网络文学评论》为园地的粤军阵营，以上海大学、华东师大为中心的“海派”阵营，以贵州网络文学学会为中心的黔军阵营，以西南科技大学网络文学研究阵地为中心的川军阵营，以及其他相关高校、研究机构的网络文学批评团体。

从批评的学术含量上看，学院派批评呈现为思想的集束状，批评者一般具都有良好的学养、系统化的知识和较为宽阔的视野，能够自觉地与“历史、前人”，“西方、他人”的价值为参照，让自己的批评谨守学术规范，具有专业化特征。成果的受众大多是专门从事文学研究的精英人士或有专业素养和文学兴趣的人群。学院派批评成果的接受者是相对小众的市场，因而对网络创作的实际影响其实十分有限。由于受到传统观念的掣肘和对网络文学的隔膜，学院派批评在一定程度上也暴露出“沟通失效”问题。一些入场者对新兴的网络文学了解不深，对网络作品阅读有限，习惯于把传统的思维方式和评价尺度来简单地套用到网络文学上，其批评成果有时难免靶向失准或隔靴搔痒，人们常说的“批评滞后于创作”现象在学院派批评领域表现得尤为突出。

---

① 欧阳婷：《网络文学批评的学术清理》，《求是学刊》2016 年第 3 期。

② 所列三年的数据参见欧阳友权主编：《中国网络文学年鉴（2016）》，中国文联出版社 2017 年版，第 148 页；《中国网络文学年鉴（2017）》，新华出版社 2018 年版，第 163 页；《中国网络文学年鉴（2018）》，新华出版社 2019 年版，第 162 页。

（二）传媒批评：凸显热点话题，引导舆论走向

我国网络文学的崛起是与大众媒介尤其是新媒体的大范围普及相伴前行的，传媒批评对网络文学批评有着强力介入，报纸、电视、广播、网络等无不紧扣时代需求，及时涉足网络文学批评。不过，媒体人关注的多是新闻性事件或文化消费性话题，找到一个合适的切入点后，习惯以事件性报道或者点评式发言的形式掌握话语主导权。在当今的报纸副刊、电视屏幕等大众传媒上，有关网络文学行业的图像、文字信息越来越多，但传媒批评中新闻性大于文学性、导向性多于学理性却是普遍存在的现象。

2008 年的“网络文学十年盘点”活动是彰显传媒批评力量的一个标志性事件。此次活动由中国作家出版集团、《长篇小说选刊》杂志社和北京中文在线文化发展有限公司共同主办，经过 7 个月的推举和评选，最终从 1700 余部网络文学作品评选出“十佳优秀作品”（《此间的少年》《成都，今夜请将我遗忘》《新宋》《窃明》《韦帅望的江湖》《尘缘》《家园》《紫川》《无家》《脸谱》）和“十佳人气作品”（《尘缘》《紫川》《韦帅望的江湖》《亵渎》《都市妖奇谈》《回到明朝当王爷》《家园》《巫颂》《悟空传》《高手寂寞》）。该项活动被视为网络原创主力与主流文学媒体的一次集中碰撞，标志着网络文学从此正式走向中国文学的舞台。

各类网络文学年度评选活动、特别是媒体主办的活动，是传媒批评介入网络文学的重要渠道。例如，2011 年，《山东文学》《齐鲁晚报》、网易共同主办了中国首届网络文学大奖赛；2015 年起，《南方都市报》每年主办的华语文学传媒盛典增设“年度网络作家”评选，从媒体的视角关注网络文学生态，推动了大众对于网络文学的接受与认可。2013 年开始，《羊城晚报》连续发布的年度“花地文学榜”中，特设了“网络文学榜”。还有如阅文集团的“网络文学年度榜”和“原创文学风云榜”、百度年度热搜小说榜、艾瑞网络小说榜、涂途研究院“中国网络文学作家影响力榜”、中国网络文学 IP 价值榜、中国网络小说“好看榜”、胡润原创文学 IP 价值榜、光明网举办的网友文学大赛和新浪微博推出的 140 字以内微小说大赛等，都是通过各类媒体发布而产生较大影响的推介活动，是传媒批评以标杆和舆论影

响网络文学创作、传播和营销的集中体现。当然，政府发布的榜单，例如，2015 年以来国家广电总局每年举办的优秀网络文学原创作品推介活动、中国作协每年发布的网络小说排行榜、浙江省作协评选的“网络文学双年奖”，以及 2018 年上海市作协发布的“中国网络文学 20 年 20 部作品”、江苏省作协发布的泛华文网络文学“金键盘”奖、四川省网信办等发布的“金熊猫”网络文学奖、北京第二届全国“网络文学+”大会发布的 21 部优秀网络文学原创作品和 20 部优质 IP 作品等等，虽属行政行为，但无不通过媒体发布，并且是年度网络文学的重要新闻事件。

随着网络文学的火热，各家媒体网络文学的相关报道也呈爆发式增长趋势，其评论的影响力不容小觑。2010 年 5 月至 6 月，光明日报和光明网同时推出“光明聚焦 · 网络文化系列报道”，共发表新闻报道、文章 14 组，对网络文化现状、建设与管理中存在的问题和解决办法展开了专题讨论。2013 年 10 月，央视新闻频道对网络文学产业进行了深入调查报道。其中，腾讯文学因亮相伊始便坚持不断开拓丰富电子阅读作品里的优秀题材，以及坚持提升旗下网络作品社会价值的业界表现，受到了央视重点关注，并被给予高度肯定。2014 年，《人民日报》在“文艺评论”版开辟了“网络文学再认识”专栏，邀请知名学者撰写系列网络文学评论文章。还有如《光明日报》《文艺报》《中国社会科学报》《中华读书报》《中国艺术报》等主要平面媒体，以及人民网、光明网、新华网等主流网站，都经常刊发网络文学理论及评论文章、消息报道甚至专版、专题等信息。2016 年 6 月起，中国文联文艺评论中心与光明网共同主办“网络文艺评谈”网报联动专栏，针对当下网络文艺领域的热点话题开展评论，并面向社会征集优秀网络文艺评论稿件。

除传统媒体之外，新媒体批评对网络文学的影响越来越大，微信公众平台不乏众多专业的推送账号，文章的质量与传统的学术刊物相比不遑多让。如成立于 2014 年的爆侃网文，作为国内首家也是最大的网络文学、数字阅读行业资讯媒体平台，一直专注最新网络文学行业动态，聚焦第一手网文圈、数字阅读行业资讯，为网络文学从业人员以及文学爱好者提供行业资讯平台。成立于 2015 年的橙瓜网，是一个网络文学作者、网站、编辑、读者、研究者之间的交流服务平台，它拥有一整套媒体矩阵，包括旗下的橙瓜 app、橙瓜首页论坛、橙瓜微信公众号、今日头条等自媒体平台。在橙瓜平台上认证的大神作者和资深编辑已超过千位，平台注册用户突破百万，已连续三年成功发布网文之王、五大至尊、十二主神、百强大神、年度最受欢迎的作家、年度十大作品，以及年度百强作品、网文编辑伯乐奖等重要网络评选活动。2017 年 8 月在北京举行的中国“网络文学+”大会，借助官方门户网站、手机网站、微博、微信等渠道，通过图文、微视频、直播等方式，全面展现了大会盛况、网络文学作家风采以及网络文学的发展动态。

总体来看，传媒批评有几个突出特征。一是批评主体的泛化，记者、编辑、作家、普通读者和专业批评家均可进入媒体批评领域，但需要把专业化、职业化、主流化、精英化的意识转换为大众化意识。二是实效性强，媒体人往往能够敏锐地捕捉问题焦点与要害，用指向明确的具象化评判切入现场、针砭时弊，形成一定的舆论影响力，产生文化热点。如盛大文学为网络作家唐家三少申请世界吉尼斯纪录，多家媒体均在第一时间予以报道。三是具有广泛的影响力，传媒批评的载体是大众传播媒介，受众面广，影响力大，与学院派批评的小众化相比，更容易被多数人关注。有学者将传媒批评称之为“时尚化批评”，并将之与专业化的“实质性批评”相区别：“将大众媒体上的文学批评称之为时尚化批评，而将文学专业报刊这类小众媒体上的文学批评称之为实质性批评。时尚化批评是建立在消费意识形态的基础之上的，它抢人眼球，热闹轰动，但它不触及文学的实质；它会影响到大众的文学兴趣，却不会影响到文学性的消长。实质性批评是建立在精英意识形态的基础之上的，它静悄悄地出现，甚至出来就被人遗忘，但它触及文学的实质，能揭示文学的走向，弘扬文学的精神价值。”① 由于传媒批评面向的是大众市场，其网络文学批评难免由时效走向功利，让热点变为“炒作”，乃至使通俗成为肤浅。有学者曾指出过传媒批评消极之处：“在消费文化影响下，纯文学刊物或者换装，

① 贺绍俊：《媒体时代的文学和批评》，《文艺报》2007 年 8 月 6 日。

或者改版，争相加入文化快餐的生产流水线，媒体批评对感官刺激津津乐道，热评、快评、短评、浅评流行。即便有精英文学的不断抗争，媒体批评也难免目不暇接，难免蜻蜓点水、浮光掠影。加上网络、微信、博客等新兴媒体如鱼得水，它对媒体批评的参与，增添了拥挤、热闹、繁盛的意味，但大都是印象堆积、感性围观，不少是隔靴搔痒，而且存在不少误读。”[①] 对于 20 年来的网络文学发展来说，传媒批评的优势和局限都是网络文学批评的一部分，都对网络文学产生了一定的影响。

（三）在线批评：文学网民的即时互动

在线批评是文学网民在网络空间就文学对象或文学话题的自由发声。文学网民是网络文学批评的主力军，他们最早进入网络文学领域，以在线批评形式畅所欲言，由此形成“众声喧哗”的广场式批评。在线批评的匿名性、交互性、在场性、便捷性、民间性等特点，使它获得了强大生命力。1998 年痞子蔡在贴吧陆续贴出《第一次的亲密接触》时，在不到 2 个月的时间里，就有超过 5 万人次在线评说，正是网友的鼓励使他有了创作的信心，最后花了 2 个月零 8 天业余时间在网络上完成了长达 34 集的作品连载。随着 3G、4G 移动互联网以及 Wi-Fi 无线网络的覆盖和普及，人们上网的渠道将不再局限于电脑客户端，手机、Ipad、Kindle 等各种手持移动终端的出现，以及新媒体 APP 软件技术的开发应用，使得文学网民能以更方便、更快捷、更灵活的方式实施在线批评。有统计表明，我国网民从 1999 年的 62 万人升至 2018 年 6 月底的 8.02 亿人。文学用户从有统计数据以来，已经从 2009 年的 1.62 亿升至 2018 年的 4.06 亿[②]，他们中的许多人不仅上网阅读原创作品，同时也在线评论，有的“忠粉”甚至追

① 杜国景：《当代中国文学批评语境与机制研究》，《中山大学学报》（社会科学版）2015 年第 4 期。

② 网络用户数据来自中国互联网络信息中心（CNNIC）发布的《中国互联网络发展状况统计报告》。该报告 1999 年 11 月首次发布，以后每半年发布 1 次，上半年数据截止时间是 6 月 30 日，下半年截止时间为 12 月 31 日。截至 2018 年 8 月 20 日共发布了 42 次。网络文学用户信息从 2009 年第 25 次统计报告时开始有了统计数据发布，截至 2018 年 8 月已发布网络文学信息 19 次。

更发帖，持续评说。一大批粉丝众多的文学大神如唐家三少、月关、我吃西红柿、猫腻、血红、天蚕土豆、愤怒的香蕉、烽火戏诸侯、酒徒、梦入神机、风凌天下、辰东、丛林狼、妖夜、蝴蝶蓝、天下归元、耳根等等，都有粉丝为他们和他们的作品设置专门的论坛、贴吧、讨论专区甚至是专门的网站，形成一个个在线批评的聚集区。从早期的“天涯社区”“舞文弄墨”“煮酒论史”“莲蓬鬼话”等泛文学板块，到后来的“豆瓣评分”这类网友评价打分平台，再到“爆侃网文”“网文圈”“橙瓜网文之家”“媒后台”“麦书房”“天神互动”等网刊评论，直到近年来以“网文界”“网络文艺”“中国网络作家村”为代表的微信公众号网评等，在线批评一直从 PC 端延伸至移动端和各类自媒体终端。

与传统批评相比，网络在线批评的最大优势是它的互动性，其中既包括网民读者与作者的互动，也包括网民读者之间的互动。常见的有简短评论式互动、触发式互动及延伸式互动三种模式。简短评论式互动是最为常见的，所占比例最大，如“顶”“赞”“支持”“唯一”“好看”“不错”“签到”“抢沙发”等行为，还包括读者通过留言等各种方式，提醒作者写新的章节这种催更式互动。触发式互动主要指互动主体对小说主题、故事情节、人物形象、发展走向等各方面展开对话、相互影响的互动，往往以建议、质疑或是深度长评的形式出现，这种互动是作者最为珍惜的，可以为创作开拓思路，带来新的灵感，以此构成作者与粉丝的“共同体”。延伸式互动是指源于作品又超出作品的互动形态，主要以同人原创、网友续写的方式出现，并且将续写内容在读者群里共享。

在线批评的独特价值在于形式灵活，没有固定的模式，既可以是三言两语的即兴评说，也可以详细地论证分析；既可以在论坛、贴吧、微博、博客上独抒己见，也可以只是在其他人的帖子后面跟帖或“抢座”。在对话和碰撞中，许多有价值的思想和理念可能被激活，为批评领域带来新的活力。正因为不受篇幅和文体限制，所以在线批评往往可以随感而发，快捷直接，保持阅读过程中鲜活的感受与个性化理解。

在线批评常常表现为即兴式批评、娱乐式批评、感悟式批评、颠覆式批评，乃至冒犯式批评、吐槽式批评等，众声喧哗让批评充满生气，但也有其明显的局限性。由于是随感而发，未经理性思考，有些批评难免信口开河，褒贬失当。虚拟空间的自由性导致一些批评情绪化乃至“拍砖”的粗鄙化，出现不文明用语。就内容而言，在线批评所谈及的往往是一己一时的阅读感受，可能会造成与所评文本的疏离，有的网友凭着一时的印象率性而谈，缺乏对文本深入细致的分析，没有全面考辨研究对象，显得十分零碎而不成系统，甚至为招人注意而有意哗众取宠、夸大其词，有失文学批评的公正性。

二、网络文学批评探讨的主要问题及存在的局限

网络文学批评起步较晚，其所探讨的问题涉及到方方面面。

首先是对网络文学现状的评判。梳理和把握网络文学发展现状，回应网络创作中的新现象和新问题，是网络文学批评的基本职能。20年的网络文学，“从初创期‘文青’写作高位起步，到世纪之交互联网股市遭遇严冬后的‘断崖式’下滑，再到2003年起点网创新商业模式后带动的整个行业‘类型化’写作的爆发式增长，网络文学基于付费阅读、IP转让、全媒体跨界融合的市场化推进，走出了一条中国式的发展之路”[①]。在这个过程中比较有代表性的成果如严耕主编的《透视网络时代丛书》（北京出版社1999），王强《网络艺术的可能——现代科技革命与艺术的变革》（广东教育出版社2001），铁马、曦桐《赛博的文学空间》（山东文艺出版社2001），于洋等《文学网景：网络文学的自由境界》（中央编译出版社2004），马季《读屏时代的写作——网络文学10年史》（中国工人出版社2008），欧阳友权主编的《网络文学发展史——汉语网络文学调查纪实》（中国广播电视出版社2008）、蒋述卓、李凤亮《传媒时代的文学存在方式》（广西师范大学出版社2010），陈定家《比特之境：网络时代的文学生产研究》（中国社会科学出版社2011），欧阳友权《网络文学五年普查

---

① 欧阳友权：《网络文学：驰骋在改革开放的时代蓝海》，《中国艺术报》2018年12月7日。

（2009—2013）》（中央编译出版社 2014），周志雄《网络文学的发展与评判》（人民出版社 2015），何志钧、秦凤珍《数字化语境中新世纪文艺审美现象解析》（人民日报出版社，2015）等等。众多学人对网络文学现状的梳理和研判涉及到的问题很多，下面这些问题可能是最主要和最前沿的：网络作家与读者的“线上互动”对创作过程和结果的影响究竟有多大？网络大神的“成神之路”，即由“写手”成长为“作家”的可能性与必然性是否有规律可循？网络文学的生产方式（如类型小说的“续更”式创作）对文学品相、文学功能、文学消费有何影响？网络文学从传统的“以作家为中心”走向“以读者为中心”的机理何在？网络创作中普遍存在的“金手指”“玛丽苏”“二次元”“爽点代入”，其产生的原因是什么？网络文学从早期的“草根生长→商业模式→数据为王”，到随后的 IP 热陆续被主流文化和市场双重接纳，再到现在开始出现“策划人”制度的集群式协同创作（一个作品的创作从创意发起，到大纲确认、内容创作、IP 孵化、商务合作立项、剧本创作、后期制作等，均围绕策划人来布局和展开，由策划人操盘），产生这些变化的根源在哪里？文学创作从前喻式“把关人”向后喻式作品效果的市场验证转换，它带来了哪些文学观念的改变？等等。

二是网络文学基本理论问题探讨。基于创作实践研究网络文学的基本理论、基本概念和基本规律，是网络文学理论批评的核心，职业批评家和学院派是探讨这一领域的主力。黄鸣奋《女娲、维纳斯，魔鬼终结者》（《文学评论》2000 年第 5 期），南帆《游荡网络中的文学》（《福建论坛》2000 年第 4 期），欧阳友权《网络文学本体论纲》（《文学评论》2004 年第 6 期），陈定家《“超文本”的兴起与网络时代的文学》（《中国社会科学》2007 年第 3 期），邵燕君《网络时代：新文学传统的断裂与“主流文学”的重建》（《南方文坛》2012 年第 6 期），黎杨全《虚拟体验与文学想象——中国网络文学新论》（《中国社会科学》2018 年第 1 期）等等，是探讨网络文学基础理论问题的代表性论文。在著作方面，黄鸣奋《超文本诗学》，欧阳友权《网络文学论纲》和其主编的《网络文学教授论丛》《网络文学新视野丛书》，单小曦《现代传媒语境中的文学存在方式》，马季《网络文学透视与备忘》，王祥《网络文学创作原理》，周志雄《网络空间的文学风景》，陈定家《文之舞：网络文学与互文性研究》，张邦卫、杨向荣《网络时代的文学书写》，刘克敌《网络文学新论》，欧阳友权《网络文艺学探析》等等，从不同侧面探讨了网络文学的基本理论问题。随着越来越多的学者关注网络文学，研究的问题也日渐深入，从传统的概念之争、特征之辨、传播探析、价值判断等研究思路，向网络文学创作方式、评价标准、经营策略、热门作家作品等方面拓进；从早年关于网络文学本体、传媒、审美、功能、语言等方面的基础研究，延伸至相关的大众文化、消费市场、文化资本、写手创作与生存状态、青少年阅读、媒介融合、创意写作、文化产业等领域，并且出现了专门针对女性网络文学、外国网络文学、少数民族网络文学、网络类型文学、微博文学、手机文学、微信文学等方面的细化研究，以及向网络文学催生的影视游戏改编、网站产业链模式构建、图书与数字出版经营等产业化研究方向延伸。在拓宽研究边界的同时，也向专业化、精细化方向发展，网络文学理论体系、评价体系、话语体系等建设性研究与网络文学史、网络文学批评史等史学研究，正不断将网络文学引向理论探索与历史沉淀并进的研究轨道。

三是网络文学作家作品评价。20 年间，有关网络作家作品的专题研讨会众多。例如，2009 年 6 月，由《文艺报》和盛大文学共同主办的“起点四作家作品研讨会”在北京举行，十余位著名评论家对我吃西红柿、跳舞、唐家三少和血红四位作家的作品予以专题研讨。2012 年 6 月，由中国作家协会主办的网络文学作品研讨会在京举行，梁鸿鹰、于爱成、欧阳友权、马季、王祥、刘英、陈福民、邵燕君、白烨、吴长青 10 位专家学者对李晓敏的《遍地狼烟》、天下归元的《扶摇皇后》、酒徒的《隋乱》、阿越的《新宋》、杨蓥莹的《凝暮颜》5 部作品进行了点评。2013 年 11 月，由全国网络文学重点园地联席会议组织召开的“起点中文网作品研讨会”于北京召开，邀请了白烨、欧阳友权、张柠、马季、郭艳、于爱成、庄庸、吴长青、桫椤、廖俊华 10 位专家参与作品评审，两个人评 1 部，分别对月关的《醉枕江山》、鱼人二代的《很纯很暧昧》、打眼的《黄金瞳》、徐公子胜治的《地师》及柳暗花溟的《涩女日记》5 部作品进行了点评。2014

年 5 月，由中国作协全国网络文学联席会议和中文在线在京联合主办的酒徒作品研讨会；2015 年 4 月在中南大学举办了菜刀姓李、梦入神机、罗霸道、天下尘埃作品研讨会；2016 年 6 月，白烨、欧阳友权、李朝全、肖惊鸿、马季、邵燕君等 10 余位评论家对缪娟的网络小说《翻译官》进行专题研讨；2016 年 8 月在湖南怀化举办的“网络文学评价体系构建”学术研讨会，为大神作家血红的创作设置了专场研讨；2017 年 10 月，在广西贺州举办的“网络文学批评与中国文学传统学术研讨会”就丛林狼、南无袈裟理科佛的作品研究展开了专题研讨；2018 年 6 月在于四川绵阳举办的“中国网络文学二十年学术研讨会”，对爱潜水的乌贼作品展开了专题研讨等等。2016 年 6 月，中国文艺评论家协会青年委员会等单位举办了我国首届网络文艺评论大赛，共收到近 500 篇参赛稿件，其优秀成果被辑录为《中国网络文艺作品评论选》，分上下两卷由中国社会科学出版社出版（周志雄主编，2017）。2018 年 6 月，中国作协网络文学中心、广东省作协联合举办了优秀网络文学评论征集暨首届中国网络文学评论奖年度评奖活动。还有，“北京大学网络文学研究论坛”自 2015 年起每年推出网络文学年度作品榜，分男频、女频各推选 10 部优秀作品，并出版为《中国年度网络文学》系列著作，以文学性为旨归，特别关注引发网文新类型、新潮流的新锐之作，以及代表某种亚文化思潮或激活某种传统文学资源的探索性作品，具有一定影响力。

四是网络文学评价体系和批评标准的构建。网络文学亟需建立起自己的评价体系和批评标准，但究竟是建立什么样的体系、确立怎样的标准却是一个难题，传统的批评标准已不能完全适应，新的标准又一时很难建立起来，于是构建标准便成为网络文学批评的一个焦点和热点问题。2016 年，国家社科基金首次为此设立重大招标项目“我国网络文学评价体系的理论与实践问题研究”（欧阳友权为首席专家），2018 年，国家社科基金再次设立“中国网络文学评价体系建构研究”的重大招标项目（周志雄为首席专家），足见这一问题对网络文学发展的特殊重要性。我国第一部网络文学批评著作是谭德晶的《网络文学批评论》（中国文联出版社，2004），其中就论及到了网络文学批评特征和评价尺度问题。欧阳友权编著的《网络文学评论

100》收集了批评论文百篇，评价体系和批评标准在其中占了相当的篇幅。在这一领域有代表性的文章如《呼吁建立网络文学评价体系》(陈崎嵘，《人民日报》2013 年 7 月 19 日)、《网络文学亟待确立批评“指标体系”》(王国平，《光明日报》2012 年 7 月 3 日)、《空间转向：建立网络文学批评新范式》(禹建湘，《探索与争鸣》2010 年第 11 期)、《中国网络文学评价体系的维度及构建路径》(周志雄，《中国文艺评论》2017 年第 1 期)、《面对网络文学：学院派的态度和方法》(邵燕君，《南方文坛》2011 年第 6 期)、《网络文学评价体系构建出路何在?》(舒晋瑜，《中华读书报》2016 年 9 月 5 日)、《建立网络文学批评“共同体”》(欧阳友权，《中国社会科学报》2017 年 3 月 20 日)、《网络文学批评标准刍议》(康桥，《光明日报》2013 年 9 月 3 日)、《网络文学评价标准问题反思及新探》(单小曦，《文学评论》2017 年第 2 期)、《试论新媒介文化的批评标准与叙事逻辑》(陈定家，《中州学刊》2017 年第 3 期) 等等。

五是网络文学发展对策问题。发展对策是引导网络批评健康发展的保障，探讨正确的发展对策是网络文学批评的重要职能。黄鸣奋《网络媒体与艺术发展》(厦门大学出版社 2004)、欧阳友权《数字媒介下的文艺转型》(中国社会科学出版社 2011)、谭伟平《未来文学形态探析》(湖南人民出版社 2015)、邵燕君《网络文学时代的文学引渡》(广西师范大学出版社 2015)、庄庸、王秀庭《网络文学评论评价体系构建：从“顶层设计”到“基层创新”》(福建教育出版社 2016)、张立等《网络文学发展现状及其评价体系研究》等著作，以及《网络文学：前行路上三道坎》(欧阳友权，《南方文坛》2009 年第 3 期)、《网络文学的发展与研究现状》(周志雄，《沈阳大学学报》2010 年第 1 期)、《网络文学的可能与限度》(黄发有，《文艺争鸣》2011 年第 3 期)、《网络文学：中国当代文学第二次起航》(马季，《人民日报》2011 年 4 月 19 日) 等论文，是这方面的代表性成果。在具体观点上，有评论家提出了当下中国网络文学批评的十大热点问题：1)“网络文学现象”与当代中国文化建设；2) 文学网站的商业模式对网络文学的积极影响与消极掣肘；3) 网络文学的评价体系与批评标准建设；4) 网络文学“IP 热”与泛娱乐产品的精品化；5)

文化资本市场对网络文学发展的贡献和局限；6）网站“寡头现象”与中小文学网站的困境问题；7）网络作家职业困顿及其扶持与引导；8）政府引导、民间发力与网络文学的主流化和新格局；9）打击盗版、净化网络与网络文学生态优化；10）“剑网”“净网”行动和版权保护对网络文学的影响等①，这些发展中必然要碰到的问题在一段时间内还会继续存在，聚焦并解答这些问题是网络文学理论批评的学术使命。

还有，由批评团队开展的网络文学资源清理与数据库建设，也是20年网络文学批评的一大贡献。网络信息流转迅速，显隐无定，去留难测，特别是有关网络文学研究方面的信息，由于其专业性和学术思辨性特征，更是屏显短暂，易于被淹没在网络信息的汪洋大海；而传统媒体中的网络文学理论批评方面的信息因其不占学术主流，散落在各种传媒渠道，也容易被忽略。于是，对网络文学资源进行系统清理，并据此建立中国网络文学数据库就显得特别重要，它能为新媒体文学留存史实和史料。2011年，国家社科基金设置了重点项目“网络文学文献数据库建设”（欧阳友权主持），中南大学团队实施对网络文学文献资源进行系统搜集与整理，从“源”与“流”的纵向疏瀹，到“史”与“论”的横向普查，从传统媒体文本到数字传媒信息，从海外、境外资料到国内相关文献，将网络文学术语概念、站点写手、作品文类、语言表达、文学事件、相关成果等，做了全面的查证、辑录、整饬和厘清。这项系统性工程为此后的网络文学研究提供丰富的第一手资料，具有史源、史实、史料和史识的重要意义。2014年该项目以《中国网络文学编年史》《网络文学词典》《网络文学研究成果集成》和“网络文学文献数据库软件”和发表的系列论文完成结题，获得了优秀等级的鉴定结论。其中，《网络文学词典》（世界图书出版公司2012）分11个大类，收录网络文学词条1177条。《中国网络文学编年史》（中国文联出版社2015），把1991年以来汉语网络文学诞生及其发展的历程，逐日、逐月、逐年地进行搜集、清理和记

① 欧阳友权：《中国网络文学发展的现状及问题——在“网络文学评价体系构建”全国学术研讨会闭幕式上的讲话》，《怀化学院学报》2016年第9期。

录，保存了迄今为止网络文学最为完备而原真的第一手资料。《网络文学研究成果集成》（中国文联出版社 2015）重要网络文学主题的学术期刊论文、报纸文章、硕博论文、学术会议网络文学论文、学术著作和出版作品以及名作家博客文章的目录，而将原文存放于网络文学文献数据库软件。后来出版的《网络文学五年普查（2009—2013）》、《网络文学 100 丛书》①，进一步丰富了网络文学资源数据库。另外，邵燕君领衔的北京大学网络文学研究论坛，自 2015 年起推出网络文学年度作品榜，也被称为“学院榜”，在参照各主要文学网站榜单和粉丝圈口碑的基础上，筛选佳作，广有影响。2018 年邵燕君主编的《破壁书：网络文化关键词》在三联生活书店出版，以“学术粉”姿态打破文化与次元之壁，具有资源与启蒙的双重价值。同年出版的《大神们：我和网络作家这十年》（夏烈著，花城出版社），记录了网文评论家与网络作家的交往活动，保留了许多珍贵的史料。

网络文学批评面临的困境和局限首先表现为专业批评队伍不足，力量单薄。网络文学批评的核心力量主要集中在高校和作协系统，相较于网络创作力量和庞大的原创作品体量，评论人员的数量还很有限，远远赶不上行业发展需要。许多传统批评家视网络文学批评为“小道”和边缘，不屑于介入，年轻的学者还需要一个成长的过程，时下能持续在该领域前沿发声的累计不过二三十人，以至于在各种网络文学研讨会上见到的总是老面孔。其二是批评者的“入场”之困。与传统的文学批评相比，从事网络文学批评要面临两大难题：技术鸿沟和阅读压力。前者要求对计算机网络技术有一定的了解和运用能力，这对那些“网络移民”并不是一件轻松的事；后者则要求有一定的网络作品阅读量，而网上的作品不仅数量多，而且篇幅长，特别是网络小说，一个作品动辄上百万、几百万字，读起来需要好眼力，也需要大把的时间和足够的耐心。其三是评价体系与批评标准缺失。系统的

---

① 欧阳友权主编：《网络文学五年普查（2009—2013）》，中央编译出版社 2014 年出版。《网络文学 100 丛书》，欧阳友权主编，中央编译出版社 2014 年出版，1 套 7 本，分别是：欧阳友权《网络文学评论 100》、禹建湘《网络文学关键词 100》、纪海龙《网络文学网站 100》、聂庆璞《网络写手名家 100》、欧阳文风《网络文学大事件 100》、聂茂《名作家博客 100》等。

网络文学批评刚刚起步，评价标准尚未建立起来，要使网络文学批评既保持文学的人文审美价值和社会文化意义，又切中“网络”和“文学”双重背景下的艺术创新，回应网络时代的文学发展和文学问题，就有赖于科学评价体系和批评标准。正如有文章指出的：“十多年来，批评家对于网络文学的常见态度是婉转回避。时至今日，学界仍然对大量发表于网络，与传统文学在审美方式、表现形式上有所区别、明显存在差异的文学作品等而视之，笼统评价。例如，或采取两分法解释网络文学现象：‘文学只有好与不好之分，没有网络与传统之分’；或强调网络文学只是传播方式的改变：‘网络只是发表作品的媒介，不是区分作品优劣的手段’；或因其具有商业特性而放弃对其做出深刻的价值判断：‘网络上追求的是点击率，点击率却与文学品质无关’等等。”① 这些现象说明，建立网络文学评价体系和批评标准的重要性和紧迫性。其四是批评观念与持论思路的陈旧。我们知道，最具批评活力的是网络在线批评，但在传统的观念中，网民的声音在评论界得不到重视，他们的点赞或吐槽往往被视为不登大雅之堂。职业批评家习惯于在传统媒体特别是学术理论刊物发表成果，不屑于网络发声，无形中失去了批评与创作即时互动、彼此交流的契机，回避了批评对创作的干预力量，削弱了批评对文学现实的敏锐回应功能。因而，在媒介变迁、文学转场的语境中，迫切需要批评观念的转型。如专家所言：“思想观念方面，要厘清网络文学与传统文学之间的关系，认清商业化、市场化、产业化、泛娱乐化是我国网络文学的基本状况和主要现实；研究重心方面，要实现从个别热点作家作品向整个网络文学现实的转移；理论资源方面，要积极借鉴‘文化研究’和‘传播政治经济学’等理论资源，实现网络文学研究的理论与批评创新。”②

（原载《中国文学批评》2019 年第 1 期，署名为欧阳友权、张伟颀。人大复印资料《文艺理论》2019 年第 7 期全文转载）

---

① 潘桂林：《学院派新媒介文学批评的现实困境及其破解》，《中州学刊》2017 年第 3 期。

② 党圣元：《网络文学研究的当下困境与理论突围》，《江西社会科学》2017 年第 6 期。

网络文学与中国泛娱乐审美

一、网络传媒打造文学景观

最新发布的第 38 次中国互联网络发展状况统计报告表明，我国网民规模达 7.1 亿，互联网普及率达 51.7%，网络文学用户为 3.08 亿，手机网民 6.56 亿，其中，手机网络文学用户达 2.81 亿。在今天的大众文化市场上，网络文学、网络音乐、网络自制剧、微电影、网络动漫，乃至手机段子、博客和微博文学、微信阅读及各类视频等新兴文艺类型迅速兴起。网络文艺已经改变了我国文艺发展的总体面貌，成为当今文艺大家庭中关注度最高的热点话题。这支源自技术传媒、来自民间和市场的文艺新军，受众广泛，充满活力，对繁荣发展我国的文艺事业发挥了重要作用，为丰富大众的精神文化生活做出了积极贡献。

特别是网络文学，其恒河沙数的作品、庞大的创作族群、数以亿计的网络读者，让中国的网络文学与好莱坞电影、日本动漫、韩国电视剧并称为“世界四大文化奇观”。网络让文学获得了新的活力，网络创作让文学别具姿彩，网络文学让文学重新走进公众的视线，成为网络文化的一道风景，也成为时代文化的一个镜鉴。

于是，巨大的体量和广泛的影响力，使得网络文学不仅仅是一个“网络”的问题，也不仅仅是“文学”的问题，而关涉到我们国家的意识形态和当代文化建设，关涉到网络话语权和新媒体阵地掌控，关涉到大众文化消费、国民阅读和青少年成长，甚至关涉到一个社会的主流价值观建构、文化软实力打造和国家形象传播。在今天，网络文艺已经是治国理政中基层治理、社区治理、社群治理的一个执政基元，它与我们时代的艺术品相、时代风尚、文化引领、人文精神和价值导向直接相关。

二、网络文学，存在隐忧

然而，网络文艺声威日隆，却存在大而不强、多而不优，以及野蛮生长、良莠并存的问题，存在三个不匹配：一是数量与质量不匹配。特别是网络文学，数量十分庞大，质量却总体不高，更适于碎片化的大众阅读和快速浏览，与传统的文学相比，“有数量缺质量、有‘高原’缺‘高峰’”现象显得更为突出，“抄袭模仿、千篇一律、机械化生产、快餐式消费”也不同程度地存在。一个网络写手笔耕不辍，每天可更新数千字，但键盘上的运字如飞能成就“码字儿”高手，未必会产生精品力作。一个文学网站每天收揽百万、千万甚至上亿汉字的原创作品，但是可以沉淀下来、流传开来的文学精品能有多少？我们期待的思想性、艺术性、观赏性的统一，是网络文艺的短板，也应该是网络文艺创作要追求的目标。

二是效益追求与人文审美不匹配。网络文艺市场化程度较高，网络企业的商业模式和文艺创作的经济利益已经成为网络文艺生产的内在驱动力。文学网站遵循市场规律独立经营，自负盈亏，文艺创作成为一种谋生手段抑或致富路径，其所关注的已经不是或者主要不是艺术的高度和人文审美的价值，而是作品的产业链盈利能力。唯点击率、唯收视率、唯发行量、唯票房收入等，使得一些网络文艺生产者和经营者甘愿“当市场的奴隶”，“被市场牵着鼻子走”。如何让网络文艺既能在思想上、艺术上取得成功，又能在市场上受到欢迎，一直是个难题。解决好效益追求与人文审美并行、经济效益与社会效益的兼得，引导网络文艺创作者和经营者处理好义利关系，从管理机制上杜绝“见利忘义”和“唯利是图”，对规制网络文艺“人文正向”的价值观至关重要。

三是技术强势与艺术优势不匹配。与传统文学艺术相比，网络文艺的优势首先在于其数字化的技术媒介与传播载体，不过这种优势只有在服务于艺术审美的创作目标时才是有效的，才能体现出来，而时下的一些网络创作并没有很好地利用这一优势，“技术先机”和“程序至要”似乎没有更好地转化为艺术的感染力。计算机网络技术的虚拟自由、跨时空传播、超文本链接、多媒体表达、互动交流、推拉并举式欣赏方式等，似乎并未被作者充分用于网络文艺的审美创新。于是，技术的强势终究没有被转化为艺术的优势和审美的胜势，那些红极一时的网络小说、网络音乐、网剧、微电影、手游或手机段子，尚不足以沉淀为文艺精品或更高的艺术品位，倒是沦为技术复制时代的快餐消费品，“速成即速朽”似乎成为它们摆不脱的宿命。

故此，网络文学不仅需要重视，更需要扶持和引导。

三、网络文学拉动中国泛娱乐市场

今日的网络文学早已走出网络，以多种文艺形态走向泛娱乐市场。我们知道，网络创作及其经营最早是靠“付费阅读”和下载出版纸质书来盈利的。大概从张艺谋 2010 年拍摄《山楂树之恋》（艾米 2007 年的同名网络小说改编，票房 1.6 亿）开始，网络文学开始超越单一的“付费阅读”模式，开辟多媒介、全媒体版权转让渠道。2011 年国产电影票房冠军《失恋 33 天》（鲍鲸鲸同名网络小说改编，票房 3.5 亿），2012 年最火的电视剧《后宫·甄嬛传》（流潋紫同名网络文学小说改编），2013 年国产电影票房冠军《致青春》（票房 7.26 亿，辛夷坞的网络小说改编），2014 年以来的《何以笙箫默》《花千骨》《琅琊榜》《盗墓笔记》《鬼吹灯》《九层妖塔》《芈月传》《伪装者》《欢乐颂》《亲爱的翻译官》《老九门》《余罪》等炙手可热的影视作品无不来自网络小说，让一大批网络类型小说形成“网上热”与“网下火”的连锁互动效应，极大地繁荣了大众娱乐市场，所谓网络 IP 热，就是这样形成的。

网络 IP 改编的泛娱乐产品火爆市场的原因在于：一是粉丝的力量，热门网络小说的粉丝群效应确保了产业链下游的消费市场；二是媒体的力量，媒介融合巨大的传播力打造娱乐热点，如全版权经营，多业态开发可以整合内容资源、生产过程、跨媒体播放平台，将它们无缝对接，而大数据分析又可以实施精准营销，评估 IP 的商业回报，降低投资的市场风险；三是资本的力量，文化资本、传媒巨头对娱乐经济的投资提升了 IP 身价，如 BAT（百度、阿里、腾讯）纷纷进军 IP 收购与开发，白热化的竞争有助于推进 IP 延伸品的质量和品牌建设。

四、泛娱乐审美的贡献和局限

从网络 IP 泛娱乐审美的积极意义上说，其对社会的贡献不容小觑。譬如，在创作的层面上，恒河沙数般的网络作品为大众泛娱乐产品提供了丰沛的故事资源和创意妙想，极大刺激了国民的娱乐神经，丰富了公众的娱乐审美，满足小康社会的文化消费。天下霸唱的《鬼吹灯》改编的电影《九层妖塔》成本只有 9000 万，票房是 6.8 亿。《花千骨》的收视份额达 21.74%，爱奇艺视频点播超过 50 亿次。2014 年收视冠军剧《古剑奇谭》，网络总播放量达到 150 亿次。改编自海晏同名网络小说《琅琊榜》，豆瓣评分达 9.3 分，网络视频点击却累计超 60 亿，2015 年底的热播剧《芈月传》，来自蒋胜男的同名网络小说，创下日收视率 9.77 的最高纪录（2016 年 1 月 4 日）。常书欣的《余罪：我的刑侦笔记》、冶文彪的《清明上河图密码》、周浩晖的《邪恶催眠师》，天蚕土豆的《大主宰》、烽火戏诸侯的《雪中悍刀行》、唐七公子的《三生三世十里桃花》等，都从网络小说走向影视、网游等。它们撑起了中国大众娱乐的天空，开启了中国数字化娱乐的新天地。在价值的层面上，基于网络 IP 的泛娱乐审美创造了文艺、传媒、资本、消费、大众文化“五位一体”互动而共赢的“现象级”时代景观，让娱乐审美生动彰显出文化国情的“图—底”关系，催生了意识形态建设的重要阵地，构成国家文化发展战略的重要一环。而在产业层面上，泛娱乐审美创造的文化经济，不仅为国家贡献了 GDP，还为供给侧改革找到了新的经济增长点，开辟了娱乐经济、粉丝经济、媒介融合新经济，成为“互联网+”的排头兵。

由网络 IP 热引发的大众文艺泛娱乐审美也存在明显的局限，这主要表现为：第一，争抢网络 IP 会带来泡沫危机。文化公司抢购 IP 太多，将其占为已有，奇货可居，却贪多嚼不烂，自己开发不了，别人又不能开发，势必造成内容资源浪费。并且，网络“IP 热”的背后表明了影视等艺术原创力的疲弱，版权转让毕竟只是“克隆”而不是“原创”，靠网络 IP 来支撑影视作品的内容生产，恰恰表明自身的艺术创造能力的不足。2016 年的 IP 电影已经出现“集体哑火”现象，如改编自韩寒小说《长安乱》的 IP 电影《喜乐长安》3 月 25 日悄无声息地上映，又悄无声息地就下线，票房最终定格在 184 万，似乎表明 IP 热开始降温，人们的认识趋于理性。近日传出，广电总局将限制玄幻题材剧，果真如此，囤积网文 IP 的公司将陷入困境。第二，过度的娱乐，会形成从“娱乐至上”到“娱乐唯一”再到“娱乐至死”的审美导向，可能拉低一个时代的审美风尚，经典艺术、文学传统将日渐边缘化，难以得到有效传承。第三，文化资本“利润最大化”市场陷阱，让功利思维、变现意识借助 IP 包装对真正的艺术审美造成遮蔽和覆盖，导致一个时代文艺精品力作缺失、审美选择的单一和人文精神的旁落。

（本文是作者 2016 年 8 月 20 日在西安举行的首届中国文艺长安论坛上的发言，载中国文联文艺评论中心、中国文艺评论家协会、西北大学文学院编《文化自信：中华美学与当代表达》一书，中国社会科学出版社 2017 年 11 月出版）

第三辑

问题反思

网络文学“陪跑茅奖”的缘由与启示

当第十届茅盾文学奖（简称“茅奖”）发布的获奖名单中仍然不见网络小说的踪影时，无论是传统文学界还是网文圈均表现出少有的平静，各类媒体鲜见这方面的评说和报道。从第八届茅奖允许网络小说参评开始，这已经是网络文学第三次“陪跑”了，人们似乎已经接受了这样一种现实：网络文学与传统文学本不在一个“频道”，网络小说与传统小说也不是一个档次，落选茅奖，前者没有“掉份儿”的遗憾，后者也不必有享誉者的自矜。我们知道，作为中国当代文坛最具符号性标志的两大阵营，网络文学与传统文学相顾相争、各呈其势已有多年，本处于“井水河水”、两相无猜之境况，如今却在茅奖这样一个“高光”时刻形成交集，其所涉及的问题不仅事关这两种文学的评价，对二者异同缘由与博弈张力的辨析，或将有助于了解当今文学的不同形态，对把握我国文学的整体走向不无启示。

一、没有胜负悬念的比拼

我们知道，四年一届的茅奖是中国具有最高荣誉的文学奖项之一，至少从理论上说，获奖作品代表了这期间文学创作的最高水平。让网络文学参评茅奖，在许多人看来，这是对新兴网络文学的认可和接纳，也是两种文学“迎面”交流的一次机缘。笔者连续三届担任茅奖评委，见证了该奖项的评选过程。2011 年，第八届茅奖首次吸纳网络小说参评，有新浪、起点、中文在线等网站提交了7部网络小说[①]入选参评，结果有《从呼吸到呻吟》《遍地狼烟》《青果》等3部小说通过了第一轮投票，有幸进入前80名并就此止步。2015年第九届茅奖评选时，中文在线、晋江文学城、半壁江中文网等申报的5部网络小说[②]进入评审程序，结果在第一轮遴选时便全部“牺牲”在起跑线上，没有一部能闯进前80名。不过在事后有人发现，有一部首发于上海弄堂网、后经整理出版而作为纯文学参评的小说《繁花》在这届茅奖折桂，成为5部荣膺茅奖的小说之一。意味深长的是，《繁花》获奖时，无论是传统文学圈还是网文界，都没有在意它是不是网络小说，茅奖评委们更是只以“文学”论之，不作类型区隔，以至于后来有人将其作为“网络文学也有好作品”的明证，也有人据此当作“文学只有好与不好的区别，没有传统文学与网络文学区分”的依据。2019年8月的第十届茅奖评审，网文界重振信心，在全国申报通过的234部小说中，有17部网络小说[③]进入参评作品目录，蒋胜男、打眼、丁墨、红九、吉祥夜、林海听涛、董江波、舞清影等一批知名网络作家均提交代表作参评。不过十分遗憾却并不让人意外的是，在参评的这些网络小说中，除吉祥夜《写给鼹鼠先生的情书》跻身第一轮并止步于第一轮而得以进入到前80名外，其余16部颗粒无收，并且毫无悬念。

之所以说胜负毫无悬念，是基于两种文学的巨大差异——可以说，这是一种“20年”与“2000年”的文学比拼。如果从《诗经》

---

① 第八届参评茅奖的7部网络小说分别是：王海鸰的《成长》、菜刀姓李的《遍地狼烟》、顾坚的《青果》、郑彦英的《从呼吸到呻吟》、关中土的《中国脊梁》、宋丽晅的《办公室风声》和容三惠的《刀子嘴与金凤凰》。

② 第九届茅奖申报参评的5部网络小说分别为：疯丢子的《战起1938》、却却的《战长沙》、张巍的《太太万岁》、尚建国的《文化商人》和欧阳乾的《江湖凶猛》。

③ 参评第十届茅奖的17部网络小说分别是：打眼《神藏》、丁墨《乌云遇皎月》、董江波《永远的纯真年代》、凤轻《盛世医妃》、古筝《青果青》、红九《请叫我总监》、吉祥夜《写给鼹鼠先生的情书》、蒋胜男《燕云台》、囧囧有妖《总有一天你会喜欢我》、李开云《二胎囧爸》、林海听涛《冠军之心》、姒锦《孤王寡女》、魏海龙《大西院》、舞清影《明月度关山》、西子情《青春制暖》、萧西《完美守护养成记》、殷寻《他看见你的声音》。

时代算起，中国文学已经有了超过 2000 年的作品积淀和经验积累，历经一代代文人墨客的传承与创新，人们对于文学品相与作品品质的判定，已经以“集体无意识”的方式获得了不容置疑的历史合法性，这是网络文学无法与之抗衡的。中国 1994 年才加入国际互联网，汉语网络文学的大范围兴起是在 1998 年前后，时至今日，满打满算也不过 20 余年，尚处于“可成长性”与“不确定性”并存的起步阶段，与“高山仰止”的传统文学相比，“小荷初露”的网络文学无论是作品的成熟度还是文坛认可度，均相异云壤，让它们同台竞技，孰高孰低、谁胜谁负事实上已预设在二者的前提中，是不会有任何悬念的，除非网络文学具备传统纯文学的“长相”（如像经过纯文学加工打磨的《繁花》那样），抑或茅奖为网络文学另设评价标准，否则没有第三条路可走。

我们知道，茅奖是国家为长篇小说创作设立的最高奖项，属于专家评审的“精英奖”，其评审机制和遴选标准是基于传统纯文学的伟大传统而不是网络文学的有限经验。如第十届《茅盾文学奖评奖条例》规定的评奖标准是：

> 茅盾文学奖评奖坚持思想性与艺术性统一的原则。获奖作品应有深刻丰富的思想内涵，有利于坚定文化自信，展现中国精神。对于深刻反映时代变革、现实生活和人民主体地位，书写中华民族伟大复兴中国梦的作品，尤应予以关注。注重作品的艺术价值，鼓励题材、主题、风格的多样化，鼓励探索和创新，鼓励具有中国风格、中国气派，满足人民精神文化生活新期待的作品。①

以这样的标准衡量，网络文学不是没有机会，只是目前的网文生产机制和作品存在方式使它很难做到。网络创作是以作者“续更”、粉丝“追更”的方式完成作品的，边产边销、“写读适配”下的“速

---

① 中国作家协会 2019 年 3 月 11 日修订的第十届《茅盾文学奖评奖条例》，中国作家网：http：//www. hbzuojia. com/newzjw/vip_ doc/12973293. html。

度写作”构成一种自洽的“需求—满足”机制，以此形成了网络文学独有的“网络性”与“文学性”相互依存、并行不悖的两大特性。“网络文学的存在形态是交互式的，它应该‘活’在网上供网友持续阅读和评说，一旦下载出版它就‘死’了，就从符号的‘流动’变成了文本的固定形态，网络写作中的‘断更’‘催更’‘续更’就是这么形成的”①。传统文学以“思想性与艺术性统一”来实现“文学性”，而网络文学则需要通过“网络性”方能达成“思想性与艺术性统一”，貌似殊途同归，实则由于“网络性”的特殊方式造成了两种文学在生产方式、本体形态和价值标准等方面的巨大差异。既然茅奖评价原则的前提是基于前者，那么真正的网络小说就只有“陪跑”的份儿了，因为对于网络文学而言，如果只讲“文学性”而失去了“网络性”，就丢掉了这种文学最为生动的部分。

另外从茅奖评审的操作层面看，网络小说要得到充分的肯定也有一定难度。茅奖评委会有 62 名成员组成，中国作协主席任评委会主任但不参与投票。茅奖评奖条例规定，评委会成员由“关注和了解全国长篇小说创作情况的作家、评论家和文学组织工作者”组成，这个“关注和了解全国长篇小说创作情况”自然包括了网络小说创作情况。但事实上多数评委来自传统作家和评论家，他们更多的是“关注和了解”传统长篇小说创作情况，对网络小说的关注和了解远不如对传统作家创作出版的小说那样全面和深透。加之申报茅奖的作品必须是完结本的公开出版物，许多存活在网络空间的数百万字甚至上千万字的长篇小说，可能代表了网络长篇小说创作的较高水平，但在技术层面却因为“体量”的“软载体”困扰而不宜申报茅奖，难以进入评委视野。凡此种种，在茅奖评审的话语空间，纵使有“关注和了解”网络文学的茅奖评委，他们可言说的话语空间也十分有限，因为评委只能站在评奖条例规定的“文学”立场，而不是“网络文学”立场，这可能也是网络小说“陪跑”的因素之一。

① 欧阳婷：《“茅奖”与网络文学的发展路向》，《小说评论》2016 年第 1 期。

二、寻找落差的缘由

影响网络小说进军茅奖，除了技术层面的因素外，更为重要的原因还是要从文学本身去寻找，而传统的文学（主要指纯文学或精英文学）则是它的基本参照。

首先，从主体站位看，如果说传统作家是基于“文学性”的精英本位，网络创作则主要是源于市场化的大众需求，这在文学出发点上就呈现出两种文学的“路向区隔”。早在几年前李敬泽就曾在《人民日报》撰文，认为网络文学就是大众阅读的通俗文学。他说：“有一度大家一谈到网络文学就含糊其辞，因为没有一个历史的参照系，被‘网络’二字吓住了，不知道该把这个文学往哪摆。其实位置很清楚，就是通俗文学。”[①] 网络作家没有政府财政供养，是从事大众文化生产的“自由职业者”。他们不矫情，不掩饰，坦然承认，所写的就是为大众所喜爱的通俗文学，他们的站位就在这里，没有什么不好。传统作家多为“体制内”身份的知识分子写作，他们需要为“文学”写作，作品讲求“宏大叙事”和高远旨趣，追求深邃的寓意和艺术创新，这便是两种文学明显的差异。前者满足的是普通受众尤其是青少年的娱乐需要，后者则为文化高端人群、专业受众提供精品力作，一个是“开心小吃”，一个则是“文学大餐”，它们共同打造的“文学江湖”才是一个完整的文坛，才能让每一个社会成员都有可能找到自己的心灵“所爱”，而缺少任何一方都会给受众留下文学的“豁口”。其实这正是中国文学史“雅俗”二分的一大传统。自《诗经》分出“风雅”以降，文学史就是在精英、通俗两大潮头冲刷下奔涌前行的历史，大江东去无非“雅俗”洪波——三曹七子、陶渊明是雅，《子夜歌》《华山畿》《敕勒歌》等南北朝民歌是俗；唐诗、宋词是雅，唐传奇、“三言”“两拍”是俗；《三国演义》《水浒传》是雅，《三

① 李敬泽：《网络文学：文学自觉与文化自觉》，《人民日报》2014 年 7 月 25 日。

国志平话》《大宋宣和轶事》是俗，鲁、郭、茅、巴、老、曹是雅，张恨水、还珠楼主、金庸、琼瑶是俗。而在今天，以茅奖、鲁奖为代表的传统纯文学是雅，网络文学则是俗。这个“俗”，不含任何贬义，它不是庸俗，也不是低俗或媚俗，而是在内容上与人民大众同声相应，在情感上与他们同气相求，在形式上为他们所喜闻乐见。“俗文学”的大众本位、民间立场、读者中心，为文学做出的历史性贡献，正好弥补了“雅”文学、纯文学的市场缺口。这和毛泽东提出的“文艺为工农兵服务”，习近平倡导的“文艺以人民为中心”的基本精神是一致的，也是文学起自民间、回馈大众的逻辑本原使然。网络作家阿菩曾明确表达过这样的观点：“以网络文学为代表的俗文学，就是给老百姓看的，给庶民们看的，给中国占据人口绝大部分的人民群众看的，无论是从表现形式上，还是所抒发的情感情绪上，我们可以很明确地看出，网络文学的性质，往上与港台的武侠小说、言情小说相通，与还珠楼主、张恨水相通，与《三国演义》《水浒传》《西游记》为代表的明朝四大奇书相通，与宋元话本相通，与《诗经》中的国风相通。”[①] 雅与俗品相有别，功能有异，它们都是中国文学不可或缺的一个组成部分，二者可以相互补充却不能彼此替代，网络文学可能难以达到传统文学那样的高度和精度，传统文学也无需像网络文学那样为“广场狂欢”而降格以求。

其二，正是作家站位和创作动机的不同，致使网络文学在文学品相和艺术品质上与传统文学形成明显落差。为了叙述的方便，我们试列表以直观陈示：

① 阿菩：《对网络文学观念要再来一次解放思想和改革开放——在 2019 年中国网络文学论坛上的发言》，搜狐：http://www.sohu.com/a/339313585_662549。

网络小说与传统小说差异比较①

类型	内容	网络小说	传统小说
文学品相	作品生成方式	网络续更，粉丝互动，速度写作	一次性出版发表，读写分开，讲求慢工细活
	小说篇幅	偏长，超长可达数百万上千万字	约定俗成，百万字即算超长
	文类	类型化小说为主，已有类型近百种	现实主义为主，兼具浪漫、现代
	故事架构	以讲故事为主，废柴升级、换地图模式，故事性强，推进速度快	故事性偏弱、甚至草蛇灰线，推进相对缓慢
	情节桥段	造梗，奇异，常用金手指，追求爽点或泪点，一字长蛇式线性推进	平实，真切，讲求生活真实和艺术逻辑，环抱拥揽式立体书写
	细节描写	偏少，简约，弱，以过程代细节	细腻，丰沛，强，以细节见功力
	叙事意识	偏弱，写什么比怎么写更重要	强，讲求叙事策略、叙事智慧乃至叙事圈套
	语言表达	通俗，平白，好读，相对粗糙	追求精致典雅、表意生动传神，用词讲求精准
	文学渊源	古代神话传说、历代通俗文学；西方魔幻科幻、漫威宇宙、影视、游戏	伟大的文学传统、鲜活的现实生活
	认知路径	以读者为中心	以“文学性”为目标

① 本文在《当代文坛》刊发时，可能由于排版原因，此表被删去。我认为它很重要，在此补上，特予说明。

续表

类型	内容	网络小说	传统小说
艺术品质	主旨立意	以故事预设替代主旨前置	主旨宏大，反映生活，干预现实
	思想性	弱思想寄寓，强叙事逻辑	深刻，真知灼见，开掘生活厚度、历史高度和人性深度
	艺术性	以大众喜闻乐见为艺术目标	艺术原创，追求高标独持式创新
	人物塑造	玛丽苏模式，超人化设计	描写个性，塑造典型，重视人物性格的多样性与复杂性
	功能作用	自娱以娱人，圈粉以获利	文以载道，有补于世，寓教于乐
	艺术价值	草根性，民间性，人民性，文化表征	时代晴雨表，良知代言人
	文学风格	轻松愉悦，快意恩仇	风格卓异，个性化
	艺术想象力	更为丰富，天马行空，开脑洞，突破宇宙八荒	文学想象服务于形象塑造，遵从艺术规制
	表意效果	直白浅显，言简意赅	余味曲包，言外之意，味外之旨

上述所列内容是就两种文学的一般情形而言，不排除会有例外。从这里不难看出，网络小说与传统小说的差异十分明显，而茅奖评选所依据的“文学”标准主要基于传统文学来设立的，以之评价网络小说，不啻“东面望者，不见西墙；南乡视者，不睹北方”① 了，网络文学在这个擂台上是难有胜算的。譬如，网络作家如果是像本次茅奖小说《人世间》那样，以从容而平实的笔调去写城市平民子弟几十年的生活变迁，或者像《北上》那样以“文学原乡”的运河情怀去表现作家对于世界的文学现象，在网络文坛怕是会落落寡合、难有市场的；同样，申报参评的网络小说《写给鼹鼠先生的情书》（吉祥夜）、

① 《吕氏春秋·去尤其》。

《乌云遇皎月》（丁墨）均属入选中国作协网络文学榜单的作品，它们在故事构架、情节巧置和文学想象力方面，与茅奖小说《应物兄》《主角》甚至《牵风记》相比毫不逊色，甚至略胜一筹，但在思想深度、文学格局、艺术创新、人物塑造的品貌，尤其是细节描写的丰沛度等方面，前者的落差却是显而易见的，这是网络文学不得不面对的客观却又有些严酷的现实。李洱的《应物兄》用了96万字的篇幅去写济州大学筹建“太和儒学研究院”，直到小说结束研究院也没有建成，作品的重要人物之一——准备引进的哈佛大学著名学者程济世甚至最终都没有露面，而期间孽生出的故事枝蔓和细节根须却如同南方古榕树一般盘根错节、恣肆丛生，让人欲说还休、味千无尽，这对网络小说而言不仅难以存活，简直就是“文字灾难”，网友不会容忍故事如此拖沓、支线如此的繁复和絮叨，但对纯文学创作来说，却是一种艺术探索和独到创新，成为它荣膺茅奖的一大理由。

这就涉及到二者落差的第三个成因——文学功能作用的指向不同。在传统文学看来，写作是有为而作的崇高事业，作者是“人类灵魂的工程师’或“社会良知的代言人”，作品是“国民精神所发的火光”和“引导国民精神的前途的灯火”（鲁迅），文艺的精神品格和价值立场、人类的道德律令和心智原则，通过专业化的修辞美学表达，高擎在艺术审美的星空，对社会正义和人文伦理产生积极影响。我们古人秉持文学的社会性立场，把文学功能概括为“兴观群怨”（孔子）；“经夫妇，成孝敬，厚人伦，美教化，移风俗”（《诗大序》）；“文人之笔，劝善惩恶”（王充）；“补察时政，泄导人情”（白居易），乃至“小说救国”（梁启超）等等。现代苏俄文论进入中国后，文学功能观受毕达可夫、季莫菲耶夫和后来的波斯彼洛夫、斯托洛维奇、卡冈等人的影响，一般用审美认识、审美教育、审美娱乐来概括文学的功能作用。网络文学并不否定这些功能，但网络创作更趋向于后现代主义文化的功能范式，与德里达、利奥塔、鲍德里亚等人的观念天然暗合或自觉靠近，如信奉削平深度模式，消褪历史意识，主体性与个人风格的丧失、距离感消失等。在网络文学中，深度模式削平造成网络作品的浅表感；历史意识消失导致一些网络写作漠视历史传统，只在当下时间中体验即兴的爽感；传统的主体性被网络主体间性所取代，造成人的中心地位的“零散化”；而距离感消失则代之以“机器复制”，导致艺术经典性概念的隐退，作品成了某种“类象”的徽章。于是，就像王岳川先生在《后现代主义文化研究》中所描述的：“艺术感知模式的支离破碎，艺术感性魅力的丧失，先锋的革命性和艺术家风格的消失，使艺术一步步成为非艺术和反艺术，审美成为‘审丑’。艺术不再具有‘超越性’，艺术已成为适应性和沉沦性的代名词。艺术等同于生活，生活成为了后现代人的艺术棋盘。”① 网络虚拟空间的写作如同后现代主义文化理论家杰姆逊所揭示的：“尽管它很忠实地复制出现实，但也正是在这种复制中，形象将现实抽掉了，非真实化了……人们感觉到的不是过去那种可怕的孤独和焦虑，而是一种没有根、浮于表面的感觉，没有真实感。”② 我们看到，网络写作更多的是一种悦心快意、自娱娱人的轻松游戏，作者犹如网上灌水的“闪客”和“撒欢的顽童”，创作成了意义剥蚀的感觉狂欢，只求个体欲望的尽情表达，没有了写作之外的担当，因而被有的人讥之为“乱贴大字报”“马路边木板上的信手涂鸦”。在这里，经典不敌偶像，传统不敌时尚，乃至出现“韩寒排名在韩愈之前，郭沫若排在郭敬明之后”之类的笑谈。

当然，除了人文审美功能的价值变化外，网络文学还有更为直接的市场化商业功能——中国网络文学的崛起，特别是类型化小说的爆发式增长，与它的商业模式和产业化经营有着不容置疑的必然关联，即由付费阅读、打赏和月票制度、版权转让、跨界分发所形成的“产业链”长尾效应，它们被称作“起点模式”，因为这个商业模式是由龙头网站——起点中文网创立并得以广泛使用的。不过，由网络文学商业化形成的产业功能是一柄双刃剑，一方面为网络文学特别的类型小说的快速崛起提供了经济驱动，让网络写手和平台经营者赢得了经济收入，推动网络文学十几年来的持续高速增长；另一方面，也导致唯利是图、金钱至上，放弃主体责任，忽视作品社会效果的情况。如何处理经济效益与社会效益的关系，把握社会效益优先下的二者平

---

① 王岳川：《后现代主义文化研究》，北京大学出版社 1992 年版，第 244 页。

② ［美］弗·杰姆逊：《后现代主义与文化理论》，唐小兵译，陕西师范大学出版社 1986 年版，第 189—190 页。

衡，网络文学与传统文学的差距也是显而易见的。

三、两种文学博弈的启示

应该看到，网络小说“陪跑茅奖”是在茅奖评价标准的意义上暂处下风，并不意味着参评的网络小说没有可圈可点之处，也不是说网络文学没有好作品，在茅奖中永远无所作为，只有“陪跑”的份儿。事实上，如果换一个“频道”，在另一个平台，或者调适一下评价尺度，网络文学也许是“风景这边独好”。第一批“触网”的老作家陈村就曾说过：“文学有关人的心灵，从来可以由各个道口进入，”“有人一口咬定网上的文学作品都是垃圾，那是精神错乱，我们应该怜悯他。有人说网上的作品才是文学，那是理想，我们要努力。我看到的情形，站得远一些说，网上网下作品的好坏比例大体是一样的，都有佳作和劣作，都离伟大的文学较远”①。网络只是给了创作者直接抵达最多读者的路径，只要文学指向人心的宗旨不变，无论是茅奖、鲁奖甚至诺奖，传统文学能做到，网络文学有什么理由做不到呢？随着数字化传媒、AI等新兴技术不可逆地持续进步和快速普及，文字传播的融媒体化、文学作品的网络化将是大势所趋，这对文学可能性的认知、对传统文学与网络文学发展格局的变化都将是革命性的，就像芬兰学者莱恩·考斯基马（R. Koskimaa）在《数字文学》一书中描述的：“数字化或直接或间接地几乎强烈触及了文学的全部领域，不过，这仅仅是个开始，就目前具有过渡性质的情况而言，已经可以形成关于文学未来的足以使人惊讶的预言和推测。”②

在这样的语境中看待茅奖视野中的网络小说，或考察网络文学与传统文学的长短之辨，或将给我们对未来文学发展的应然性与或然性认知带来一些有益的启示。

首先，在应然性上说，两种文学各有所长又互有所短，即使站在

---

① 陈村主编《网络之星丛书·序》，花城出版社2000年版，第4页。

② ［芬兰］莱恩·考斯基马：《数字文学：从文本到超文本及其超越》，单小曦、陈后亮、聂春华译，广西师范大学出版社2011年版，第3页。

茅奖的立场，也应该是“尺有所短，寸有所长”，应该在扬长避短、取长弃短的基础上抱团取暖，携手共进，实现优势互补。二者相交，如前表所列，我们可以从文学类型、作品篇幅、故事架构、语言表达，以及文学生产、承载、传播、经营等外在品相和内在品质方面轻易找出它们的差异，但窃以为，二者根本的不同在于，一个信奉“以读者为中心”，一个坚持以“文学性”为目标，这是形成二者差异的枢纽，其他的许多不同点大都可以从这里得到解答。譬如，网络创作以读者为中心，首先考虑的是读者和市场，是受众的广泛性和他们对作品的感受，需要放大写作过程的“粘性效应”以壮大粉丝规模，因此“好看”“爽”“YY”，对大众读者的吸引力，便成为规制创作的首选。网络小说的“续更”“灌水”式创作的“越写越长”现象，以“讲故事”为中心话题的“打怪升级”“金手指”套路，以至在作品功能上追求“自娱以娱人”的快乐效应和阅读“带入感”等等，无不可以从这里得到解释。而传统文学以“文学性”为圭臬，奉行艺术品质优先，追求思想性与艺术性统一，注重作品创新和社会效应，哪怕“十年磨一剑”（如李洱《应物兄》写了13年，徐怀中《牵风记》1962年就已经动笔写了20万字，后来又烧掉重来），也要创作出无愧于历史、无愧于文学、也无愧于自己良心的“立得住、传得开、留得下”的佳作，甚至是“垫棺作枕”（陈忠实语）之作。网络文学要求“快”——写得快，日更数千上万字；读得快，快速浏览，扫网“冲浪”；来钱快，付费打赏，转让分发，立马变现。传统写作则讲求“慢”——慢工细活，精益求精，倡导以工匠精神打造精品力作，因而在阅读时也需要细嚼慢品，乃至崇尚“不涉理路，不落言筌”，超乎言意之表，品咂文本的言外之意和味外之旨。这样的写作追求的是“有补于世”的社会担当和亘久的艺术魅力，创作者多为“体制内”知识分子，有文学之长，无生存之虞，衣食无忧的生活使他们少有网络写手那样的“著书只为稻粱谋”，不会有“码字变现”的冲动，惟有以“文学性”去达成“立德、立功、立言”的“三不朽”，这才是他们心目中最为期待的文学境界。

两种文学，可谓“有经有权”，由此形成的两种创作立场、两种作品存在方式，以及两种不同的功能形态和价值目标，似乎“高下立判”，结果毋庸置疑。这是不是就意味着存在即是合理而优劣无争了呢？其实未必。窃以为，两种文学最好的发展状态是实现短长互鉴、优势互补——网络文学传承文学经验，提升作品质量，在致力于“好看”的同时丰富作品“文学性”价值蕴含，直至让“文学性”本身变得好看；而传统文学也需要坚持“以人民为中心”的创作导向，扩大作品的受众面，追求思想性、艺术性与可读性的统一，把文人自娱的“小圈子”拓变为大众喜闻乐见的“文学场”。我们知道，人类的文学本是起自民间而服务于民间大众的，鲁迅所说的“杭育杭育”派，既是文学的始祖和根脉，也是创作的主体和受众，因为在“每一个劳动者都是诗人”的时代，文学就是“以读者为中心”而施惠于每一个社会成员的。反观“文学性”观念的构建则是社会分工下文学专业化、创作职业化的产物，从历史看，“文学性”只是文学发展的一个特定阶段，可以说它是文学大众本原观念的一种“异化”。由“文学性”带来的专业化和精英化，无形中形成了文学的贵族化和“圈子化”，一些作品展现的专门技艺和“叙事圈套”，已经把普通读者拒之门外，文学离大众越来越远，导致文学的路子越走越窄，社会影响力也日渐缩小。网络媒介出现后，千百年来形成的文学专业化分工模式被技术平权所拆解，文学的话语权重新回到普通大众手中，从此，文学创作不再是少数人的专利，而是人人可为之事，这是对“文学新民间”的意义深远的回归和向文学逻各斯原点的一次致敬，也是对纯文学创作长期自娱自乐，自矜为“阳春白雪”，实则脱离大众而“高处不胜寒”的一次历史性矫枉过正。陈村先生就曾感慨：“文学的全部的意义并不仅仅在于它有高峰。许许多多的人在文学中积极参与并有所获得，难道不是又一层十分伟大的意义吗？”① 网络作家阿菩说得更具体：“网络文学从一开始就有草根性、民间性、大众性、人民性的特征，无论是它的情感、它的需求、它的读者，都是这样的。它未来的征途，不是诺贝尔文学奖，而是用更真诚的故事，来与全中国的人民群众，乃至全世界的人民群众产生呼应。网络文学的历史责任也不是去征服西方的知识分子群体，而是要以受世界人民喜闻乐见的形式

① 陈村主编《网络之星丛书·序》，花城出版社 2000 年版，第 3 页。

出海，去与承载了西方价值观的好莱坞大片抗衡。”①

其二，再从文学发展或然性看，两种文学的博弈和互补，将促使网络文学在化解“茅奖情结”的过程中出现两种可能的选择：要么像《繁花》那样向茅奖式写作看齐，写出一部“长得像茅奖”的作品；要么规避或超越“茅奖模式”，创造属于网络文学自己的经典，而不在意能不能获得茅奖。第一种选择的参照对象明确而清晰，只要你能像《白鹿原》那样，以道德人格为核心追求，用家族史、风俗史以及个人命运的沉浮史，来呈现一部浓缩性的民族命运史和心灵史；或者像《人世间》那样通过平民子弟苦难、奋斗、担当、正直和温情的跌宕起伏的人生境遇，展示波澜壮阔的中国社会巨变的历史进程等等，你的作品就有望扣响茅奖的大门。每一部茅奖小说内容各异，但无论写的什么，都得有自己独特的价值，都必须与民族、与历史、与人民、与我们的心灵建立起某种意义关联。当然这还只是题材内容上的要求，其在文学性的艺术诠释和结构方式、语言表达方面的“套路”就更是笔有妙处、各显其能了。对标茅奖，精耕细作，这样的“茅奖炼金术”是有成功的可能性的，《繁花》就是榜样——作品先在网络平台首发，完成风格化“续更”，无论网友反应如何都无伤大雅，因为网络连载的小说只是“试水的毛坯”，精耕细作全在线下加工打磨呢，作家的艺术功力也主要体现在“网外功夫”——经“工匠精神”雕琢出来的作品在抹去“网络痕迹”的同时，便生生“出落得”像个茅奖模样了。这种生产方式并无不妥之处，前期生产、后期加工均出自同一作家之手，既无知识产权争议，也合乎茅奖作品的参评规范（完结本，公开出版），只是这样的作品还是不是“网络小说”就不得而知了，因为它走的就是传统创作的路子（精加工、一次性出版完整本），将自身“嵌入”了传统文学的生产“槽模”，只要作品够好，荣膺茅奖是不足为奇的。类似的现象在网文界并非个案。例如，横扫各大网络文学榜单的《网络英雄传》系列，作者郭羽、刘波为防范网

① 阿菩：《对网络文学观念要再来一次解放思想和改革开放——在2019年中国网络文学论坛上的发言》，搜狐：http：//www.sohu.com/a/339313585_662549。

络盗版，没有采用常规的“续更”“追更”方式，而是在作品完成后，经打磨“抛光”，让实体书与网络同步推出。该网络小说所达到的思想性与艺术性相统一的完成度，颇具“精品范儿”“茅奖像”，一批评论家如雷达、白烨、梁鸿鹰、张颐武、何向阳、李朝全等都对该作发表文章给予很高评价，但因为是尚未完成的系列小说，暂时不能单独申报茅奖，否则也将是茅奖的有力竞争者。另有一些优质的网络小说，虽非整体打磨再行推出，却因作者“文青”，功力深厚，创作态度认真，尽管达不到茅奖作品的高度，与一般传统小说相比依然毫不逊色、圈点可嘉，愤怒的香蕉的《赘婿》、冰临神下的《孺子帝》、李枭的《无缝地带》、吉祥夜的《写给鼹鼠先生的情书》、骁骑校的《匹夫的逆袭》等等，从内容到形式，均属堪比传统好小说的网络上乘之作。

另一种或然性选择也许更为切合网络文学创作实际，即绕开“茅奖模式”走“网络化”创作之路，创造属于网络文学自己的经典。“茅奖模式”是一种纯文学或精英文学创作规制，网络创作走进这一模式将消解自己的特点和优势——没有了“网络性”的网络文学还能是“网络文学”么？消弭网络文学与传统文学的界限，只有“文学”的标识，没有媒介载体的区别，那是文学发展的“未来形态”，当下的网络文学还是应该在“文学性”与“网络性”的二元融合中创造属于自己的精品力作。这种“网络化”创造模式具有传统文学所不具备的两大优势：一是技术优势，二是机制优势。技术优势不单是说文学话语平权、传播便捷、成本低廉等，更是指技术性媒介对文学本体的深度切入和审美融合。今天的网络创作，主要是文字媒介的网络化，即把纸笔书写的文字搬到网上，而不是多媒体、超文本等数字化“全媒介支持”的充分利用。这种仅有文字单媒介表达的文本，未能与传统文学区分开，并不是真正的网络文学[①]——既有间性主体的交互性，又充分利用视频、音频与文字符号的多媒介融合创造的只能“活”在网络上的文学（或文艺）文本。网络多媒介和交互性文学生产方式代表着媒介社会未来的发展方向，今日由纯文字表意的网络文学，貌似拥有“网络性”（如粉丝追更、网友交互），实则不过是传统书写印刷文学的“遗腹子”[②]。时至今日，“数字技术本身的艺术性已经开启，计算机网络已经将文学推进到了一个新境地，印刷文化时代建构起来的文学创作、文本形态、审美方式、文化逻辑等都发生了革命性变化。如此，一种拥有审美独立性和存在方式的网络文学才真正成为了可能。”[③]

所谓机制优势，是指网络创作拥有传统文学所不具备的大众海选机制，有研究者将其命名为“金字塔生态系统”[④]。该系统以“零门槛”吸引庞大的作者群体上网圆梦，但是否真正圆得了自己文学之梦，尚需经过网民的阅读和海选，以赢得从“写手”到“作家”的资格。他们得经过残酷的商业竞争获得“签约作家”身份，然后才能

① 笔者曾对网络文学的概念做出过三重界定：广义的网络文学是指经电子化处理后所有上网了的文学作品，即凡在互联网上传播的文学都是网络文学；本义上的网络文学是指发布于互联网上的原创文学，即用电脑创作、在互联网上首发的文学作品；狭义的网络文学是指超文本链接和多媒体制作的作品，或者是借助特定创作软件在电脑上自动生成的作品，这种文学具有网络的依赖性、延伸性和网民互动性等特征，最能体现网络媒介的技术特色，它们永远“活”在网络中，不能下载做媒介转换，一旦离开了网络就不能生存。这样的网络文学与传统印刷文学完全区分开来，因而是真正意义上的网络文学。见欧阳友权主编：《网络文学概论》，北京大学出版社 2008 年版，第 3 页。

② 邵燕君在《网络文学的“断代史”与“传统网文”的经典化》一文中说：“网络文学之所以被人们解读为‘通俗文学的网络版’，其实是出于其作为‘印刷文明遗腹子’的惯性。从某种意义上说，那些显示了网络文学高度和深度的经典性作品，代表的是网络文学‘古典时代’的成就。”载《中国现代文学研究丛刊》2019 年第 2 期。

③ 单小曦：《媒介与文学：媒介文艺学引论》，商务印书馆 2015 年版，第 209 页。

④ 参见邵燕君：《网络文学的“断代史”与“传统网文”的经典化》一文的第三部分：网络文学的“金字塔系统”与“网络类型文经典”的产生机制，《中国现代文学研究丛刊》2019 年第 2 期。

进入半职业作家→职业作家→网络大神→白金作家的进阶之路。这种“金字塔式”的遴选和淘汰机制靠“粉丝口碑”和“收入杠杆”的硬指标升档，人为干预度较低，不会有“劣币驱逐良币”的现象发生，“每一个才子都不会被体制埋没”（王朔语），因而相对公平，当然也十分残酷。网络作者数以千万计，只有少数有才华、能坚持的人才能一步步向“塔尖”攀登。“‘网络文学没有遗珠之憾’‘网络文学没有怀才不遇’，这种在纸质时代没有人敢说的豪言壮语，至少在网络文学成长阶段，在网文圈内成为基本共识。”① 然而，那些登上“塔尖”赚得盆满钵满的大神能否登上茅奖宝座依然是个未知数，他们即使创造了“网络文学经典”也不一定能成为“文学经典”，因为说到底两种文学的评价体系和判断标准是不同的，这是网络文学的宿命，也是它的卓异之处。

结　语

如果说茅奖评选是文学步入某一规制系统的一种认证仪式，那么，这个仪式前的“议程设置”必有一个不可或缺的内容约定，即现实主义的精神品质。茅奖评审标准中，无论是“深刻丰富的思想内涵，有利于坚定文化自信，展现中国精神”，还是“深刻反映时代变革、现实生活和人民的主体地位，书写中华民族伟大复兴中国梦”，其理论逻辑的支撑点都是一种文学创作的现实主义精神。不管你是传统文学创作，还是网络文学创作，都需要致敬这一精神并自觉践履之。茅奖已历经十届，那些常被人提及的茅奖作品，如《芙蓉镇》（第一届）、《平凡的世界》（第三届）、《白鹿原》（第四届）、《天行者》（第八届）、《江南三部曲》（第九届），直到本届的《人世间》《主角》《应物兄》等等，人们对茅奖作品的综合评价主要还是集中在是否拥有现实主义精神，或能否用独特的文学方式艺术地表达这种

---

① 邵燕君：《网络文学的“断代史”与“传统网文”的经典化》，《中国现代文学研究丛刊》2019年第2期。

精神。这样的精神是茅奖的标的，却不是茅奖的专属，而是中外文学传统的深厚积淀给予每一个时代文学的伟大赋予，它的精神品格已经内化为人类文学的逻各斯基因，是任何一个好的作品或任何一种真正的文学都摆不脱、逃不掉的。当然，文学史和文论观念史一再告诉我们，文学的精神是丰富的、多元的，不是单一的，更不是教条的，至少，在现实主义精神之外，还有浪漫主义、现代主义和后现代主义等等。不过在我看来，现实主义精神不仅是中外文学的主脉，还是其他各种“主义”的根基，是所有文学“图—底”关系的“底”。屈原的《离骚》，李白的诗歌，王实甫的《西厢记》，吴承恩的《西游记》等以夸张、变形、激情和理想化为艺术主调的作品，一般被视为中国浪漫主义文学的代表，但驱动它们想象与理想的原动力依然需从那个时代、那种现实的苦痛与悲悯中才能得到最终的解释。卡夫卡、福克纳、贝克特等西方现代派的创作，无论是其外在的荒诞还是其内在的批判与抗争，无不是基于他们生活的历史语境和现实焦虑发出的呐喊，现实主义的精神图谱才是这些作品的价值依凭。因为现实主义精神是一种感应时代脉动、关注社稷苍生、文须有益于天下的承担感和责任心，而不是“著书只为稻粱谋”的一己功利，或“为赋新诗强说愁”的自娱游戏；并且，从艺术上说，现实主义精神又是一种永无止境的创新精神，它要求文学创作在满足受众文化休闲、艺术审美需求的同时，还能开启文学新声，引领艺术风尚，探索文学创新的各种可能。可以说，现实主义精神是一切文学的意义“硬核”，不仅是茅奖评选尺度，也是我们评价所有文学作品的价值圭臬。

从这个意义上说，网络文学可以暂时缺失茅奖，但却不能缺失现实主义文学精神；同理，网络文学要荣膺茅奖，首先就要赋予其作品以现实主义精神品格。今日的网络文学要想成为人类文学历史节点的“文学”而不仅仅是“网络文学”，就需要传承、光大现实主义精神，而不是远离或回避它。这也就意味着，网络文学“陪跑茅奖”的真正根由不在其他，而在于现实主义文学精神的支撑力暂时还“撑”不起文学的殿堂。于是我们说，网络文学无论是否对标茅奖，都需要迈过现实主义精神这道门槛，并在艺术价值上强健这一精神。比如：

网络作品注重语言通俗，故事精彩，轻松好读，具有悦心快意的

“爽感”和情感体验的代入性。但不论创作的哪类文体，构架的什么故事，使用了哪种“金手指”“换地图”或“玛丽苏”的技法，都必须用文学现代性彰显现实主义精神，不仅要有意思，还要有意味、有意义；作品不仅要有读者，有市场，有变现能力，还要有艺术创新，追求长线效应和社会效果，既“爆款”当下，还能够传之久远。

作品主人公可能是废材崛起，屌丝逆袭；或英雄豪情，仗剑天下，修炼霸道真气，精进独门武艺；抑或写凡人琐事、在市井人生中展现纷纭生活，在宫廷争斗、历史穿越里表现爱恨情仇等等，但无论是写什么样的人和事，都必须秉持正向“三观”，让感觉中蕴含健康的感情，使个性中富含良善的人性，让生活的质感体现生命的意义。

尤其重要的是，无论是写现实题材，还是写玄幻、武侠、魔法、架空等作家想象中的那个“现实”，都需要遵守人文情怀的意义逻辑，以“鼠标下的德性”坚守社会的公平正义，让心中的知意情渗入现实社会的真善美，借天马行空的想象彰显世道人心的人伦物理，有利于社会的文明进步和青少年读者的健康成长。

这是现实主义文学应有的精神品格，也应该是网络文学创作的努力方向。坚守这种精神，已经不是一个“陪跑茅奖”抑或“对标茅奖”的问题，而是网络文学能否成为“文学”的价值“真问题”和理论“元命题”。

（原载《当代文坛》2020年第2期）

中国网络文学缘何领先世界

一、中国网络文学，世界第一

被戏称为“野蛮生长”的中国网络文学，已经成为人类文学发展史上一道独特的风景。最新数据表明，我国7.31亿网民中，网络文学用户已达3.33亿，占网民总数的45.6%，手机上网读文学的网民有3.04亿。数百家文学网站日更新总字数可达2亿汉字，文学网页日均浏览量超过15亿次，2016年中国的网络文学市场产值破5000亿人民币。仅一家阅文集团，每天就有400万作者为其上传原创作品，网络小说存量达千万部。由网络小说转化出版的图书，改编的影视作品、游戏、动漫、有声读物及周边产品，带火了大众娱乐市场，打造出“互联网+”的庞大产业。可以说，如此繁盛的文学境况在中国史无前例，在世界也是绝无仅有。

据我们研究团队对欧美、日韩、南亚诸国的网络文学普查所知，无论是这些国家的华语网络文学还是它们的母语网络创作，都没有出现像中国这样云蒸霞蔚的繁盛局面。中国作为历史悠久的文化资源大国，这一次抓住数字化传媒的时代机遇，实实在在地做成了网络文学强国，无论是作者阵容、读者族群、作品存量，还是整体的文学活力，中国的网络文学已经层林秀峰般隆起于世界文学之地平线，我们的浩瀚网文领先世界已经是一个毋庸置疑的事实，其文化品貌和影响力堪与好莱坞大片、日本动漫、韩剧相提并论。基于互联网跨界优势，一大批中国网络小说走出国门，受到老外追捧，在美国、加拿大、菲律宾、英国、俄罗斯、印尼、越南……中国网络小说的拥趸众多，仅英文翻译网站 Wuxiaworld 就有来自全球 100 多个国家和地区的读者跟读，点击量超过 5 亿，日均访问人数都在 50 万以上，不止是历史、言情，还有玄幻、科幻、游戏、末世等，都是众多欧美读者喜爱的“菜”，在 Novel Updates 这个提供亚洲翻译连载指南的导航网站，出自起点中文网的小说就有 150 余部。

如此“巨量”的文学存在，尚且开始成为中国文化“走出去”的一支劲旅，我们的网络文学缘何不能够领先世界？

二、政府为网络文学保驾护航

细究其因，中国网络文学的良好走势首先得力于政府的积极引导与支持，日渐形成了有利于网络文学健康发展的社会环境和舆论氛围。特别是习近平文艺工作座谈会讲话以后，国家出台了一系列有关网络文学发展的政策举措，使草根崛起、“赤脚奔跑”的网络文学上升为文化发展的国家战略和核心价值观建设的重要阵地。一方面以政策导向给予网络文学更多的扶持和奖掖，如中共中央《繁荣发展社会主义文艺的意见》倡导“大力发展网络文艺”，采取“重在建设和发展、管理、引导并重”的方针，实施网络文艺精品创作和传播计划，鼓励推出优秀网络原创作品，以推动网络文学繁荣有序发展。国家广电总局和中国作协从 2015 年开始，分别开展“优秀网络文学原创作品推介活动”和“中国网络小说排行榜”，尝试为网络文学设置标杆，促进其走向主流化和经典化；另一方面开展“净网”“剑网”等专项行动，打击网络侵权盗版，加强网络文学内容和作品版权管理，规范网络文学市场秩序，优化网络环境，让正能量引领网络创作，使网络文学以其广泛的文学渗透力、娱乐吸引力和文化影响力成为中国文化软实力建设的重要一翼。

三、市场为网络文学提供创新驱动

助推中国网络文学风生水起还得力于市场运作。如果说山野草根的自由写作、技术丛林的传播机制和商业模式的经济杠杆，是网络文学爆发式增长的三大利器，那么，商业模式的市场化运作则是激励创作、拉动传播、创新经营的最大推手，也是中国网络文学海量增长的经济支撑，而这一点恰恰是世界其他国家未能做到的。从十几年前最大的原创文学网站“榕树下”的难以为继而被人收购，到盛大文学从一家独大到分化解体的断崖式滑落，再到阅文集团成为网络文学领域的新霸主，乃至中文在线的成功上市等网络文学市场的不断洗牌，其背后的根本原因就在于商业模式的构建和市场运作是否成功。网络文学在我国的兴起，是数字化传媒的文化创造物，也是网络文化资本市场催生的必然结果。其激励机制就在于，上网写作不仅可以自由表达、即时传播，还可以获利致富奔小康，甚至进入“作家富豪榜”而名利兼得，因而成为激发许多人“触网”写作的重要诱因。天蚕土豆近日被封为“网文之王”，辰东、猫腻、梦入神机、唐家三少、我吃西红柿等作家登上“十二主神”宝座，还有一批写手荣膺“白金作家”“大神作家”“百强大神”等称号，其评价标准除了作品内容的价值蕴含外，大都离不开他们作品的点击率、收藏量、打赏数、IP 转让率、出版发行量、粉丝数量等被读者认可的市场反应。中国本土的汉语网络文学自 20 世纪中后期开始起步，走过了一段曲折的发展道路：从刚开始的“无功利”创作，到 21 世纪初的市场化探索（如起点网 2003 年尝试付费阅读），再到近些年来 IP 竞价版权模式，日渐形成从上游原创作品向下游影视、游戏、动漫、图书、演艺、有声、周边等产业链延伸的“长尾效应”，终于建立起“以消费者为中心”的商业模式，走活了数字化时代的这盘“文学大棋”。尽管还存在网络盗版侵权、唯利是图、忽视社会效益等情况，但网络文学的商业运作激活、带动、繁荣并规制了大众娱乐文化市场，不得不说是中国网络文学能够领先世界的一大动因。

四、文化为网络文学提供丰厚滋养

网络文学是大众文学，一种原创文学，它的影响力和传播力其实彰显的是中华民族的文化创造力，它的健康繁荣体现的是我们的文化自信。试想，一种文学，能有数千万人参与创作，数以百万计签约作家，拥有3亿多人的读者群，且以网络跨界、民间发力的特殊路径远播世界，这种时代现象级的“集群式”文学现象，定然是一个民族文学创新力的释放和文化创造力的迸发。2004年开始网络创作的唐家三少已经写了4000多万字的小说，出版160多本书，曾连续130个月不间断续更，他近日曾感慨：“没有任何一个国家会在短短几十年涌现几百万新生作家投身创作，全世界的作家加在一起能有多少呢?”他还引用北大陈晓明教授的话说：“网络文学哪怕只有万分之一的精品，那也是一个非常庞大而可观的数字，是其他国家难以比拟的量级。”(唐家三少《网络文学，哪怕只有万分之一精品也非常可观》，《文汇报》2017年2月22日）写手人多、高产量大、坚持不懈，外加青春激情放飞梦想，网络文学想不火都难。当然，网络文学高标于世界网络文学之林还有更为重要的历史和社会原因。我国悠久的文学传统和文化传承为当今网络文学创作提供了丰厚的土壤自不待言，中国经济的强势崛起，综合国力的不断增强，以及开放而稳定的社会环境，更是中国网络文学快速崛起最大的时代背景。网络文学发展的经验表明，中国的文化自信和文化输出，不只是熊猫、姚明、阿里、腾讯、华为，更应该有中国文学与文化，毕竟，强大的文化软实力才是一个国家追求的终极目标。网络文学彰显的创新活力和文化创造力正是中华民族文化软实力不断增强的一大表征。

（原载《人民日报》2017年3月29日）

网络文学本体的“谜面”与“谜底”

一、从鲍勃·迪伦获奖说起

快速变化的文学，能给我们以惊喜，也可能让人感到意外，2016年的诺贝尔文学奖“爆冷”颁给了美国民谣音乐人鲍勃·迪伦就让许多人始料不及——论文学创作，这个摇滚歌星只出版过一本诗集、一本写生集和一本自传；论诗歌本身，鲍勃·迪伦的诗如果不是“唱”出来，而是以文学的方式“读”出来，即使如颁奖词所言“在伟大的美国歌曲传统中开创了新的诗性表达”，在当今世界诗坛也未必算得上是“孤篇盖全唐”的扛鼎之作，看来本届诺奖给世界抛下的文学“谜团”值得深思。不过这次诺奖“跨界”，不拘一格地把一个世界级文学大奖颁给了“声音的文学”或“倾听的文学”，无形中倒是给“什么是文学”的观念辨识提出了一个不同的认知理路，也给新崛起的网络文学为自己“正名”提供了一个“翻盘”的机会——看来文学的历史合法性不在于它的“入口”和载体，也不在于它与经典文学是更疏远还是更接近，而在于它能否找到更快抵达更多受众的路径，以自己的方式达成“以人民为中心”的大众连接；文学的价值似乎并不取决于它的存在方式，而在于它对社会尤其是对于人们的精神世界产生怎样的影响，因为说到底文学的作用是打动人们的头脑和心灵；还有，评价文学高低优劣的尺度也不在于其作品能否得到多少“圈内人”的认可，只要作品能以某种人们喜爱的方式表征人类的生命形式或某个时代的历史记忆，即便作品存在文化越界或艺术交叉，也依然不失其作为“文学”的社会意义，正如莎士比亚的名言：把玫瑰叫成别的名字，它还是一样芬芳。如此设定无疑为网络文学作为“文学”的存在做了一个很好的注脚——网络文学正是作为一种技术性的存在、大众化的存在、跨界文学与文化艺术的存在而走进我们这个时代的文学生活，进而以其巨大的体量和广泛影响力来获得历史存在感和文化新锐性的。数以万计的网络作家和数以亿计的网文读者似乎有理由自信地追问：鲍勃·迪伦既然能用舞台、音乐、嗓音“唱”出一种“文学”并荣膺诺奖，那么，自由书写、临屏阅读的网络文学为什么不能是“文学”呢？纵使眼下的网络作家和作品尚够不上“诺奖文学”的高台，但它那与生俱来的草根姿态、接地气的文化影响力，以及贴近时代、与大众无缝对接的高频传播，不正是网络文学作为“文学”存在的理由与价值么？文学的力量从来就不是由哪个概念可以限定的，一种文学的价值应该由它的传播效果和撬动世界、震颤人心的精神力量来判定，网络文学与那个被我们称作“文学”的东西不应该若即若离，它不是“文学逆子”，而是顺势应变又根脉相承的“文学家人”。

二、谜面：网络书写让文学“变脸”

不过，网络文学能否秉持文学“正脉”，显然不是这样的简单比附所能够奏效的，还需要得到文学现象本体和意义本体的逻辑确证。从实际情形看，“粗暴”登场的网络写作，确实给文学本体确证设下了一些个“变脸”的谜面，让人难免雾里看花而疑虑重重。当唐家三少以流畅的“小白文”日写万字又日进斗金，当程序小说、作诗软件替代人脑“春蚕吐丝”般的相伴孤灯，当《琅琊榜》《芈月传》《翻译官》等大批网文成为优质 IP 而不断抢占大众娱乐市场的风头，当网络把文学做成产业后又反过来以资本的引擎驱动网络文学“野蛮生长”，当草根崛起的文学网民高举娱乐和欲望的旌旗以“技术”和“市场”这两把大刀攻城略地，短短十几年间便靠键盘鼠标占据中国文坛大半壁江山，做成“现象级”气候，以至于“风景这边独好”时，我们的文学，我是说传统的文学或文学的传统，会不会感到有些意外、迷惑甚至“难堪”呢？一辈子以文学为业，一夜间却不认识“文学”了，原有的文学知识不够用了，是文学出了问题，还是我们的文学观念该发生某些变化？

正所谓“文变染乎世情，兴废系乎时序”，如果说网络时代的文学已经有了许多的不同，依托网络创作和传播的网络文学，更是生生让文学“面目全非”，从本体上解构或改写了诸多关于“何为文学”的观念。譬如，在“文学是什么”的问题上，网络文学绕开既有成规和意识形态界定，以自由、平等、兼容、共享的互联网精神转向虚拟世界的自由书写，将文学与生活、虚拟与写实交织互渗，原有教科书中有关文体的界限不断被抹平，并且在“文学与生活”的关系上增设了“文学与虚拟生活”的新维度，让人与现实之间的审美关系衍生出一个“虚拟现实”的增长极。那些火爆的玄幻小说如《斗罗大陆》《斗破苍穹》《三界血歌》等所体现出来的宇宙思维和异界审美，似乎不是仅仅用“文学幻想”就能得到充分解释的，事实上无论哪一种有关文学的设定都不足以解释创造无限可能的网络文学，除非你说它不是文学。在“文学写什么”和“文学怎么写”的问题上，网络写作从人与人的世界的艺术书写走向数字化生存的本真叙事，其丰富多样的描写对象和不拘一格的欲望叙事，让文学溢出了所有的文学边界，不经意间把人类审美积淀的创作经验转换为电子代码的感觉撒播。南帆先生说，网络文学遵从的历史逻辑和欲望逻辑之间包含了内在的对立，应该为两种类型的文学解读设置不同的代码系统①，其实，网络作品所表达的欲望正是历史的一部分，历史本身就包含了这些欲望，网络写作不过试图对其做艺术还原而已。还有，在更为重要的文学功能作用上，许多网络写作着力追求的是跟读粉丝的数量及其版权转让的市场反应，商业链的效益追求和自娱娱人的“波普”情结成为网络创作的最大愿景，甚或成为衡量作品成功与否的一大标准，而不

① 南帆：《文学批评拿什么对“网络文学+”发声》，《文艺报》2016 年 10 月 28 日。

再瞩目于经世致用、载道经国的时代镜鉴，或寓教于乐的有为而作。网络创作从“人文审美”的中心点走向“产业赢利”的功利心，从承命担责或经典传承走向故事书写的快餐营销，其所改写的是文学创作的价值关系要素，与传统的文学功能本体大相径庭。此时，正如何平先生所言，如果我们一味坚守着传统印刷媒体时代的文学知识和传统，残山剩水能不能守得住？

三、谜底：网络文学其实还是“文学”

其实，匆匆冲进文坛的网络文学一直在向“文学”进军，他们向“文学”身份自证式努力的脚步一刻也没有停歇过。当一部最早在“弄堂网”上续更的长篇小说《繁花》下载出版后获第九届茅盾文学奖，当曾经做过海南省作协主席的传统作家蒋子丹以“老猫如是说”的网名在“天涯社区”写出《囚界无边》，出版后以传统长篇的身份被推荐为“茅奖”参评小说，当不断有网络作品被吸纳参评由传统主流文学掌控的各类国家级文学大奖而获得不俗业绩，当越来越多的网文作者从“写手”变成“作家”而被吸纳为各级作协会员，网络文学与传统文学的关系已经开始走出相互观望却不相往来的格局，人们越来越用“文学”的眼光来看待和评价网络文学了。邵燕君说，当我们不再提网络的时候，网络才真的是主流①。同样，当网络文学不再是“网络文学”而是“文学”的时候，网络文学就将是真正的文学。不过我还想说的是，网络文学即使是眼下的模样，在它的骨子里或者说它骨子里向往的依然是文学，那些由技术传媒和生产方式等不同造成的非文学“谜面”，其实还得经由文学的法门去揭示才能得出“谜底”。这不仅因为网络文学的创作量、读者群、人气堆、产业链及其广泛的影响力，足以表征网络时代的文学记忆，还因为它满足并塑造了亿万民众最质朴的精神需求和最具普适性的文学消费，其实这就是

① 邵燕君：《网络时代，人们不那么信奉精英了》，《南方人物周刊》第490期，2016年10月6日。

在以“文学”的角色为文学完成自己的使命。试想，能让文学作品成为亿万人群跟踪追捧、碎片阅读和影视、游戏等文化娱乐消费关注的轴心，以“文学的生活化”来实现“生活的文学化”，这样的文学潮动古往今来，世所罕见，你能说这种文学没有意义么？我们一方面得承认，网络文学在文体形态、语言表达、艺术形式、文本结构等诸多方面可能不合旧制或有违古训，并存在量大质不高、“星星多月亮少”这样人所共知的局限；但同时要看到的是，人类文学的山峦并不全是靠“峰尖”构成，而要靠山麓、山坡、山脊和山峰共同支撑才能隆起于文学历史的地平线。不仅如此，我们关于文学和文学经典的认知是一个历史“赋型”的过程，而不是基于某一权威的界定，许多文学的“山峰”也都是由“山麓”“山坡”和“山脊”成长起来的。诗歌殿堂之上的《诗经》原是采自民间吟唱和庙堂祭祀的祝词，中短篇经典“三言”“两拍”本是都市里巷说书人的脚本，《三国演义》《水浒传》等长篇名著也是在民间故事的基础上加工整理而成的，是作品中文学的元素不断得到时间和人文的双重验证才使它们终而成了名著，变为经典。细究之，那些为我们耳熟能详的网络小说，打动我们心灵的恰恰是它们的“文学”元素。《第一次的亲密接触》《致我们终将逝去的青春》《微微一笑很倾城》所表达的铭心爱情和青春记忆，《鬼吹灯》《盗墓笔记》《藏地密码》等在异域奇闻中浸透的人性善恶和生命潜能，《杜拉拉升职记》《余罪》《投行男女》等职场打拼描写所体现的人与社会的复杂关系，《回到明朝当王爷》《唐砖》《木兰无长兄》等在穿越故事架构中蕴含的人生大义和历史担当，《南方有乔木》《材料帝国》《复兴之路》等现实题材小说所书写的社会脉动和时代精神……正是这些人文的底色和审美的力量让这些网络小说有了文学的肌质感，也成为它们出身“网络”而跻身“文学”的自信之源。正如网络技术是不断发展的一样，网络文学也将是可以进步的，今天的网络文学已经为我们做到了“上网读好故事”，明天实现“上网读好语言”乃至“上网读好作品”或将是不难期冀的事，时下的网上已经不难找到思想性、艺术性、可读性俱佳的作品便是明证。2016 年中国网络小说半年榜的榜单中，猫腻的《将夜》和《择天记》双双入选已完结和未完结作品的头名，有评论家认为，这两部小说体现了中华文化传统与文学精品意识的结合，作者让刚健的人文精神与玄幻人物的个体意志相交融，形成了“爱人间，有人气”的哲学观，作品在艺术架构上宏大有序、情节跌宕，文字风格细腻、内涵深刻，“既有金庸的人文情怀，也有梁羽生的家国道义，同时又具有古龙的炫酷和灵动”①，这其实正是对网络文学本体“谜底”的一种诠释。因为说到底，互联网对文学的全方位覆盖不应该成为技术对人文的颠覆，或商业对艺术的漠视，而应该是文学创新与文论批评的新挑战和新机遇。网络文学作为“文学”的本体建构，就存在于把握、适应这种机遇和挑战的显与隐的张力中。

（原载《文艺报》2017 年 3 月 22 日）

① 参见夏烈：《展示多元发展，倡扬精品气象》，《文艺报》2016 年 10 月 12 日。

传统是网络文学的“精神血脉”

网络与文学的“联姻”已经为当今文坛生产了堪称浩瀚的文学作品，并以广泛的影响力打造出了在世界上独一无二的“中国网络文学现象”。当我们深情注视虚拟网络中那个神奇的文学世界就会发现，数以千万的写手，数以亿计的读者群体，为我们打造的这个文学“乌托邦”，其实是在汇聚一种文化的力量，共同塑造一个伟大民族心灵愉悦、情感寄托的精神家园，它不仅成为网络时代文学新变最为重要的表征，同时也是对民族文化的一种传承与创新。

一、让网络文学连通“精神血脉”

源远流长的中华文明，创造了博大精深的中华文化，孕育了中华民族宝贵的精神品格，是中华民族自立世界民族之林，绵延不绝、生生不息的文化之根。传承和弘扬传统文化的思想精华，对于网络文学具有文化固本、精神壮骨的作用，如习近平所说：“学史可以看成败、鉴得失、知兴替；学诗可以情飞扬、志高昂、人灵秀；学伦理可以知廉耻、懂荣辱、辨是非。”

我们看到，近年出现的优秀网络文学作品，都注意汲取传统文化滋养，让民族文化精髓成为这些作品的价值基因。入选中国网络文学20年20部的小说《诛仙》是一部东方玄幻仙侠小说，作家以道家文化“天地不仁，以万物为刍狗”为基本立意，采用蕴含东方文化神韵的故事架构，在人物描写、氛围酿造和语言表达上吸收和化用《山海经》《道德经》《周易》《金刚经》等古代文化典籍元素，并受到《蜀山奇侠传》《鹿鼎记》《倚天屠龙记》等现代武侠仙侠小说影响，得其神韵，融入作品血脉，实现了对佛、道、魔文化的独到理解和艺术阐释，让凡人成长中的个人欲求、道德准则在化解正邪抗争的曲折故事中获得了精神与艺术的双重突破。时下热播的由猫腻网络小说《庆余年》改编的同名电视剧，引发全网热议，成为年度"爆款"，究其原因，除了改编尊重原著、表演到位、制作精良外，弘扬优秀传统文化是其成功的一个重要原因。主角范闲面对困境从未气馁退缩，因好友枉死而决意挑战不公，在以弱斗强中不断蜕变；鉴查院院长陈萍萍表面处事冷峻，手段狠辣，暗中却能践行故人遗愿，竭诚支持并培养范闲；林婉儿体弱而志坚，始终追寻真爱，坚守正义，保持对是非曲直的自我判断；五竹叔重然诺，讲原则，滕梓荆守道义，重亲情，在挚友范闲遭遇困难时毅然挺身而出，甚至不惜牺牲自己……如此将千百年的中华传统美德"仁义礼智信"展现在众人眼前，用文化品质的力量引发了读者、观众深深的情感共鸣。有些精彩的篇章，如庄墨韩与范闲"朝堂斗诗"的情节，直接取用古代诗词的精粹名句制造故事爽点，在弘扬传统文化之美上有着"点穴"之功。有网友评价说，"从纯粹的传统文化世界出发，该剧契合了当代观众审美，传播了中华优秀传统文化，重新赋予了传统文化以鲜活生命力，弘扬了中华文化中蕴含的民族精神和气节，在激发观众民族自豪感的同时，让众多青年观众对传统文化产生了浓厚的兴趣"。网络文学创作实践一再表明，只有将中华优秀传统文化化作网络作品的艺术魅力，让民族文化中代代相传的优良传统融化成为文学的"精神血脉"，我们的网络文学才能传承民族精神的源头和"老根"，打造出与人民大众情感共鸣、与时代价值共振的"精神家园"。

二、胸中有文化，笔下有乾坤

网络文学要传承和弘扬优秀传统文化，首先需要网络作家以文化自信树立起文化传承与创新的自觉意识。网络是传播的工具，文学是传承的载体，二者的结合意味着用最先进的媒介传播最具文化价值的人类文明遗产，从而实现网络文学创作的价值增值效应。网络作家如果意识不到优秀传统文化对于创作的重要性，他笔下的作品不仅无“根”，而且失“魂”，因为只有胸中有文化，笔下才会有乾坤。网络作家必须有文化，懂文化，拥有文化传承与创新意识，网络创作才能思接千载，视通万里，获得驭文谋篇之大端。唐家三少说，“网络文学是一个性价比最高的精神文明载体，它的素材基本源自我国五千年传统文化”，“用网络文学把中国上下五千年文化联络起来，是最有可能把中华文化带到全世界的一种方式，毕竟说教永远不如故事容易让人接受”。蒋胜男说她在创作《芈月传》时，特意引用了一些教科书中的内容，比如完璧归赵、赵武灵王的胡服骑射、商鞅变法，还有《诗经》《楚辞》的篇目，认为五千年的历史传承，能使她充满文化自信，得到传统文化之皈依。

并且，弘扬优秀的传统文化还需要网络作家拥有较强的文化辨识能力。传统文化既是一个丰厚的思想库，深邃厚重，又是一个巨大的素材库，内容驳杂，良莠并存，其中包含了丰富的哲学思想、道德情操、价值观念、审美品格、艺术情趣、辩证思维和科学智慧，也潜沉了一些沉疴痼疾、落后残余；既有自强不息、敬业乐群、扶正扬善、救危济困、见义勇为、孝老爱亲等传统美德，也有成王败寇、三从四德、男尊女卑、因循守旧、窝里斗、厚黑学等思想糟粕。网络文学弘扬传统文化，需取其精华，去其糟粕，用正确的价值观和审美观对其进行分辨、过滤，然后吸纳精粹，融入文学观念，成为创作素材。特别是那些需用架空历史、异域界面进行艺术设定的玄境仙踪、武侠灵异、主角穿越类小说，更需要有对传统文化的辨识能力，基于时代和艺术的需要激浊扬清，去芜存菁，不能宣扬诸如弱肉强食、等级观念、宿命论、帝王思想、种族歧视、封建迷信、种马情色等错误观念。近年网络文学中那些备受好评之作，男频的如《诡秘之主》《剑来》《元尊》等仙侠、玄幻类，女频的如《燕云台》《扶摇皇后》《盛世嫡妃》等古言、穿越类，在很大程度上都是源自作者对中国传统文化的理解，正确的历史观、世界观、价值观才是这些作品品质的“压舱石”。

还有，弘扬传统文化不是为了复古，而是要贴近时代实现文学创新。网络文学秉持传承、弘扬传统文化的使命，是为了吸取前人的文化智慧，使其成为涵养网络文学创作的思想艺术源泉，使中华民族文化基因与当代文化、与现代社会相适应，与网络文学使命担当相一致。网络作家应该把继承优秀传统文化与弘扬时代精神结合起来，实现优秀传统文化在网络文学中的创造性转化、创新性发展。阿耐的小说《大江东去》描写主人公的艰苦创业，自强不息，人与人之间的真诚善良，互助友爱，作者将这些传统的文化品格放到改革开放的时代大潮中，展现出历史转型期平凡人物的不同命运，让我们感受到历史文明进步的足音。丛林狼的网络军文如《最强兵王》《丛林战神》等，将传统文化中的不屈不挠、伸张正义、不惧危难的精神气节用于现代军人为国家民族，为尊严和自由而战的崇高使命中，表现了“国之利刃，为国而战，为民出鞘，只有战死，绝不跪生”的英雄主义精神。

三、讲好中国故事，传播优秀文化

优秀传统文化蕴含的思想观念、人文精神和审美境界，具有穿越历史时空的精神力量，不仅是中华民族的精神内核，同时也能为世界其他国家和民族提供有益启迪，因而，弘扬优秀传统文化应该延伸国际传播半径。加拿大学者让—路易·鲁瓦在《全球文化大变局》中说，互联网“对整个人类的文化遗产、记忆、古今知识大开方便之门，把来自不同国家，具有共同兴趣、共同目标和共同意愿的人们聚集在一起，展示并证明了它的多元性”。网络文学正是以新型传媒和东方故事的双重力量，让优秀的中华文化走向世界。

通过网文出海，讲好中国故事，传播中华文化，已经为国际文化交流打开了一面充满活力的窗口。据阅文集团 CEO 吴文辉透露，阅文已向全球多地授权数字出版和实体图书超 700 部，涉及 7 种语种。其平台上的海外用户从东南亚延伸到北美、欧洲和非洲等国家和地区，作品覆盖英语、西班牙语、法语、泰语、韩语、日语等十多个语种，初步形成了网络文学全球化传播体系。阅文旗下的对外网站“起点国际”，拥有遍布全球200余人的翻译队伍，已上线英文翻译作品500余部，累计访问用户超4000万。网站还建立了专有名词库，让海外用户可以轻松了解八卦、太极、武侠、修仙、穿越、金手指等网络文学常见的东方文化元素。来源于民族神话传说故事的《巫神纪》，表现中国传统文化尊师重道的《天道图书馆》，弘扬中华传统美食的《异世界的美食家》，体现现代中国都市风貌和医学发展的《大医凌然》，描写现代女性经营事业与爱情、自立自强的《国民老公带回家》，具有西方奇幻特色的《放开那个女巫》《诡秘之主》，讲述年轻人热血拼搏故事的《全职高手》等，都在海外读者中拥有超高人气。

网络文学可以借助数字化媒介打破时空、联通世界的传播优势，通过精彩的中国故事传播中华文化，以国际传播的思想价值和感召力，展现文明、开放、进步的大国形象，让世界感受到更加立体、鲜活、充满历史底蕴又与时代同步的中华文化软实力和民族文化影响力。时至今日，愈发蓬勃的网络文学已经成为传播中华文化、展示中国形象的重要阵地，是中国文化走向世界的新生力量。由于中国—全球粉丝同步化阅读、表达、分享的一体化，其所带来的互联、互通、互文的“网络文学共同体”，以及由文学互鉴、交流和融合所形成的文化共享空间，正在将中国和世界连接成为一个整体，使中国网络文学海外传播成为构建“人类命运共同体”的文化使者。

（原载《光明日报》2020年1月8日）

建立网络文学评价标准的必要与可能

当网络文学以其巨大的体量猝不及防涌向文坛，关注或喜爱这一文学的人多少都会感到惊讶，甚或手足无措——如此多的作品，如此长篇幅的小说，我们该读什么、又该如何去评说呢？当传统创作的“推敲”变为“速写”，当新批评倡导的“细读”法则被“扫文”所替代，或者，当你试图“睹一事于句中，反三隅于字外”，拿出望表知里，扪毛辨骨的功夫试图发掘作品的微言大义时，在线网友却用点击、“吐槽”或“拍砖”即时宣誓自己的看法，让传统的批评家来不及置喙便连同他们的评价方式和批评标准一道成为渐行渐远的历史背影。如果说网络文学创作是以“另类”的姿态登上文坛，那么，近年来的网络文学批评则是以“落寞”的境遇处于这一文学的边缘，而这其中的症结便是网络文学评价标准的缺位与失依。

一、从“热评金庸”说起

金庸不是网络作家，其武侠小说在发表时也不是通过网络传播，但“有华人的地方就有金庸”使他成为中国最受关注的通俗小说作家。在“拥有最多受众”这一点上，金庸与网络文学之间颇具可比性——金庸的小说持续畅销、“金氏武侠”影视剧长期热播热映，与网络文学“粉丝海量”、网文IP改编的影视、游戏、动漫等走红泛娱乐市场，有着异曲同工之妙。在文学大众化、作品受众广泛的意义上，“金庸热”与时下的网络文学之间存在“最大公约数”。

围绕对金庸武侠小说创作的评价，一直都是理论批评界的重要话题。褒赞者如冯其庸称“金庸是当代第一流的大小说家”①；王一川在重排20世纪中国文学大师座次时，将金庸排到第四位。② 质疑者如作家王朔在《我看金庸》一文中认为，金庸的作品“情节重复，行文啰嗦，永远是见面就打架”，声称“看不下去”，属于“四大俗”③；邓晓芒认为金庸的武侠小说不过是一种“成人的童话”④。当然，也有持客观中立立场的评价，如朱国华就认为，金庸小说是一个产生广泛影响而不容忽视的巨大存在，他不赞成将金庸武侠小说贬得一无是处，也不赞成将金庸小说称赞到登峰造极的地步。他认为，金庸小说“没有超越出武侠小说的文学样式观念和范围，而以雅文学的批评标准来衡量，它也因为缺乏独创性而不能跻身于一流文学作品的行列之中”，倒是“为我们提供了一个大众文化批判的绝好范本”⑤。周志雄把金庸小说与网络小说做了比较，认为网络小说的“爽文”法则，“在金庸小说中有生动的范例。诸如主角光环、主角成长升级、配角衬托主角、曲折再三的故事结构等”，“当今网络小说出现的各种问题，比如同质化的问题，语言粗糙的问题，缺乏高峰的问题，以金庸小说为鉴，向金庸学习，或许可以找到一剂良方”⑥。

2018年10月30日享年94岁的金庸病逝，再一次把“金庸热”推向高峰，在各种媒体尤其是网络自媒体上掀起了一波罕见的“热评金庸”潮，逝世当日即登上微博热搜榜榜首。在众多评说中，网文界的评价颇为引人注目。邵燕君发出感叹：“我生命中最正大光明的部

---

① 冯其庸：《金庸笔下的一百零八将·序言》，浙江文艺出版社，1992年。

② 王一川主编：《二十世纪中国文学大师文库·小说卷》，海南出版社，1994年。

③ 王朔：《我看金庸》，《中国青年报》1999年11月1日。

④ 邓晓芒：《武侠小说与常识》，《湖湘论坛》2014年第3期。

⑤ 朱国华：《关于金庸研究的一点思考》，《文艺评论》1997年第3期。

⑥ 周志雄：《网络小说与金庸小说》，《光明日报》2018年8月21日。

分都与金庸有关”，“对于金迷来说，金庸是我们的‘底’——奠定了我们的情感结构、价值结构，乃至审美结构”。夏烈说：“以金庸为代表的港台通俗小说潮，实际上是当下网络类型文学之前的一个最近的大众文学原点，直接启迪和滋养了20年来的中国网络小说”。一批大神级网络作家也纷纷通过微博、微信等缅怀金庸，一致肯定金庸对他们创作的深刻影响。如我吃西红柿说：“金庸是对我影响最大的一位武侠小说前辈；”猫腻说，对他而言，金庸就是“看着的前方那座山”，“连‘如痴如醉’‘废寝忘食’‘挑灯夜读’这些成语都是在看金庸小说的过程里学到的”；网络作家风凌天下说：“金庸先生是我们这一代网络作家的启蒙老师，”“现在的很多网络作家，都是看金庸的武侠作品长大的，可以说，我们只是在武侠文化的肩膀上，继续往前走了一小段”①。对于微信朋友圈转发的邓晓芒对金庸的批评，网络作家愤怒的香蕉在朋友圈颇感激愤地说：在象牙塔里过了一辈子的研究者们，没错，接近了某些正确和真理。但我们的知识分子在接近真理之后，选择的不是为人们重塑这段道路，而是沉迷于反复地诉说“真理”，于是，当他们让人们去做“是金庸还是真理”的选择题时，他们成为了中国人距离常识越来越远的罪魁祸首。

金庸已逝，江湖未远。有关金庸评价的争议也许还会如他的武侠小说那样延续下去，而在这些争议的背后，其实蕴含着一个长期存在的文学难题，即如何评价大众化的通俗文学问题，其焦点便是如何确立这类文学的评价标准，以及确立什么样的评价标准。从20世纪初“鸳鸯蝴蝶派”的兴起、30年代的“文艺大众化”讨论，到80年代出现的“琼瑶热”“三毛热”“武侠小说热”，直至时下的“网络文学现象”，其背后都隐藏着对读者广泛、大众喜爱的通俗文学作何评价的焦虑，或曰怎样看待和评价通俗文学与“纯文学”的差别，以及怎样来衡量这种差别。我们知道，人类最早的文学本是源自民间的，

---

① 网文批评家和网络作家的评论参见王婉、虞婧：《斯人已逝，余响长存——作家、评论家缅怀金庸》，中国文学艺术网：http：//www. shuiwy. com/bencandy-42-3639-1. htm。

《淮南子》所说的“举重劝力之歌”便是人皆可吟的大众作品，鲁迅认为古人抬木头时首先发出“杭育杭育”之声者便是第一个文学家，这种形象化的说法揭示了原始文学之民间本根、文学缘起的大众底色。历史流传下来的远古神话应当是比较成熟的民间文学，我国第一部诗歌总集《诗经》，其中的主体“国风”就来自采风的民歌。叙事文学兴起后，佛经故事、都市说书、民间讲史，迅速兴起于市井阡陌，经刍荛狂夫、贩夫走卒、引车卖浆者口耳相传，基于此，不仅衍生出一批厚重之作，也成就了新的文学体类——唐传奇、“三言”“二拍”已沉淀为历史文典，《三国演义》《水浒传》《西游记》也陆续从民间故事底本升格为经典文学名著。由此可见，通俗性不是文学原罪，大众化也不等于作品低端，在精英书写“殿堂”批评的彼岸，我们有必要为受众广泛的通俗文学正名。从这个意义上说，所谓的“高大上”的纯文学、精英文学不过是社会分工带来的文学异化，文学被提纯，创作被升格为自足自持、自娱自乐的专门技艺，文学被升华了，但文学与俗世生活、与普通民众的距离却拉远了，成了漂浮于大地上的“云霓”，而网络文学则是文学在更高层次上向民间的回归，即回归到人皆可写、众皆爱读的“在地”状态。正因为“地气”充盈，雨沛光足，网络文学才在短短20年便发展得生机满满，一派葳蕤缤纷。我们所要做的和能做的，是为包括网络文学在内的大众化通俗文学找到一个历史合法性依据，并设置一个适恰的评价标准，让它回归文学本色，也让它位归“文学”殿堂。

二、构建网络文学评价标准势在必行

如果说互联网的普及在我们的意料之中，那么，网络文学的崛起则是出乎我们的意料之外——一种起步于“山野草根”和“技术丛林”的文学，在短短20年间即发展成为一支不可小觑的文学新军，其“海量”的增长方式让人惊叹，并以通俗娱乐、青春自由为特色，迅速覆盖大众文化市场，对文学阅读特别是青少年阅读产生了广泛影响。第42次互联网络发展状况统计报告表明，截至2018年6月底，我国网民规模达8.02亿人，手机网民为7.88亿，而网络文学用户已从半年前的3.78亿升至4.06亿，手机用户中的文学网民也从上年底的3.44亿升至3.81亿。[①] 据中国作协《中国网络文学蓝皮书(2017)》透露，中国网络文学创作队伍约1400万人，其中签约作者达68万人，45家重点文学网站原创作品总量高达1636.7万种，年新增233.6万种，由网络小说出版的纸质图书累计达6942部，改编电影1195部，改编电视剧1232部，改编游戏605部，改编动漫712部。[②] 面对网络文学的“爆发式”增长，如何引导人们阅读和欣赏网络文学作品，怎样正确看待和评价这一堪称“时代现象级”的文学现象，就离不开网络文学理论研究和学术评判，就需要有契合这一文学的评价标准和评价体系，以便人们分辨网络作品，正确引导创作和阅读，让网络文学行正而致远，发挥应有的作用。

时下的网络文学作品堪称浩瀚，但其草长莺飞、“野蛮生长”的现状给这一文学的理论批评提出了挑战，传统批评家的缺位，以及批评标准的悬置，成为网络文学健康前行的一大短板。大量的网文作品和复杂的文学现象期待评说，更期待评说的标准。在“粗放式”创作、规模化生产的语境之下，网络文学的评价标准已经不是“要不要”或“有没有”的问题，而是建构什么样评价标准的问题，构建网络文学的评价标准势在必行，并已成为行业焦点。

首先，从文学功能作用看，网络文学庞大的消费群体及其广泛的影响力，需要秉持正确的评价标准去形成正确的舆论导向和价值规范。在自媒体发达、网络舆情复杂的新形势下，已成气候的网络文学，事实上已经不仅仅是一个“网络”的问题，抑或“文学”的问题，而是关系到我们社会的国家意识形态和主流价值观建设，事关国

---

① 中国互联网络信息中心（CNNIC）：《第42次中国互联网络发展状况统计报告》，http：//www.cnnic.net.cn/gywm/xwzx/rdxw/20172017_7047/201808/t20180820_70486.htm。

② 中国作协首次发布《中国网络文学蓝皮书（2017）》，浙江新闻客户端，https：//baijiahao.baidu.com/s? id=1600684174476241613&wfr =spider&for=pc。

家文化战略、网络话语权和新媒体阵地掌控；关系到大众文化消费、国民阅读和青少年成长，甚至关系到文化软实力打造和国家形象传播等一系列重大问题，与当今时代的文学风尚、文化引领和价值导向密切相关。因而，有没有网络文学批评，有什么样的网络文学批评，用什么样的评价标准来评价网络文学，就不是一个可以忽视的小问题。可以说，建构网络文学的评价标准的意义已远远超出这个标准本身。

其次，从文学品相上看，快速发展的网络文学一直存在“量大质不优”的局限，“有高原，缺高峰”的现象十分突出，需要用一定的标准去解读、评价、规范和提升，以促进这个快速成长的文学从“长个子”走向“强筋骨”。我们知道，在网络写作中，一个网络作家为了“粘”住粉丝，占据更大的市场份额，常常日更不辍，每天要“续更”数千甚至上万字。高产之下，难免“萝卜快了不洗泥”，来不及精心构思和打磨，草率、粗疏，甚至粗制滥造便也在所难免。时下的网络小说多是写玄幻、仙侠、穿越、架空等幻想类故事，反映现实生活、表现时代精神的现实题材创作不多，思想性、艺术性、可读性俱佳的作品占比不高。有的创作者三观有偏，导向不正，热衷写职场腹黑、“种马”滥情、后宫争宠，或谄媚市场，搜易猎奇以迎合受众。有的类型小说大同小异，窠臼相陈，男频无不升级打怪抢宝藏，女频之作则逃不脱后宫宅斗谈恋爱，前者套用“金手指”，后者自设“玛丽苏”。有的网络创作为了商业利益放弃文学追求和艺术责任，创作“灌水”，情节拖沓，篇幅拉得很长。还有，低门槛的网络写作，写的人很多，能写好的人很少，有的作者文化修养不足，只能勉力而为，制造出一些准文学或非文学的所谓“作品”。面对网络上泥沙俱下、良莠并存的文学现状，亟待有积极健康的文学批评，亟待运用一定的批评标准去过滤、评判、引导和规制，需要有鲁迅所说的“剜烂苹果”的工作，以实现网络文学行业的健康有序和可持续发展。

我国网络文学批评一直存在两大痼疾：一是主体缺位，职业批评家尤其是学院派介入者不多，严重缺位，许多学人守住自己的“一亩三分地”，不愿意抑或不屑于把视线移至稚嫩而粗糙的网络文学，而把评价这一文学的话语权拱手留给了在线网友，让网络论坛、社区、贴吧、作品评论区成为网络文学评价的主阵地；二是尺度悬置，即批评标准悬置、评价体系悬置。旧的评价标准似乎已经靶向失依，简单套用不啻隔山打牛，而新评价标准尚未建立起来，契合网络特点和文学规律的评价方式与批评范式处于缺位状态，终而让这一领域处于无所依傍、无从置喙的“空转”状态，以至于任由数以千万级的网络作品勃然兴起，云蒸霞蔚，众声喧哗，却不免风起青萍，野蛮生长，任其自生自灭，能够管用、解渴的网络文学批评寥若晨星，与红火的网络创作相比，显得门庭冷落，处境尴尬，基本处于集体失语状态。期待文学批评家“入场”，呼唤建立网络文学评价体系和批评标准已有时日①，但网络文学批评薄弱的状况并未得到根本改观。

三、网络文学需要什么样的评价标准

建立网络文学评价标准首先需要分清两个问题，即哪些是网络文学与传统文学可以共享的评价标准，哪些是需要重新设定、属于网络文学独有的评判尺度；或者说哪些是网络文学需要继承和坚守的批评传统，哪些是网络文学时代需要更新和重建的评价标准。

只要承认网络文学还是“文学”，我们评价它就不能没有文学的标准，就必须秉持作为“文学的批评”所不能缺失的那些元素。譬如，说到底，网络文学仍然是一种有意识、有目的的活动，是一种文学性的人文行为而不是单纯的技术操作，其“网络性”是为“文学性”服务的，因而网络写作离不开特定的价值书写和意义赋予，需要

---

① 有关呼唤建立网络文学评价体系和批评标准的文章，如陈崎嵘：《呼吁建立网络文学评价体系》，《人民日报》2013 年 7 月 19 日；王国平：《网络文学亟待确立批评“指标体系”》，《光明日报》2012 年 7 月 3 日；康桥：《网络文学批评标准刍议》，《光明日报》2013 年 9 月 3 日；欧阳婷：《网络文学评价体系构建刻不容缓》，《中国艺术报》2016 年 8 月 29 日；单小曦：《网络文学评价标准反思及新探》，《文学评论》2017 年第 2 期等。

创作者“坚持以人民为中心的创作导向”，用刚健有为的文学力量干预人们的精神生活，影响社会的人文价值建构。于是，评价网络文学作品首先应该是一种意义评价和价值判断，坚持“人文审美无例外”原则。从这个意义上说，传统文学批评中的“以意逆志”“寓教于乐”“真善美相统一”“美学的观点和历史的观点”等标准，在网络文学批评中不仅是有效的，而且是必须坚持的。再比如，大凡文学创作，都需要创作者有深厚的生活积累，有对历史和现实的深刻体察与洞悉，还要有对传统文学经验的传承与借鉴，以便让笔下的作品达成如恩格斯所说的“较大的思想深度和自觉的历史内容，同莎士比亚剧作的情节的生动性和丰富性的完美的融合”①。因而，评价网络文学作品仍然需要坚持思想性、艺术性、可读性与影响力相统一，讲求“思想精深、艺术精湛、制作精良”。在这些涉及文学逻辑原点和基本品质的问题上，网络文学批评不能缺位，评价网络文学与评价传统文学的标准应该是一致的，是相续传承并需要发扬光大的。

正所谓“一代有一代之文学”，网络文学作为网络传媒时代的新兴文学，毕竟发生了许多改变。从大的方面说有三个方面的显著变化。

第一，商业资本的介入给网络文学生产带来巨大影响。自2003年起点网成功建立“VIP付费阅读”机制以来，网络文学便走过了早期的无功利“文青圆梦”期，开始被纳入有偿写作的商业化生产槽模，由此形成的经济驱动，极大刺激了网络文学的大规模生产，带来了这一新兴文学的爆发式增长，并以内容源头延伸出影视、游戏、动漫、演艺、出版等长长的IP产业链，带火了大众娱乐业，形成了一种新的文化产业；另一方面，文化资本的趋利性又致使某些网络创作与经营的唯利是图，出现单纯追求经济效益而忽视社会效果的现象。因而，评价网络文学需要有一个经济效益与社会效益相一致的维度。

第二，网络传媒的技术推力形成了网络文学的“网络性”，如网络创作的以机换笔、临屏续更，既有助于防范一个作品的整体盗版，

---

① 恩格斯：《致斐迪南·拉萨尔》，《马克思恩格斯选集·第4卷》，人民出版社2012年版，第440页。

又有利于形成对粉丝阅读的“粘性”效应和读写之间的互动交流，形成网络作品生产的共同体。于是，技术性或网络性不仅影响着网络文学的生产方式，也直接制约了网络作品的社会效果，理当在网络文学评价体系中占有一席之地。

第三，网络文学“以读者为中心”的基本导向，解构了传统文学“以创作为中心”的体制，能否让更多的读者认同和喜爱，已成为评判作品的重要依据，豆瓣评分、作品点击量和收藏量、粉丝追更人数、月票数、打赏数、贴吧话题数、长评短评数，还有作家作品上榜、获奖、研讨、表彰、媒体关注度、新闻出镜率、自媒体上的热度等情况，都反映了一个作品的价值认同度。于是，文学网民对作家作品的接受程度，就成为检验作品影响力的重要尺度。

由此可见，无论作为“文学”还是作为“网络文学”，我们都可以从这一文学中抽绎出特定维度和适用标准来评价它。一方面，评价网络文学不能没有传统文学批评一直坚持的思想性、艺术性、可读性与影响力相统一的标准，用以考辨作品的思想价值取向，以及艺术表现方面的审美感染力、阅读代入感与文学创新性；另一方面，检验一个网络作品品质和影响力也需要有以经济效益实现社会效益的商业性指标、技术媒介的网络性指标和消费接受度的读者喜爱指标等。

于是，基于现有的发展状况和我们的认知水平，网络文学评价标准的基本要素应该是思想性、艺术性、可读性、网络性、商业性、影响力诸要素的统一。这些要素在不同层级的作品中所占的权重各有不同，不同批评主体的需求差异和目标诉求对各要素的取舍和倚重也会有所区别，因而对它们的使用也必将是在一个“力的多边形”评价模型的博弈与整合中具体把握和使用的，而不是胶柱鼓瑟，生搬硬套地逐一比对。因为很显然，商业网站经营者、IP 版权购买者与一个人文批评家在面对同一个网络作品时的评价重心和取舍方式不可能没有区别，网友的在线评价与平面媒体上的职业批评所持的尺度和立场也不可能完全一致，站位不同，所持的“角力”自然有异。同理，评价《斗罗大陆》《斗破苍穹》这类玄幻类作品，与评价《大国重工》《网络英雄传》这样的现实题材作品的侧重点各有不同亦是理所当然。

不仅如此，“文学”的标准和“网络文学”标准并不是互不相关，而是彼此关联抑或渗透融合的。在实际评价过程中，应该遵循网络文学创作传播的规律和特点，综合作品价值取向、艺术水准、审美情趣、市场反应、读者口碑、专家评价等，注重作品的社会效果。由于网络文学类型的多样性、作品内容的丰富性和复杂性，在开展网络文学批评时，必须从作品实际出发，把握其价值核心与艺术特点，给予作品更具针对性的评价，让网络文学评价标准成为衡量和提升作品质量的有效标杆，而不是一堆僵化的教条。

（原载《学术研究》2019 年第 4 期）

第四辑

走势分析

21 世纪以来网络文学创作的四大走向

我国的网络文学已走过“弱冠”之年。作为一种前所未见的文学新锐，网络原创文学已是体大量足，姿貌卓荦；而从人类文学史的“文学”来看，则仍属“弱冠弄柔翰”，起步路迢迢，其不确定性与可成长性并存的境况，总难免让人对这个崛起于技术丛林和山野草根的“野路子”文学满腹质疑又充满期待。不忘来时路，回首见初心，好在历史不长，这一文学的发展足迹清晰可见，我们尽可以在激越的号角与不断改写的当代文学版图中，辨识其行进中的历史方位，以找出新世纪以来网络文学发展的“阿里阿德涅彩线”。

一、从“玄幻满屏”到现实题材升温

从作品形态看，20 年网络文学最受关注的文体无疑是小说，并且是堪称浩瀚的网络类型小说，而类型小说的发展轨迹则经历了一个从玄幻为主到现实题材进入“窗口期”的渐进升温过程，这其中的缘由要从早期网络文学发展动因说起。

我们知道，汉语网络文学的源头可以追溯到 20 世纪 90 年代初的北美华人留学生创作，1994 年 4 月中国正式加入国际互联网后，文学上网与“以机换笔”的网络写作便成为许多“文学钟情族”的快乐选择。人们一般把 1998 年约定为中国“网络文学元年”，因为这一年中国本土第一个大型原创文学网站“榕树下”在上海诞生，而那部产生广泛影响的网络原创长篇言情小说《第一次的亲密接触》也在该年的春天上线。其实，这些史实的判定忽略了一个更为重要的事实——网络第一部原创长篇小说并不是台湾成功大学痞子蔡的《第一次的亲密接触》，而是在 1997 年 8 月开始上线的《风姿物语》，作者也是来自台湾铭传大学中文系的毕业生罗森；并且，《风姿物语》不仅篇幅更长（直到 2006 年 1 月才完结，出版成纸质书有 77 本之多），而且是一部真正的玄幻小说，其升级式的天位与人设，天马行空般的异界想象，循环式的散点架构方式，都堪称网络玄幻小说的始祖，奠定了玄幻小说的基本模式。2000 年，原创文学早期拓荒者之一的宝剑锋（原名林庭锋）创作了《魔法骑士英雄传说》，进一步扩大了玄幻小说的受众，2001 年 5 月，保剑锋拿出自己的稿费组建“中国玄幻文学协会”（CMFU），并制定了两个影响行业发展的决策：一是明确版权意识，提出“只发布授权内容的作品”；二是提出“作品交由读者决定”的内容原则，确立了读者中心的市场导向。

回溯源头，我国早期的网络文学本是以现实题材为主的，20 世纪 90 年代后期被称作“四大写手”的李寻欢、宁财神、邢育森、安妮宝贝，就是围绕现实题材进行创作。那时一些颇有影响的网络小说如《性感时代的小饭馆》《蚊子的遗书》《活得像个人样》《成都，今夜请将我遗忘》等，都是书写现实、紧贴生活的作品。不过，在经历了早期的“文青式”[①] 写作后，大约在世纪转轨期，由于没有找到适于网络环境的商业模式，起步不久的网络文学很快走入低谷，直到 2003 年才出现触底反弹，然后便一路高歌，登上“马鞍形”上扬快车，并一直延续至今。这个从低估到崛起的契机便是 2003 年下半年由起点中文网尝试的“VIP 付费阅读模式”的成功实践。随之，除阅读付费能够盈利外，还衍生出读者月票、粉丝打赏等线上盈利与线下出版相

① “文青”即文学青年，“文青式”写作是指有文学情怀的写作，是与后来的商业化写作相对应的概念。20 世纪 90 年代后期第一批上网从事文学写作的如李寻欢、邢育森、安妮宝贝、宁财神、芭蕉、黑可可、玫瑰灰、韦一笑、王猫猫、朱海军、陆幼青、老榕、云中君、尚爱兰、蓝冰、蚊子、龙吟、烟雨江南等人，他们的创作大都不是为了名利，而是出于休闲和表达，属于有一定文学追求和文学情怀的“文青式”写作。

互激励的多营收渠道，而这个由“在线更新超长篇”的“起点模式”的推广运营，正是类型小说特别是玄幻类小说大行其道的基本动因。林庭锋后来撰文说：“事实证明，作为行业的核心商业模式，VIP 制度成功了。这个模式不仅培养了规模前所未有的作家群，保障了内容生产的巨大活力，也实现了我们当时‘让作家不再清贫’的理想——2018 年，阅文集团就发放了近 20 亿的稿酬。”①

基于万千读者的多样化需求，网文市场出现了市场细分，迅速催生出种类繁多、篇幅冗长的类型小说时代，由此开启了读者付费阅读、写手与网站共享收益的数字阅读时代。从商业上看，这一模式架构出了“生产—消费”的互动机制，其下游出口是尊重读者选择，而上游入口则规制出内容至上、故事压阵、长篇续更的“爽文”导向，而要做到这些，选择玄幻、奇幻、仙侠、修真等幻想类题材是最为适恰的路径，因为较之于其他类型，创作幻想题材不受物理时空的制约，少有人间烟火的生活逻辑掣肘，对创作者的生活阅历和社会评判力的要求相对较低。一般而言，只要能设置“打怪升级换地图，废柴逆袭金手指”的曲折故事，就可以让开心解颐的玄幻情节无限延伸下去，写手沿着“套路”续更，读者循着“爽点”跟读，读与写的相互依存又互为制约，便成为玄幻类小说大行其道的基本生态。正如有研究者所言：“从产业化之后，玄幻、仙侠、历史、架空等纯娱乐性质的网文，迅速成为网文主流，其盈利能力远远盖过现实题材，也吸引了大批新作者加入。这与市场的追捧、产业的扶植和监管的侧重等多方面原因都分不开。”②

付费阅读模式的创立、2008 年 7 月盛大文学的出现，以及 2015 年 3 月阅文集团的诞生，极大地催生了网络类型小说的爆发式增长，并陆续创生出近百种小说类型。在众多类型小说中，数量最多、质量也是最高的当属以“玄幻”为特征的幻想类小说。2016 年，笔者所

① 林庭锋：《成年以后，我历历万乡前程远大》，《文艺报》2020 年 1 月 20 日“网络文学”版。

② 许苗苗：《网络文学：再次面向现实》，《中国文艺评论》2020 年第 3 期。

在的网络文学研究团队做过一个文学网站调查[1]，截至 2016 年底，阅文集团旗下网站储藏的原创小说超过 1 千万部，其中玄幻、奇幻、仙侠、修真类作品占 42%。以 2017 年 2 月 6 日为节点的统计表明，阅文旗下最大的网站起点中文网贮存有原创小说 2179085 部，其中玄幻类 553324 部，奇幻类 114366 部，仙侠类 194571 部，武侠类有 30030 部，其他依次是都市、言情、历史、二次元、职场、军事、悬疑、科幻等等。这表明，有人称网络文学为“玄幻满屏”“装神弄鬼”虽含有讥讽批评之意，却也是出言有据的。并且，在商业模式掣肘下，幻想类[2]作品一家独大，还有更多的依据。譬如，已连续发布十二届的“作家富豪榜·网络作家富豪榜”中，排名靠前的网络作家几乎无一例外的都是幻想类作家[3]，如个人收入连续多年排名第一的唐家三少

① 该网站调查为国家新闻传播广电总局重点课题“网络文学网站社会效益评价体系研究”的研究内容之一。

② 网络类型小说的分类有百余种之多，大类之下还有子类和亚子类等，十分复杂，有些分类之间界限模糊并常有交叉。学界一般采用国家分类标准，即国家广电总局和中国作协从 2015 年起，每年举办中国网络文学排行榜（国家广电总局的榜单名称为“优秀网络文学原创作品推介”，中国作协的榜单名称为“中国网络小说排行榜”），将种类繁多的网络小说分为三个大类：现实类、幻想类、综合类。其中幻想类包含了玄幻、奇幻、武侠、仙侠、修真、神魔等非现实、非历史题材的各种以幻想为故事架构方式的作品，本文所说的“玄幻”即指此类，并不是狭义的玄幻小说类型。

③ 中国作家富豪榜已发布十二届，其中的“网络作家富豪榜”十分引人瞩目。以近五届富豪榜单为例，第八届网络作家富豪榜排名前十的是：唐家三少、天蚕土豆、血红、我吃西红柿、梦入神机、辰东、骷髅精灵、打眼、柳下挥、跳舞；第九届排名前十的是：唐家三少、辰东、天蚕土豆、耳根、梦入神机、猫腻、骷髅精灵、乱、高楼大厦、血红；第十届排名前十的是：唐家三少、天蚕土豆、辰东、骷髅精灵、高楼大厦、烟雨江南、跳舞、月关、烽火戏诸侯、流浪的蛤蟆；第十一届排名前十的是：唐家三少、天蚕土豆、我吃西红柿、月关、骷髅精灵、天使奥斯卡、梦入神机、辰东、柳下挥、高楼大厦；第十二届排名前十的是：唐家三少、天蚕土豆、无罪、月关、天使奥斯卡、骷髅精灵、跳舞、柳下挥、藤萍、何常在。从这些作家的代表作可以看到，他们无一例外都是以创作玄幻等幻想类题材为主的网络作家（根据网络信息整理，核心信息参见昕薇网：https：//www.ixinwei.com/newshow.aspx？id=91504）。

就是以玄幻小说《斗罗大陆》而荣登榜首的[①]。另外，起点中文网公布的2019年白金作家39人名单[②]中，除丛林狼、愤怒的香蕉、孑与2、蝴蝶蓝等少数几人创作军事、历史、游戏竞技外，绝大多数也都属于幻想类小说家。速途研究院每年发布《中国网络文学作家影响力榜》，根据作家新媒体影响力（百度指数、微博指数、微信指数）、作家社交平台影响力（微博粉丝量、贴吧热度）和作家作品影响力（点击量、推荐量、评论量、收藏量、粉丝量）等指标，评选男女网络作家各50名，这个基于阅读市场的榜单也表明，最受读者欢迎的作家仍然是幻想类作家，最受欢迎的网络作品依然是幻想类作品。如2019年男频作家排名前五的是：爱潜水的乌贼、唐家三少、辰东、猫腻、我吃西红柿，他们的代表作分别是《诡秘之主》《斗罗大陆》《圣墟》《大道朝天》《沧元图》，显然，这些均隶属于幻想类小说。[③] 经网友评出的2019年网络小说排行榜前十名的依次是：《剑来》《元尊》《全职高手》《长安十二时辰》《逆天邪神》《牧神记》《修真聊天群》《诛仙》《凡人修仙之仙界篇》《圣墟》等[④]，这其中除《全职高手》是网游竞技、《长安十二时辰》属历史侦探推理外，其余都是东方玄

① 唐家三少以玄幻小说《斗罗大陆》荣登“网络作家富豪榜”的榜首，以近五届为例，第八届榜单他的年收入为2650万元，第九届榜单年收入为5000万元，第十届榜单的年收入为11000万元，第十一届的榜单年收入为12200万元，第十二届为13000万元。参见昕薇网：https：//www. ixinwei. com/newshow. aspx?id=91504。

② 阅文集团“2019原创文学白金作家”39人，名单：辰东、耳根、猫腻、唐家三少、我吃西红柿、血红、鱼人二代、打眼、乱、跳舞、风凌天下、zhttty、爱潜水的乌贼、傲无常、蚕茧里的牛、尝谕、丛林狼、鹅是老五、高楼大厦、蝴蝶蓝、孑与2、净无痕、骷髅精灵、犁天、林海听涛、录事参军、七十二编、瑞根、三戒大师、胜己、写字板、小刀锋利、宅猪、横扫天涯、忘语、愤怒的香蕉、石三、石章鱼、远瞳等。参见严远、轩召强：《2019原创文学白金作家大神作家最新名单出炉》，人民网：http：//sh. people. com. cn/n2/2019/0417/c137167-32850366. html。

③ 速途研究院：《2019年中国网络文学作家影响力榜》，搜狐：https：//www. sohu. com/a/365276918_ 174789。

④《小说排行榜2019前十名2019年最火的十本小说》，排行榜网：https：//www. phb123. com/shenghuo/shuji/37549. html。

幻、奇幻修真、仙侠武侠类小说，足见所谓“玄幻满屏”的幻想类小说不仅数量庞大，还深受读者喜爱。

大约从2015年前后，网络创作开始出现现实题材作品日渐增多的趋势，这得力于政府的倡导、政策的支持和网络文学从业者的观念自觉。2014年10月15日，习近平《在文艺工作座谈会上的讲话》明确提出，作家艺术家应该书写和记录人民的伟大实践、时代的进步要求，弘扬中国精神、凝聚中国力量，鼓舞全国各族人民朝气蓬勃迈向未来，认为互联网技术和新媒体改变了文艺形态，带来文艺观念和文艺实践的深刻变化，应该引导其成为繁荣社会主义文艺的有生力量。2015年10月，中共中央制定了《关于繁荣发展社会主义文艺的意见》，明确提出“大力发展网络文艺”，实施网络文艺精品创作和传播计划，让正能量引领网络文艺发展。2016年11月30日，习近平在中国文联十大、中国作协九大开幕式上的讲话中，要求文艺工作者“做到胸中有大义、心里有人民、肩头有责任、笔下有乾坤，推出更多反映时代呼声、展现人民奋斗、振奋民族精神、陶冶高尚情操的优秀作品”。2017年党的十九大报告提出，文艺创作要“讴歌党，讴歌祖国，讴歌人民，讴歌英雄”。从2015年起，国家新闻出版署开始举办年度优秀网络文学原创作品推介活动，中国作协开展“中国网络小说排行榜”的评审与发布，这两个国家级榜单均采取了对现实类题材作品的侧重与扶持政策，以鼓励网络现实题材创作。2019年在“庆祝新中国成立70周年”主题网络文学作品暨优秀网络文学原创作品推介的25部上榜小说中，有20部属于现实题材，占比为80%。在观念引导和政策利好的作用下，许多网络作家开始把文学目光聚焦到现实生活，一些过去写玄幻作品的网络大神也尝试转向写现实题材，如唐家三少就创作了《为了你，我愿意热爱整个世界》《拥抱谎言拥抱你》等“现实向”的励志言情小说。网站平台和社会组织也纷纷举办网络文学现实题材创作征文大赛[①]等活动，为网络作家的现实题材创作营造出“网络创作面向现实，创作现实题材网文”的舆论环境。

政策的支持、舆论的引导和各种举措的有效实施，网络文学“玄幻满屏，一家独大”的境况得以改观，现实题材作品迅速出现在各大文学网站主屏，名篇佳作不断涌现。如反映深圳改革开放历史足音的《浩荡》，表现网络时代创业者艰辛的《网络英雄传》，赞美公安干警卧底扫毒惊险业绩、展示人间真挚爱情友情的《写给鼹鼠先生的情书》，真实反映青年一代支教山区、改变贫困面貌的《明月度关山》和《大山里的青春》，讲述大型国企艰难复兴，塑造新型改革者形象的《复兴之路》，表现城市底层青年生存奋斗的励志作品《草根石布衣》，讲述从沿海滩涂到高原深岭，用汗水建造祖国大动脉的《中国铁路人》等取材现实、反映时代精神的作品受到广泛好评。《大国重工》《朝阳警事》入围新中国成立70年为主题优秀作品推介，《大江大河》《都挺好》《亲爱的，热爱的》《全职高手》等现实题材网文IP改编的影视剧在二次传播中成为现象级作品。据《2018中国网络文学发展报告》统计，各网站平台发布的年度新作中，现实题材占比达65.1%，同比增长24%。[②]《2019年度中国网络文学发展报告》更是明确提出，“现实题材创作成为主流风向标”“网络文学现实题材创作‘整体性崛起’”[③]。中国作协网络文学委员会主任陈崎嵘在回答记者提问时说：“所谓现实题材创作‘整体性崛起’，表现在：逐步廓清网络文学不宜创作、不能创作现实题材的认识误区，对其必要性、重要性、可行性的认识越来越趋于统一，共识度不断提高；现实题材创作

① 2016年12月，上海市新闻出版局指导、阅文集团主办首届网络原创文学现实主义题材征文大赛，迄今已举办四届。2019年3月江苏省网络作家协会、南京市文学艺术界联合会、连尚文学联合举办了“首届全国网络文学现实题材主题征文大赛”，主题为“向新中国成立70周年献礼”。该活动由南京市作家协会、逐浪网承办。2020年3月30日启动了第二届全国网络文学现实题材主题征文大赛，主题为“新时代的中国”。

② 张鹏禹：《网络作家：写现实等等多了》，《人民日报·海外版》2019年8月16日。

③ 《2019年度中国网络文学发展报告》，中国作家网：http：//www.chinawriter.com.cn/n1/2020/0220/c404027-31595926.html。

领域不断拓宽，开始放弃穿越、重生、异能、金手指等‘捷径’，转为‘正面强攻’，故事情节的可信度与人物形象的真实感明显增强；一部分原先专事玄幻创作的网络名家，开始尝试现实题材创作，并取得不俗成绩；现实题材作品数量呈现井喷式增长，思想内涵不断深化，艺术水准明显提升，有的网络文学作品已具备与传统文学精品相媲美的可能性。”[①] 应该说，现实题材升温是对一段时间内网络创作“装神弄鬼”、远离普通人生活的一次矫正，有助于网络文学关注时代，增加作品的“人间烟火气”，促使网文作品融入社会文化主流，不仅为人喜爱，还能“有补于世”。但网络创作如何解决现实题材“高调入场”和现实主义文学的“精神合榫”，着力提升作品的艺术品质，仍然还有很长的一段路要走。

二、网络作家四代同屏，新生代强势崛起

在经历了早期“五大写手”（痞子蔡、安妮宝贝、李寻欢、宁财神、邢育森）的“文学试水”后，新世纪以来的网络作家呈现出“四代同屏”、俊彦济济的盛况。北京第三届“网络文学+”大会发布的《2018 中国网络文学发展办报告》显示，在网络作家队伍的构成上，国内网络文学创作者已达 1755 万，其中签约作者 61 万，男性作者占比 56. 6%，女性作者占比 43. 4%。在年龄分布上，90 后作者已达 50. 6%，表明越来越多的年轻人投入写作，创作队伍的年轻化趋势日益明显。[②] 如此庞大的创作队伍，可谓蔚为壮观，人类文学史上前所未见。网络的技术平权让民间的文学创造力得到了巨大释放，网络文学的多样化与原生力，网文作品的丰沛性与良莠并陈，很快在赛博空间打造出“大跃进式”的文学景观，数以千万计的网文作品涌进当代文坛犹如房间里的大象，谁都不能对其熟视无睹。

① 王志艳：《陈崎嵘：网络文学现实题材创作“整体性崛起”》，新华网：http：//www. xinhuanet. com/book/2019-02/25/c_ 1210067541. htm。

② 《2018 中国网络文学发展报告》发布，人民网：http：//culture. people. com. cn/n1/2019/0810/c429145-31287235. html。

如果以入网先后并参考作者的年龄因素，我国网络作家群大抵由“70 后”“80 后”“90 后”和“00 后”四代写手构成，并实现了“四代同屏”。

第一波网络作家以 70 后为主，大抵出现在 2000—2003 年网络文学的“低谷区间”，今何在的《悟空传》2000 年在新浪网金庸客栈上连载，抢去了“榕树下”不少风头；2002 年慕容雪村创作的《成都，今夜请将我遗忘》被评为“年度最佳网络小说”。风中玫瑰的《风中玫瑰》出现在 2001 年，李臻的《哈哈，大学》诞生于 2003 年，它们在文体和小说写法上挑战了传统文学的创作惯例。这个时期上网写作基本都是“非职业性”和“非商业化”的，属于有“文青”情怀的文学性创作，江南、尚爱兰、何员外、陆幼青、李臻、云中君、十年砍柴、西门大官人、中华杨等，都是在这个时期崭露头角的。由于网络发表的“无功利”特点，许多网络写手都希望通过线下出版纸质书得到相应收入，同时赢得“文学认可”，韩寒、郭敬明就是从这里起步由“网”而“书”并为人熟知的，当时火爆网络的陆幼青的《死亡日记》，被认为是一次成功的“商业文学秀”①。

新时期第二代网络作家集中涌现在 2004—2008 年期间，他们大多出生在 70 年代中后期和 80 年代前期，由于 VIP 付费制度建立起的“读—写”互惠机制，刺激了长篇类型小说尤其是玄幻类小说的兴盛，因而这个文学与网络的“蜜月期”成就了一片“大神的天空”。萧鼎的《诛仙》，天下霸唱的《鬼吹灯》，南派三叔的《盗墓笔记》，萧潜的《飘邈之旅》等成为类型小说霸屏的“报春鸟”，一时间，玄幻奇幻、武侠仙侠、修真穿越、历史架空、盗墓灵异、都市言情、军事科幻……上百种“类型文”让一个个文学网站变成类型小说的大本营。《中国网络文学二十年》曾描述过这一时期类型小说的代表人物：“萧

① 上海文化商人陆幼青 1994 年被诊断出癌症并实施开刀手术，1998 年癌症复发，2000 年 7 月底他决定在“榕树下”网站以日记的形式记录“自己生命最后的经历和生理、心理的变化”，其连载作品被结集成《生命的留言——〈死亡日记〉》在他死后由一家出版社出版。2000 年 12 月，37 岁的陆幼青病逝，按照他生前与出版商签署的合同，把《死亡日记》的版税留给自己的女儿和妻子，被认为是一次成功的文学性商业策划。

鼎、天下霸唱、唐家三少、南派三叔、玄雨、辰东、梦入神机、格子里的夜晚、猫腻、树下野狐、跳舞、无罪、血红、烟雨江南、燕垒生、云天空、青斗等人打开了一个玄幻的世界；当年明月、灰熊猫、雪夜冰河、阿越、曹三公子、月关、酒徒、天使奥斯卡、雪夜冰河等将历史讲得别开生面，引人入胜；言情界的作家们也都身怀绝技，赵赶驴、三十等人文笔轻松幽默，桐华、金子、天下归元、辛夷坞、流潋紫、崔曼莉、禹岩等人将爱情故事演绎得异彩纷呈。战斗类也涌现了许多才华横溢的作家，如刺血、纷舞妖姬、金寻者、卷土、骷髅精灵、晴川、玄雨等人。”[①] 这批作家为中国网络文学创造了辉煌的历史，至今他们仍在续写这一辉煌。

第三代网络作家以“80 后”为主，当然也有少数“70 后”抑或“90 后”在这时崭露头角的，时间大约是在 2008 年后。引爆这个阶段网络文学大幅度增长的有两件大事：一是 2008 年 7 月“盛大文学”的成立引发了资本市场进军网络文学，其所形成的“一超多强”的网站平台格局强化了网文市场的激烈竞争，也有效激发了市场活力，网络写手大踏步向职业化创作迈进；二是 2011 年后出现的智能手机和随后的“4G”商用大大拓展了阅读市场，碎片化的屏显、碎片化的时间与“续更”文本达成的适恰性和解，其市场反应是以消费倒逼生产，使网络文学成为文化产业新的增长极，网络创作成了许多文学青年的“圆梦”之举，甚至是安身立命的职业“蓝海”。这时期展露文学才华的网络作家很多，除了此前提到的外，我吃西红柿、天蚕土豆、妖夜、烽火戏诸侯、打眼、方想、高楼大厦、柳下挥、苍天白鹤、七十二编、胜己、天籁纸鸢、忘语、火星引力、善良的蜜蜂、傲天无痕、奥尔良烤鲟鱼堡、爱潜水的乌贼、陈词懒调、冰临神下、风御九秋、孑与 2、管平潮、风青阳、骷髅精灵、风凌天下、罗霸道、贼眉鼠眼、卧牛真人、观棋、天使奥斯卡、南无袈裟理科佛、徐公子胜治、国王陛下、二目……他们在幻想小说（少数是历史、悬疑等其他类型）领域无不成就斐然，许多人都登上了“大神”或“白金”

① 欧阳友权主编：《中国网络文学二十年》，江苏凤凰文艺出版社 2018 年版，第 97 页。

作家的高台。蒋胜男、叶非夜、丁墨、匪我思存、顾漫、丢疯子、意千重、涅槃灰、纯银耳坠、宁睿、黛咪咪、浅绿、12乖乖、蘑菇、鱼人二代、唐欣恬、蒋离子、紫月君、阿彩、吱吱、Priest、吉祥夜、希行、沧月、红九、随侯珠、囧囧有妖、墨宝非宝、祈祷君、御井烹香、风流书呆等女性作家或主打女频的作家创作了一大批有影响力的女频佳作，许多人成为晋江、红袖、云起书院、起点女生等女性网站的驻站大神。丛林狼、流浪的军刀、骠骑、梁不凡、步千帆、最后的卫道者等擅长军旅题材的作家写出了许多热血军文；而书写现实题材的骁骑校、郭羽、刘波、何常在、蝴蝶蓝、阿耐、庹政、李枭、梦入洪荒、齐橙、wanglng、沐清雨、舞清影、罗晓、房忆雪、郭怒、常书欣、林海听涛、秦明、周浩晖等，都有自己的拿手之作，在倡导现实题材网络创作的当下，他们中的许多人都是各类网文榜单上的常客。这一时期是中国网络文学的“上扬期”，上网写作的数以千万计，这里列举的自然是挂一漏万。橙瓜网从2016年起，每年举办“网文之王”“百强大神”① 评选，其遴选的结果基本可以反映出我国知名网络作家的强大阵容。

网络作家“四代同屏”的年轻一代是“90后”“95后”“00后”

---

① 橙瓜网2016—2018年连续举行了三届“网文之王”“五大至尊”“十二主神”“百强大神”评选，在业界得到广泛关注。如2018年5月19日发布的第三届"百强大神"名单是：猫腻、火星引力、净无痕、何常在、愤怒的香蕉、了了一生、爱潜水的乌贼、烈焰滔滔、流浪的军刀、傲天无痕、失落叶、天使奥斯卡、阿彩、三羊猪猪、纯情犀利哥、8难、方想、天下归元、飞鹵天鱼、苍天白鹤、风圣大鹏、会说话的肘子、丛林狼、庚新、藤萍、刘阿八、乱世狂刀、白纸一箱、极品妖孽、雾外江山、我本纯洁、常书欣、管平潮、禹枫、尝谕、横扫天涯、最后的卫道者、知白、残殇、朽木可雕、发飙的蜗牛、林海听涛、善水、却却、逆苍天、果味喵、90后村长、鹅是老五、解语、玄雨、张君宝、牛凳、庄毕凡、覆手、梦里战天、纯银耳坠、浪漫烟灰、道圌门老九、大肚鱼、梁七少、梁不凡、无罪、我本疯狂、陈风笑、番茄、卷土、莫默、太一生水、宅猪、潘海根、仙人掌的花、夜神翼、雨魔、sky威天下、罗霸道、罗晓、蒙白、荆泽晓、心在流浪、陨落星辰、断刃天涯、洛城东、任怨、第一神、沧海明珠、厌笔萧生、鱼人二代、跃千愁、蚕茧里的牛、萧鼎、青子、郭怒、皇甫奇、步千帆、静夜寄思、苍穹双鹰、抚琴的人、MS芙子、十里剑神、青衫烟雨、更俗。排名不分先后。

出生的新生代，也可称作“Z世代”[①]，他们作为“网络原居民”，不仅年轻，敏于接受新鲜事物，富于创新活力，而且对数字化新媒体有着运用自如的天然亲和力，因而对于中国网络文学来说是“天降大任”、开启新天的一代。有统计表明，截至2019年底，我国文学网站聚集的写手超1755万人，其中网络新手比例超过6成，“90后”作者比例超过5成，笔龄在3年以下的作者占53.7%。[②]《2019年度中国网络文学发展报告》得出的数据是，在2018—2019年度阅文集团签约作家中，“85后”“90后”“95后”占主体，为74.48%，其中“90后”占比最大，为29.9%。尽管“00后”作家的数量占比相对较少，但增长幅度则最大，同比上一年增长113.04%，其次是“95后”，同比增长40.26%。在2018—2019年度实名认证的新申请作者中，“95后”占74%，“90后”占13%。“00后”的作者数量增长迅速，越来越多的年轻人愿意加入写作行列，呈现出可喜的趋势。[③]网络时代的“文学少年”正在崛起，成为未来的文学创作的人才资源。并且，新晋作家的“封神”之路时间大大缩短，涌现出许多“一部封神”甚至“半部封神”的新锐作家。会说话的肘子、卓牧闲、志鸟村、百鸟朝凤、柴雪等新生代作家展现了强劲实力，墨香铜臭、老鹰吃小鸡、极品妖孽、晨星LL、齐佩甲、纯洁滴小龙、榴弹怕水、七月新番等新锐一露头便圈粉无数。会说话的肘子以《大王饶命》开创首部月票总数和原生书评超百万的记录，也开创了网文“圈粉”的历史记录；横扫天涯凭借《天道图书馆》2018年晋级阅文集团“大神”作家，2019年又晋级“白金”作家；我会修空调是2018年入驻起点中文网的新手作家，2019年凭借未完结的《我有一座冒险屋》跻身“大神”行列。阅文集团的“2019都市最强新人王”真熊初墨的首部

---

① “Z世代”，泛指1995—2009年间出生的人，又称网络世代、互联网世代，统指受到互联网、即时通讯、短讯、MP3、智能手机和平板电脑等科技产物影响很大的一代人，是现代欧美国家的一个流行用语。

② 陈雪：《网络文学：“量大管饱”，更要时代精品》，《光明日报》2018年8月4日。

③ 《2019年度中国网络文学发展报告》，中国作家网：http://www.chinawriter.com.cn/n1/2020/0220/c404027-31595926.html。

作品《手术直播间》，上架后稳居阅文总畅销榜前列，其影视版权已出售。育凭借《九星毒奶》成为“2019科幻畅销王”，已获得超百万粉丝的追捧。2019年阅文“十二天王”中的“青衫取醉”仅凭一年时间就跃升为大神作家，其新作《亏成首富从游戏开始》总订阅近两千万，打破了游戏频道的纪录。一路烦花的代表作《夫人你的马甲又掉了》2019年长期占据了QQ书城、潇湘书院和红袖读书等各大榜单首位。“越来越多的‘90后’‘95后’新锐作家在写作平台上脱颖而出，为网络文学的‘逆龄发展’带来驱动力。年轻作家与年轻读者群体在年龄层和价值观上的契合，使得他们更懂‘圈粉’和‘埋梗’，在维持粉丝黏性和个人热度上也更有优势。”① 尽管我国的网络文学创作队伍“四代同屏”，代际叠加，阵容可观，但未来的网络文学当如何发展，将取决于新生代的文学作为及创造力。

三、网文出海，从作品传播到模式输出

中国网络文学“出海”，把传播半径从国内延伸至世界，是在2014年开启“众妙之门”的，由此，这个高光绽放、堪与好莱坞电影、日本动漫和韩剧相比肩的中国网络文学，靠自己的努力赢得了走向世界的底气，并获得了世界性意义，实现全球化时代中国故事跨文化传播的一次成功逆袭，也为中国文化“走出去”开辟了一个别致的民间窗口。之所以说它“别致”，是因为我们的网文出海不是源自中国的“推传播”——动用政府的行政力量把网文作品推送到国外，而是来自异域消费者的“拉传播”——国外读者处于对中国网文作品的喜爱，主动译介中国的网络作品（主要是类型小说），因而是一种真正意义上的“文化软实力”认可。

“网文出海”的源头可以追溯到美国武侠小说读者RWX（华裔青年赖静平）2014年12月创办的中国玄幻网络小说翻译网站Wuxiaworld。

---

① 《2019年度中国网络文学发展报告》，中国作家网：http：//www.chinawriter.com.cn/n1/2020/0220/c404027-31595926.html。

赖静平是中国武侠玄幻小说的狂热粉丝，他利用双语优势，把自己喜爱的玄幻小说译成英文挂在网上，引来众多英文读者阅读，其网站陆续翻译了《盘龙》《光之子》《我欲封天》《斗破苍穹》《莽荒纪》《无限恐怖》等众多网络小说，读者来自全球 100 多个国家和地区，成为最大的中文玄幻网络小说翻译网站。两年后 Wuxiaworld 网站世界排名升至 1170 名，日均页面访问量达 400 万次以上。其他如 Gravity Tales（英文）、Volaretranslations（英文）、Rulate（俄文）和 spcnet. tv、lightnovels. world 英文论坛等，也是从事中国网络小说翻译的海外主力站点。2017 年 5 月，阅文集团旗下的“起点国际”（Webnovel）正式上线，这个国内专门从事网文翻译的龙头网站组织起遍布全球 200 余人的翻译队伍，以英文版为主打，陆续推出英语、西班牙语、法语、泰语、韩语、日语等十多个语种。网站建立了专有名词的词汇库，让用户可以轻松了解八卦、太极等网络文学常见的东方文化元素，现已上线英文翻译小说 500 余部，授权作品超 700 部，品类覆盖玄幻、仙侠、科幻、惊悚、游戏等 10 多个门类，现已累计访问用户超 4000 万，已上线的翻译作品排行榜中，前 200 部作品最低点击量即达 600 万次，单书点击最高突破 3 亿，前 50 名作品的总评论数超过 3000 万[①]，海外用户从东南亚延伸到北美、欧洲和非洲等国家，覆盖“一带一路”沿线 40 多个国家和地区，初步形成了网络文学全球化传播体系。截至 2019 年底，我国已输出网文作品超过 11168 部，网文品类达 200 余种[②]，可供海外读者进行差异化选择，如弘扬尊师重道的《天道图书馆》、表现中华传统美食的《异世界的美食家》、体现现代女性事业与爱情观念的《国民老公带回家》、展现中国都市风貌和医学发展的《大医凌然》、具有西方奇幻特色的《放开那个女巫》、讲述年轻人热血拼搏故事的《全职高手》等作品，都是许多老外的最爱。

海外市场，空间廓大，中国的网文作品论故事不输于哈利波特、漫威等西方文化畅销品；论文化，其丰富、神秘、惊异和绵远的东方文化色彩对异域读者有着巨大的吸引力。这次的“出海”之举让老外

---

① 杨鸥：《起点欢迎你》，《人民日报·海外版》2019 年 12 月 23 日。

② 欧阳友权主编：《中国网络文学年鉴（2019）》，新华出版社 2020 年版，第 4 页。

知道，当今中国不仅有熊猫、姚明、阿里、华为、高铁和移动支付，还有好看的网络文学。不过我们的“网文出海”没有止步于内容输出，而是从作品传播向模式输出延伸，即输出网络文学的商业模式，特别是网文作品的原创功能和 IP 分发，让网络文学出海进入新时代——如果说早期的海外出版授权是网文出海的 1.0 时代，后来的海外平台搭建与网文内容输出是 2.0 时代，那么如今的海外原创内容上线及 IP 内容输出就是网文出海的 3.0 阶段。2018 年 4 月，起点国际对用户开放了原创功能，吸引许多外国人在中国网站上创作自己的作品，使异域文学网民从一个纯粹的粉丝读者一跃而成为写手。许多作品在平台上人气颇高，例如美国作者的《虚无进化》、印度作者的《我的美少女将军》、新加坡作者的《第一秘境供应商》等，均有“头部爆款”之效。已有越来越多的国外作者通过原创获得收益，其中收入最高的作者月收入超过 1 万美元。西班牙青年阿莱米亚上线的《最终愿望系统》，在起点国际上长期占据原创作品推荐榜前列，点击量累计超 800 万次。据说，这位软件工程师从事网文写作获得的收入比本职工作还高。这些原创作品的世界观架构大都深受中国网文影响，蕴含奋斗、热血、努力、尊师重道、兄友弟恭等中国文化元素。

当前，起点国际海外原创作者已超 52000 人，共审核上线作品近 9 万部。阅文集团 CEO 吴文辉说：“阅文不仅要把中国文化传播至海外，还要将中国网络文学的成长和运营模式带到海外，培育一批批本土优质作品，让中国文化和海外文化实现深度交流。中国网络文学的商业模式，在全球是独创和领先的，在全球范围都是通用的。”①

作为一种模式输出，网文出海的海外文学市场管理也日渐健全和规范，付费阅读、广告运营、版权代理、分发运营等产业链分工越来越精细化。其输出形式不再局限于小说，而是向影视、动漫、游戏等衍生业态扩展。一批网络文学精品力作以泛娱乐互动的形式在海外读者中圈粉无数。火星引力的《逆天邪神》、二目的《放开那个女巫》、蝴蝶蓝的《全职高手》、海底漫步者《绝对一番》等 10 余部网络小

---

① 所引数据均参见杨鸥：《起点欢迎你》，《人民日报・海外版》2019 年 12 月 23 日。

说在海外各大站点的点击率颇高，其商业附加值正不断提升。墨香铜臭的《魔道祖师》改编成影视剧《陈情令》火遍东南亚，受千万粉丝追捧。会做菜的猫的《美食供应商》、发飙的蜗牛的《妖神记》等改编漫画作品连续多次创下韩国漫画畅销榜佳绩。千山茶客的《重生之将门毒后》、乱的《全职法师》、我会修空调的《我有一座冒险屋》、晨星 LL 的《学霸的黑科技系统》在韩国取得人气、口碑双丰收。据艾瑞咨询预测，随着“网文出海”商业模式不断成熟，其潜在市场规模将达 300 亿元以上。[①]

令人欣慰的是，借助人工智能技术，中国网络文学的语言转换技术正迈过翻译门槛——2018 年 7 月，“推文科技”推出的网络文学 AI 翻译系统，能够全自动从全网监测、抓取、翻译和发布中文小说，无需经过人工审校流程，行业效率能提高 3600 倍，成本降低到原来的 1/100。[②] 阅文集团与彩云科技合作的 30 部 AI 翻译网文作品已经在起点国际上线，翻译速度可达人工的千倍，并且不会再出现将《九鼎记》译成“九个大锅”（The Nine Cauldrons）这样的笑话。翻译技术的“神助力”不仅有利于作品出海提速，还将为模式落地赋能。

可以说，中国网文的海外传播起步不凡，初步实现了从内容到模式、从区域到全球、从输出到联动的整体性转换，正试图完成“中国网文→华人传播→出海授权→模式输出→外文原创→全方位文化出海”的全过程，在传播中国文化、构建大国形象、推进文明互鉴、构建网络空间命运共同体方面迈出了坚实的步伐。但要走好未来的可持续发展之路，“出海”行业仍需深耕业态，在两个着力点上付出更大努力。一是提升“网文出海”的文化站位，从文学出海走向跨文化融合，培育兼容的异域文化生态，在全球化背景下，以中国故事与世界文化和国际文明对话，加速中国文化在海外“本地化”的进程，让网络文学传播成为文化落地的背景与先声，也让文化软实力成为网文出

---

① 艾瑞咨询：《2019 年中国网络文学出海研究报告》https：//www.iresearch.com.cn/Detail/report？ id=3389&isfree=0。

② 王艺瑾：《人工翻译跟不上“洋粉丝”追中国网络小说的速度，推文科技就用 AI 翻译给他们看》，搜狐新闻：https：//www.sohu.com/a/280177213_114778。

海的“压舱石”。二是创新产业举措的落地与拓新，把模式输出的重心放在内容分发与IP衍生开发上，开辟IP多元形态输出的模式。从故事类型看，武侠、玄幻、奇幻、都市等作品在海外比较受欢迎，但如何把文学的“喜欢”变成IP跨界分发后的流量与适应他国消费者的视听精品，提高作品附加值，还有很大的创新空间，而外国网络写手母语原创作品的IP分发也应该被提上业态深耕的日程，在全球化阅读体系的基础上，与世界知名IP运营企业联动①，以多媒版权精耕细作的长尾效应助力网文的国际表达。

四、未来网络创作生态的三个变数

中国网络文学的成长壮大依托两个重要的社会历史语境，一是改革开放带来的经济高速增长，以及随之出现的纯文学的日渐式微；二是互联网等数字化媒介的巨大变革给文学与网络“联姻”带来的契机。前者为网络文学创作和欣赏提供了经济支撑，也让网络文学弥补纯文学退潮留下的市场“空框期”有了历史的合理性；后者则使新兴网络文学借助新媒体的东风乘势而上，以“娱乐”为剑开辟自己的大众消费市场。这就是新世纪以来网络文学创作与时代间的“图—底”关系。在经历了规模、体量的粗放式增长以后，今日的网络文学正面临转型升级、提高品质的新拐点，网络创作在社会、文化、内容、消费者与市场的多重关联中，需要调适和应对行业生态的几个重要变数。

① 如2019年阅文集团与新加坡电信建立战略合作关系、投资泰国在线内容平台公司Ockbee U，在东南亚网络文学服务及内容平台业务方面展开合作，尝试建立长效培育机制，实施以原创扶持为主导内容的“群星计划”（Rising Star）。2018至2019年，阅文集团连续两年举办“中国网络文学海外传播论坛——新加坡站”活动，组织读者见面会，与新加坡电信集团建立战略合作伙伴关系，增进了双方在内容开发、授权、营销、原创等方面的深度合作；投资了泰国领先的网络文学平台Ookbee U Company Limited，加快对泰国网络文学市场的渗透；并与传音控股达成战略合作，共同拓展非洲在线阅读市场，为中国文化的国际化、本地化加速赋能。

一是网生环境优化与文学兼容度问题。与传统文学相比，网络文学的覆盖面更宽，社会渗透性更强，因而人文生态环境对其影响力也更大。如果把美国文论家阿布拉姆斯（M. H. Abrams）的文学批评四要素“作品、宇宙、作家、读者”视作文学的基本构成的话，那么，网络文学在此基础上至少还需要添加“技术传媒”和“产业经营”这两个新维度，这意味着规制网络文学创作的影响因子会更多。正因为这样，网生环境下的文学社会学和人文生态美学的建构与优化，对于网络文学的健康发展就显得尤为重要也更为复杂。在诸多环境制约因素中，有两个因素更为直接，即政策因素和舆论环境。早期的网络文学缺少规范治理，不同程度地存在内容低俗、传播淫秽色情信息、侵权盗版等问题。2010 年起，国家采取“净网行动”“剑网行动”等举措，并陆续出台一系列与新媒体文化、网络文艺相关的政策法规文件，效果十分显著，品质也大为改观，一些涉黄、涉政、涉黑、涉爆的网络作品被清理，一些不合规范的作品由网站平台主动下架，并查处了一批典型案件。笔者从全国“扫黄打非”办公室获悉，仅 2018 年 6 月至 8 月底，各地就累计查办网络出版行政和刑事案件 120 多起，责令整改网络文学经营单位 230 余家，封堵关闭网站及账号 4000 余个，查删屏蔽各类有害信息 14.7 万余条。[①] 许多文学网站对照相关法规的规定进行自我清理，对违规作品主动下架，2019 年上半年，仅起点中文网贮藏的小说作品就下架超过 120 万部。持续的专项整治，有效推动了网络文学建设健康清朗的环境，对于树立正确的价值观，坚持以人民为中心的创作导向，倡导网络文学塑造美好心灵、引领社会风尚，起到了积极的引领作用。但在这个过程中也有一个“度”的精准把握和尊重文学规律、更科学地实施网文空间治理的问题。我们看到，许多网站担心创作触犯禁区、主动规避法规风险，设置了敏感词屏蔽软件，导致许多汉语词汇在创作时不能使用的情况，影响了文学写作的正常表达，给作家造成一定困惑。网络作家贼眉鼠眼就曾在微信朋友圈抱怨：“我们三观又红又正的网文作者不得不在海量的敏感词围攻中苦苦求存，我上本书不过写了女主角走在河边露出了脚，整

① 刘声：《网络文学专项治理显成效》，《中国青年报》2018 年 9 月 25 日。

个章节被封至今未解。”[①] 作为大众阅读的网络文学，对其创作尺度的要求不应该高于传统文学，一刀切地要求网络作家写什么、怎么写，用过多的禁区束缚创作手脚，并不是净化网络环境的最佳解决办法。例如，有写手写到“黑夜总会过去，光明才是永恒”的句子，因敏感词不能上传，作者找来找去不知何故，询问网站编辑得知：“夜总会”是个敏感词[②]，虽然是个“乌龙”，除了删除，却也没有其他解决的办法。在舆论环境上，对于起步期的网络文学应该多了解，多关爱，多给予善意的宽容和兼容，允许从业者“摸着石头过河”，鼓励创新，宽容失败，能够容错纠错，不得不分青红皂白，发现问题便一棍子打死。互联网空间信息庞杂，泥沙俱下，有不少导向偏差、内容低俗、侵权盗版的文学作品是通过微信公众号、微博、头条号、应用商店等新媒体和 APP 在网络上传播的，如中国作协网络文学中心主任何弘所说：“情节比较严重的盗版、‘三俗’和导向不正确的问题，主要出在无资质的中小网站、服务器设在境外的非法网站和公众号、APP 等自媒体方面，”[③] 并非注册的正规网站所为，不能笼统地归咎于文学网站或网络文学。因而，网络生态环境的优化和舆论兼容度的调适，对未来网络创作生态构建至关重要。

二是“内容破圈”或将形成网络创作的新进阶。所谓“破圈”，就是绕开惯例，突破旧制，破解已有的圈层、圈局和圈路，在反套路中开辟新天。破圈可以是性别破圈，如女性读者成为男频作品的粉丝，或者相反，也可以是文体、文类破圈，如打破小说与散文界限，或是让一个作品容纳不同类型作品的元素等。不过从根本上说，网文创作最需要的是内容破圈、作品的质量破圈。做内容应该是网文行业不变的初心，重品质更应该是网络创作永恒的追求。大凡网络“爆款”之作，无不是文学“内容破圈”之作。随着读者对类型圈层小说固有套路的厌倦，已有新生代作家大胆尝试网文圈的反模式、反套路的“破圈式”创作。如通过力量体系和世界架构创新，人设和整体风

① 参见贼眉鼠眼 2020 年 4 月 8 日下午 2：15 在微信朋友圈发的微信。

② 参见“简书网”：https：//www. jianshu. com/p/e67c52e589f0。

③ 参见李婧璇：《专家问诊网络文学“投你所好病”》，《工人日报》2019 年 3 月 18 日。

格独具一格，抑或金手指的巧妙设定等，实现作品的内容破圈，玄幻、游戏、悬疑、科幻等基础类型较早开始呈现出这一创作风向。例如，青衫取酒的《亏成首富从游戏开始》以反套路和戏剧性反转方式横扫各大网游小说新作榜单，熊狼狗的《明日之劫》以“反差萌”风格在玄幻小说中独树一帜。机器人瓦力的《瘟疫医生》在现代医学与神秘力量的混搭中颠覆悬疑类型书写，Priest 的《残次品》、藤萍的《未亡日》、晨星 LL 的《学霸的黑科技系统》、十二翼黑暗炽天使的《超级神基因》、远瞳的《异常生物见闻录》等，更是以“破圈”书写开拓了科幻小说的创作空间，为类型写作开辟了新道路。还有近年兴起的“灵气复苏流”也在内容创新上聚集了“破圈”之功。这类作品将系统流、无限流等流派风格以及呆萌、傲娇、吐槽、腹黑、玩梗等二次元元素运用到创作中，颇有打破旧制、开启新风之效。如爱潜水的乌贼的《诡秘之主》，讲述主人公周明瑞穿越到欧洲北大陆鲁恩王国“愚者”克莱恩身上，创造性地融入蒸汽朋克、克鲁苏、塔罗牌、SCP 基金会等元素，在蒸汽与机械工业发展的诡秘世界中不断进阶，并将《海贼王》《神探夏洛克》等多部经典剧集和作品的情节熟练地玩梗，其世界观架构和人物角色等级设定新颖，在 2019 年曾 7 次登顶原创风云榜。会说话的肘子的《大王饶命》，巧置金手指，让主角吕树得到一个把吸取他人负面情绪作为货币的系统，通过在别人身上制造负能量，也就是靠毒舌，整蛊，走上靠“膈应人”而变强的逆袭之路，人物的异能或者提升修为的方法让人脑洞大开。二目的《放开那个女巫》，那一只蚊子的《轮回乐园》，圣骑士的传说的《修真聊天群》，我会修空调的《我有一座冒险屋》，辰东的《圣墟》，老鹰吃小鸡的《全球高武》，横扫天涯的《天道图书馆》，青衫取醉的《亏成首富从游戏开始》等，都是网文创作“内容破圈”的成功之作。其所开启的突围之路，对打破类型小说的模式化跟风、套路化因袭，拓展出一片新的“蓝海”。

三是网络文学的市场化拓进对创作形成倒逼的可能性。我国的网络文学是市场化的产物，从它诞生的第一天起，就带有文化资本和商业经营的基因。2003 年起点网创立“VIP 付费阅读”模式被推广到全网，2015 年网文 IP 概念的普及，以及由此崛起的文化资本对网络文学的大规模挺进和网文产业链的形成等，以读者为中心、以市场为靶向便庶几成为行业壮大的不二法门。这一经营模式的下游绩效是显在的，可以量化的，而它对产业上游即创作源头的影响则是潜在的，却又是深远的，不可忽视的，故而成为网络创作生态的重要变数之一。在付费阅读为主要盈利方式的“00 年代”，“爽文”是唯一的卖点，细分市场催生的类型小说主要是靠“卖爽”得利，读者“爱不爱读”比“写得好不好”更为重要，消费市场的倒逼作用已经凸显。早期的那批大神如萧鼎、天下霸唱、唐家三少、南派三叔、辰东、梦入神机、猫腻、血红、烟雨江南等，就是靠了人气满满的爽文铺就了自己的成神之路。进入 IP 分发的全媒体经营网文时代，版权转让、二度创作的产业链“长尾效应”成为主要的盈利方式，卖“版权”远比单纯的“卖字”来钱。唐家三少荣登网络作家富豪榜第一名，他的收入来源已经不是靠阅读付费，而主要是依托《斗罗大陆》等作品改编为动漫、游戏等所产生的视听版权。那些网文“大 IP”，如南派三叔的《盗墓笔记》、天蚕土豆的《斗破苍穹》、萧鼎的《诛仙》、天下霸唱的《鬼吹灯》、猫腻的《择天记》等等，由它们改编的电影、电视剧、游戏、动漫，乃至听书、周边产品等的收入，远比这些作品的网上续更、读者付费阅读、购买月票、打赏要多，因为“甘蔗效应”节节盈利的累加比单一文字作品商业效益要放大许多。正因为这样，就有许多网络作家以卖版权为目标，针对影视、游戏、动漫改编等来进行创作。电视剧《延禧攻略》与同名网络小说同时推向市场，热播剧远比小说的盈利空间要大。《后宫甄嬛传》《亮剑》《伪装者》《都挺好》等，作为网络小说并不知名，而作为电视剧却热播不止。如此来看，网络文学的市场化推进、产业化开发成就的不仅是网文业态，也会倒逼网络作家的文学思维向影视、游戏等业态倾斜。丛林狼的《最强兵王》《丛林战神》等作品特别注重故事的节奏感和场景的画面性，目的正在于方便影视剧改编。郭羽、刘波的《网络英雄传》注重人物性格刻画和矛盾冲突的内在张力，也是为了方便视听版权的开发，为二度加工做铺垫。由此看来，网络文学的市场化拓进对创作的倒逼作用问题，对未来的网络文学创作将是一个不可忽略的变量。随着消费市场的变化和技术传媒的升级换代，网文创作将不再是宅男宅女自顾自地操作键盘鼠标，而是需要在把握消费市场的脉动中适应市场需求，与不断变化的消费市场保持必要的张力和平衡。这样，处于不确定性与可成长性并存期的网络文学，才能坚守文学初心，辨识历史方位，把“弱冠”之年的历史节点提升为历史的尊重。

（原载《学习与探索》2020 年第 5 期）

我国网络文学的热点、局限和趋势

经过20余年的快速发展，我国网络文学在政策引导、业界深耕、资本介入和粉丝助力之下逐渐步入了红利期，成为当下关注度很高的社会文化现象之一。有统计表明，截至2017年年底，我国网站储藏的网络原创作品高达1647万部（种），签约作品132.7万部（种）。各文学网站驻站作者1400万，签约作者68万[①]。不仅如此，作为内容源头的优质网络小说，还以强大的版权衍生能力，融入到中国文化产业的经济圈，有效带动了影视、动漫、游戏、有声读物、音乐、舞台演艺等大众娱乐业的联动发展，驱动了基于“网络文学+”的新产品、新经济、新模式的发展和普及。在创造文学的增长极和商业奇观的同时，我国网络文学在进击海外文化市场的道路上也取得新的突破，成为彰显中华民族的文化自信、讲好中国故事、传播中国文化的重要载体。回顾近年来的网络文学，我们需要把握它的发展热点和局限，也要看清它未来的发展走向。

一、聚焦网络文学发展热点

我国的网络文学已经从文学边缘走进网络文化舞台的中央，改写

① 中国音像与数字出版协会：《2017年度中国网络文学发展报告》，https://www.doulook.com/3379.html。

了当代文学的总体格局，充分彰显出不可限量的文化声威，构成新时代文学发展重要的历史节点。

首先，网络文学告别“野蛮生长”，被纳入政府管理，步入政策红利期，日渐成为国家文化发展战略的组成部分，开放共赢、良性发展的行业生态正在形成。

近年来，在政府的规制和引导下，我国的网络文学开始走出“野蛮生长”的粗放式发展期，作为社会文化建设的一部分，已被纳入国家文化发展战略，享受到改革发展的政策红利。时至今日，从“山野草根”和“技术丛林”中成长起来的网络文学，已经不再是“赤脚奔跑的孩子”，而是体制内的大众创作，是我国社会主义文艺的一部分。针对网络文学发展中出现的内容创作、版权维护、人才培养等制约行业健康发展的突出问题，政府、行业协会、文学网站和学界凝心聚力，为网络文学把脉，推动其步入有序和规范发展的轨道。

2014 年，习近平在文艺座谈会上的讲话中强调“抓好网络文艺创作生产，加强正面引导力度”，“引导他们成为繁荣社会主义文艺的有生力量”。2015 年，中共中央出台了《关于繁荣发展社会主义文艺的意见》，倡导“大力发展网络文艺”；党的十九大对文化建设、文艺工作做出重大部署，提出坚定文化自信，“提升文艺原创力，推动文艺创新”，为网络文学的健康发展指明了方向。2017 年，文化部出台《关于推动数字文化产业创新发展的指导意见试行办法》，国家新闻出版广电总局发布《网络文学出版服务单位社会效益评估意见》，要求网络文学出版服务单位坚持“以人民为中心”的创作出版导向，把优化网路文学内容质量作为评估考核网络文学出版服务单位的重要内容。由国家版权局、公安部、工信部 2010 年以来联合开展的“剑网行动”，持续打击网络盗版侵权，净化网络空间，为网络文学营造了良好的发展环境。可以说，当下的网络文学已经不仅仅是一个“网络”的问题，也不仅仅是“文学”的问题，而是关涉到当代文化和我们国家的意识形态建设，关涉到网络阵地掌控、大众文化消费和青少年成长，甚至关涉到当今社会的主流价值观建构、文化软实力打造和国家形象传播，它与社会的文学品相、文化引领和价值导向直接相关，而这些正是党和政府前所未有地重视网络文学的根本原因，网络作家尤其是网文经营者，应该充分认识到这一点，并自觉担负起应有的社会责任。

在国家政策的扶持、引导和规范管理下，我国的网络文学发展环境逐步得到改善，有效提升了网络写手的创作热情，确保了网络文学稳定的作品输出，使这一文学收获到了政策红利，网文企业和作家分享到了更多的版权运营成果，发展步伐加快。随着市场利好的出现，越来越多的网络文学平台完成融资并相继上市，继 2015 年中文在线深交所创业板上市后，2017 年 9 月和 11 月，先后有掌阅科技和阅文集团分别在上交所和港交所挂牌上市，使我国独立上市的网络文学企业达到三家。文学公司上市，这种历史上从未出现过的现象，其反映的不仅是市场对一种新兴文学的接纳，也代表了网络文学被社会和时代的认可。我们看到，越来越多的网络文学企业以更加开放的姿态迎接内容的“接入”与“输出”。掌阅、中文在线、阿里文学、百度文学等几家大型网络文学平台于 2017 年推出了“精品内容全平台共享计划”，旨在打造一个更为开放的内容分发平台，推动资源和内容的共享，加速了网络文学精品的影响力从单一平台向整个市场的扩张；阅文集团开启“开放平台”计划，通过开放“SDK+API”接口，推动阅文内容资源面向合作方的低成本快速接入，打通渠道与平台，以满足更多用户的数字阅读需求，提高合作方产品的用户黏性，实现与网络写手、消费者、平台开发者共同挖掘作品价值，达成利益共赢；阿里文学发布“IP 星河汇”，宣布向合作伙伴开放旗下 60 部网络文学精品力作等等。开放共赢、良性发展生态环境的日渐清晰，进一步激活了网络文学的市场体量，促进了网络文学及相关行业的规模化、多元化的发展，带动了中国网络文化创意产业的壮大。

其次，“网络文学+”赋能文化娱乐市场，优质内容驱动跨界产业增长，让“文→艺→娱”的产业链拉长和“影、游、动、艺”泛娱乐的拓宽成为开放的风口，网络文学与文娱产业融合发展成为行业趋势。

网络文学与大众娱乐文化“联姻”是近年来最受关注的文化现象之一。不过，网络文学跨界走向泛娱乐市场经历了一个发展的过程。最早是线上的高点击量小说引发读者围观，当这些小说日渐成为引领网络流量的“风标”后，它们作为内容产业重要的 IP 源头，便以其凝聚的市场商机赋能文化娱乐市场，引起文化资本的关注，逐渐成为影视、游戏、动漫、演艺等泛娱乐产品的内容源头以及 IP 生态的核心。近年来，市场对网络文学 IP 的衍生开发趋于理性，形成了 IP 改编“退烧不退热”现象。从“文”到“艺”再到“娱”的链条延伸，带火了市场，也反哺了网文创作，加速强化了网络写作的市场导向。在资本跟进和利好政策的推动下，网络文学展示了前所未有的故事生产力、内容改编力和产品延伸力，打造出“网络文学+”的庞大商业体系，推动了以网文内容为源头的“影、游、动、艺”泛娱乐行业的联动，拓宽了从“流量经济”向“内容经济”的网文市场覆盖面。2017 年开始，北京市连续两年举办的“网络文学+”大会为这一领域添了一把火，网络原创作品迅速发展成为文化娱乐共生体系中举足轻重的一环，众多传媒企业正加速在这一领域深耕布局，以全方位打通 IP 产业链，实现上下游共生，带动周边产业的互利共荣，充分释放网络文学 IP 的“长尾”价值。“网络文学+”赋能文化娱乐市场，极大地丰富了下游产业链中影视、游戏、动漫、演艺、移动阅读、听书产品等的主题、类型和创意。网络文学数字出版、线下出版，其与“艺”“娱”的跨界效应不断显现，“二次创作”带来新的元素和美学因子，使诸多根据网络文学作品改编的泛娱乐产品，在穿透消费群体的年龄、文化壁垒，走红国内收视、口碑榜的同时，又反过来回报文学，放大了原 IP 的价值，扩大了原创作品影响力。有数据显示，中国网络文学作品出版纸质图书高达 6942 部，改编电影累计 1195 部。改编电视剧 1232 部，改编游戏 605 部，改编动漫 712 部①。这两年的文化娱乐市场表明，“网络文学+影视”依旧是大剧的标配，如 2017 年 9 月上线影视剧内容的豆瓣评分 TOP10 中，《无证之罪》《那年花开月正圆》《河神》《杀不死》及《颤抖吧！阿部》均改编自网络文学作品②。由同名网络小说改编的电视剧《三生三世十里桃花》《楚乔传》《择天记》《欢乐颂 2》等尽管口碑不一，但市场表现依然不

① 中国音像与数字出版协会：《2017 年度中国网络文学发展报告》，https：//www. doulook. com/3379。

② 艾瑞咨询：《2017 年 Q2 中国数字阅读行业季度报告》，http：//www. iresearch. com. cn/report/3060. html。

俗。其中，《三生三世十里桃花》《楚乔传》的网络播放量均突破400亿，《择天记》上线32小时，全网播放量破五亿大关。“网络文学+动漫”风起，成为网络文学IP变现的新引擎，如改编自天蚕土豆同名小说的3D动画《斗破苍穹》，播放首日全网播放点击量破亿。改编自蝴蝶蓝小说《全职高手》的动画，豆瓣评分高达8.2分，弹幕数超过600万条，首播第一季总播放量近9亿，创下国漫播放新纪录。“网络文学+有声读物”也成长迅速，由网络文学版权方授权、有声改编解决方案提供、主播演绎、有声平台发布等组成的产业系统，正不断推进良性互动，网络文学不仅丰富了有声读物平台的内容，还带来了优质活跃的客户资源。知名网络文学作品如《鬼吹灯》《盗墓笔记》累计收听量分别超过15.2亿、24.6亿[①]，这一数字远超过相关实体书的销售量。从经济效益看，网络小说因为有前期“在线粉丝”基础，其改编的作品更有市场保障，这对作品质量和改编水平都提出了新的要求，不仅使网络文学内容的价值得以凸显，也使二度创作的精品化成为带动新一轮衍生开发高速增长的利器。由此，网络文学作为内容源头，已然成为我国文娱产业的风向标、炼金石和市场持续高速增长的重要引擎，一个由精品网络文学内容驱动的“文→艺→娱”三位一体的创意产业共赢体系正在我国蓬勃兴起。

再者，网络文学海外发力，多方联手推进“国际传播能力建设”，拓展了中国网络文学的市场半径，也成为传播中国文化的一面窗口。

近年来，在“推进国际传播能力建设，讲好中国故事”“提高国家文化软实力”思想的引领下，网络文学开始迈入全球化传播的纵深布局阶段，在激荡的全球文化消费浪潮中扮演了中国文化出海生力军的角色。随着全球市场开发的持续深入，借助实体图书、海外网络文学翻译网站、国内英文数字阅读平台这“三驾马车”的“网文出海”模式已经成形，中国的网络文学巨头竞相布局海外市场；与此同时，越来越多海外合作方也相继入局与国内网络文学企业形成合力，进一步强化了网络文学的“国际传播能力建设”。

---

① 何天骄：《〈鬼吹灯〉〈盗墓笔记〉收听量破十亿，有声书迎来新风口》，http：//www.yicai.com/news/5065847.html。

网络文学巨头阅文集团率先加快扩大海外合作的步伐，相继与亚马逊、Gravitytales 达成合作协议，一方面积极推动国外网络文学正版化进程，另一方面进一步扩大了中国网文精品的传播渠道。乘着网络文学跨文化、跨民族、跨语言输出东风，2017 年 4 月，阅文与亚马逊正式达成合作，亚马逊 Kindle 书店的第一个中国网络小说专区上线；随后，阅文旗下的网络文学海外门户网站“起点国际”上线，不到半年即发布英文版作品逾 100 部，总量超过海外中国网络文学翻译站的总和。2017 年 6 月，阅文白金作家风凌天下的新作《我是至尊》发布，成为全球首部中英双语同步首发的网络文学作品。目前，阅文集团的网络文学海外输出已扩展至东南亚、欧美等多个区域，遍布美国、英国、法国、日本、韩国、俄罗斯等 20 多个国家和地区，涉及玄幻、仙侠、历史、言情等多个题材，涵盖 10 余种语言文字，授权数字出版和实体图书出版的作品总量约 200 部①。未来的“起点国际”还将发布泰语、韩语、日语、越南语等多语种的网络文学作品。掌阅科技也乘势而为，不断完善海外战略布局，推出“网文出海”计划，启动网文“走出去”三步走战略，2017 年 8 月成功与泰国原创出版公司红山出版集团达成战略合作协议，将内容渠道扩展至东南亚市场。另一家上市公司“中文在线”也不甘落后，他们在北美市场持续发力，旗下的 17K 网于 2017 年 10 月正式授予 Gravitytales《混沌剑神》与《斩龙》的翻译与数字出版权。随着国际影响力的扩大，关注“网文出海”、搭建合作交流桥梁的研讨会应运而生。2017 年 9 月 2 日，由阅文集团主办的“中国网络文学国际传播全球研讨会——泰国专场”在曼谷召开，会议吸引了来自泰国十余家主流出版商的代表，与会专家以“泰国网络文学传播与市场合作”为主题，就网络文学翻译落地、如何促进中华文化在泰国的传播，以及加快中泰文化交流与合作等问题进行了研讨。随着国家《“一带一路”文化发展行动计划（2016—2020 年）》的出台、海外市场环境的不断优化，以及国内外网络文学企业的助推，我国的“网文出海”已辐射到世界各个大陆，

① 艾瑞咨询：《2017 年中国网络文学出海白皮书》，http：//www. iresearch. com. cn/report/3057. html。

以网文为媒介的“国际传播生态圈”已初见雏形，包括授权 IP 改编影视剧和动漫作品在内的多种尝试，将会有更多的中国 IP 精品输送至海外，网络文学海外传播将迎来更多机遇，并逐渐融入到“中国文化走出去”这一历史战略中，中国的网络文学作品被海外读者主动接纳，表明我们的网络文学已经形成了具有民族风格的文化软实力，不仅扩大了网络文学的市场半径，也是讲好中国故事、传播中国文化的一面窗口。未来中国将会有更多优秀的网络文学作品输出到海外市场，由此带来的国家文化软实力红利及经济红利将陆续显现。

二、正视网络文学发展的局限

作为新兴的文艺和市场力量，网络文学迎来最好的发展机遇期，但要实现这一文学有序、健康发展，还需要正视其发展中的局限。

（一）“量大质不优”是当下网络文学的一大“软肋”

网络文学创造了一些备受读者喜爱的作品，如国家广电总局 2015 年以来每年发布的优秀网络文学原创作品推介的作品、中国作协每年发布的中国网络小说排行榜，2018 年发布的“中国网络文学 20 年 20 部作品”和网络文学“金键盘”奖获奖之作等等，都是众多网络作品中的佼佼者。但总体来看，与浩瀚的网络文学存量相比，原创作品“量大质不优”“星多月不明”的现象依然未能得到根本改观。作品的整体质量不高，精品力作偏少，同质化、类型化作品很多，现象级、风格化的作品则是凤毛麟角，有独特艺术个性和艺术原创性的作品更是屈指可数。造成这些现象的原因是多方面的，既有网络生产传播“低门槛”的降格以求，也有商业资本“效益最大化”的推波助澜，还有阅读市场娱乐化、政府管理、文化生态等方面的问题。如今，网络文学已发展成为一种文化的“巨存在”，若这些问题长期得不到有效解决，势必会影响 4 亿多受众的阅读质量和千亿级泛娱乐文化市场的良性发展。因此，网络文学创作者亟需树立精品意识和担当精神，让自己的创作慢下来、静下来、沉下来，多学习、多借鉴、多积累，努力提高人文素养和文学基本功，在创作上多点匠心、耐心和恒心，以“工匠精神”打造慢工细活，变“速度写作”为“品质写作”和精品创作，解决好创作过程中思想苍白、艺术水平不高的问题，为“粗放”的网络文学市场投以“精致”的艺术灵犀，创作出更多“思想精深、艺术精湛、制作精良”的文学力作。

（二）“急功近利”正困扰着网络文学的健康发展

网络文学的迅速发展，在不断给运营商、创作者、娱乐市场、消费者带来红利的同时，其业态中的“急功近利”现象也时有所见。近年来网络作家富豪榜的连续发布，三家大型网络文学公司的相继上市，以及各类ACGN（动画、漫画、游戏、小说）榜单的纷纷出笼，让网络文学的商业化氛围越发浓郁，许多写手和网络平台运营者更多关注的是作品的点击量、收藏数量、月票数、作家打赏数、首发平台评论数、小说付费用户数、百度搜索指数、贴吧人气、媒体曝光量等数据统计，而对作品的价值导向、艺术水准、人文审美效果等关乎文学品质方面的问题则关注不多，或重视不够，客观上造成了写手和网站的浮躁，以及片面追求经济收益而忽略社会效益的不良倾向。在IP运营方面，商业利益至上的现象十分普遍，产业跟风和资本附庸催生了盲目囤积网文IP、盲目授权等乱象，造成改编作品风格同质化、内容粗制滥造、“口碑扑街”等问题。在作品发布方面，平台偏好发布那些能吸引读者付费的玄幻、仙侠和言情小说，对小众化的网络诗歌、散文等体裁的限制颇多。对于发展中的网络文学而言，类似这样无限放任“商业理性”的做法，很容易掉进急功近利的怪圈，让文学成为市场和资本的奴婢。面对急功近利的“虚火”，如何在商业利益和社会责任之间寻找到合适的均衡点，是摆在网络文学行业面前的一个大课题。对网络文学创作者、网文IP的运营者和投资者来说，应该在关注市场和效益的同时，尤其需要摆脱名缰利锁、唯利是图的狭隘阈限，树立“高峰”意识和“精品”情结，拒绝浮躁，抵制诱惑，自觉把网络文学的数量膨胀、规模扩张期，推进到质量提升、内容为王的良性发展阶段，实现社会效益和经济效益的双赢。

（三）网络盗版侵权依然是危害网络文学健康生态的最大短板

这些年政府实施的“净网行动”和“剑网行动”成效显著，使网络文学的版权秩序在一定程度上得到整饬，但网络盗版侵权依然存在并屡打不绝。如 2017 年就爆出唐七公子的《三生三世十里桃花》、流潋紫的《后宫·甄嬛传》、潇湘冬儿的《11 处特工皇妃》（电视剧《楚乔传》的原著小说）及知白守黑的《英雄联盟之王者荣耀》等作品卷入了“抄袭门”事件。据国家版权局网站报道，2018 年 9 月，国家版权局按照打击网络侵权盗版“剑网 2018”专项行动的部署安排，约谈了抖音短视频、快手、西瓜视频等 15 家短视频平台，下架删除各类涉嫌侵权盗版短视频作品 57 万部。网络文学盗版侵权屡禁不止的背后是低廉的侵权成本和举证困难。实际情形是，尽管原著因涉嫌抄袭被诉讼，但改编的作品仍在市场大卖，这样的现象是极不正常的。如影视剧《锦绣未央》（改编自秦简的《庶女有毒》）被发现严重抄袭后，不仅毫发无伤地在视频热播，而且还成功登陆到越南市场。涉嫌抄袭《桃花债》的《三生三世十里桃花》，因题材主线、作品构思、神仙体系结构、语言风格等抽象元素难于进行“抄袭”鉴定，让抄袭者难以受到相应的惩处和约束。在网络技术让侵权盗版日益复杂和隐蔽的今天，侵权仍然是网络文学领域未能得到妥善解决的一大难题，即便一些网络作者和平台经过千辛万苦赢得了官司，由于侵权赔偿的计算仍然依照传统方式，所得的赔偿很难弥补作品持久传播和衍生开发所造成的损失，这无疑给网络作家的创作积极性带来巨大伤害，给网络文学行业的规范运行造成严重的负面影响。在网络文学逐步进入红利期的背景之下，提高侵权成本、探索惩罚性的赔偿制度、创新举证制度，对网络文学市场的良性发展异常重要。

三、审视网络文学的发展趋势

时代给网络文学创造了广阔的发展空间，赋予它可期的美好前景。然而，作为一个不断变化的可塑性与不确定性相统一的文学与产业综合体，网络文学正面临文化、市场因素的渗透和政策、技术等因素的积极干预。因此，需要在理性反思中对网络文学走向和趋势做出客观研判，以助推它走向健康与繁荣。

（一）网络文学商业创新持续活跃，运营模式将进一步多元化

目前网络文学行业仍是以付费阅读为主要盈利方式，不过随着 IP 运营的经验积累和产业链的纵深发展，这一行业线上线下涉及的领域会越来越多，商业运营的模式创新也将愈发活跃，有许多新的动向值得关注。譬如，2017 年 7 月，网络文学大神天蚕土豆在结束了与阅文集团的版权合作后，成立了公司运营自己的版权。随之，他发布新作《元尊》，以纵横文学网为电子版总代理，掌阅、书旗、17k、咪咕、熊猫看书、追书神器、未天阅读等多平台共同参与，使新书同步上线，一举打破了写手通过单一的合作平台发布作品的模式。实际上，近年来无论是内容方、平台方还是渠道方，都在寻求商业运营模式的突破，让自己的获利途径变得多元化。知名网络文学写手如南派三叔、唐家三少、天下霸唱等，均纷纷成立公司运营自己作品的版权；那些握有作品改编权的公司如阅文集团、阿里文学、爱奇艺等，纷纷以文学内容资源驱动下游链，与合作方同生共荣，达成利益共享。再如，有的网络文学发布平台通过引进其他平台的内容，以增加用户对平台的粘性。各方对盈利模式的探索，为网络文学商业运营模式的进一步多元化提供了更多可能。随着网络文学经济体量的扩大，优质作品的衍生能力还将进一步释放，在拓宽网络文学变现渠道的同时，必将进一步激发这一新兴文化产业门类商业创新的活力，这对保持网络文学的活跃度，以跨界融合增强其市场竞争力，无疑是大有裨益的。

（二）网络“现实书写”的崛起，加速网络文学与传统文学“合流”

在网络文学创作中，现实题材创作一直不被重视，作品的数量和质量都远不及玄幻、仙侠、穿越、修真等幻想类题材的作品多。近年来随着宏观政策的指引，不少网络写手开始抛弃打怪升级的“幻想世界”而回归“现实书写”，描写现实生活的网络作品出现明显增长。据 2016 年阅文集团对网络作家及读者群调查数据显示，仅当年上半年，现实题材作品数量同比增幅便已超过 100%。2017 年 11 月，在浙江省网络作家协会主办的第二届网络文学双年奖获奖名单上，现实题材的作品《网络英雄传 1——艾尔斯巨岩之约》《百年家书》《材料帝国》均获大奖。2017 年度由国家广电总局和中国作协联合发布的优

秀网络文学原创作品推介活动的榜单中，现实题材的网络小说超过50%，如《岐黄》《别怕我真心》《复兴之路》《糖婚》《恩将求抱》《心照日月》等作品，均成为年度现实题材网络小说的佼佼者。2017年上海市新闻出版局和阅文集团联合举办第二届网络原创文学现实主义题材征文大赛，有6700余位作者参赛，收到中长篇小说8300余部，较第一届征文有了大幅度增加，结果，《大国重工》《明月度关山》等14部作品以一流的创作水准和深刻的思想性脱颖而出，反映了“现实书写”在网络文学中的上升态势。2018年11月发布的首届泛华文网络文学“金键盘”奖获奖名单中，现实题材小说《奋斗者：侯沧海商笔记》《老妈有喜》名列榜首。随着现实题材作品高调回归网络文学舞台，网络文学与传统文学在创作题材上的分野开始淡化并趋于消弭。我们看到，时下的网络文学中已有相当数量的现实题材作品不仅书写现实生活，还表现出对传统文学经验、技法、趣味、精神和文学价值的吸纳。《复兴之路》《大国重工》《二胎囧爸》《大地产商》《第十二秒》《余罪》《无证之罪》《网络英雄传》《浩荡》等为代表的优秀现实题材小说不断转化为纸介形式出版，并日渐获得广大读者和传统文学场域内学者的认可，这使得网络文学领域一直存在的现实题材作品与幻想类作品在数量与质量上的落差开始缩小，网络文学的创作水平和作品质量正逐步向传统文学靠拢，如当下网文界大受追捧的网络小说《赘婿》① 就是这种转型的标志性作品。我们有理由相信，随着网络文学和传统文学交流的深入，两者“各自为战、分江而治”的状况将一去不复返，两种文学“合流”的局面或将可期。

---

① 《赘婿》是网络作家愤怒的香蕉仍在续更的网络历史架空小说，发表于起点中文网，2017年获第二届网络文学双年奖银奖第一名，作者也于2017年获首届“茅盾文学新人奖·网络文学新人奖”。作品描写一个现代银行家穿越到武朝末年，成为一个商贾之家毫不起眼的赘婿，在金辽相抗，天下纷乱，局势动荡中利用现代智慧谋略和科技才能一步步成就大业的故事。小说的特殊之处在于，作者没有像多数网络小说那样设置无所不能的“金手指”，或密集地安排“爽点”以吸引眼球，而是以慢热的方式从容叙事，用丰富的内心世界描写、曲折的伏笔巧置、复杂的人物关系来塑造人物性格，展现文学智慧，表现历史变迁中的众生命运，用大开大合的架构讲述一个别出心裁的历史穿越故事，被视为一部网络文学与传统文学融合的现象级作品。

（三）创作与批评的良性互动将积极调适网络文学的发展路向

网络文学的理论批评作为影响网络写作、网民阅读、作品判断、市场认同、读写互动的有生力量，是网络文学发展进程中绕不开的话题。网络文学批评的价值在于其对文学作品的分析、对文学创作评说、对读者阅读的有效引导，以及对网络文学发展路向的积极调适。站在网络文学的场域之外，单纯使用传统文学批评的理论、手段和方法来评价网络文学无异于隔靴搔痒，脱离网络文学创作和阅读实践的批评体系建构，只能换来一堆大而无当、空洞僵硬的理论概念。因此，要发挥网络文学批评的积极作用，批评家必须进入网络现场，从网络文学的创作和阅读实践出发，开展既符合文学规律又切中网络特点的有针对性的批评。正因如此，近年来在作协推动、学界介入、作者参与之下，网络文学创作与批评的互动日益频繁。例如，2016 年在湖南怀化举办的“网络文学评价体系构建”学术研讨会，2017 年在贵州贵阳举办的“大数据背景下少数民族网络文学高层论坛”和在广西贺州举办的“网络文学批评与中国文学传统”学术研讨会，2018 年在四川绵阳举行的“中国网络文学 20 年”学术研讨会等，分别邀请网络大神作家血红、丛林狼、南无袈裟理科佛、爱潜水的乌贼参加，并举办他们的作品研讨会专场，让传统批评家学院派与网络作家面对面地交流，增强了网络文学评论的“在地性”和针对性，有效推进了创作与理论批评的互动融合。近年来，从中国作协到各省市作协和高校学术社团，多次举办各种网络作家作品和文学问题的研讨活动，如北京的“网络文学+”、杭州的“网络文学周”、上海的“网络文学 20 年”、广东的“网络文学论坛”、江苏的“网络文学谷”、长沙的“网络文学小镇”等活动，均组织评论家、网络作家、网站平台、政府管理者互动交流。北京、上海、湖南、浙江、广东、山东、四川、贵州等省市建立了专门研究、评论网络文学的学术机构。随着国家对网络文学越来越重视，网络文学理论批评作为影响作家创作的桥梁和纽带，在推动“让正能量引领网络文艺发展”的工作中发挥日益重要的作用。在这一背景下，未来网络文学创作与批评的互动还将升温，并势必助推网络文学的健康与繁荣。

［原载《湖南科技大学学报》（社会科学版）2019 年第 2 期］

提质换挡期网络文学的进阶之路

在网络文学发展 20 年之际，这一备受关注的新兴文学开始步入提质换挡的转型期。随着政府强化引导、行业资本加持以及文学内部发展动力的不断积蓄，网络文学正从以流量为导向的粗放型发展模式向以社会效益为导向的高质量发展模式演进，无论是网络文学创作、产业化发展、还是海外传播都在升级蜕变。网络文学行业的社会责任与文化担当意识不断觉醒，新品力作被赋予了新的时代意义和价值，IP 的精细化开发对当前中国泛娱乐产业带来积极的辐射效应，网络文学对中国文艺出海的新场域的开辟，正给当代文艺的发展带来新气象。

一、主流、担当、出海：网络文学站位发声

（一）网络文学进入品质升级拐点，顶层强化引导，区域持续推进，助推网络文学迈向主流

近年来，从顶层对网络文学的政策引导与扶持到区域网络文学发展氛围的营造，都呈现出积极向好的一面。网络文学的爆发式发展及其在社会、文化、经济层面不断扩大的影响力，使得国家对网络文学的文艺属性与社会功能的认识愈发清晰。2018 年，习近平在全国宣传思想工作会议上指出，中国特色社会主义进入新时代，我国文化供给的主要矛盾已经不是缺不缺、够不够的问题，而是好不好、精不精的

问题，要推动文化产业高质量发展，以高质量文化供给增强人们的文化获得感、幸福感。[①] 这是继2014年北京文艺座谈会总书记提出“要适应形势发展，抓好网络文艺创作生产，加强正面引导力度”，2015年《中共中央关于繁荣发展社会主义文艺的意见》指出“大力发展网络文艺”之后，党和国家给予包括网络文学在内的整个文化行业新的定位和期许。强化网络文学的社会属性、推动网络文学的高质量发展意味着要聚焦网络文学生态，形成良好的正向引导力量。监管部门紧紧围绕党和国家对网络文学的要求，多次组织开展网络文学专项整治行动，打击导向不正确及内容低俗的作品，2018年已责令整改网络文学经营单位230余家，封堵关闭网站及账号4000余个，查删屏蔽有害信息14.7万余条[②]。北京、浙江、江苏、上海、广东、湖南、四川等许多省市纷纷立足属地，主动作为，精心谋划和精准推进国家的部署，以提升质量、把握导向为抓手，强化顶层设计，保障高质量文学供给，促使网络文学创作的精品化和走向的主流化。

我们知道，文学品质是在历史认知和主动作为的双重作用下顺序渐进的，主流化也是在社会规制和文学惯例的博弈中历史生成的。网络文学历史不长且处于不确定性与可成长性并存的变化格局之中，历经20余年的发展，网络作品已经有海量积累，网络作家也有了明确的“新社会阶层”的文化身份，4亿多文学网民构成的庞大消费族群，表明网络文学的市场占有率和文化影响力已经悄然改写了当代文学和网络文化的版图。此时，倡导精品力作或引导网络文学迈向主流的脚步，促进其品质的升级换挡或移步换形，不仅是社会发展对网络文学的要求，也是这种文学自身发展的必然。2018年北京举行的第二届“网络文学+”大会，浙江举办的“中国网络文学周”活动，江苏举办的“扬子江网络文学周”和首届泛华文网络文学“金键盘”奖颁奖典礼，以及上海举办的“网络文学20年20部”作品发布和启动的“天马文学奖”等，表明各地在国家文化发展战略的指导下，正积

① 人民日报评论员：《更好满足人民精神文化生活新期待——论学习贯彻习近平总书记在全国宣传思想工作会议重要讲话精神》，http：//opinion.people.com.cn/n1/2018/0831/c1003-30264436.html。

② 刘声：《文学专项整治显成效》，《中国青年报》2018年9月25日。

极把内容的"硬件"建设和发展环境的"软件"建设结合起来，大力推动网络文学领域供给侧结构性改革，推动网络文学品质化创作的政策措施渐次落地，促使其以更为健康的势态走向主流化的高质量发展。

（二）网络创作持续繁荣，关注现实的创作彰显时代担当，构成网络文学一大亮色

在经历野蛮生长、大浪淘沙之后，我国的网络文学在日益清朗的网络环境中，不断增强自我更新能力，开始出现脱胎换骨般的蝶变。当下的一个显著变化是，网络文学改变了玄幻类小说一家独大的格局，现实题材创作持续发力，一大批贴近现实、接地气、扎根于民众的作品涌现出来，成为网络文学创作的标杆。何常在的《浩荡》立足于改革开放的时代背景，塑造了时代浪潮中艰苦奋斗的青年形象。郭羽、刘波的《网络英雄传Ⅱ：引力场》，聚焦互联网行业前沿，书写别样的职场励志、创新创业故事，表现纷繁复杂的商业竞争、谋略博弈，展现了中国互联网人与时俱进的精神品格和时代气质。舞清影的《明月度关山》坚守山村支教的女老师的感人故事，表达了年轻一代的人生信仰和精神向度。蒋离子的《老妈有喜》、罗晓的《大山里的青春》、月壮边疆的《白纸阳光》、丁墨的《挚野》、恒传录的《中国铁路人》、唐四方的《戏法罗》、琅俨的《荣耀之刃》、江南木木的《我们的，时代》等，都是当下网坛现实题材创作的可喜收获。

那些一贯坚持纯商业化创作的网络作家，也能以社会担当意识主动作为。唐家三少转型现实题材的作品《拥抱谎言拥抱你》，没有霸道总裁，没有玛丽苏，只有一个个鲜活的极具现实感的生动故事和人物，表达了向善向美的精神追求。月关的长篇小说《逍遥游》由鲜墨工作室绘制成了漫画，于 2018 年 2 月上线掌阅。耳根完结的作品《一念永恒》以 428 万的收藏数排名网站年度收藏版第二①，该作品将由企鹅影视动漫工作室联合顶尖动画团队制作成动漫，而相关影视剧也正在制作中。在大批作者坚守玄幻、仙侠、军事、都市、科幻等网络文学传统题材的同时，部分作者也转向面向二次元新兴题材，满足

① 数据来源：起点中文网，https://www.qidian.com/rank。

相对小众青少年受众的阅读需求。墨熊在《地狱猎兵》中，以架空、科幻题材轻小说的形式，讲述了一名少年在“愚者之灾”浩劫后加入“地狱猎兵”的传奇故事，凭借其独特的魅力，成功俘获了年轻一代读者的青睐，小说不仅被改编成了漫画还获得金龙奖“轻小说”金奖。

（三）从文本输出到联动输出、迭代演进，“网文出海”形成良性生态格局

2018 年，网络文学抓住全球内容消费市场增长所创造的历史机遇，承载中国元素和中国气象的网络小说开始大幅“走出去”，向基于海外用户需求的全生态联动输出、迭代演进，以优质原创内容带动多元化 IP 输出，成为辐射广泛用户、助推中国影视剧、动漫“出海”的文化信使。例如，电视剧与网络小说“剧文联动”的《延禧攻略》，已发行至亚洲、北美、欧洲、南美、非洲等全球六大洲，覆盖了日本、韩国、新加坡、越南、泰国、美国和澳大利亚等 70 多个国家和地区[①]，引发全球观影热潮。这部作品包含了刺绣、缂丝、绒花、昆曲和火树银花等诸多中国传统文化元素，让海外受众感受到中国文化遗产的精致与华美，成为行走于全球文化市场的中国文化教科书。截至 2018 年 8 月，《延禧攻略》收获海外新媒体平台单集点击量破百万的优异成绩，在海外视频网站的累计播放量超过 5000 万次。改编自网络小说《扶摇皇后》的电视剧《扶摇》被翻译成了 12 国语言，登上欧美主流视频网站和多国电视台。网络小说《凰权》改编的电视剧《天盛长歌》，以“最高级别预购”的形式被 Netflix 买下，2018 年 9 月在全球播出。姜小牙《指染成婚》改编的同名漫画自 2017 年末登陆日本、韩国以来，成绩不俗，曾一度在韩国的 naver 平台位列海外作品第一位。中国网络文学水滴石穿式的对外渗透，不仅输出了中国文化，而且输出了中国网络小说生产机制。2018 年阅文旗下面向海外的外语网站起点国际（Webnovel），审核上线原创英文作品 4000 余部，累计阅读数 1000 万以上的作品超过 40 部，每天产生各类评论超

---

① 佚名：《〈延禧攻略〉再掀“中国热”》，新华网，http://www.xinhuanet.com/ent/2018-08/31/c_1123359817.htm。

60000条，用户来自全球100多个国家和地区。[①] 我们看到，在政府引导、市场运作、写手参与的合力推动下，构建网络文学传播力的出海体系已成为社会共识，网络文学进入了全生态输出的新阶段。随着我国文化交流的亲和力、对外传播的辐射力、国际文化市场的竞争力的不断增强，网络文学IP的影响力和海外粉丝的文化发酵能力被进一步激活，"中国故事"正以更加丰富的形态、更加多元的形式传递给海外受众，并潜移默化地影响他们对中国价值观念和文化审美的认知。特别是在"一带一路"战略和"人类命运共同体"建设的大背景下，网络文学的"出海"之举，其意义已经远远超出文学本身。

二、作家、平台、作品：彰显创新活力

从创作主体看，网络作家已成为备受关注的"新社会阶层"。作家、写手是驱动网络文学前行的原创力量。当下的网络作家较之以往获得了来自社会各界更多的关注，是文化人才队伍重要的建设与培养对象。从中国作协与共青团中央联合主办的2018年全国青年作家创作会议，到中国作协的全国文学业务骨干系列培训、鲁迅文学院网络作家培训班，再到各企业主办的网络作家高级研修班，党政部门、社会群团和企业纷纷为网络作家的成长与交流搭建平台，提高他们的写作水平和思想素质，昔日以"野路子""孤独码字"的网文大神正轮次接受系统培训。代表中国最高文学荣誉的茅盾文学奖、鲁迅文学奖已将网络作家及其作品纳入评奖机制中。在学界，网络作家获得的关注与尊重也与日俱增，许多网络作家逐渐成为各类文学论坛、讲座、研讨会的"座上客"。如大神猫腻、月关成为北大网络文学研究论坛嘉宾，爱潜水的乌贼应邀参加中国文艺理论学会网络文学研究分会第五届学术年会，血红应邀出席华东师范大学"网络文学家培育与网络

① 数据来源路艳霞：《中国网络文学作家涌现洋面孔》，《北京日报》2018年9月17日第11版；另见林庭锋：《中国故事的世界传播——中国网络文学海外传播概况（2001—2018）》，《中国文学评论》2019年第1期。

文学创意产业孵化”论坛等。在文化市场，唐家三少、天蚕土豆、无罪、月关、天使奥斯卡分别以1.3亿元、1.05亿、6000万、5000万、4930万版税收入上榜登上第十二届中国网络作家榜前5名[①]，天下霸唱小说改编的电视剧《天坑鹰猎》总播放量突破40亿。网络作家依靠作品积攒的人气与影响力在媒介宣传与IP跨界开发中持续发酵，成了文化明星，他们不断引发新的话题，吸引社会对网络文学及其作家群体的关注，网文作家队伍也在这个过程中得到有效建设和积极培养，新老作家均焕发出创新的活力。

从产业运营看，大平台的品牌化举措增强了产业链的延伸能力。阅文、掌阅、阿里文学等网络文学大平台2018年实施的品牌化运营发挥了标杆示范作用，引领着中国网络文学市场的良性发展。阅文集团主推作家品牌，4月19日发布了“2018年原创文学白金、大神名单”，辰东、耳根、猫腻、唐家三少、丁墨等56名作家获“白金作家”的荣誉头衔，这是阅文品牌化运作的措施之一。自2006年推出“白金作家”品牌举措以来，阅文致力于对旗下签约作者进行品牌化运作，如今已形成了成熟的运作机制，他们对大神作家提供个性化培养和包装计划，通过自有渠道和外部合作渠道推介作家及作品，借助读书会、签售会、白金大神榜单等为作家聚合人气。在打造作家品牌的同时，阅文还积极推进IP的品牌化战略，在2018阅文IP生态大会上推出了“IP全链服务”，通过IP甄选、IP赋能、IP增值等措施，全方位推动IP的品牌化。掌阅则基于特色作品与头部作家，深耕历史题材与现实题材，强化特色品牌，努力增加优质内容的供给，自上年引入两位历史题材大神月关与天使奥斯卡之后，2018年又引入知名悬疑言情作家殷寻。阿里文学的做法是，依托大文娱生态，从源头的作家包装与内容生产，到中游的内容推介与宣发，再到下游的内容衍生、渠道联动，全方位地推动作家与作品的品牌化，他们联合UC推出互动娱乐栏目《大神来了》，借助书旗小说、UC小说、优酷、大鱼号等，实行大神及其作品的全平台推广。大平台的品牌化运营一方面

---

① 数据来源第12届网络作家富豪榜，http：//www.chenggua.com/artical/details/index.html？id=8681。

给网络文学行业注入全新活力，激励优秀的作家作品迭代生长，同时也考验着中小平台的应变和重构能力。在竞争日益激烈的网络文学市场环境下，只有那些重视品牌建设的企业才能在泛娱乐时代占领先机。

从作品创新看，“网络文学+二次元”作品爆款，开启了新的行业愿景。近年来，网络文学与二次元的联动愈发密切，让人们看到了新的发展前景。随着二次元市场的扩容，具有丰富的故事储备、聚合大量审美情趣又高度重合用户的网络文学为中国二次元产业源源不断地带来新鲜血液。唐家三少的《斗罗大陆》、我吃西红柿的《星辰变》、天蚕土豆的《斗破苍穹》、墨香铜臭的《魔道祖师》、叶非夜的《国民老公带回家（第四季）》等大量网络小说被改编成了动画，均斩获不俗业绩。天蚕土豆的《元尊》，火星引力的《逆天邪神》、解语的《盛世帝王妃》、云天空的《灵剑尊》、沙子的《将军有喜》等被改编成人气漫画。《元尊》漫画版 2018 年连载 5 个月，全网点击即破 20 亿，好评如潮。各大文学网站都在加速二次元市场布局，2018 年 10 月 19 日，阅文集团就网络小说的漫画改编、出版及周边产品与天闻角川订立合作协议，让漫画为更多优秀网络小说提供更丰富的变现渠道。掌阅则组建了独立的轻小说和二次元漫画频道，并与 60 多家漫画工作室、近 30 家漫画公司达成合作，积极推动“文改漫”。“网络文学+二次元”的热风骤起加速了网络文学 IP 的价值增值，并推动这一领域的内容产业升级；而对于故事原创力欠缺的中国二次元行业而言，具有天马行空的想象的网络文学故事是补齐原创故事短板的有效途径，与网络文学的深度连接可以制造“共荣共生”的互补效应，契合了中国二次元行业跨越式发展的预期需求。

三、提质、转型、批评入场：蓄势发力走好下一步

在升级换挡的历史拐点上，我国网络文学要行稳致远需要找准目标，蓄势发力，以便走好下一步、走稳每一步。

首先是要尽快走出“量大质不优”发展困局，以“降速”为手

段，以“提质”为目标，让网络文学步入“品质写作”快车道。今日网络文学面临的主要矛盾不是扩大数量，而是提升质量，精品化将成为网络文学发展的重要方向。2018 年陆续开展的“20 年 20 部”优秀网络作品评选、优秀网络文学原创作品推介活动、网络原创文学现实主义题材征文大赛、网络文学“金键盘”奖、第三届网络文学写实大赛、第二届“金熊猫”网络文学奖等，推选格调健康、积极向上、传播中华民族优秀文化的高水平原创作品上榜，目的都在为品质化创作设立行业标杆，形成网络创作的引导和激励机制。随着网络文学走过规模扩张期，早期那些粗制滥造的“灌水”之作很难在市场中存活，纯粹靠抄袭、堆字数、“打擦边球”的网文作者开始被淘汰，那些靠蹭热度、博取眼球、粗俗、媚俗赚流量的作品注定被边缘化，只有讲格调、艺术精湛、能触摸社会价值点的内容才能脱颖而出。据调查显示，网络写手的精品化创作意识正不断提升，有 81.3%的网络文学作者认为作品的竞争要素主要是内容质量。① 网络文学创作队伍的素质是创作精品力作的保障，只有高素质、有担当和敬业精神的作家才能创作高质量的作品。近年来涌现出的思想性、艺术性、可读性俱佳的优秀作品为未来的网络写作起到了提振信心的作用。现实题材中，郭羽、刘波的《网络英雄传 II：引力场》，唐家三少的《拥抱谎言拥抱你》，舞清影的《明月度关山》，丁墨的《挚野》，吉祥夜的《写给鼹鼠先生的情书》等；幻想题材中，骠骑的《零点》，无罪的《剑王朝》，风青阳的《吞天记》，梦入神机的《龙符》等；综合类作品中，李枭的《无缝地带》，房忆雪的《运河码头》，灰熊猫的《楚河汉界》等，都以内容健康、导向正确、艺术精湛而荣膺 2018 年新闻出版署、中国作协优秀网络文学原创作品推介榜单。这一切都表明，随着网络文学逐渐褪去浮躁，“品质写作”将为网络创作开辟新的“蓝海”。

二是在多媒融合中，把握现实题材创作、改编和消费三向回暖的契机，积极推进创作“转型”，打造平台、作者、读者共赢新格局。

---

① 数据来源：艾瑞咨询，《2018 年中国网络文学作者报告》，http：//report.iresearch.cn/report/201805/3208.shtml。

经过近两年的积极倡导，鼓励和加强现实题材创作已成为网络文学界的共识。现实题材优秀之作的大幅增加，有效改变了长期以来网络文学中玄幻、修仙、穿越等幻想类作品一家独大的局面，“装神弄鬼”开始退潮，“接地气、打深井”的现实题材佳作在增多。有统计表明，当下现实题材作品在网络作品中的占比已达 52.5%，与此同时，好的故事支撑下的现实题材网络小说阅读也逐渐回暖，在移动阅读用户中偏好都市职场题材的男用户达 51.8%，女用户达 54.0%。[①] 起点中文网现实题材作品占比超 60%，有 40.1%的男性作者倾向于创作都市、创业题材的小说，54.5%的女性作者偏爱创作现代言情题材[②]；2018 年，《大江大河》《橙红年代》等现实题材改编的电视剧在收视市场一路飘红，小狐濡尾的《南方有乔木》、唐家三少的《为了你，我愿意热爱整个世界》、南派三叔的《沙海》、疯丢子的《同学两亿岁》、匪我思存的《海上繁花》、丁墨的《你和我的倾城时光》、安宁的《温暖的弦》等由现实题材网络小说改编的电视剧均业绩不俗，表明现实题材创作、改编和消费“三向回暖”的转型期已呈小荷初露之势。对于平台与作者而言，现实题材作品在数字阅读、线下出版、影视改编等方面得到市场认可，将给他们带来更大的收益，激励平台和作者聚焦现实的创作、经营行为；对于读者而言，现实题材网络小说紧跟时代热点，戳准年轻受众痛点，具有接地气的生活感和代入感。现实题材创作的“转型”之势，将赋予网络文学更大的价值和责任，也让读者在厌倦套路化的打怪升级、玛丽苏之后，有了更多的审美选择。

三是学院派批评家纷纷“入场”带来理论批评新气象，网络文学研究渐成“显学”，这使升级换挡期的网络文学有望获得可持续发展的理论支持。网络文学是一种建立在网络媒介及“粉丝经济”上、拥有独特“文化场域”的“新文学”，这意味着囿于学院派的固有场域，传统学人很容易因“绕着围墙兜圈子”而陷入批评实践与批评效

---

① 数据来源：艾瑞咨询，《艾瑞咨询 2018 年中国移动阅读白皮书》，http：//report. iresearch. cn/report/201804/3198. shtml。

② 数据来源：艾瑞咨询，《2018 年中国网络文学作者报告》，http：//report. iresearch. cn/report/201805/3208. shtml。

用错位的困境，或因学术领域的隔膜和巨量阅读的畏惧而怯于“入场”。近年来，一些高校、科研院所的文学批评力量在坚守批评阵地、助推网络文学参与现实和精神建构的同时，不断将目光转向“学院高墙之外”，依靠网络媒介走入网络文学现场，用不拘一格、接地气的评论文体打破理论话语与网络文学审美、阅读的隔阂，实现网络时代的文学引渡。2018 年，传统学院派举办的与网络文学有关的学术活动和发表的网络文学理论批评文章明显增多。通过知网统计，年内我国共有 216 家专业学术刊物刊发网络文学理论与批评论文 424 篇，其中有 134 篇为 CSSCI 期刊论文，占总数的 31.6%，较上年有明显增加。[①]北京大学、中南大学、厦门大学、安徽大学、山东大学、杭州师范大学、中国社科院、北京社科院、西南大学等一批学者深度介入网络文学研究，把这一新领域带入主流学术和高校课堂。“北大点评团”入驻掌阅，这个由年轻学子组成的评论团队，以粉丝的身份入场，走进网络文学的文化圈，按照粉丝批评的规矩进行批评实践与互动。由于受过专业文学训练，他们比普通读者拥有着更高的文化品位和更敏锐的文学思维，能借助“学术帖”，以深入浅出的方式将学院派的资源带入网络文学现场，凭借更开阔的文学视野和更易为读者接受的形式，形成对网络文学写手与读者的双重影响，实现了网络文学创作、阅读与批评的良性互动。中南大学的网络文学研究团队的理论批评持续发力，20 年来，每年都有网络文学研究的新成果面世，从 2016 年起，该团队每年编撰出版《中国网络文学年鉴》，为网络文学的历史书写保留了鲜活完整的第一手资料，2018 年出版的《中国网络文学二十年》为我国网络文学完成了第一部断代史，出版的《网络文艺学探析》等著作，将这一新兴的文学一步步带入高校学科和学术传承的殿堂。近年来，从事网络文学研究的学者队伍呈不断壮大的趋势，一批有经验，有建树的资深专家，一直活跃在网络文学研究的阵地上，大批少壮派学人迅速成长为该领域的学术中坚或新锐，2018 年度全国

① 参见欧阳友权主编：《中国网络文学年鉴（2018）》，第六章“理论与批评”，新华出版社 2019 年版。

高等院校和研究院以“网络文学”为选题的博士、硕士论文就达61篇。[①] 随着越来越多“学院派粉丝”的入场与站位，网络文学理论批评开始大幅升温，研究网络文学日渐从“边缘”走向“显学”。在网络文学身处升级换挡、市场不断呼吁精品的背景下，学院派应该从上网开始，从阅读出发，以更为主动、更加积极的“入场”姿态，把握这一文学的脉动，拓展新的批评疆域，回应网络文学发展中出现的新现象和新问题，这无疑是推动网络文学供给侧改革、切实引导精品化创作的重要举措。

（原载《社会科学辑刊》2019年第4期，《新华文摘》2019年第21期全文转载）

① 欧阳友权主编：《中国网络文学年鉴（2018）》，第六章“理论与批评”，新华出版社2019年版。

粤港澳大湾区网络文学发展的思考

粤港澳大湾区由香港、澳门两个特别行政区和广东省广州、深圳、珠海、佛山、肇庆、惠州、东莞、中山、江门等九个城市（珠三角）组成，总面积5.6万平方公里，2018年末总人口已达7000万人，是中国开放程度最高、社会创新力最为活跃、最充沛的区域之一，在国家发展大局中具有重要战略地位。该区域作为中国改革开放的窗口、前沿和标本，不仅经济体量大，而且文化发达，文学活跃，有大量新的事物和人物不断涌现，是新时代的文学富矿。

一、从经济共同体到文化共同体，助推大湾区文学风正扬帆

粤港澳同属岭南文化核心圈，人相亲、习相近、心相通，同根同源、同声同气，彼此之间有着天然的文化认同感和亲切感，因而这一区域不仅是经济共同体，更是一个文化共同体。这个文化共同体的建设是岭南文化的共同性与粤港澳文化发展独特性的有机结合，为大湾区的发展繁荣和交流融合提供了时代条件和文化机遇。此时，更需要文学的力量开启文化新生，因为文学的共通性和独特性，能够贴近时代、贴近生活、贴近人的情感世界，比较容易找到打动人心、沟通感情、引起共鸣的契合点。广州城、香港地、澳门街，只分地域的大小，没有感情的远近，都是血脉相连、心心相印的一家人。在改革开放的过程中，借助交通、通讯、物流的便利，大家又走到了一起，为国家发展共同奋斗，有许多共同的事迹和故事值得文学家去书写和讴歌。

文化共同体是经济共同体建立的必要条件，是一种新的身份认同和文化价值观构建。只有建立起共同的精神家园，以文化纽带作为糅合剂和润滑剂，以文化软实力来兼容和包容文化差异，才能促成大交流、大合作、大发展、大融合。“粤港澳大湾区”命名，本身就是一个地域协同、区域开放的概念，同时也应该是一个文学协同、观念开放、思维拓展的概念。大湾区有本土成长的作家，有南下的移民作家，有打工作家，还有在世界各国各地区交流的“跨界”作家，他们构成的合力足以让大湾区的文学扬帆远航。

二、从地域空间到文学空间再到网络文学空间，是大湾区文学发展的必然选择

发展大湾区文学，不仅需要从地域空间、文化空间走向文学空间、艺术空间、审美空间，还应该从传统文学空间走向虚拟文学空间。网络文学就是大湾区最值得拓展的文学新空间。倡导在大湾区发展网络文学，可以为大湾区文学开辟新的未来，创造新的机遇和新的可能。

观念的高开放度、经济的高活力度和技术的创新力，足以让大湾区成为我国网络文学发展的重镇。这里的互联网普及率高，新媒体使用广泛，网络创作起步早，是网络文学发展的重要策源地和“领头雁”。譬如：

就广东而言，腾讯麾下的阅文集团是我国网络文学的龙头企业，也是最大的网文上市公司；我国唯一的一家网络文学评论刊物《网络文学评论》2011 年就诞生在广州。2001 年广东成立了中国最早的网络玄幻协会，2002 年诞生了文学网站排头兵起点中文网，2003 年起点创立的“VIP 付费阅读”制度，引发了此后十多年类型小说的崛起和网络文学的爆发式增长。一批著名的网络作家如当年明月、南派三叔、天下霸唱、慕容雪村、李可等均是从广东起步，尔后名闻全国。保剑锋的《魔法骑士英雄传说》掀起了中国玄幻小说狂潮，阿菩《山海经密码》、丛林狼的《最强兵王》摘取广东省鲁迅文学奖。据统计，仅在广东就有知名网络写手超过 14 万人，卓有影响的活跃作家 3000 多人，其中有一大批荣膺“大神作家”和“白金作家”称号。珠海、

佛山、中山、东莞、惠州、江门、肇庆等地都是网络文学的活跃区，从打工文学到网络文学，珠三角不仅创造了经济奇迹，也创造了中国的网络文学传奇。

香港作为国际金融、航运、贸易中心和国际航空枢纽，拥有高度国际化、法治化的营商环境以及遍布全球的商业网络，是全球最自由的经济体之一。从文学发展的历史看，香港既是中国商业文学与通俗文学的集散地，同时也是现代文学和后现代文学的城市文学发达港，前者有以金庸、古龙、梁羽生、梁凤仪为代表的作家，他们的作品对内地的文学冲击力是巨大的，特别是金庸的武侠小说，已经成为全世界华人文学的一种文化符号；后者有亦舒、刘以鬯、李碧华、董桥、张小娴、黄易等，他们的作品同样对内地文学产生了广泛影响。香港的本土年轻一代也涌现出一批非常优秀的作家，比如西西、董启章、潘国灵、葛亮等，特别是创作了《朱雀》《北鸢》等小说的葛亮，不仅是香港青年一代作家的代表，也成为中国当下少壮派作家中的佼佼者。如今，这样同宗而多元的文学交融在一起，其所形成的多层次、全方位合作格局，必将催生出更多更好的文学作品。另外，香港悠久的历史和香港作家的世界性眼光，孕育了许多优秀的作家群体。例如，“香港作家联会”拥有300多名会员；2005年香港成立的世界华文旅游文学联会，整合了亚洲、美洲、欧洲、澳洲等全球30多家文学社团资源，涵盖了世界各地的知名华人作家。香港的文学网站“字游网”“香港小说网”“香港阅读城”“好看文学城”等，在网络文学界都很有影响。

再看澳门的文学。澳门是大湾区最小的城市，但是澳门独特的历史发展过程和独有的文化环境，可以在粤港澳大湾区文学构建中扮演积极而关键的角色。从创作队伍看，这里有李成俊、钟伟民、姚风、邢荣发、穆欣欣、林中英这样的知名作家；从文学阵地看，这里有《艺文杂志》这样的文学刊物，也有“流年文学网”这样的内容丰富的文学网站。澳门是保存中华传统文化最完整的城市之一，又长期与外来文化相融相处，平等交流，包容开放、兼收并蓄，可谓古今同在，中西并举，形成了独特的城市人文品格，这一文化特征和特性是大湾区文学大交流、大合作、大发展、大融合所必需的。今天，澳门作为世界旅游休闲中心和中国与葡语国家商贸合作服务平台的作用正不断强化，这对于文学发展和网络文学创作都是极为有利的地域条件。

由此可见，在大湾区发展网络文学有基础，有动力，更有信心。在网络日渐发达，纸媒日渐式微，文学日渐从 PC 端进入移动端，再延伸至跨界分发的“IP”时代，发展网络文学不仅是大湾区文学的历史选择，也是网络时代文学发展的必然要求。

三、从赓续传统到对接现实，大湾区发展网络文学的三大优势

首先，丰富的文学传统积淀是发展大湾区网络文学的历史文化基础。我们知道，岭南文学源远流长。据有关专家考据，从西汉到近现代，即从公元前 206 年到公元 1949 年共 2155 年间，广东境内（包括香港、海南，以及广西的合浦与钦州）有籍贯可考的、有文集行世的文学家就有 1800 余人。① 近代以来，最有现代性的文学艺术观点和样式都在粤港澳地区率先出现，如文学界的黄遵宪、梁启超、李金发、刘以鬯、金庸，油画界的李铁夫，电影界的蔡楚生、司徒慧敏、黎民伟等等。新中国成立后，欧阳山、秦牧、陈残云、萧殷、杜埃、吴有恒、黄秋耘、黄谷柳、陈国凯、刘斯奋等名家闪耀全国文坛。改革开放 40 年来，这里产生过“伤痕文学”发轫之作，形成“知青文学”“改革文学”“都市文学”“新军旅文学”“打工文学”、网络文学等一波接一波的文学浪潮。从香港看，从 20 世纪 20 年代开始，鲁迅、茅盾、巴金、萧红、许地山、端木蕻良、张爱玲、骆宾基、楼适夷、欧阳山、陈残云、施蛰存等文学大家来到香港，使香港的文学创作达到了空前的活跃和繁荣。而澳门开埠近 500 年来，从康有为到黄节，从汪兆镛到梁披云，从梁秉坤到郑炜明，不少文人也到澳门留下了华彩篇章。依托地缘优势，粤港澳大湾区以海纳百川的胸怀，积极吸收先进、科学、有益的东西，在广泛的文化交流和合作中实现了文化融合，不断创新文学的历史，这些无不是网络文学发展繁荣的深厚根基

① 参见《中国作协书记处书记邱华栋在粤港澳大湾区文学联盟成立大会上作主旨演讲》，新浪财经：http：//finance. sina. com. cn/roll/2019 - 07 - 21/doc - ihytcerm5178389. shtml。

和强劲动力，有这样的文学传统做支撑，大湾区网络文学必将馥馥吐芳，前景广阔。

其次，国家发展战略是大湾区发展网络文学强大的政治和政策保障。推进粤港澳大湾区建设，是党中央作出的顶层设计，是习近平总书记亲自谋划、亲自部署、亲自推动的国家战略，是新时代形成全面开放新格局的重大举措，也是推动“一国两制”事业发展的新实践。推进建设粤港澳大湾区，有利于深化内地和港澳交流合作，对港澳参与国家发展战略，提升竞争力，保持长期繁荣稳定具有重要意义。2019 年 2 月 18 日，中共中央、国务院印发的《粤港澳大湾区发展规划纲要》提出，粤港澳大湾区以香港、澳门、广州、深圳四大中心城市作为区域发展的核心引擎，不仅要建成充满活力的世界级城市群、国际科技创新中心、“一带一路”建设的重要支撑、内地与港澳深度合作示范区，还要打造成宜居宜业宜游的优质生活圈，成为高质量发展的典范。如果说教育是强国的基石，科技是强国的根本，那么文艺就是强国的灵魂。文学，作为艺术之母、文化之魂，有着不可替代的作用。在互联网、数字化媒体风起云涌的今天，发展网络文学是大湾区文化建设、文学发展的必由之路，发展网络文学就是在以文学的方式固本铸魂，为大湾区的经济和社会发展提供文化软实力支撑。同时，以网络文学为粤港澳大湾区的文学先锋，以此建设国际文学版图中的文化地标，也有了强大的政策依托和政治保障，这是发展大湾区网络文学得天独厚的优势。

还有，在大湾区发展网络文学具有强大的经济能力支撑。香港是全球闻名的国际大都市，是仅次于伦敦和纽约的全球第三大金融中心，其经济发展状况一直备受全球投资者关注。这里的金融服务业、国际贸易，以及航运业，旅游业，房地产业等高端服务业都十分发达。自 2000 年以来，香港的国际化竞争力要素始终保持在世界前十，2004 年更是在世界 61 个国家和地区的国际化竞争力要素中排名第二。澳门是典型的岛屿型经济或微型经济体，澳门的出口加工业、旅游博彩业、房地产建筑业、金融保险业是经济的四大支柱。回归后的澳门重新给自己定位，积极进行制度变革，进一步加强与内地和香港的经贸联系，发挥互补优势，其人均 GDP 一直处于亚洲领先地位，为文化发展和网络文学创作提供了强大的经济基础。而广东作为改革开放的排头兵，其经济发展不仅增速快，而且质量高，其经济规模已经相当于俄罗斯全国的经济总量，可谓“富可敌国”。改革开放以来，国家的经济强盛和粤港澳经济的优质高效发展，为把大湾区网络文学建设成国际文学版图中的文化地标提供了强大的经济保障。

文艺是时代变迁与社会变革的先导，网络文学就是这一变革的排头兵。粤港澳三地文学界应把握历史机遇，汇聚三地的创新智慧，找准自己的历史方位，以“湾区精神”为网络文学凝魂聚气，把湾区实践、湾区创造转化为精彩的网络创作的湾区故事，创作出彪炳时代、面向世界的网络文学精品力作。

四、从区域联动到机制创新，建立“大湾区网络文学共同体”

树立“湾区网络文学”观念，开辟大湾区文学新的增长极。粤港澳大湾区含“9+2”11个城市，在文学上，这些城市各有自己的传统，也都有自己的特点和优势。在网络时代，赛博空间打破了地域和时空的界限，为“文学大湾区”或“大湾区文学”创造了新的机遇，我们有条件确立起“湾区网络文学”的概念，携手合作，优势互补，从局部的区域联动走向整体的机制构建，形成大湾区文学新的增长极，以湾区网络文学更好地反映大湾区经济社会发展的历史足迹和辉煌成就，用网络文学的整体形象，为大湾区7千万人民服务，为4亿多中国文学网民提供健康的精神食粮，也为“网文出海”，讲好中国故事，传播中国文化做出大湾区应有的贡献。

从“岭南文化圈”走向开放的“湾区网络文学”。如前所述，粤港澳三地唇齿相依，同根同源，共生共荣，既是一个经济共同体，也是一个文化共同体，在网络时代，应该从实现中华民族伟大复兴和粤港澳发展的战略高度，建设开放包容的“湾区网络文学”，深刻认识大湾区网络文学发展的重大意义，秉承岭南文化传统，充分发挥三地的综合优势，在网络文学领域积极开展精诚互信、富有成效的友好交流与合作，为建设具有国际竞争力的一流湾区和世界级城市群贡献文学智慧，让大湾区与长三角、京津冀一道，构成中国网络文学发展的“金三角”和驱动极，助推中国网络文学的可持续发展。

优势互补，合作共赢，尽快建立“大湾区网络文学共同体”。大湾区 11 个城市“聚是一团火，散是满天星”，应该充分发挥各地优势，建立湾区网络文学长效合作机制。譬如：在已经成立的粤港澳大湾区文学联盟的基础上，成立大湾区网络文学联盟，将其建设成为开放式、协作性、创新性的民间文学组织，设立常务委员会和联席会议，搭建网络文学互动交流平台；定期举办大湾区网络文学论坛，轮流主办湾区网络作家作品研讨会；共建城市网络文学活动载体，互有侧重地构建网文 IP 跨界分发孵化机制，联动构建网络文学、影视、游戏、动漫、演艺、音频、出版一条龙，形成大湾区泛娱乐产业链；建立大湾区网络文学微信公众号，互通相关城市网络文学创作、文学活动信息；筹办新的大湾区网络文学杂志（纸质、电子双刊模式），或在国内著名文学报刊杂志开辟网络文学专刊、专辑，塑造大湾区网络文学整体形象；编辑大湾区网络文学丛书，集结 11 城网络作家书写大湾区的作品，凝聚大湾区网络作家的人气和力量；设立大湾区网络文学奖，提升大湾区网络文学创作水平，扩大大湾区网络文学的影响力；创设大湾区网络文学研究中心，以大学为依托，对大湾区的网络文学渊源、史料和文学理论进行系统研究、整理和探索；开办大湾区青年网络作家研修班，由中国作协提供协助，邀请具有潜力的粤港澳青年网络作家一起研修，既培养感情、建立友谊，又提高创作水平等等。2018 年 9 月首届大湾区杯（深圳）网络文学大赛，已经开了一个好头，并且，有着“香港第一笑匠”之称的黎文卓，2017 年带着他的全新系列作品（如《倾笑倾城》、《纵横笑海》，科幻故事《黄土地之谜》等）进驻网易文学，为不同城市作家的网上网下交流做出了示范。

国家的粤港澳大湾区战略是湾区网络文学发展的重大机遇。在这个世界级的城市群建立网络文学合作机制，形成网络文学的大湾区共同体，创造网络文学的“湾区特色”和“湾区经验”，让网络文学的湾区板块成为中国网络文学的“湾区典范”，不仅必要，而且可行。

（本文根据 2019 年 6 月 19 日在广州“粤港澳大湾区文学峰会”上的发言整理而成。原文发于上海社会科学院文学所编：《上海文学蓝皮书・上海文学发展报告（2020）》，上海人民出版社 2020 年版）

第五辑

作家作品研究

谈网络文学现实题材创作

——以《网络英雄传Ⅱ：引力场》为例

由类型小说爆发式增长带来的网络文学“大跃进”，是以玄幻、仙侠等幻想类题材的作品为先锋和主打的，不仅数量最多，在网民中的影响也最大，以至于让网络文学不时受到“无玄幻，不小说”“装神弄鬼”一类的非议。但近年来情况开始发生变化，在主流意识形态的倡导、业界管理者与经营者的积极调适和网络作家的共同努力下，网络现实题材作品明显增多，质量也有所提升，郭羽、刘波的《网络英雄传Ⅱ：引力场》（以下称《引力场》）就是其中较为突出的一部。解读这部小说，对于我们理解网络现实题材创作抑或网络文学中的现实主义问题，也许是一个不无启示的“切口”。

一、《引力场》何以成“爆款”

显然，现实题材创作是传统文学的优长而并非网络文学的强项。以“通俗故事”为卖点的网络创作要在这一“高光”领域显山露水绝非易事。网络小说数以千万计，其中的名篇佳构和拥趸倾心的“超级 IP”，大都出现在玄幻武侠、盗墓穿越、历史架空等幻想类[①]题材领域，形成所谓的类型小说或“套路文”，在网上创作现实题材作品“叫座又叫好”的实为凤毛麟角。而《引力场》在网上网下均受到读者追捧，获得了包括“中国网络小说排行榜”“中国好书”在内的众多奖项和荣誉[②]，作者也因此被业界戏称为“获奖专业户”。作为现实题材的《引力场》凭什么能脱颖而出成为“爆款”之作呢？

我想，其中的原因在于，《引力场》有着超越一般网络小说的文学品相，以及与之相适应的良好的艺术品质，故而实现了网络创作对现实题材的“逆袭”。作品写的是青年创业者的商战故事，乍听起来，写创业，写商战，没什么好新奇的，但作者却把一个看似难以写好的题材写得不同凡响，乃至让人欲罢不能。小说写的是万全天盛公司在发展过程中所经历的艰难曲折和奋力抗争的过程，并把这个过程置于紧张激烈又环环相扣的一系列悬念和矛盾冲突中来展开。作者一开始就写了乌镇世界互联网大会上的“惊天赌约”——缔造了移动互联网

① 这里所说的“幻想类”，是参照中国作协和国家广电总局对网络文学的分类方式。网络文学数量庞大，种类繁多，仅网络类型小说就有上百种类型。从2015年起，中国作协每年举办网络文学排行榜，国家广电总局每年举办优秀网络文学原创作品推介，均采用了化繁为简的分类方式，即把五花八门的网络类型小说分成现实类、幻想类和综合类三个大类，现实类即我们所说的现实题材作品，比较容易区分；幻想类最为复杂，诸如玄幻、奇幻、武侠、仙侠、科幻、灵异、修真、穿越、架空、盗墓、悬疑等等，统称为幻想类；除现实类、幻想类之外的所有作品，都划归综合类。

② 截至2019年8月，《网络英雄传Ⅱ：引力场》所获奖项有：入选由中宣部出版局（国家新闻出版署）、中国作家协会主办的“2018年优秀网络文学原创作品推介名单”；入选国家新闻出版广电总局主办的“2018十大数字阅读作品”；入选由中宣部指导，中国图书评论学会评选、中央电视台承制的“2018年度中国好书”；入选由中国作协网络文学中心、中国作协网络文学委员会共同主办的“2018中国网络小说排行榜”；入选由国家新闻出版署、北京市人民政府指导，中共北京市委宣传部、中国音像与数字出版协会等单位主办“网络文学20部优质IP作品”；入选上海国际电影节“2018年度百强IP”；入选鹤鸣杯“2018年度IP潜力价值榜单”；2018杭州市文化精品工程扶持项目；2016年度浙江省网络作家协会优秀作品扶持项目；第三届中国“网络文学+”大会“年度十大影响力IP入围作品”，第四届橙瓜网络文学奖十大作品，国家新闻出版署、中国作家协会“庆祝新中国成立70周年”主题网络文学优秀作品等。

旅游公司万全天盛的传奇创业者郭天宇和刘帅，与业界大佬“五一旅游网”董事长李剑波相约：谁在来年先做到千亿美元的年销售额，失败者将在下一届互联网大会上只穿内裤在乌镇“裸奔”。如此奇异的赌约一下子勾起了读者的兴趣，急切期待看到悬念的结果。此时的万全天盛已经在纳斯达克上市，市值超过300亿美元，两位年轻的创业者可谓信心满满，大可稳操胜券。但接下来他们碰到的一个个陷阱、一串串阴谋、一次次打击，让公司危机重重，在内忧外患中濒临绝境。一方面，他们面临老对手“五一旅游网”低价血拼的恶性竞争，随之又遭逢世界行业巨头通远公司布局中国旅游市场，意图利用万全天盛和51旅游的鹬蚌相争，强势入场以坐收渔翁之利。与此同时，他们还被能量巨大却深藏不露的“二爷”黑恶势力设局，试图以掐断资金链、操纵股市、侵占股权、董事会夺权等一环套一环的阴谋摧垮万全天盛。在公司内部，由二爷布局前台的简丽丽以色与利引诱刘帅上当，制造家庭危机和亲人厄难，并暗中向银行、税务、文物保护单位和媒体层层施压，使刘帅父亲的腾龙地产集团面临倒闭风险。简丽丽则利用迪拜王子做幌子，将刘帅的部分股权质押入犯罪集团囊中；同时利用公司内部微妙的矛盾关系，蒙骗大股东孙秋萍退股，并成功离间了技术总监与董事会以及刘帅与郭天宇的关系，试图解除公司“毒丸计划”以洗牌董事会，彻底拿下天盛。如果不是昔日好友陈冠平在关键时刻出手相救，让刘帅拿到了简丽丽及其幕后黑手的犯罪证据，这所有的阴谋也就得逞了。小说以“惊天赌约”开篇，以兑现赌约结束，用50余万字的篇幅完成了“设扣—解扣”“设局—破局”的艺术之旅，其丝丝入扣的结构安排和扣人心弦的矛盾冲突使它既具备网络小说所需要的“爽点”，同时也不乏传统文学故事架构所追求的紧凑、张力与圆合。

《引力场》的文学品相是通过文本的匠心淬炼来实现的，这使它赢得了颇具辨识度的文学品质。作品没有像一般的网络小说那样靠“打怪升级”来推进故事进展，靠倏忽而来的“金手指”破解艺术难题，或用“废柴逆袭”模式打造英雄人物、以“洒狗血”吸引眼球、靠“泪点”博取同情等套路，而是用细腻的笔法、丰沛的细节、个性鲜明的人物和张弛有度的节奏，让一部现实题材小说不仅有意义，还能有意思和有意味。

比如，在人物形象塑造上，无论是正面人物或反面人物、主要角色或次要角色，均能为他们设置必要的腾挪空间，找准他们的性格特点予以精妙的刻画。郭天宇和刘帅是意志坚定的创业英雄，同时也是讲亲情、重友情、有爱情、有缺点的普通人，但二人的性格特点又是有差别的。郭天宇的意志坚定是“坚寒如冰”，为了公司业绩他容忍网络刷单和高强度加班，并删除已故员工的考勤记录以逃避舆情，显示出不近人情的“寒”；而刘帅也有如火般的创业热情，可表现出来的却是“温柔如水”，如为拯救公司他不惜质押自己所有的股权；父亲刘怀远遭陷害被抓后，他一人扛起了龙腾公司和家庭的大梁；他以德报怨，一直默默照顾昔日坑害过公司的好友陈冠平的母亲……这样的创业英雄矢志不移，坚忍不拔，不虚假，不矫情，有棱有角又有血有肉，气质卓然却真实可信。

作品的文学气质不是概念化、脸谱化的，而是通过一个个生动的细节和一句句精致的语言来呈现的。作者善于抓住人物交往过程中细微而具体的片段和场景，通过人物语言、动作和心理活动等呈现人物之间情感关系的微妙变化，使真实、曲折的情节照亮人物的形象和精神，强化故事的现场感。比如小说中的幕后黑手“二爷”从未露面，只是通过简丽丽的电话来掌控阴谋大局，却时时让人感受到此人的极度危险和巨大威胁。小说最早提到此人是在一个打靶场，当简丽丽一口气打空枪里的子弹，似笑非笑地望着背信弃义而投靠自己的崔扬：“你这么热心，究竟是为了‘二爷’的计划，还是为了拿下腾龙集团？”听到“二爷”二字，“崔扬噤若寒蝉，额头上蒙上了一层冷汗，一句辩解的话都不敢说”①。一提到“二爷”便让人噤若寒蝉，冷汗直冒，可见此人的淫威了得。作品最精彩的情节是刘帅将计就计，在简丽丽家中将其灌醉后，从她手上取下带有密码卡的戒指，又借陈冠平和魏华生的远程帮助打开密室，切断红外线报警装置，终于从电脑上拿到犯罪集团的关键证据。就在屏幕上弹出“资料传输中，0%”的字样，等着U盘

① 郭羽、刘波：《网络英雄传Ⅱ：引力场》，江苏凤凰文艺出版社2018年版，第46页。

一点一点地拷贝对方的犯罪资料时，“‘丁零零……丁零零……’突然房间里的座机响了，刘帅惊得魂飞魄散，整个人都僵住了，木然地看着进度条”①。这样的细节受惊吓的岂止是刘帅，任何一个读者都会把心提到嗓子眼儿的，其艺术效果堪比好莱坞电影中英雄涉险的任何一个桥段。

说到《引力场》的文学品质，不能不提到它富于文学意味的语言表达方式。该作没有某些网络小说语言的“常见病”，如粗糙、口水化、随意和无趣等，而是尽可能做到精致、洗练和传神，追求文学语言的饱满度和通透感。如：“夜凉如水，月隐星沉。低垂着双手，郭天宇茫然地站在荒野上，遥望着远方黑魆魆的艾尔斯巨岩……在他面前，天地间仿若开启了一扇深不见底的黑暗之门——而门的背后，则是一个充满着恐惧的‘引力场’，仿佛要把一切吞噬。”② 这样的语言形神兼备且意味深长，用在小说开头，上可承接“网英”系列小说第一部《艾尔斯巨岩之约》，下则渲染了风云激荡的紧张气氛，暗示主人公或将面临的凶险与挑战。作为一部紧贴商战现实的小说，其描写创业者抗争中的不屈，失败后的奋起，涉及商场官场舆论场、亲情友情爱情，以及市场权谋、黑幕血拼、困境化解等等，结构上需要布局资本危机、人力危机、股东股权危机、主角家庭危机……如此复杂的剧情和大小桥段，却总能从容应对，娓娓道来，不显冗杂和繁乱，这得力于作者的高超的叙事能力和练达不赘的语言工夫。

如此说来，《引力场》不同于一般的网络小说在于，它是一种“文青式”写作，是“向文学致敬”的网络写作。其所彰显的不仅是“网络性”，更是“文学性”。其卓尔不群的风貌在一定程度上颠覆了人们对网络文学的误解和偏见，消解了人们对网络小说套路化、轻质化和娱乐化的浮荡印象，为现实题材网文创作提供了一个可资借鉴的范本。

---

① 郭羽、刘波：《网络英雄传Ⅱ：引力场》，第五十二章：天赐良机，江苏凤凰文艺出版社2018年版。

② 郭羽、刘波：《网络英雄传Ⅱ：引力场》，江苏凤凰文艺出版社2018年版，第1—2页。

二、网络创作如何写好现实题材

北京第三届中国“网络文学+”大会发布的《2018 年度中国网络文学发展报告》显示，截至 2018 年年底，我国各类网络文学作品累计达 2442 万部，当年新增签约作品 24 万部，其中现实题材作品超过六成，同比增长 24%。在 2018 年优秀网络文学作品推介中，现实题材占比达到 79.2%。“一批反映创新创业、社区管理、精准扶贫、物流快递、山村支教、大学生村官等众多领域的现实题材作品脱颖而出，主题格调、内容质量以及社会效益均有明显提升”①。这表明多年来网络文学“玄幻满屏、一家独大”的现象得到扭转，关注时代、关注社会、关注民生的网络创作开始有了更多的自觉，网络作家的艺术灵犀从天马行空的虚拟世界走向热腾腾的现实生活，作品多了一些“烟火气”，少了一些“鬼吹风”，这对矫治网络创作剑走偏锋、引导网络文学健康前行的意义不可低估。但客观来看，时下的网络现实题材创作依然存在数量增长与质量提升不匹配的问题，高质量的现实题材作品仍是凤毛麟角。如昔日写玄幻的网络大神唐家三少，尝试写出了《为了你，我愿意热爱整个世界》《拥抱谎言拥抱你》等现实题材小说，但并未给他赢得比《斗罗大陆》更高的读者认可度。目前在互联网上数量最多、品质更高、影响力更大的仍然是幻想类、历史类题材或二次元形态的小说。如何写好现实题材，不仅是网络文学发展的需要和广大读者的期待，也是网文界孜孜以求的目标。

书写现实题材，强调“接地气”，目的是要写出鲜活生活的灵魂，而不仅仅是描摹世界的皮相，让现实沦为网络创作的“打卡地”。网络文学介入现实，干预生活，首先是干预人，触动人的心灵，不仅提神，还能醒脑，让读者得到自己生活和他人作品里得不到的东西。这就需要有对现实生活的深入体察和独到思考，不能让作品流于“一地

---

① 国家新闻出版署、中国音像与数字出版协会等：《2018 年度中国网络文学发展报告》，人民网：http：//culture. people. com. cn/n1/2019/0810/c429145 - 31287235. html。

鸡毛”，看过即忘。一个作家“写什么”不只关乎文学素材和创作对象，更关乎主体站位、个性眼光和价值赋予。现实生活时时都在绵延流淌，人人都生活在现实之中而不是在生活之外，但该写什么却大有讲究。网络作家不仅要书写自己所熟悉、所体验到的生活，还需要经过艺术甄别和精心构思，写出只属于“我”的对生活的独到感悟，并用理想之光去照亮生活，呈现不一样的现实伦理，即马克思所说的写出“人与现实的审美关系”，而不只是“打卡生活”，去写“当下生活元素”或记录生活中的重要事件，让自己迷失在经验的“圈层”中。只有抵达了生活，文学才有力量；只有写出经过主体干预和观照的现实，文学才能真正抵达生活。“若跟在现实后面亦步亦趋，容易缺乏审美层面的观照；若过度理想化，人物形象会失真……破题的关键，首先要实现对现实生活的有效观照”，只有这样，网络文学的“金手指”才能“激活现实题材新的想象力”①。《引力场》能成“爆款”，并不是因为它写了现实题材，表现了当下生活，而是写出了属于郭羽、刘波的“这一个”创业英雄，不是生活的“行云流水”，也不是现实的鸡零狗碎、人畜无害，它是渗透了生活感悟的人生搏击，是嵌入了生命体察、浸染了灵魂的底色、“咬上了自己牙印”的含泪泣血的现实，这才有了文学所要表征的人文情怀和艺术感召。两位作家本身就是充满传奇色彩的创业者，他们均创立了自己的公司并任董事长，郭羽曾荣膺“中国十大创业新锐”，刘波被认为是青年创新创业“教父级人物”。没有对互联网行业的长期浸淫，没有创业历练的切身体验和深入思考，没有他们高超的“文学烹饪”，是不可能写出那种教科书般惊心动魄的“创业史”的。这两年文学品质和社会评价比较好的现实题材网络小说，如以女性视角描写卧底缉毒警官高尚人格和丰富人性的《写给鼹鼠先生的情书》（吉祥夜），写山村支教励志故事的《明月度关山》（舞清影），写民间青年男女音乐筑梦与爱情坚守的《挚野》（丁墨），写深圳 40 年改革开放中小人物奋斗打拼的《浩荡》（何常在），以及备受好评的《大江东去》（阿耐）、《大

---

① 李菁：《网络文学的“金手指”能否激活现实题材新的想象力》，中国作家网：http：//www. chinawriter. com. cn/404022/。

国重工》（齐橙）等等，他们的成功主要不在于把目光聚焦到了现实，而在于用艺术审美的方式写出了融入主体生命体验和独到思考的、只属于这些作者的独一无二的那个“现实”。如果“写作是庸常生活的救赎”（网络作家蒋胜男语），那么，这样的写作，哪怕写出的是一滴水、一粒沙子、一朵小花，用英国人威廉·布莱克的话说：“一颗沙里看出一个世界，一朵野花里看出一座天堂；”或如任正非说的“一杯咖啡吸收宇宙能量”。能把脉生活的灵魂，米粒之珠，也放光华；仅有生活的皮相，恒河沙数，无非泥沙而已。以此来看，所谓“接地气”，这个“地”应该浸润着时代血脉的大地，“气”则富含了人文伦理的元气，二者之间不是简单嫁接，而是化气天成，超以象外。写好现实题材的功力和底气正源于此。

另一个绕不过去的话题是，现实题材创作应该表现“时代主旋律”，同时又要避免“观念空转”而成为“时代精神的传声筒”。很显然，时下倡导网络文学创作现实题材作品，除了“纠偏”和“矫枉”外，其延伸的价值逻辑便是要求网络文学多反映时代的主旋律，体现正确价值导向。2018 年，国家新闻出版署、中国作协举办的优秀网络文学原创作品推荐活动，申报标准的第一条就是“坚持社会主义意识形态的旗帜和灵魂，唱响主旋律，传播正能量”①。据此推出的《网络英雄传Ⅱ：引力场》《无缝地带》《大山里的青春》《零点》等 24 部小说，便是基于这样的标准评选出来的。其中《引力场》的上榜推荐语是：“作品聚焦互联网行业前沿，书写别样的职场励志、创新创业故事，表现纷繁复杂的商业竞争、谋略博弈，矛盾冲突紧张激烈、此起彼伏，情节疏密有致，人物鲜活生动，塑造了奋斗不息、勇于进取的互联网人物群像，展现了中国互联网人与时俱进的精神品格和时代气质。”② 这里所说的“中国互联网人与时俱进的精神品格和时代气质”就是其蕴含的“主旋律”，它体现了作品的价值和意义。

---

① 国家新闻出版署中国作家协会：《关于开展 2018 年优秀网络文学原创作品推介活动的通知》，中国作家网：http：//www. chinawriter. com. cn/n1/2018/1031/c403937-30373667. html。

② 《2018 年优秀网络文学原创作品推荐活动入选作品（24 部）》，中国作家网：http：//www. chinawriter. com. cn/n1/2019/0225/c403994-30901402. html。

网络现实题材创作尤其需要富含正面的价值和意义。不过无论多么正确、多么高尚的价值和意义，在作品里都不应该是一句空洞的口号，也不是某种高悬的“导向标签”、一种“宏大叙事”的虚幻愿景，而是要用艺术的感召力去“余味曲包”地隐含这种观念和愿景，否则写出来的只会是空头讲章的“伪现实”。正如推荐语所评价的，《引力场》的价值和意义已经化作了小说中职场励志、创新创业故事和紧张激烈的商业竞争、谋略博弈、矛盾冲突，并通过奋斗不息、勇于进取、鲜活生动的人物形象活生生地呈现出来。如果失去气血充盈、动人心旌的艺术形象和丰沛的情节细节，如果不能让思想主旨融入文学血肉，即使写了现实题材，甚或反映了社会重大问题，作品依然彰显不了文学的力量，只会沦于主旋律的虚置和某种观念的“空转”，即马克思 100 多年前批评拉萨尔《济金根》时所说的“席勒式地把个人变成时代精神的传声筒”，而不是“莎士比亚化”[①]。恩格斯曾倡导：“倾向应当从场面和情节中自然而然地流露出来，而不应当特别把它指点出来”，“作家不必要把他所写的社会冲突的历史的未来的解决办法硬塞给读者”[②]。黑格尔在《美学》里把这种抽象教条的写法视为对“艺术本质的歪曲”，他说：“如果把教训的目的看成这样：所表现的内容的普遍性是作为抽象的议论、干燥的感想、普泛的教条直接明说出来的，而不是只是间接地暗喻于具体的艺术形象之中的，那么，由于这种割裂，……艺术作品的本质就遭到歪曲了。”[③] 对传统文学是这样，网络文学创作同样如此。时下一些表现主旋律的现实题材网络作品，不乏“唱响主旋律，反映新时代”的创作初衷，也不缺少“有故事”的文本，可真正能够“立得住，传得开，留得下”的优秀之作仍是凤毛麟角，缺乏“讲故事”的艺术表达方式，不能不说是其根本“病灶”，“怎么写”一直是网络现实题材创作亟待解决的一个难题。

与之相关，还需要明确一个被遮蔽的创作理念，即现实题材并非

① 马克思：《致斐·拉萨尔》（1859 年 4 月 19 日），《马克思恩格斯选集·第 4 卷》，人民出版社 1995 年版，第 340 页。

② 恩格斯：《致敏·考茨基》（1885 年 11 月 26 日），《马克思恩格斯选集·第 4 卷》，人民出版社 1995 年版，第 454 页。

③ 黑格尔：《美学·第 1 卷》，朱光潜译，商务印书馆 1979 年版，第 63 页。

是文学制高点，艺术价值追求才是题材选择的“靶的”，文学创新比曲意迎合更重要。倡导创作现实题材，并不排斥题材多样化，也不是回到“题材决定论”，或意味着现实写作的天然优胜性。作家写什么不写什么，是社会责任和文学制衡下的自主选择，并不是要求网络作家一窝蜂地都去写现实题材，也不是说大凡现实题材的都是好作品。事实上，创作现实题材不在于增加品类与数量，更强调作品质量；不能满足于作品的“量大管饱”，而是致力于这类作品的精益求精，使其富含营养。首发于“弄堂网”的《繁花》像“说书”一样平静讲述上海往事，成为“城市写作”的标杆，后来获得了茅盾文学奖，作者金宇澄的创作动机是想满足弄堂大众了解上海历史文化的愿望，但在写法上却不类他人，追求艺术创新，如作品人物的对话方式与繁密的故事情节，以及不设“爽点”、从容叙事、超越言意之表的艺术表现力，远非一般网络小说可比。《引力场》的创作没有采用网络“续更”方式，为防盗版，作者让电子版和纸质版同时推出，两位作者在创作前精心设计，反复沟通，对文本一次次修改打磨，精益求精，让“网英”系列每一部都有不同的故事，每一部都追求艺术的精湛，这才成就了一部爆款之作。这说明，现实题材创作不能一味地被动迎合而放弃文学创新，“怎么写”比“写什么”更重要，艺术追求才是题材选择的“靶的”。这里所说的“迎合”，既指迎合读者、谄媚市场，也指迎合某种观念、某种急功近利的需要。对于网络文学而言，读者市场需要满足，但也离不开积极引导。过度迎合读者市场会拉低文学品位，而迎合某种观念则可能导致创作的“主题先行”而走向概念化、脸谱化，同样有违创作规律。与创作玄幻、历史等题材相比，书写现实，难免“正面强攻”，尚未拉开生活距离，作者对一些生活感受可能未经沉淀和反刍，容易“萝卜快了不洗泥”，抓住什么写什么，仓促就章，不及细察；而观念的掣肘则会束缚文学的想象力，让作品走向枯燥和干巴。与传统文学相比，网络创作更容易受市场化利益驱动，经济指标往往成为“欲望写作”的催生婆；而粉丝的催更，让本来应该是“春蚕吐丝”般的文学创作，变成了比拼高产的“速度竞赛”，或者超长写作的“拉力赛”。于是，网络文学，尤其是那些现实题材作品，便容易成为迎合市场的消费品或图解观念的牺牲品。这时候不仅要看一个作家的创作能力，还要看他的艺术定力和责任担当。生活为文学赋能，作家为作品赋魂，在坚持以读者为中心的同时，一个有艺术追求的网络作家，要使自己的作品有持续的生命力，创作出像《浩荡》《引力场》《大江东去》《复兴之路》《匹夫的逆袭》《最强兵王》这样具有长线效应的作品，就需要在题材之外把握“迎合”与“追求”之间的张力与平衡，多在艺术创新上下功夫，这样才有可能产生文质兼美的现实题材佳作。

三、走出网络现实题材创作的三个误区

首先是观念误区，认为现实题材创作等于现实主义文学。现实主义文学一般都写现实题材，但正如“现实”不同于“现实主义”一样，现实题材也不能与现实主义文学划等号。现实是一种客观存在，现实主义则是一种文学精神，以及体现这种精神的文学风格和与之相匹配的创作法则。现实题材是解决“写什么”的问题，属于文学生产前置域的话题；现实主义文学是关涉作品精神品质、风格类型的概念，讲究细节真实，形象典型，描写客观等。中外文学史根据精神品质、风格类型、创作原则的不同，把文学区分为现实主义、浪漫主义、现代主义等等，这是对文学创作结果的定性评价。也就是说，一般而言，只有那些具有现实主义精神品质和文学风格、运用现实主义创作原则和方法创作出来的现实题材作品，才是现实主义文学。近年来的网络文学，现实题材作品明显增多，但有一些网络小说只是写了现实题材，在文学精神品质的饱和度上未必算得上现实主义文学，或者说它们只能算是具有一定现实主义精神的现实题材作品。例如，网络小说《戈壁之爱》，选取援疆支教教师的生活题材，将建设边疆、为国奉献的“大爱”体现于两对青年男女融入边疆的“小爱”之中，歌颂了几代援疆人“献了青春献子孙”的支边精神，让读者感受到一个多民族和谐共处的美丽、温暖的新疆，贴近现实，叙事真切，价值观端正。但作品写家长里短的事情较多，写支教本身的笔墨较少，读来较为平淡，有网友评价它“在文本故事的曲折性和提升现实题材的

亮点方面还需要多加锤炼”。“还需进一步完善谋篇布局和遣词造句，提升文本的可读性和感染力”①。现实题材的选点很好，但作品如何运用更具感染力的方式去表现它却仍有较大的提升空间。另有一部写工业题材的网络小说《制造为王》，描写了金领、白领、蓝领三个不同阶层“制造人”的职场生态，作者基于自己的企业工作经验，列举许多精彩案例，穿插各种幽默风趣的小故事，将制造管理知识娓娓道来，内容涉及企业生产、质量、物流、财务、人事、销售、研发等方面，有的情节甚至出自作者的工作笔记。作品纪实性很强，但未能围绕人物写出复杂的社会关系，情节少了些张力，语言少了些韵味，精彩的细节不多，阅读代入感不足，虽为现实题材，但离思想精深、艺术精湛的现实主义作品尚有一定距离。反观另一部网络小说《大国重工》，同样是写工业题材，写工业兴国的历史进程和创业理想，同样有对我国工业发展历史科普介绍和作者的研究心得，却选取真实的、具有普遍性的民族共同记忆作为素材，让我们看到了80年代初中国重工业的艰难起步，90年代初重工的发展瓶颈和21世纪面临来自国际社会的巨大挑战，格局廓大，与社会、与时代关联紧密，情感也十分饱满，有网友称它“剧情严谨又不乏生动，堪称一部让爱国主义者爽到心底的爽文”，是“我国重工业史诗”②，获得了包括“庆祝新中国成立70周年”主题网络文学优秀作品在内的多种奖项。

另一个是认识误区，即认为网络文学只有写了当下生活才有现实价值。文学对现实社会的干预和影响有时是直接的，立竿见影的，有时则是间接的，细雨润物、潜移默化的，并且好作品大多数偏于后者。说到底，无论是写当下生活还是历史生活或其他题材，不管是传统文学还是网络文学，其现实价值都是通过人来实现的，即通过影响人的思想世界、情感世界、价值观和审美观来影响他对于现实的认识和行动。并且，文学的价值也是多侧面的，并不是因为你写了什么就一定具有什么价值，如韦勒克、沃伦所言：“一部文学作品，不是一

① 李潇：《〈戈壁之爱〉：新栽桃李三千里，引得春风度玉关》，中国作家网：http：//www.chinawriter.com.cn/n1/2019/0522/c425784-31097975.html。

② 安迪斯晨风、雪唱：《〈大国重工〉：重写重工业发展史诗》，中国作家网：http：//www.chinawriter.com.cn/n1/2019/0303/c425784-30954734.html。

件简单的东西，而是交织着多层意义和关系的一个极其复杂的组合体。”① 在玄幻小说大行其道的网络语境中，有网络作家致力于现实题材创作，书写当下生活，固然体现了责任担当和文学自觉，但如果一个作品并非书写现实生活，但其中蕴含了现实的某些元素，虽非生活真相，却有生活真谛，它依然是有现实价值的。

其一，网络小说中常用的重生、穿越、升级、金手指、换地图等等，也可以用来表现现实生活，创作现实题材的作品。如齐橙的《大国重工》就化用了“穿越”技法，让国家重大装备办处长冯啸辰穿越到 1980 年，用以规避国家重工业发展中过去遇见的挫折和磨难，生动描写了男主角开了金手指后一步一步引领中国重工走向壮大的过程。人间武库的《逆流纯真年代》运用重生手法，让主人公江澈在一次车祸中穿越到 7 年前的中专求学时代，逆流归来，重启 1992，为自己重新打造出一个可以被妥善安置的璀璨青春，在“重生”与“现实”的融合上做出了有益的尝试。这两年颇有影响、具有现实意义的网络小说，如疯丢子的《百年家书》、会说话的肘子的《大王饶命》、骠骑的《零点》、牛凳的《春雷 1979》、风御九秋的《归一》、晨星 LL 的《学霸的黑科技系统》等，都不同程度地使用了“穿越”“金手指”“废柴升级”“都市异能”等玄幻元素，并且很好地发挥了介入或干预现实的艺术功用。

其二，创作非现实题材作品也可以通过精彩的细节描写来增强现实主义元素，使其成为“接地气”的玄幻题材作品。如南派三叔的《南部档案（食人奇荒）》从题材看应该归入历史或奇幻题材，但在细节的真实度以及所传达的批判现实的倾向上，却与现实主义经典作品有着精神共鸣，如写到众人围观“张海盐”被砍头行刑的场景，很容易让人联想到阿 Q 被砍头的经典情节。② 辰东的《遮天》，卧牛真人的《修真四万年》、彩虹之门的《地球纪元》、爱潜水的乌贼的《诡秘之主》等，看似是写玄幻除魔、科幻修真、异世大陆，但其中表现

---

① ［美］韦勒克、沃伦：《文学理论》，刘象愚等译，生活·读书·新知三联书店 1984 年版，第 16 页。

② 参见闫海田：《后玄幻时代的“现实主义”——2018 年现实题材网络小说创作综述》，《中国当代文学研究》2019 年第 2 期。

的社会伦理、人文道义、行健不息的精神和追求光明基调等，无不带有中华传统文化的历史基因和中国社会的现实关照，也可以视为在幻想中蕴含现实主义精神的作品。由此可见，“现实题材”“现实价值”与“现实主义文学”之间既彼此关联，又不可简单等同，关键还是看作品的艺术品质和审美效果。

网络现实题材创作还需要矫正和防范网络文学评价方面的误区和误判。常见有三种表现：

一是先入为主，以为只要是写了现实题材，就一定是好的、有正面价值的、从而值得肯定的作品，而大凡写玄幻仙侠、穿越修真、历史宫斗等非现实题材的作品，都是大路货的“类型文”，不是“速食”“快餐”，便是“粮草”“饲料”甚或“垃圾”，顶多只有“卖萌”“玩梗”“开脑洞”“玛丽苏”之类的娱乐消遣价值。持此论者，如果不是偏见，便是外行。事实上，正如上文论及的，不仅并非现实题材作品都是上乘之作，幻想类作品大都“上不得台面”，恰恰相反，就整体而言，目前网络空间存储的 2400 多万部原创作品中，质量更高、读者更多、影响力更大，并且能够走出国门的，恰恰是幻想题材的类型小说。仅就故事架构、语言表达、人设桥段、文化蕴含，尤其是飞放的想象力等“文学性”要件来说，能代表 20 余年网络文学成就的，幻想类作品远远多于并大于现实类作品，诸如《悟空传》《赘婿》《将夜》《孺子帝》《回到明朝当王爷》《诛仙》《盘龙》《诡秘之主》……在繁星满天的网文空间最为耀眼。因而，无论是“题材至上论”还是“题材无差别论”都不符合实际，中肯的评价和判断只能来自于作品本身。

二是削足适履，弃长取短，在题材上蹭热点，赶时鲜，似乎倡导现实题材，就意味着所有网络作家得都去创作这种题材。网络文学重视现实题材是非常重要和十分必要的，但在实践中要从实际情况出发，不能一刀切。一个网络作家适合写什么不适合写什么，应该是基于其文学专长和个性特点的自由选择，不应该也不必要让他们一窝蜂地去写某一题材或某一类型。月关、酒徒善写历史，天蚕土豆、猫腻善写玄幻，唐家三少既能写玄幻也能写现实，正是扬长避短成就了一个个网络大神。同是现实题材，阿耐写《大江东去》、今何在写《浩荡》、齐橙写《大国重工》、wanglong 写《复兴之路》等重大题材取得了成功，而丁墨、顾漫、吉祥夜写言情，丛林狼、骠骑、流浪的军刀写热血军文，骁骑校写都市，志鸟村写医术，舞清影写支教，都有它们不可替代的文学价值。网络文学云蒸霞蔚的繁荣局面是释放每一个网络作家创造力的结果，在鼓励现实题材创作的前提下，大可不必让作家去削足适履，取短弃长。

三是走势误判，认为网络文学已经整体上出现“现实题材转向”，把部分“现实向度”创作认定为整个业态的“现实向度”，进而以此来评判和规制网络文学创作。事实上，鼓励网络作家创作现实题材，不是要去除题材的多样性，更不是网络文学的整体转向，而是多样化创作题材的进一步丰富，是对过去网络文学现实题材作品相对薄弱的一种丰富和补充。正如中国作协网络文学委员会主任陈崎嵘在回答人民网记者关于“为什么要在网络文学界特别提倡现实题材的创作”时所言，这是由网络文学创作现状和网络文学特质所决定的。他认为，玄幻类题材为中国网络文学的异军突起、繁荣发展立下了汗马功劳，并成为中国网络文学走向世界的先头部队。但在当下网络文学创作中，那种云里来雾里去、修仙得道、不食人间烟火的现象较为普遍，现实题材作品量少质不高，这是网络文学发展的短板和不足。提倡现实题材创作，逐步改变网络文学玄幻题材一枝独大现象，形成中国网络文学百花齐放之景，是建构良好的网络文学生态之需。从另一个角度看，现实题材创作，更能体现网络文学的时代要求，更能与当下多数普通人的生活和情感产生共振共鸣。因而，“在网络文学界倡导现实题材创作，并不是不顾及网络文学的特征与特色，而是要让网络文学的特质与现实题材更好结合，创作出比现有作品更具吸引力的网络文学精品”①。

（原载《南方文坛》2020 年第 4 期）

---

① 《中国作协网络文学委员会主任陈崎嵘关于网络文学现实题材创作答记者问》，人民网：http：//media.people.com.cn/n1/2018/0530/c40606-30021808.html。

丛林狼网络军文小说的英雄书写

丛林狼是阅文集团白金级签约作家，也是网络人气最高的军事小说作家，有“军文第一人”之称。读丛林狼的小说，如《最强兵王》《丛林战神》《最强战神》《战神之王》等，总有一种心潮涌动、血脉偾张的感觉。这不仅因为他的作品描写的是颇为神秘的特种兵生活，其中有许多扣人心弦的惊险故事和紧张激烈的战斗场面，更重要的是他所塑造的血肉丰满、顶天立地的军人形象，胸中有大义，心里有情怀，肩头有担当，具有动人心旌的感人力量。

丛林狼是讲故事的高手，作品以冷静、热血、细腻、新奇著称，特别善于“以人叙事”并“以事写人”。如《最强兵王》的主人公罗铮，本是西北边防哨所的一名新兵，哨所突然被国际恐怖分子偷袭，战友全部牺牲，他为了复仇，踏上了“特种兵狙击手→普通兵王→精英兵王→最强兵王→将军”的成长之路。作品生动地描写了罗铮和特种大队官兵，与外在强敌如野狼佣兵团、轮回杀手组织、雪熊特战大队、皇家御用菊花忍者、青龙寨地方黑恶势力等的生死搏杀，在强大的对手面前完成了一个个异常艰险的战斗任务。那些翔实的特战描写和丛林狙击，新奇的武器装备、别出心裁的战术设计和险象环生的异域战事，构成了一部青春励志、英雄成长的网络军文，用热血、坚强、忠诚、胆识铸就出有血有肉的现代军人形象，把读者带入“热血军人英雄梦”的故事中而不能自拔。

塑造热血军人、表达英雄情怀，在军事题材作品中并不鲜见，但能够像丛林狼这样把网络军文写得如此热血、如此好看的并不多见。

细究起来，其小说的独到之处在于，他充分利用了网络的特点和优势，创造了特别适于军文表达的叙事方式。

从小说的故事架构看，作者将网络玄幻小说常见的“打怪升级”套路，改造成为英雄成长的“战力升级”新模式，以此嵌入主人公的命运轨迹和志向抱负，让故事的悬念与英雄的成长融为一体，形成步步推进、线性阅读的粘性效应，能使读者在无限期待的阅读中，跟随英雄人物的战力升级而获得强烈的愉悦和满足感。丛林狼作品中主人公都是成长性的，他们大都有家仇国恨，起点很低但信心很足，身处逆境却意志坚定，凭着顽强的毅力在艰苦卓绝的环境中磨练成长，并借助某些个人禀赋或外在因素与对手斗智斗勇，完成一个又一个惊险的战斗使命，最终复仇成功，消灭顽敌，成就英雄大业。在不同作品中，这种战力升级模式又各有不同。如在《最强兵王》中，作者为男主罗铮设置了从 19 岁的新兵战士到将军的成长过程，人物的战力是变化的、升级的，唯一不变的是他坚强的意志和崇高的灵魂，每升一级，所承担的使命、面对的敌人、做出的贡献、付出的代价都不一样。在《战神之王》里，战力升级的“金手指”被设计为一种“基因药液”，通过身体素质训练和建立相应的军功，就可以使人物逐步从一级基因战士逐步升级为九级，别出心裁的艺术想象让战力升级的英雄故事有了步步推进的支撑点。

丛林狼英雄书写的另一个艺术效果是来自对故事“爽点”的密集设计，以及情节节奏的合理掌控。作品描写的是特种兵在特殊环境——丛林、雪原、沼泽、沙漠、都市、乡村、边境、国外等，与国际恐怖组织、职业杀手、贩毒分子、雇佣军等的生死搏杀，涉及到特种军人的搏击、渗透、狙击、伪装、侦查、跟踪、隐匿、斩首、急救，以及野外生存、解救人质、清除间谍、捣毁基地、阻止暗杀、窃取情报、心战宣传、反特工、反偷袭、反劫持、打击黑恶势力等等，需要精通各类战术、各种新型武器，运用多种高技术手段。一次次行动惊险刺激，一个个战斗首尾衔接，紧张激烈，每一场战斗都是一次生死考验。如此密集的战斗行动，如何同英雄人物的成长与进步融为一体，作者均能张弛有致地把握节奏，恰到好处地设置“爽点”，运用镜头化语言描写细节，凸显出快节奏、强叙事的特点，句式简短，用词通俗却表意清晰，不拖沓，不累赘，让读者像看电影一般感受到一幅幅充满动感的画面在脑海流动，爽点分布特别适合移动媒体的“碎片式”阅读。

丛林狼曾经说过，“网络文学的人物形象，应当充满正能量，有励志意义，有英雄气概，因为读者也渴望真善美，渴望变得更强大。从普通人历练成英雄，也就有能力帮助更多人。这样的励志故事，可以为读者带来力量和快乐”。正是怀着这样的英雄情怀，他创作的热血军文，为读者奉献的是极富励志精神和崇高品格的军人形象。他笔下的特种兵战士，每当面对强敌、生死攸关时刻，都会誓言铮铮：“国之利刃，为国而战，为民出鞘，只有战死，绝不跪生！”在《战神之王》中，牧民少年李锐因缘际会，被卷入战争漩涡，不得不奋起反击，为血海深仇，为国家使命，为尊严和自由而战，历经磨难，无数次陷入凶险绝境，都能凭着“身为军人，为国牺牲，无怨无悔”的坚定信念，完成了一个个看似不可能完成的任务，终于成为龙牙部队一枚犀利的“龙牙”，谱写出一段战神之王的铁血传奇。作品所描写的现代军人为国而战，为民出鞘，抛头颅、洒热血的青春和无悔，谱写出现代特种兵的热血传奇，是网络文学中难得的军文力作，体现出“胸中有大义，心里有人民，肩头有责任，笔下有乾坤”的文学正能量。于此来看，丛林狼的军文小说曾在移动阅读的历史军事类作品销售榜，蝉联周榜、月榜、总榜第一，荣获腾讯文学最佳作品奖，年度销售冠军奖，并登上中国作协网络小说排行榜，获得广东省鲁迅文学奖，便不足为奇了。

（原载《中华读书报》2017 年 12 月 20 日）

网络文学创作的“‘网英’现象”

——以《黑客诀》为例

《黑客诀》是《网络英雄传》（简称“网英”）系列小说的第四部，一经上网发布（同时出版纸质书）便引起较大反响，发布会、研讨会、分享会应声召开，进入书香节签售，入选当月文艺联合书单，随之登上 IP 价值榜单，影视改编及时跟进，咪咕阅读指数也十分亮眼……专家评价、网友评说、市场反应让该小说成为一部备受关注的网络作品。它的作者郭羽、刘波在“网英”系列小说创作中，一直保持了创作的较高水准，作品斩获了多个奖项。这种致力于品质化写作的文学立场，可称之为网络文学创作中的“‘网英’现象”，值得重视，也值得研究。

《黑客诀》为网络文学贡献了什么

《黑客诀》能受到各方好评，在于其在思想、艺术和知识等方面的较高含量。从思想含量说，《黑客诀》是一部讴歌英雄的网络小说，它不仅写了一个正邪博弈、黑客交锋的精彩故事，还通过扣人心弦的故事表现了主要人物的英雄情怀和崇高品质。童素、NULL、夏正华、傅立鼎、童子邦……作者把他们放到紧张激烈、复杂惊险的恐袭与反恐、贩毒与禁毒的险恶环境里，在顶尖黑客的过招中，展示正面人物坚守正义、打击犯罪的高超智慧和献身精神，让我们看到他们不屈不挠的英雄壮举。其中所体现的爱国主义、集体主义、英雄主义、国际主义，以及亲情、友情、爱情等，均具有积极的价值导向，其艺术效果是正面的、励志的、鼓舞人心的。

在艺术含量上，这部小说的情节设置、细节描写、语言表达、节奏把握，乃至情感情绪渲染、风格气质、艺术个性等，都不是仓促就章，而是精心构思、悉心表达而成，使得作品十分好看，具有“抓人”的艺术魅力，读起来有代入感。黑客本身就是一个神秘的职业，把顶尖黑客与反恐、禁毒结合起来，更是让故事充满诱惑与悬念，实现了文学性与可读性的相融与兼顾，达到了雅俗共赏的效果。从湖滨市智能交通系统被袭案，到黑客劫持航班，从童素遭绑架，到特种兵精英奔赴文南国与童素、童子邦联手捣毁万象集团基地，消灭以岩罕为代表的犯罪分子，一环套一环的黑客博弈，让小说蕴含悬疑重重的精彩故事，惊心动魄的攻防战斗，以好莱坞式的精妙结构展示了顶尖黑客间的巅峰对决。特别是童素与岩罕这两个人物，一正一邪，攻防比拼，道高一尺，魔高一丈，胜负只在毫厘之间，他们在黑客技术上的一次次交锋，远超常人的经验世界，作品出现了许多文学描写的精彩桥段。

再从知识含量看，作为一部黑客反恐题材的网络长篇力作，其中新奇的知识、微妙的生活细节和隐藏在智慧背后的玄机与硝烟，也是该作品吸引读者的一个重要因素。比如，小说揭示的比特币、区块链知识，黑客入侵智慧交通系统、城市水电系统、银行系统、医院和医疗器械系统、天网系统、军事指挥系统、移动基站和卫星通讯系统，以及与黑客秘密有关的“世界树”、古卢恩文、玛雅纸条秘密的破译等等，无不神秘惊险，让人脑洞大开。虽然写小说不以知识见长，但丰富新颖的知识依然成为作品魅力的一部分。阅读中，让我们看到了作家对于许多高科技知识的稔熟了解，不管是出于对知识的想象，还是科学层面的知识书写，新奇知识的艺术呈现，让读者不觉得是在读小说，而是有一种真切而紧张的临场感。

把《黑客诀》放到当下网络文学发展格局中，不难看到它对于网络创作所做的贡献。

一是贡献了网络现实题材写作的新成果。在政府倡导下，近年网络文学现实题材作品开始增多，《大江东去》《大国重工》《明月度关山》《浩荡》等一批优秀的现实题材作品脱颖而出，受到读者欢迎。不过总体来看，网络上的现实题材作品依然不占主流，真正立得住、传得开、留得下的佳作并不多。《黑客诀》的出现，是现实题材创作的一个新收获。它在故事精彩度、细节的饱满度、人物性格的鲜明度、语言的精致度，尤其是艺术效果的感染力方面，均显示出自己的特色。比如作品中无处不在的人性光芒和情感力量，让小说避免了“描写现实生活元素”的皮相，那些战斗在网络信息安全一线的英雄形象不是扁平的、脸谱化的，而是立体的、丰满的，真实可信的。女主童素是黑客天才，一次次让公共安全事件化险为夷，她嫉恶如仇，敢于只身勇闯魔窟，但凄惨的过往经历让她有些孤傲、冷漠和偏执，她与那只老猫德芙的相依为命，不仅强化了不堪过往带给她的创伤记忆，也让读者理解了这位女英雄的性格缺陷。指挥若定的警官夏正华笔墨不算多，但他对警犬的那份深情看似是闲笔，却成为侦破案件、推进故事的关节点，从侧面刻画了一个重情重义、铁骨铮铮的老干警形象。作品中的反派角色如岩罕、德隆、郑方、玛雅等也都活灵活现，令人印象深刻。

二是丰富了网络黑客题材小说的新品类。相比传统文学，网络文学的品类更为丰富。有统计表明，我国网络小说已有 100 余种类型，涉及 200 多种职业，而描写“黑客反恐”题材的作品并不多，属于新品类和小种类。已有的网络黑客题材小说如《黑客江湖》《疯狂程序员》等，更多是在“技术”层面讲述黑客高超的能力和神秘的行踪，《黑客诀》的不同之处在于，把黑客与反恐、禁毒联系起来，不仅写出了黑客之间的正邪对决，还能从技术层面进入到人性、情感和时代精神领域，着力写人、写意志、写情怀、写境界，并且在小说的结局中，把正邪博弈放到“一带一路”的大局中，揭示其更为深远的意义。在黑客技术的专业性、文学视野的开阔性、生活容量的丰富性，以及人性剖析的深度、流行与经典的结合等方面，《黑客诀》都是一次成功的原创，是网络类型小说创作的新收获。

三是为网络文学与传统纯文学的融合提供了可能与成功的范例。《黑客诀》是一种品质化写作，一种有艺术追求的写作，一种向纯文学致敬的写作。它用精致化的文学表达向人们表明：网络文学也可以是有品质、高品位的，也可以打造名作、创造精品，这是对“媒介歧视”的一次叫板、一种挑战，也是对“唱衰”网络文学的一次“打脸”，一种反拨和矫正。足见文学只有好的文学与不好的文学，其实并无“网络文学”与“传统文学”的区分。

“‘网英’现象”的意义何在

时至今日，网络文学的巨大体量和市场活力，已经使它成为我国文学发展中的一支生力军，但同时也存在“多而不优、大而不强”的局限，如何解决好这一文学“量大管饱”却“营养不足”的困境，一直是一个文学难题。郭羽、刘波创作的“网英”系列，为解答这一难题提供了新的经验，让人们对网络文学从“高原”走向“高峰”有了更多的信心。

我们将《网络英雄传》系列创作称之为“‘网英’现象”，在于它有着超越一般网络小说的文学品格。

首先，严肃的创作态度让这一系列小说始终保持了文学的较高水准，有助于为网络创作的降速提质提供观念和作品支持，促使更多作家以“工匠精神”打造精品力作。从2015年开始，“网英”发布的四部小说，最长的也不超过50万字。无论是写四个意气风发年轻人（郭天宇、刘帅、赵敏、陈冠平）的校园创业故事（《光未盛》），还是写郭天宇、刘帅各自在互联网创业之路上的酸甜苦辣和爱恨情仇（《艾尔斯巨岩之约》）；抑或是写“惊天赌约”中“万全天盛”公司步步惊心、战胜阴谋、走出困境的曲折过程（《引力场》），均能把高潮迭起的情节营造与精致流畅的文字表达融为一体，通过丰满的人物塑造和深入的人性刻画来提升文学价值。《黑客诀》继续保持了前三部小说的品质化写作，却将文学笔触直接延伸至黑客反恐禁毒领域，写了网络时代顶尖黑客之间正邪搏杀的精彩过招，可以看作是“网英”系列的升级版。这些作品发布（出版）后，陆续获得了包括中国出版政府奖、中国好书、国家新闻出版署优秀网络文学原创作品推介、中国作协网络小说排行榜，以及网络文学双年奖、十大数字阅读作品、年度百强IP、年度IP潜力价值榜等在内的几乎所有网络文学重要奖项，可谓是“叫好又叫座”。这种一年出一部，以慢工细活的品质化写作，在追求“速度写作”的网络文学界实不多见并殊为难得，它对矫正网络创作过度追求高产的“速度写作”，扭转网络作品“量大质不优”的弊端，引导网络作家慢下来、静下来、沉下来，让自己的网络写作成为“文学”写作，是有着矫治积弊、引领新风的意义的。

另外，“网英”系列小说对现实题材的敏锐把握和深入开掘，写出了我们这个时代十分重要又最为鲜活的生活现实，让作品充满昂扬向上的精神力量，有助于网络创作聚焦火热生活，把握正确的创作导向。自倡导网络作家创作现实题材以来，一批反映创新创业、精准扶贫、山村支教、警察办案等众多领域的现实题材作品脱颖而出，过去那种网络文学“玄幻满屏、一家独大”的现象得到改观，一批网络作家的艺术灵犀从天马行空的虚拟世界走向现实生活，让作品多了一些“烟火气”，少了一些“鬼吹风”，这对纠正网络创作剑走偏锋、引导网络文学健康前行的意义不可低估。但客观来看，时下的网络现实题材创作依然存在数量增长与质量提升不匹配的问题，高水平的现实题材作品仍是凤毛麟角。“网英”系列既能瞩目于现实，又能艺术地表现这种现实，这表明，网络作家不仅可以创作现实题材，而且可以写好现实题材。作家利用先进的网络媒介和传播载体，完全能够深入开掘现实生活，创作具有时代精神气质、渗透个人经验，又引领社会风尚的现实主义作品。我们看到，“网英”所描写的不仅是具有生活质感的“热乎乎”的现实，还是最前沿、最具时代特色的网络创业、高科技领域的极具“硬核”的现实。互联网进入中国快30年了，但是成功书写“互联网+”创业风云的长篇小说作品还不多见，而反映这段历史的重要性是不言而喻的，“网英”系列正好艺术地展现了这一段历史。两位作者本身就是网络时代的创业者，他们把自己的切身经历融入作品构思，紧贴时代前沿，用环环相扣的四部小说，为读者构建了一个波澜壮阔、惊心动魄的网络江湖，打造出互联网创业商战、黑客反恐的系列故事，生动再现了网络时代热气腾腾的生活现实，展现出时代的弄潮儿最为独特的精神风貌，绘制了激越而进取的历史图景，为网络现实题材创作树立起了正大的形象与尊严。当互联网和新媒体、新技术的时代推着我们向前走的时候，我们的理想、我们的追求、我们的价值观在哪里？“网英”用文学的方式做出了正确的回答。

“网英”系列还有一个值得称道的亮点是成功塑造了新时代的英雄形象。郭天宇、刘帅、陈冠平、童素、夏正华等等，这类正面的、积极的，富于理想、乐于奉献、敢于牺牲的新人形象，正是当下社会最需要、最值得讴歌的人物。《网络英雄传》书名的立意就是要为“英雄”做“传”，塑造网络时代的英雄。四部小说均设置了环环相扣、悬念丛生的精彩故事，但作品的主旨没有停留在讲故事上，而是通过故事来写人，写人物的性格和胆识、情怀和抱负，为读者成功塑造出新时代的创业英雄、网络英雄。在前三部中，作者重点塑造的是“双子星座”郭天宇和刘帅，他们从大学时代即创立自己的互联网旅游公司，《艾尔斯巨岩之约》描写了他们创业路上多舛的命运——遭遇一系列挫折和打击：黑客攻击，融资碰壁，黑客攻击，还有商标官司，夺命诉讼，律政黑洞，新闻敲诈，舆论危机……正是在风口浪尖上，年轻的创业者突破重围，走出阴霾，一步步成长起来。进入《引力场》之后，他们创立的“万全天盛”公司碰到的依然是一个个陷阱、一串串阴谋、一次次打击，在内忧外患中濒临绝境，不仅面临“五一旅游网”低价血拼，还遭逢世界行业巨头通远公司的强势打压，并且还有黑恶势力设局陷害。在逆境打拼中成长起来的英雄人物有血有肉，有情感，有爱恨，有梦想，也有内心的冲突和挣扎，他们拥有这个时代所特有的气质和素养，是有筋骨、有道德、有温度的创业者、改革者、先行者和弄潮儿，这为网络文学创作提升格调、讴歌英雄，探索了艺术新路。

由此可见，“‘网英’现象”体现的是网络文学创作的正大气象，它彰显了网络作家的文化自信和书写新时代、塑造新人形象、讴歌新时代英雄的自觉性与使命感，是作家通过网络写作为我们描绘的时代精神图谱，也是在用系列小说为时代画像，为英雄立传，为历史铭心，这就是“‘网英’现象”的价值，也是《网络英雄传》系列对当代文学所做的贡献。

（原载《文艺报》2019 年 11 月 25 日）

网络小说蕴藏着传统的力量

——评网络小说《毒胭脂》

《毒胭脂》是邱晓玲的长篇小说，全文21.5万字，于2008年首发并签约于起点中文网。2009年4月，由《博客族》杂志出版单行本（精简版），2011年该小说与新经典娱乐传媒签约改编电视剧，现新经典娱乐传媒已与天津天视卫星传媒股份有限公司合作筹拍该剧，小说2012年1月由浙江文艺出版社出版完整版。

《毒胭脂》写了一个生动而传奇的故事。民国时期，军阀割据，内忧外患。颜惊黛，一个面容有缺憾的女子，同弟弟在苏州相依为命。一日，他们在山中采摘胭脂材料时，偶然救起遭人追杀的国军少帅燕又良，惊黛原本平静的心泛起涟漪。对爱情的渴望，让她不惜以生命为代价，制成失传已久的毒胭脂——紫罗刹。《毒胭脂》给了惊黛另一副艳丽的容颜，却也在她身上种下毒根，成就了她与燕又良的姻缘，却也让她身陷乱世争斗的漩涡。惊黛被设计中了圈套，意外卷入一场黑帮之争，被青帮绑架又被斧头帮救走后，她与黑帮头目斧头帮帮主王景诚产生情感纠葛，一直没有回到燕又良身边。为了抗日的民族大义，惊黛时而化身神秘的“黑帮夫人”，时而变成绝美的上海滩歌女，并成为潜伏在日本走狗身边的卧底杀手……这时候她才发现，曾经的爱人燕又良也牵涉与日本人勾结一事，而且已纳了妾室。惊黛伤心之至，在关键时刻，亲手杀死了燕又良……几年之后，一次随军的出医，让她碰到已经被她“杀死”的燕又良。这时，惊黛才知道这一切的真相。

作品的突出特点在于，作者以严肃认真的创作态度，超越了众多的网络写作。该作品与一般的网络小说不同，作者写得十分认真，属于精心构思、悉心写作、用心表达、全心投入创作的作品。很像传统的纯文学创作，结构细致构思，语言精致典雅，情节起落有致，细节精巧生动，读起来饶有兴味。如对惊黛面对救回的燕又良的情感变化的细腻描绘，燕又良得知惊黛被绑架后那种愤怒、思念、担忧、激动、无助的心理活动的刻画，惊黛“枪杀”燕又良时复杂的心理描写等，都显示了作者的艺术功力。在我看来，相比于一般的网络小说创作，这部网络小说体现了四个逆转：一是商业写作的逆转，追求艺术；二是高产写作的逆转，追求品位；三是粗糙写作的逆转，追求精致；四是娱乐写作的逆转：追求宏大叙事。此其一。

其二是人物塑造依然坚守了的传统文学的创作套路——个性鲜明的人物呼之欲出。例如，女主颜惊黛，双面容颜，赤子爱心，善良、聪慧、真诚，身处乱世却忠贞爱情，柔弱女子却富有爱国情怀，在她身上体现了美与丑、生与死、情与理相互交织的家国情怀。男主燕又良，国军少帅，遭人追杀被惊黛姐弟所救，爱上惊黛却历经曲折，后险被爱人所杀。其他重要人物还有如王景诚，斧头帮帮主（九爷），精明能干，武功高强，与惊黛日久生情，设计谋杀汉奸宋开齐和日寇山泽浩武。裴志坤，北京军阀，勾结日本，倒卖烟土军火，贪色强娶惊黛，最后被惊黛、王景诚杀死。宋开齐，贪色的国民党汉奸；山泽浩武，日本军官，被王景诚设计（花灯中燃烧千果花）与宋开齐一起被毒死。另外还有如赤英（惊黛弟弟）、五爷（斧头帮二帮主）、牧莺（歌女，燕又良娶为妾）、碧绿（日本派到燕又良家的特务）、莫医生、顾司令（广州）、景织（归国女子，王景诚妹妹，投身革命）、金爷（青帮帮主）、吴妈、张正元（国民党起义军官）等等，在小说中也都有不同程度的精彩表现。

还有，语言表达上的精致典雅。该作品语言功力不凡，可以与传统的优秀小说相媲美，颇有“甄嬛体”的味道。它不像一般网络小说的“粗口秀”叙事方式，语言古色古香，古风古味，韵致舒缓，表述从容。如标题：第一章后依次是：胭脂话卓妍、繁华几时重、误入花深处、惊鼓破羽曲、兵戈逮狂秦、自有岁寒心、飞花惊却春、潭影空人心、雁影过潇湘、成灰亦相思……再如开头："日头挂上来时，整个苏州城便晴光朗然了，晨雾浓白化开，却结成了花叶上的水珠子，滴滴濡湿。"文中这样的表达比比皆是："皎洁月色，莹白茫茫。守更人的竹梆敲响，惊黛便在这声声里迷了魂，直掉落了梦之深处。"（P7）"暗想这半生飘零，每一段宿缘皆是残章断句。那个旧影昏黄的故人，连再见都不及说出的故人，匆忙一见却不得相认，而最终都不过是繁华坠去空追忆"。（P201）读起来不仅富有诗意，与人物心境和所处的环境也十分协调，这在网络小说的语言表达中是十分难得的。

当然，《毒胭脂》也有一些不足与缺陷。一是细节百密一疏，有不够严密、不够真实之处。如毒胭脂让惊黛成为"双面人"，但作为夫妻朝夕相处，燕又良为何没有发现这一秘密？惊黛被绑架又被救出，却一直跟着斧头帮出生入死却没有想到要回到燕又良身边，似乎有些不近人情，也不像怀有真挚的爱情的女子所为。再如，王景诚与惊黛日久生情，互生爱慕，却总是若隐若现，既然惊黛已经对燕又良死心（知道燕另娶牧莺），她与王的关系就有些不明不白，没有写出应有的情感波澜。惊黛装扮歌女接近汉奸裴志坤和日本人小泽浩武，为抗日锄奸不惜以身相许，实不可信，不合情感逻辑和生活逻辑，明显铺垫不够。

另外，小说的节奏张弛有些失衡。故事背景经历了苏州、上海、北京、广州等地。其中，苏州写得细针密线，生动翔实，真实可信，上海和北京却忽来忽去，惊黛成了一个随意摆弄的工具，人物性格前后分裂。在惊黛性格塑造、情感描写、家庭生活、情绪变化等方面，作品大起大落的变化往往缺少铺垫，失去依据。写情感时如涓涓细流，曲尽其妙，但写硝烟争斗、暗杀危难时，则显得粗糙模糊，甚至虚无缥缈。

作为网络文学创作，社会评价对网络写作形成了"倒逼"机制，传统的审美方式和创作标准在网络写作中仍然起作用。《毒胭脂》在情节快速推进，表达风趣幽默等方面没有体现网络小说特点，却在一定程度上体现了网络写作向传统写作回归的趋势，似乎透露出时下的网络创作模式、网民阅读习惯正一步步向文学传统靠拢的端倪。

（原载《文艺报》2013 年 6 月 7 日）

后　记

网络文学潮起潮落，大浪淘沙，总在吸引我们的眼球，又总是显隐无定，让人难以定格其文化表情。作为一名陪伴网络文学一路走来的老兵，从2000年在《社会科学报》发表《网络文学的五大特征》开始，近20余年自己的学术“兴奋点”始终没有离开过网络文学，却也很难说真正抓住了进入这一迷宫的“阿里阿尼彩线”。网络上写手众多，作品浩瀚，从“山野草根”和“技术丛林”崛起的网络文学已经打造了一个中国独有的“网络文学时代”，以磅礴的声威成为世界文学史上的一道奇观。此时，面对呼啸而至令人应接不暇的网络文学现场，我只能做一个“有爱”的观潮者，把自己看到的葳蕤风景或闪光浪花整理成文，记录在案，以不负我与网络文学绵延多年的美丽邂逅，这正是本书书名的由来。

本来去年已有《走进网络文学批评》的书稿提交出版社正在付梓，那是围绕我主持的国家社科基金重大项目“我国网络文学评价体系的理论与实践研究”而选编的个人专题文集，现在为何又再聚文稿辑录此书呢？其直接的缘由是应邀所为——山东省作协主席、中国作协网络文学研究山东大学基地和山东大学网络文学研究中心主任黄发有教授，正主编一套“网络文学前沿探索丛书”，他希望我能有书稿参与“合唱”。发有教授是我学友，该丛书作者皆是研究网络文学的同道学人，大家携手为网络文学理论批评做点“案头文墨”是分内之举，也是开心之事。这便是这本小书的由来。

本书辑录的22篇文章皆为新近发表的成果，除4篇发表在报纸

(《人民日报》《光明日报》《中华读书报》《文艺报》)理论版的文章外，其余18篇都是自己此前的文集中从未收录过的文章，它们均刊发于知名学术期刊，有的还被《新华文摘》《人大复印资料》全文转载。为厘清文集思路，我尝试从体系构架设定上将全书划分为“理论审视”“现场聚焦”“问题反思”“走势分析”和“作家作品研究”等五个板块，以图为“网文观潮”找到几个适恰的“站位点”。

感谢黄发有教授的邀约，感谢海峡文艺出版社林滨先生卓有成效的工作，还要感谢发表这些文章的原发报刊的编辑，恕难一一列出，谨此一并深致谢忱！

是为记。

欧阳友权

2020年5月12日